Thief of Shadows
by Elizabeth Hoyt

愛の吐息は夜風にとけて

エリザベス・ホイト
川村ともみ[訳]

ライムブックス

THIEF OF SHADOWS
by Elizabeth Hoyt

愛の吐息は夜風にとけて

主要登場人物

イザベル・ベッキンホール……………………男爵未亡人
ウィンター・メークピース……………………孤児院の経営者
テンペランス・ハンティントン………………ウィンターの姉
ヘロ・リーディング……………………………孤児院の支援者
マーガレット・リーディング…………………ヘロの義妹。愛称メグス
ロジャー・フレイザー＝バーンズビー………マーガレットの恋人
ピネロピ・チャドウィック……………………孤児院の支援者
アーティミス・グリーブズ……………………ピネロピのコンパニオン
ダーク子爵………………………………………イザベルとロジャーの友人
ピンクニー………………………………………イザベルのメイド
ジョセフ・ティンボックス……………………孤児

1

ほら、みんな、ここにお座り。ろうそくの火は明るくしておくんだよ。今夜はセントジャイルズをさまよう道化師の亡霊のお話をするからね……。

『セントジャイルズをさまよう道化師の亡霊物語』

一七三八年五月
イングランド、ロンドン

こんなところで死体に遭遇するなんて、今日はなんとついていない一日なのかしら。

ベッキンホール男爵未亡人ことイザベル・ベッキンホールはため息をもらした。ロンドンでもっとも治安の悪いセントジャイルズの小汚い通りで馬車が立ち往生した。そろそろ暗くなろうという時刻になぜセントジャイルズなどにいるかというと、〝〈恵まれない赤子と捨て子のための家〉を支える女性たちの会〟を代表して、孤児院の新しい施設を視察に行くという役割を引き受けてしまったからだ。馬鹿なことをしたものだ。

なにごとにつけても安請けあいなどするべきではない。たとえ熱い紅茶を飲みながら、焼きたてのスコーンを食べていたせいで機嫌がよかったとしても。スコーンがおいしくて、魔が差したのだろうか。それとも会の創設者のひとり、レディ・ヘロ・リーディングのせいだろうか。あのときレディ・ヘロは紅茶をつぎ、清らかなグレーの瞳をこちらへ向け、孤児院の経営者が新しい施設を視察に行くから、それに同行していただけないかしら、とかわいらしい声で頼んできた。だから、ついなにも考えずに、いいわよと答えてしまった。スコーンでお腹が満たされ、調子に乗っていたのだ。

それなのに、肝心の相手は約束をすっぽかした！

「まったくもう」イザベルがつぶやくのと同時に馬車の扉が開き、メイドのピンクニーが乗りこんできた。

「どうかされましたか？」ピンクニーがブルーの目を見開いて尋ねた。彼女はいつもびっくりしたような丸い目をしている。まだ二一歳という若さながら、最新のファッションについてはこちらが舌を巻くほどよく知っており、ロンドンでは引く手あまたのメイドだ。世間知らずで無邪気すぎるところが玉に瑕《きず》ではあるけれど。

「なんでもないわ」イザベルはぼんやりと答えた。「それより、どうして死体を道端にどけるくらいでこんなに時間がかかっているの？」

「はい、奥様。それは、その死体がまだ死んではいないからでございます」ピンクニーはかわいらしく眉をひそめた。「まだ息があるようなんです。だからハロルドがそっと動かしています。ご覧になったら驚きますわよ。だって、まるで喜劇俳優みたいなんですもの」

今度はイザベルが目を丸くする番だった。「ハロルドが？」

「まさか！」ピンクニーはくすくす笑ったが、イザベルのとがめるような視線に気づいて真顔になった。「そうではなくて……」ひとつ咳払いをする。「その死にかけている男の人がです。道化師みたいな服装だし、顔には仮面をつけているし……」

イザベルはメイドの話を最後まで聞かず、慌てて馬車をおりた。宵闇が迫り、曇り空がいっそう濃い灰色になっている。西の空が赤く染まって、そちらの方角から暴徒の怒声が聞こえてきた。かなり近くまで来ているようだ。うつ伏せに倒れている男性のそばに、ハロルドともうひとりの従僕がかがみこんでいた。イザベルはそちらへ駆け寄った。道化師の衣装も、仮面も、ピンクニーの見間違いかもしれない……。

だが、そうではなかった。

イザベルは息をのんだ。実物を見たことがあるわけではないが、この赤と黒のまだら模様の服はセントジャイルズの亡霊に違いない。つばの広い黒色の帽子がそばに落ちており、茶色い髪はうしろで無造作に束ねられている。鞘《さや》に入った短剣が腰に差され、抜き身の長剣が大きな手のそばに転がっていた。顔の上半分は仮面に覆われ、角張った顎と大きな口が見える。唇が少し開き、白い歯がのぞいている。上唇のほうが下唇よりいくらか大きい。

イザベルは従僕のほうへ顔を向けた。「生きているの？」

「まだ息はあります」ハロルドが首を振った。「いつまでもつかはわかりませんが」

そう遠くない距離から怒鳴り声が聞こえ、ガラスの割れる音が響いた。

「この人を馬車に乗せてちょうだい」イザベルはそう言って、帽子を拾った。

もうひとりの従僕であるウィルが眉をひそめる。「でも、奥様――」

「急いで。その剣もよ」

通りの奥にある角から群衆が姿を現した。ふたりの従僕はちらりと目を合わせた。ハロルドがセントジャイルズの亡霊を抱きあげ、重さにうめき声をもらしながらも、不平はこぼさずにその体を運びはじめた。

群衆は角を折れたところでいったん立ちどまった。誰かが叫んだ。

こちらの馬車に気づいたらしい。

イザベルはスカートの裾を持ちあげ、慌てて従僕のあとに続いた。ハロルドは亡霊の体を高く掲げると、どさりと馬車の床におろし、剣を投げ入れた。イザベルは優雅とは言えない動作で急いで馬車に乗りこんだ。ピンクニーが目を丸くして、床に転がる亡霊を見つめている。イザベルは彼の容体を確かめるのはあとまわしにし、帽子をけが人の体の上に置くと、椅子の座面を開き、そこに隠しておいた二丁の拳銃を取りだした。

ピンクニーが小さな悲鳴をあげる。

イザベルは扉のそばにいる従僕ふたりに拳銃を差しだした。「絶対にあの人たちを馬車にのぼらせてはだめよ」

ハロルドは厳しい顔をした。「かしこまりました」

拳銃を受けとり、一丁をウィルに渡すと、ふたり一緒に馬車の踏み板に乗った。

イザベルは扉を閉め、天井を叩いた。「ジョン、全速力で走ってちょうだい」

馬車ががくんと揺れて動きだし、側面になにかがあたった。

「奥様！」ピンクニーが叫んだ。

「静かに」イザベルはたしなめた。

メイド用の座席に置かれた膝掛けを取り、それで亡霊の体を覆った。座席に腰をおろし、馬車が角を曲がるのに合わせて窓につかまる。誰かが外から馬車を叩く音がしたかと思うと、窓にゆがんだ顔がぬっと現れ、その男がべろりとガラスをなめた。

ピンクニーが悲鳴をあげた。

イザベルは相手をにらみつけた。男と目が合い、鼓動が速まったが、視線はそらさなかった。相手の目は充血し、狂気じみた怒りに満ちていた。馬車が大きく揺れ、男は振り落とされた。

一発の銃声が聞こえた。従僕のどちらかが発砲したのだろう。

「奥様」ピンクニーが血の気の失せた顔でささやいた。「この死んでいる人ですけど――」

「まだ息があるわよ」イザベルは亡霊を覆い隠している膝掛けに目をやった。もし誰かが馬車のなかをのぞいても、ただ膝掛けが無造作に床に置かれているだけだと思ってくれればいいのだけれど。通りの角を曲がったせいで馬車が傾き、彼女は壁に手をついて体を支えた。

「じゃあ、このまだ息がある人のことなんですけど……」ピンクニーが言い直した。「いったい誰なんです？」

「セントジャイルズの亡霊よ」

メイドはコマドリの卵色の目を丸くした。「亡霊？」

イザベルはいらだちを覚えた。

「知らないの？　セントジャイルズの亡霊とは道化師の格好をした名高い悪党よ。ただし、本当に強盗や殺人を犯しているのか、あるいは弱い人を守ったり助けたりしているのかは、どの噂を信じるかによるわね」

ピンクニーは目玉が落ちそうなほど目を見開いた。

「見なさい」イザベルは騒々しく怒声が飛び交う窓の外を指さし、皮肉をこめて甘い声で言い添えた。「彼らはこの人を殺したくて仕方がないみたいよ」

ピンクニーがぞっとした顔で暴徒を見た。「どうしてなんですか？」

二発目の銃声が耳をつんざいた。ピンクニーはびくっとし、慌てて窓の外を見まわした。

たいへんだわ、もう弾がない。イザベルは祈った。どうか従僕たちが無事でありますように。拳銃が使いものにならなくても、なんとか暴徒を追い払えますように。ここセントジャイルズでは、貴族だからといって身の安全が保証されているわけではない。去年は子爵の男性がひとり馬車から引きずりおろされ、暴行を受けたうえに金品を奪われている。

イザベルは深呼吸をすると、膝掛けの下に手を入れ、セントジャイルズの亡霊が持っていた剣を探した。ピンクニーが眉をひそめたが、それにはかまわず、その重い武器を引っぱりだして膝に置いた。いざとなれば、この剣で精いっぱい抵抗してみせる。

「今朝、〝チャーミング〟・ミッキー・オコーナーの絞首刑が行われたんだけど、最後の瞬間にセントジャイルズの亡霊が縄を切ったのよ」

ピンクニーがぱっと顔を輝かせた。「盗賊王のチャーミング・ミッキーですね。ええ、彼の噂なら聞いたことがあります。なんでも罪作りなほどハンサムで、王様よりおしゃれな格好をしているのだとか」

さすがにメイドだ。しゃれ者の情報はしっかりと把握しているらしい。

「そうらしいわね」なにかが窓にあたり、その音にびくっとした。ガラスにひびが入っている。「この人、タイバーン処刑場からずっと追われてきたみたいね。気の毒に」

「まあ」ピンクニーが唇を噛んだ。「それにしても、どうして奥様はこのセントジャイルズの亡霊とやらを助けようとなさるんです？」

「暴徒に捕まって八つ裂きにされたらかわいそうでしょう」本当は恐ろしくて脈が速くなっていたが、それを悟られないように余裕のある口調を装った。「それが若くてハンサムな男性なら、なおさらだわ」

ピンクニーは遠慮がちに尋ねた。「でも奥様、この人がここにいるとわかったら……」

イザベルは必死になって冷静なほほえみを浮かべ、膝に置いた剣の柄を握りしめた。

「だから、そんなことがないように膝掛けで隠しているんでしょう？」

ピンクニーは目をしばたたきながら今の話を咀嚼《そしやく》し、やがて合点したらしくにっこりと笑った。なかなかの器量よしだ。「そうですわね、奥様」

メイドは安心したように座席の背にもたれた。もう危険は過ぎ去ったと信じこんでいるような顔だ。

イザベルは閉めてあったカーテンを少し開き、ひびの入った窓ガラス越しに外を見た。とても楽観的な気分にはなれない。セントジャイルズの通りはどこも狭くて曲がりくねっている。だから馬車はなかなか速度をあげられずにいた。たとえ相手は徒歩とはいえ、これでは暴徒に追いつかれるかもしれない。でも、どうやらうまく引き離せたようだ。馬車は今、まっすぐな道をひた走っている。

イザベルは安堵のため息をつき、カーテンをおろした。よかった……。

そう思った矢先、馬車が急停止した。

ピンクニーが悲鳴をあげる。

「落ち着きなさい」イザベルは厳しい顔でメイドを一瞥《いちべつ》した。襲撃されるかもしれないというときにピンクニーに取り乱されたのでは、たまったものではない。

イザベルはちらりと窓の外に目をやり、慌てて剣を膝掛けの下へ押しこんだ。

間一髪だった。険しい表情をした緋《ひ》色の制服姿の竜騎兵将校が馬車の扉を開けた。

イザベルはほほえんだ。「まあ、トレビロン大尉、お目にかかれて嬉しいですわ。もう暴徒からは逃げのびたあとですけれど」

トレビロン大尉はごつごつした頬骨のあたりをさっと赤らめたが、それでも目は鋭く馬車のなかを見まわした。その視線が一瞬、床の膝掛けに留まった。

イザベルは大尉のほうへ顔を向けたまま、ほほえみを絶やさなかった。そして、なにげない仕草で片足を膝掛けの上に置いた。

トレビロン大尉が彼女のほうへ視線を戻した。「ご無事でなによりでした。今日のセントジャイルズは物騒ですので、どうぞ行動は慎重に」

「そうらしいですわね。今朝、家を出るときは存じあげませんでしたもので」イザベルは興味津々という顔で両眉をあげた。「例の盗賊王はもう捕まりましたの？」

トレビロン大尉は唇を引き結んだ。「もはや時間の問題です。われわれはミッキー・オコーナーもセントジャイルズの亡霊も、必ずや逮捕する所存です。群衆もふたりを追いかけています。では、どうぞお気をつけてお帰りください」

イザベルは息を詰めたままうなずいた。大尉が扉を閉めるのを待ち、御者のジョンに馬車を出すよう命じた。

ピンクニーが軽蔑したように鼻を鳴らした。「本当にもう、どうして兵士というのは誰も彼もあんな流行遅れのかつらをかぶっているんでしょうね」

イザベルはクッションの利いた座席の背にもたれかかり、ちらりとほほえんでみせた。

半時間後、馬車は彼女の瀟洒《しょうしゃ》なロンドンの屋敷の前に着いた。

扉を開けたハロルドに、イザベルは命じた。「この人を家のなかへ運んでちょうだい」

従僕はしぶしぶという様子でうなずいた。「かしこまりました」

「それと……」彼女は剣を握りしめたまま馬車をおりた。

「はい？」

「さっきはよくやってくれたわ。あなたもよ、ウィル」もうひとりの従僕に向かってうなずく。

ハロルドは男前とは言いがたい大きな顔に嬉しそうな笑みを浮かべた。「ありがとうございます、奥様」

イザベルは軽くほほえみ、屋敷に入った。このフェアモント・ハウスは夫のエドモンドが亡くなる少し前に、彼女の二八歳の誕生日の贈り物として買ってくれたものだ。自分が死ねば爵位と不動産は親戚の手に渡ることがわかっていたから、イザベルのために長子不動産権のついていない屋敷を遺してくれたのだ。

四年前、彼女はこの贈り物を受けとると、すぐ内装に手を入れた。玄関ホールは壁を黄金色のオーク材、床は寄せ木張りにして、好きな家具や置物を飾った。ピンク色の大理石の天板に、金箔《きんぱく》を施した脚がついている優美なテーブル。半人半獣の少年が笑いながら野ウサギを手にしている黒い大理石の像。真珠層で縁取られた卵形の小さな鏡。どれも実際の値打ちよりは姿形が気に入っているものばかりだ。

「ありがとう、バターマン」イザベルは剣を小わきに挟み、手袋と帽子を取って執事に手渡した。「大急ぎで客用の寝室をひとつ使えるようにしてちょうだい」

彼女の使用人たちは教育が行き届いている。執事のバターマンは女主人が無造作に剣を抱えているのを見てもまばたきひとつすることなく、急な指示に応じた。「かしこまりました。青の間でよろしゅうございますか？」

「ええ」

バターマンが指を鳴らすと、メイドがひとり足早に階段をのぼった。

従僕のハロルドとウィルがセントジャイルズの亡霊を家のなかに運び入れた。つばの広い帽子は亡霊の胸の上に置かれている。

意識不明の男性を見て、バターマンはわずかに片眉をあげたが、なにも尋ねることなく淡々と従僕に指示した。「ハロルド、青の間だ」

「わかりました」ハロルドは肩で息をしていた。

バターマンが低い声で言う。「奥様、もしよろしければ家内にお手伝いをさせますが」

「助かるわ。急いで青の間に来させてちょうだい」イザベルは従僕に続いて階段をのぼった。

青の間に入ると、メイドがベッドから埃よけのシーツを取り払っているところだった。暖炉にはすでに火が入っている。

ハロルドがセントジャイルズの亡霊を抱えたまま、ためらうようなそぶりを見せた。亡霊の体が血や埃で汚れているのを気にしているのだろう。イザベルはかまわずベッドの上に置くよう身ぶりで示した。亡霊は染みひとつない上掛けの上に寝かされると、うめき声をもらした。

イザベルは剣を片隅の壁に立てかけ、急いでベッドへ近づいた。危険は逃れたにもかかわらず、まだ鼓動が速い。この突然の出来事に興奮しているのだ。なんといっても、セントジャイルズの亡霊を助けたのだから。いつもどおりの退屈な一日が、とんでもない展開になったものだ。

セントジャイルズの亡霊は、まだ意識を失ったままだった。顔につけた仮面が斜めに曲がっている。その仮面をそっと外して驚いた。黒色の薄いスカーフが、形のよい大きな鼻から額までを覆っている。目の部分に穴が開けられ、それが第二の仮面になっていた。イザベルは手にした道化師の仮面をためつすがめつ眺めた。黒い革製だ。高くつりあがった弓形の眉と奇妙な鉤鼻《かぎばな》のせいで、ギリシア神話に出てくるサテュロス神の顔のように見える。仮面をベッドわきのテーブルに置き、セントジャイルズの亡霊を見た。力なく、ぐったりとベッドに横たわっている。膝上まであるブーツの上あたりで、まだら模様のぴったりしたズボンがべっとりと血に濡れていた。イザベルは唇を嚙んだ。まだ鮮血がにじんでいる。

「おけがをされた方がいらっしゃるとうかがったのですが」執事の妻で家政婦のミセス・バターマンが足早に部屋へ入ってきた。そしてベッドに近寄り、セントジャイルズの亡霊を見おろすと、腰に両手をあてて力強くうなずいた。「これは服を脱がせて傷口を確かめるしかありませんわ」

「ああ、そうね」ミセス・バターマンが丈の短い上着へ手を伸ばすのを見て、イザベルはズボンのボタンに指をかけた。

背後ではっと息をのむ音が聞こえた。「奥様！」

「どうしたの、ピンクニー？」ボタンを外しながら尋ねる。乾いた血のりで生地が硬くなっているせいで思うようにいかない。

「そんなことをなさってはいけません」まるで女主人がウェストミンスター大聖堂のなかを裸で歩くと言いだしたとでもいうような慌てぶりだ。「その方は殿方なのですよ」

「あら、男性の裸体を見るのはこれが初めてというわけじゃなくてよ」イザベルは穏やかに応じ、亡霊のズボンをいくらかさげた。下着が血に染まっている。ひどい出血だ。命は大丈夫なのかしら。そう思いながら、下着の紐をほどいた。

ミセス・バターマンは亡霊の上着の前をはだけ、シャツをわきまでたくしあげて、傷の具合を報告した。「肩と胸にあざとすり傷がありますけど、ほとんど出血はしていません」

イザベルはそちらへ目をやり、思わず手の動きを止めた。胸は筋肉が隆々として、白い肌に薄く胸毛が生えている。腹部は硬く引きしまり、腹筋が割れ、胸から続く毛でへそがほとんど見えなかった。彼女はまばたきをした。たしかに男性の裸を見るのはこれが初めてではないし、今までに見たのはひとりだけというわけでもない。だが夫のエドモンドは、亡くなったときにはもう六〇歳になっていたため、これほど立派な体つきはしていなかった。エドモンドの死後にひそやかな逢瀬を楽しんだ恋人たちは、みな暇を持て余している貴族ばかりだったので、筋肉など女性とほとんど変わりなかったほどだ。つい、カールした毛の行きつく先へ視線が向いた。

それは、今、自分が手を置いている下着のなかへと続いている。

イザベルはごくりと唾をのみこみ、自分の手がかすかに震えているのを意外に思いながら、その下着をおろした。普段は人前にさらすことなどないであろう部分があらわになった。そこもまた、イザベルの知っているものとはまったく違った。

「おやおや」ミセス・バターマンが言った。「けがさえしていなければ、すこぶる健康な成年男子ですこと」

「本当だわ」ピンクニーがため息をもらす。

イザベルはいらだちを覚えて振り返った。ピンクニーは亡霊の体を見ようと、すぐうしろまで来ていた。イザベルは上掛けの端をつかみ、亡霊の下腹部にかけた。相手は意識がないとわかっていながらも、かばいたくなったからだ。

「ブーツを脱がせてちょうだい」ミセス・バターマンに指示した。「脚を全部、確かめたいの。それでも傷口が見つからなかったら、うつ伏せにしましょう」

さらにズボンをさげると、右の太ももに傷が見つかった。ズボンを脱がせたせいで、また傷口から血があふれだし、それが太ももを伝って流れ落ちた。

「ありましたわね」ミセス・バターマンが言った。「誰かにお医者様を呼びに行かせてもよろしゅうございますが、わたしもお針は得意でございますよ」

イザベルはうなずき、もう一度傷口をよく見た。思っていたほど深く切れているわけではなさそうだ。「必要なものを持ってきてちょうだい。ピンクニーに手伝わせるといいわ。このけが人は、お医者様に診ていただくのはきっと喜ばないだろうから」

ミセス・バターマンは急ぎ足で部屋を出ていき、ピンクニーもあとに続いた。

イザベルはけが人とふたりきりになった。どうしてわたしはセントジャイルズの亡霊を助ける気になったのだろう？　あのときは、ほとんど迷うこともなくこの人を馬車に乗せた。ひとりの人間が大勢から暴行を受けているところなど、想像するだけでもぞっとする。だが、こうして自分の家に運びこんでみてわかった。どうやらわたしはこの人に興味を覚えているらしい。道化師の格好をしてわが身を危険にさらすなどというまねをするのは、いったいどんな人物なのかしら？　追いはぎ？　殺し屋？　それとも、ただの頭がどうかした人？　彼女はセントジャイルズの亡霊を見おろした。優雅なベッドに横たわっている姿は、意識がないにもかかわらず、どこか威厳を感じさせる。肉体は今がまさに男性としての絶頂期だ。よく鍛えられた、たくましい体をしている。

でも、顔がわからない。

顔の上半分を覆っている黒いシルクのスカーフを外そうと、イザベルは手を伸ばした。ハンサム？　醜い？　それとも普通の顔？

まさにスカーフに触れようとしたときだった。

相手の手がさっと動き、彼女の手首をつかんだ。

セントジャイルズの亡霊が目を開けた。濃い茶色の瞳だ。「やめろ」

今日は予期せぬことばかり起きている。

ウィンター・メークピースは、レディ・イザベル・ベッキンホールの賢そうなブルーの目を見あげた。どうしたら彼女に正体を知られることなく、この場を乗りきれるだろう？

「だめだ」ウィンターはささやき声で言った。それに引き替え、レディ・ベッキンホールの手首は温かく、華奢ではあるが女性にしては力強い。それに自分の手は思うように力が入らなかった。

「わかったわ」レディ・ベッキンホールが低い声で答えた。「いつから気づいていたの？」腕を引こうとするそぶりは見せない。

「ズボンを脱がされているときからだ」妙な間合いで意識が戻ったものだ。

「じゃあ、死にかけていたわけではないのね」ほっとしたような口調だった。

ウィンターはうめき声をもらしながら室内を見まわした。めまいと吐き気に襲われ、また気を失いそうになった。「ここはどこだ？」

聞こえるか聞こえないかという程度のささやき声を保った。はっきり声を出さなければ、彼女に正体を気づかれずにすむかもしれない。

「わたしの家よ」レディ・ベッキンホールは首をかしげる仕草をした。「あなたがいやなら、無理にそのスカーフを外すつもりはないわ」

ウィンターは相手の顔を見ながら考えた。ぼくはまともに服を着ていない。けがもしている。ここは勝手のわからない家だ。つまり、どう見ても状況は不利だ。

彼女が優雅に片眉をあげた。「それに、その手を離してくれたらね」

ウィンターは言われたとおりにした。「すまない」

レディ・ベッキンホールは手首をこすり、目を伏せた。「あなたはわたしに命を助けられ、今は身を任せるしかないというのに……」彼の体へちらりと視線を向ける。「どういうわけか、少しも本心から謝っているようには聞こえないわ」

こちらへ顔を向けた。知性を感じさせながらも、茶目っ気のある魅力的な目をしている。まずい展開になりそうな予感がしてきた。

ウィンターは唇をゆがめた。「不作法な男なのさ」

「それはわかるけれど……」レディ・ベッキンホールは上掛けの端で隠された腰のあたりをちらりと指さした。そのせいで、不覚にも下腹部が反応した。「感謝する気もないとおっしゃるの？」わざとらしく悲しそうに頭を振る。

彼は両眉を動かした。「ぼくがこんなはしたない姿でも、あなたは怒ったりしないだろう。だが、こっちは気がついたらこの格好だ。あなた以外の誰に腹を立てればいいのかわからなくてね」

レディ・ベッキンホールは一瞬目を大きく見開き、笑いをこらえようとするように唇を噛んだ。「ただの興味本位であなたを脱がせたわけではないわ。どこから出血しているのか確かめたのよ」

「それはどうも」ウィンターは斜面を転げ落ちて頭から着地したような気分になった。これまでこの女性とこんな戯れるような会話をしたことは一度もない。〈恵まれない赤子と捨て子のための家〉の経営者としては何度か顔を合わせたことがあるが、そのとき彼女はぼくのことなど歯牙《しが》にもかけなかった。

今夜はこちらが顔を隠しているうえに、静かな部屋にふたりきりでいるからだろうか？それとも頭を打ったせいで、ぼくのほうがおかしくなってしまったのかもしれない。

「それで、肝心なことは確かめられたのか？」

レディ・ベッキンホールは柔らかそうな唇に秘密めいた笑みを浮かべた。

「ええ。見たいものはすべて見せていただいたわ」

ウィンターは息をのんだ。めまいを覚え、鼓動が速まり、下腹部がこわばっている。そのときドアが開き、彼はとっさに目を閉じた。意識が戻っていることをほかの人間には知られないほうがいいような気がしたからだ。筋道を立てて理由を説明できるわけではない。だが、直感に従って行動し、命拾いをしたことは何度もある。今ではもう自分の勘を疑うことはなくなった。

そっと薄目を開けて様子をうかがった。

見える範囲はかぎられているが、どうやらふたりの女性が入ってきたらしい。

「なにか変わりはありましたか？」ひとりが尋ねた。言葉のアクセントから察するに使用人のようだ。

「いいえ、まったく」レディ・ベッキンホールが答えた。

ほんの数秒前まで話をしていたという事実を彼女は明かさなかった。以前から感じていたことだが、本当に頭の回転が速い女性だ。

「そのスカーフは外したほうがいいと思いますわ」若い声をした別の女性が熱意をこめて勧めた。

「そうかしら」レディ・ベッキンホールが応じる。「正体を知ったら、殺されるかもしれなくてよ」

その突拍子もない理由づけを聞き、ウィンターは思わず片眉をあげそうになった。若い女性の使用人が小さく悲鳴をあげた。女主人のいかめしい口調がやけに芝居がかっているのには気づかなかったらしい。レディ・ベッキンホールは、さぞやおかしくて仕方がないことだろう。

年配の使用人がため息をついた。「なるべく手早く縫合しますから、それが終わったらこの人を安静に寝かせましょう」

その言葉を聞いて、ウィンターはこれからしばらく快適とは言いがたい状況に置かれるはめになることを悟った。

体全体が痛かったので、とくに右太ももがずきずきしていることに今ようやく気づいた。レディ・ベッキンホールが確かめようとしたのはこの傷だろう。

薄目をやめてまぶたを閉じ、手足の力を抜くと、ゆっくりと呼吸をしながら痛みが来るのを待った。

〝痛みが耐えがたいと感じるのは取り乱すからだ〟昔、師からそう教わった。〝痛みが来るのを待ち、みずからそれを受け入れれば、痛みはただの感覚にすぎず、無視することも可能になる〟

　孤児院のことに思いを馳せ、二八人の子供たちの引っ越しについて考えた。太ももに指が置かれ、傷口が押しあわせられ、皮膚が鋭い痛みに貫かれた。血液の生温かさが太ももを伝い落ちるのがわかる。痛みの感覚が意識のなかに入りこみ、そして出ていくのに身を任せたまま、ウィンターは心を切り離し、ひとりひとりの子供の顔を思い浮かべた。あの子たちは、この引っ越しをどう感じるだろう？

　新しい施設は部屋が広く、転落防止の柵がついた大きな窓があるため、明かりがたっぷり入る。鋭い針の先端が皮膚に突き刺さった。ほとんどの子供は新しい施設に移るのを喜ぶだろう。ジョセフ・ティンボックスはもう一一歳になるが、あの長い廊下を大はしゃぎで走りまわるに違いない。糸が皮膚のなかをずるずると引っぱられる。だがヒーリー・プットマンのように、孤児院の前に置き去りにされたことをまだ覚えている子供たちは、引っ越しに不安を覚えるかもしれない。また針が突き立てられた。そういう子たちには、しっかりと目配りをしてやらなくては……。傷口に液体がかけられ、炎のような熱さに襲われた。びくっとせずにすんだのは、ひとえに訓練の賜物《たまもの》だ。ウィンターはゆっくりと息を吸いこみ、吐きだした。そして、また針が皮膚に刺さるのを感じながら、子供たちのことを考えた。

　やがて縫合が終わった。考えごとをやめて現実に立ち戻ると、ひんやりとした手が額に触れた。目を開けなくても、それはレディ・ベッキンホールの手だとわかった。

「熱はなさそうね」レディ・ベッキンホールがつぶやいた。女性にしては低いハスキーな声だ。肌に彼女の息がかかったような気がして神経がざわついた。だが、それはただの思いすごしだった。よほど頭の打ちどころが悪かったに違いない。

「体を拭いたほうがいいと思って、水を持ってきたんですよ」年配の使用人が言った。

「ありがとう、ミセス・バターマン。でも、もう充分に手伝ってもらったわ」レディ・ベッキンホールは答えた。「あとはわたしがやるから」

「でも、奥様」若いほうの使用人が抵抗した。

「本当にもう大丈夫よ。助かったわ。水は置いていってちょうだい。ほかのものは片づけてね」

がさごそとこすれる音や、金属製の洗面器になにかが放りこまれる音がしたあと、ドアが開き、そして閉まった。

「意識はあるの？」

ウィンターは目を開けた。レディ・ベッキンホールが布を手にして、こちらを見ていた。彼女の手が自分の肌に触れるのかと思うと、体がこわばった。「拭かなくていい」

レディ・ベッキンホールは唇を引き結び、彼の脚に目をやった。「傷口が血で汚れているもの。きれいにしたほうがいいわ」挑発するような目でこちらを見る。「痛いからいやだというなら、やめておくけれど？」

「痛みなど怖くはない。あなたがなにをしようが平気だ」ウィンターはささやき声で言った。

「好きにしてくれ」

セントジャイルズの亡霊の茶色い瞳に挑むような光が宿ったのを見て、イザベルは息をのんだ。

「わたしがなにをしようが怖くはないというのね」低い声で話しかけながら、ベッドに近づいた。ミセス・バターマンが縫合をしているあいだ、彼がぴくりとも動かなかったため、また意識を失ったのではないかと心配した。でも、頰に血の気が戻っているところを見ると大丈夫そうだ。「怒り狂った兵士も、あなたを殺そうと追いかけてくる暴徒も怖くはないというわけね。だったら教えてちょうだい、亡霊さん、あなたにはなにか恐れるものはないの？」

彼がまっすぐにこちらを見据えた。「神かな。人間は誰しも創造主を畏《おそ》れるものだろう？」

「そんなことはないわ」裸体をさらしている男性と哲学的な話をするとは奇妙なものだ。イザベルは太ももにこびりついている血をそっと拭きとった。その肌は温かく、彼女の手が触れるとぴくりとした。「宗教心のない人なんて、いくらでもいるもの」

「そうだな」彼はずっとこちらの動きを見ていた。「だが、たいていの人間は死を恐れる。あの世で神に裁かれるのは怖いと思うものだ」

「あなたはどうなの？」イザベルはもう一度、布を濡らした。「死ぬのは怖い？」

「いいや」淡々とした口調だ。

彼女は眉をひそめ、かがみこんで縫合の具合を確かめた。きれいに縫われている。長い傷跡は残るだろうが、傷口は細く、それほど醜いものにはならないはずだ。こんなに男らしくて美しい脚を損なうのはもったいない。「信じられないわ」

おもしろい会話だとでもいうように、彼が唇の片端をあげた。「なぜだ？　ぼくがそんな嘘をつかなくてはいけない理由がどこにある？」

イザベルは肩をすくめた。「粋がっているだけかもしれないもの。仮面をつけ、道化師の格好をして町なかをさまよっているような人だから」

「それがいい証拠さ」ささやくような声だ。「死を怖がる人間は、剣を両手にセントジャイルズの通りをうろついたりはしない」

「そうね。でも死ぬのが怖いからこそ、死を軽く扱う人もいるわ」イザベルは布を太ももの上のほうへ滑らせ、腰を覆った上掛けのすぐそばを拭いた。

相手は身動きこそしなかったが、上掛けがテントのような形になった。彼女は体を起こし、洗面器の水で布を洗った。「死を見くびるというのは、考えようによってはおもしろい遊びだもの」

絞った布を下腹に置こうとしたときだった。

セントジャイルズの亡霊に手首をつかまれた。「あなたも遊んでいるのか？　それは見くびるというより、からかう行為だぞ」ささやき声にとげとげしさが含まれている。

上掛けがさらに高くなった。「そうかもしれないわね」イザベルは顔をあげ、相手の視線を受けとめた。「こういう遊びはお嫌い？」

「どうでもいいことだろう」彼の唇に皮肉な表情が浮かんだ。

彼女は両眉をあげた。「そんなことはないわ。その気がない人をからかってもつまらないだけだもの」

「それもまた楽しいんじゃないのか？」

胸がちくりと痛み、イザベルは目をしばたたいた。「傷ついたわ」

ふと気づくと、軽々と引き寄せられ、裸の胸に覆いかぶさりそうなほど近づいていた。この距離で目を見ると、虹彩の茶色い輪までよく見える。瞳孔が開いているのが苦しそうだ。

「それはすまない。申し訳ないことを言った。だが、ぼくはぬいぐるみではないものでね。もてあそばれるのは好きじゃない」

イザベルは顔を傾けた。このスカーフを外して顔を見ることができたらどんなにいいかしら。男性にこれほど興味を覚えたのはずいぶん久しぶりだ。せっかく少しばかり仲よくしようとしているのに、彼はこちらがとまどうほどあからさまな言葉でそれを拒絶する。こんな男性は初めてだ。貴族の友人や知人たちは、もっと優雅に謎かけのような言葉遊びで応じる。結局のところ、その言葉にはなんの意味もないのだけれど。この人は庶民なのだろうか？でも、彼の口の利き方は庶民が貴族に対するものではない。

もっと普段よく耳にしているようなしゃべり方だ。対等の立場か、あるいはもっと上か。

イザベルはひとつ大きく息を吸い、相手の体に視線をさまよわせた。「ええ、あなたはぬいぐるみなどではないわ。ごめんなさい」

　セントジャイルズの亡霊は驚いたように目を見開き、すぐに手を離した。

「こちらこそ、すまなかった。あなたには命を助けてもらったというのに。それはよくわかっているし、心から感謝もしている」

　イザベルは顔が熱くなった。どうしたのだろう？　赤面などしたのは子供のころ以来だ。相手が公爵だろうが王子だろうが、平気でからかったり冷やかしたりできるというのに、なぜこの男性のなんでもない言葉にこれほど動揺しているの？

「たいしたことはしていないわ」口調がいつもよりぶっきらぼうになった。イザベルは汚れた布を洗面器に放りこんだ。「かなり出血しているから、今夜はここにお泊まりになって。明朝になれば動けるでしょう」

「それはどうもご親切に」

　彼女は首を振った。「わたしが親切でないことは、今、お互いにわかったはずよ」

　セントジャイルズの亡霊は目を閉じながら、かすかにほほえんだ。「まったくその反対だよ。あなたはこのうえなく優しい人だ、レディ・ベッキンホール」

　相手がまだなにか言うのではないかと、イザベルは見つめた。だが、彼の息遣いは深くなっていった。

　セントジャイルズの亡霊は眠りに落ちた。

　イザベルが目を開けたとき、空は明け方のピンクがかった灰色に染まっていた。一瞬、どうしてこんなに肩が凝っているのだろう、なぜ自分のベッドに寝ていないのかしらと思いつつ目をしばたたいた。それから、はっとしてベッドを見た。

空っぽだった。

彼女は立ちあがり、上掛けに視線を落とした。ベッドはきれいに整えられていたが、上掛けの真ん中あたりに血の染みがついていた。昨夜、あの人がここにいたのは夢ではなかったということだ。上掛けに手を置いてみると、すでに冷たくなっていた。彼が出ていってから、ずいぶん時間が経っているらしい。

呼び鈴を鳴らし、いらだちながら誰も寝ていないベッドをにらんだ。ふと、ゆうべ疲れた頭の片隅に引っかかっていたことが心によみがえった。〝あなたはこのうえなく優しい人だ、レディ・ベッキンホール〟と彼は言った。わたしの名前を呼んだのだ。使用人たちは、わたしを〝奥様〟としか呼ばなかったはずなのに。

イザベルは息をのんだ。セントジャイルズの亡霊はわたしを知っている。

2

今ではは信じられないことですが、その昔、セントジャイルズの亡霊は生きている本物の道化師でした。旅まわりの一座について、町から町へと移動していたのです。着古した赤色と黒色のまだら模様の服を着て、舞台で悪役を相手に剣で戦っていました。でも、その剣が木製だったため、振りまわすたびに、ぴしっ、ぱしっとひび割れができました。それを見た子供たちは、大はしゃぎで野次を飛ばしました。

『セントジャイルズをさまよう道化師の亡霊物語』

温厚な教師であり、〈恵まれない赤子と捨て子のための家〉の経営者でもあるウィンター・メークピースは、ロンドンの街に朝日が差すころ、傾斜した屋根板の上にうずくまった。屋根の端を背にして、両手でひさしをつかむ。そのままひらりと飛びおり、四階のひさしにぶらさがった。指先に全体重がかかっている。体を揺らし、その勢いで窓から屋根裏部屋に飛びこんだ。着地をして、思わず顔をゆがめた。太ももの傷が痛んだせいもあるが、床におりるときに小さな音を立ててしまったからだ。

いつもなら、いっさい物音をさせずに部屋に入ることができる。

痛みをこらえてベッドに座り、まだら模様のズボンがどういう状態になっているか確かめた。すっかり汚れ、腰から膝にかけて大きく裂けている。包帯を巻いた傷口の上からズボンを脱いだときは、痛みが頭にまで響いた。破れたズボン、膝上まであるブーツ、二本の剣、仮面などを、ひとまとめにしてベッドの下に押しこむ。ズボンの破れを繕えるかどうかは神のみぞ知る、だ。裁縫ができないわけではないが、これほど裂けてしまっては、直せるかどうか自信はなかった。ウィンターはため息をついた。新しい衣装が欲しいのはやまやまだが、それを作るだけの経済的余裕がない。

裸のまま、片脚を引きずりながら洗面台へ行き、水差しの水を洗面器に注いだ。冷たい水で顔を洗い、部屋に鏡を置いておかなかったことを人生で初めて後悔した。顔にはっきりとわかる傷やあざはないだろうか？　顔をなでてみたが、昨日の朝、ひげを剃ったときの傷ぐらいしかなさそうだった。

ウィンターはうめき声をもらし、粗末な洗面台に両手をついた。顔から水が滴った。脚の傷が痛い。最後に食事をしたのがいつだったか思いだせないほど長時間なにも食べていないし、めまいと吐き気が一定間隔で襲ってくる。だが服を着て、普段どおりに振る舞わなければならない。今日も一日が始まるのだから。やんちゃな子供たちに勉強を教え、孤児院の子供たちに引っ越しの準備をさせ、妹のサイレンスが無事かどうか確かめるのだ。

しなくてはいけないことが多すぎる。

あまりにも大勢の人間から頼られている。

体が重い。

ウィンターは狭いベッドに倒れこんだ。ほんのしばらくでいいから休みたかった。目を閉じると、あの柔らかくも力強い手の感触がよみがえった。

魅惑的でハスキーな笑い声が耳に聞こえる……。

バン、バン、バン、バン。

はっとして体を起こし、右の太ももに走った激痛にうめき声をあげた。窓からさんさんと差しこむ日光が、壁のひび割れや、埃の積もった梁《はり》を照らしている。彼は目をすがめた。太陽の高さから察するに、もう昼に近い時刻だろう。どうやら寝こんでしまったらしい。

ドアを叩く音はしつこく続き、声が聞こえた。「ウィンター！　いるの？」

「今、行く」彼は枕の下にあったナイトシャツを急いで頭からかぶった。ズボンは見あたらず、ゆうべどこに置いたかも思いだせなかった。

「ウィンター！」

ため息が出た。仕方なくシーツを肩からはおり、寝室のドアを開けた。

姉が薄茶色の目に心配そうな色を浮かべ、こちらを見ていた。「あなた、今までどこにいたの？」

ケール男爵夫人ことテンペランス・ハンティントンが部屋に入ってきた。そのうしろには、黒髪に薔薇色の頬をしたメアリー・ウィットサンが立っていた。孤児院で最年長の女児なので、いろいろな役割を受け持っている。

テンペランスが少女にうなずいた。「寝室にいたと、みんなに伝えてちょうだい」

「はい」メアリー・ウィットサンは少しためらったあと、こう言い添えた。「ご無事でよかったです、ミスター・メークピース」そして部屋を出ていった。

テンペランスは片隅に売春宿でもあるのではないかと言わんばかりの表情でぐるりと寝室を見まわしたあと、ウィンターに詰め寄った。「昨日は真夜中まで、今日は朝からずっと、みんなであなたのことを探していたのよ。昨日、あなたは帰ってこないし、暴徒はセントジャイルズに流れこむし……。もしかして騒動に巻きこまれたのではないかと心配していたところへ、あなたが新しい施設の視察に現れなかったと知らされて、どれほど気をもんだことか」

テンペランスはベッドに座りこんだ。ウィンターも腰をおろし、さりげなく太ももをシーツで隠した。口を開きかけたが――。テンペランスの勢いは止まらなかった。

「そうこうしているうちにサイレンスから手紙が届いたわ。ミッキー・オコーナーと結婚して、隠れ家みたいなところで暮らすつもりだと書かれていた。使いの者に赤ん坊を渡してほしいと書いてあったから、仕方なく、あのいかついふたりにメアリー・ダーリンを預けたのよ」そう言うと、しぶしぶという口調でつけ加えた。「まあ、ふたりはメアリー・ダーリンのことをかわいいと思っているようだったし、あの子も彼らになついていたみたいだったけど」

姉が息継ぎをした隙に、ウィンターはズボンをはいた。「じゃあ、サイレンスは無事なのか？」

テンペランスはわからないというように両方のてのひらを上に向けた。

「多分ね。昨日のロンドンは兵士だらけだったわ。それを言うなら、今日もそう。みんな、ミッキー・オコーナーを探しているのよ。ねえ、信じられる？　なんでも彼が絞首台につりさげられたあとに、セントジャイルズの亡霊が縄を切ったらしいわ。でも、きっと誇張よね。噂とはそんなものだから」

ウィンターは無表情を装った。その噂は誇張などではない。まさに死ぬ寸前というところで、この自分が命を助けたのだ。だが、それを姉に話すわけにはいかない。

「それに昨夜はミッキー・オコーナーの屋敷が焼け落ちたのよ」テンペランスが声をひそめた。「まだくすぶっている焼け跡から、ひとりの遺体が発見されたらしいわ。みんな、ミッキー・オコーナーだろうと言っているけれど、サイレンスの手紙は火災のあとに届いたの。だから遺体が彼のわけはない。ミッキー・オコーナーは生きているに違いないわ。それにしても、ウィンター、あんな人と一緒にいて、サイレンスは危ない目に遭わないかしら？」

その質問にならば、自信を持って答えることができる。

「大丈夫だ」ウィンターは姉の目をしっかりと見て答えた。たしかにミッキー・オコーナーは危険な盗賊王かもしれないし、今はロンドンじゅうを騒がせている男だ。しかも、自分は彼のことを決して好きではない。だが、これだけははっきり言える。「彼はサイレンスを深く愛している。だからこそ、もう自分の力ではサイレンスを守れないと悟ったとき、黙ってぼくらに引き渡したんだ。あれはサイレンスのことを心の底から大切に思っている顔だった。きっと、どんなことがあっても命がけでサイレンスの身の安全を図ろうとするはずだ」

「そうだといいんだけど」

テンペランスはまぶたを閉じ、体の力を抜いて枕に倒れこんだ。その顔を見て、ウィンターはおやと思った。姉はまだ二九歳だ。自分とは三歳しか違わない。だが、その目元には小さなしわが刻まれている。以前からあったのだろうか？　それとも、ここ数週間の騒動で疲れが出たのか？

姉がまぶたを開けた。その目にはまだ心配そうな表情が浮かんでいた。

「あなた、まだわたしの質問に答えていないわよ。ゆうべはいったいどこへ行っていたの？」

「昨日の騒ぎに巻きこまれてしまったんだ」ウィンターは顔をしかめ、狭いベッドに姉と並んで寝転がった。「レディ・ベッキンホールとの約束に遅れてはいけないと道を急いでいたところへ、あの暴徒が押し寄せてきたんだよ。市場へ連れられていく牛の群れが突っこんできたようなものだ。ただし、もっとうるさくて、臭くて、猛々しかったけどね」

「まあ」テンペランスが彼の腕に手を置いた。「それでどうしたの？」

ウィンターは肩をすくめた。「もたもたしているうちに転んでしまい、みんなに踏まれて脚を痛めた」右脚を指し示したあと、姉が驚きの声をあげたのを聞き、慌ててつけ加えた。

「骨折はしていないよ。ただ、そのせいで歩きづらくなったから、近くの酒場に入って、騒ぎが静まるのを待ったんだ。帰ってきたのは真夜中だった」

テンペランスは眉をひそめた。「でも、あなたが戻ってきたのを誰も見ていないのよ」

「ずいぶん遅い時刻だったからね」

なんとすらすらと嘘が口をついて出てくるのだろう、とウィンターは思った。しかも相手は実の姉だというのに。あとで少し反省しよう。嘘つきは決して褒められたことではない。

彼は窓の外に目をやった。「そろそろ昼か。いいかげんに起きて仕事をしないと」

「だめよ」テンペランスがさらに眉根を寄せた。「脚を痛めたんでしょう？　一日ぐらい寝ていたって、ばちはあたらないわ」

「そうだな……」どうしようかと迷ったとき、姉がこちらの顔をのぞきこんだのに気づき、ウィンターは身構えた。「なんだい？」

「あなた、今、反論しなかったわね。よほど具合が悪いんじゃないの？」

そんなことはないと言いかけたとき、姉に脚を揺すられ、激痛にうめいた。

「ちょっと！」彼女は探るような目で、シーツに覆われた脚をじっと見つめた。「本当のところ、どの程度のけがなの？」

「ただの打撲だ」ウィンターは唾をのみこんだ。「心配するほどのことじゃない」

テンペランスは疑わしそうに目を細めた。

「でも、ご忠告に従って、今日は一日ベッドにいるよ」姉を安心させるためにそう言った。それに実際のところ、このけがでは立っていられる自信がない。

「そうしなさい」彼女は静かにベッドをおりた。「あとでメイドにスープを持ってこさせるわ。それにお医者様も呼ばないと」

「そんなことはしなくていい」つい声が鋭くなった。医者に診せれば、刃物による傷だとばれてしまう。それに、どのみちもうベッキンホール家で縫合はすんでいるのだ。ウィンターは努めて穏やかな声で言った。「本当に大丈夫だから。ただ少し眠りたいだけなんだ」

「そう？」テンペランスはまったく納得していない様子だった。「わたしが午後までいられるなら、力ずくでも診察を受けさせたいところだけど」

「なにか用事でも？」ウィンターは話題を変えようと尋ねた。

「領地のパーティに招待されているの。ケールがどうしてもふたり一緒に出席しようって」テンペランスは顔を曇らせた。「お客様はどうせ貴族ばかりよ。きっと馬みたいな長い鼻をつんとあげて、わたしを見下すでしょうね」

彼は思わず笑みをこぼした。その言いまわしがおかしかったからだ。姉を慰めようと優しい口調で言った。「そんなこと、誰にもできやしないよ。ケール卿に鼻を切り落とされるのが落ちだ。たとえ馬ほど長い鼻でなくてもね」

テンペランスがほほえんだ。「たしかに、彼ならそれくらいのことはしかねないわ」

姉が自分を大切にしてくれる男性とめぐりあえたことを、ウィンターは改めてありがたく思った。たとえ相手が貴族でも。

ふと、胸が痛んだ。テンペランスもサイレンスもよき伴侶を見つけた。ふたりとも、自分にとってはこの世でいちばん身近な人だ。結婚して子供が生まれれば、自分の家庭ができる。今でも姉と妹であることに変わりはないが、これからは少しずつ距離ができるだろう。

そう思うと、やはり寂しさを覚える。

だが、それを顔に出すわけにはいかない。「大丈夫だよ」ウィンターは穏やかに言った。「姉さんはそれだけしっかりしていて頭がいいんだから。そんな人、貴族にだってそうはいないさ」

テンペランスはため息をつきながらドアを開けた。「たとえそうでも、それだけじゃ貴族社会では認められないのよ」

「奥様」メアリー・ウィットサンが顔をのぞかせた。「ケール卿が馬車のなかでお待ちです」

「ありがとう」テンペランスは気が重そうな表情のまま、メアリーの頰に触れた。「ゆっくりしていけなくてごめんなさい。このごろはあまり話もしていないわね」

メアリーは生真面目な顔に残念そうな表情を浮かべた。テンペランスは結婚するまでこの孤児院で暮らし、メアリー・ウィットサンをとりわけかわいがっていた。

「いいんです。でも、きっとまたすぐに訪ねてきてくださいますよね？」

テンペランスは唇を嚙んだ。「一カ月ほど、こちらへは帰ってこられないの。パーティに招かれたお宅にしばらく滞在することになっているのよ」

メアリーがあきらめたようにうなずく。「いろいろとお忙しいんでしょうね。わたしたちと違って、奥様はもう貴族でいらっしゃいますから」

その言葉を聞いて、テンペランスは悲しげな顔になり、ウィンターは背筋が冷たくなった。メアリーの言うとおりだ。貴族の社会は、自分やメアリーが属している階級とはあらゆる意味でかけ離れている。そのふたつがいい形で交わることはないのだ。今度レディ・ベッキンホールに会うときは、それをしっかり肝に銘じておかなくては……。

たしかに、このごろの家具や内装は派手なのが流行《はやり》よね。数日後、イザベルはブライトモア伯爵のロンドンの屋敷の室内を見まわしながら、そう思った。それにしてもここまできらびやかだと、もう豪華というよりは馬鹿げていると言ったほうがいい。この大きな居間は、壁に薔薇色の大理石の柱が並び、その先端にはコリント式の頂華《フィニアル》と呼ばれる飾りがついているのだが、それがぴかぴかの金色だ。金色が使われているのはそこだけではない。壁、装飾品、家具、それにブライトモア伯爵の娘であるレディ・ピネロピ・チャドウィックまでもが金色に輝いていた。ドレスの全身に、たっぷりと金糸を使った刺繍《ししゅう》があしらわれている。ただのお茶会にそんなドレスを着るのは場違いだと思うが、金色を好む父親にして、この娘ありだ。

ギリシア神話のミダス王を親に持てば、その娘は金色を身にまとうしかないだろう。

「〈恵まれない赤子と捨て子のための家〉の経営者は、まあ、頭はいいのかもしれないけれど……」レディ・ピネロピが言った。いかにも性格には問題があると言わんばかりの口調だ。

「でも孤児院といえば、子供や赤ん坊のための施設なのよ。あのウィンター・メークピースという人は、孤児院を経営するにはふさわしくないわ。少なくともこの点では、みなさんのご意見は一致しているわよね」

イザベルはちぎったスコーンを口に放りこみながら、そうかしらと思った。今日は〝〈恵まれない赤子と捨て子のための家〉を支える女性たちの会〟が緊急の話しあいをするために集まった。参加しているのはイザベル、レディ・フィービー・バッテン、レディ・マーガレット・リーディング、レディ・ピネロピ、それにミス・アーティミス・グリーブズだ。ミス・グリーブズはレディ・ピネロピの付き添い《コンパニオン》の女性としていつも同行しているだけなので、どちらかというと名ばかりの会員といったところだろう。ロンドンを留守にしているため欠席している会員もいる。レディ・ヘロ、ケール卿と結婚したレディ・テンペランス、その義母であるレディ・アメリアだ。

集まっている人たちの表情をざっと見るかぎり、必ずしも全員がレディ・ピネロピの意見に賛同しているわけではなさそうだった。だが、レディ・ピネロピといえば誰もが認める美人――つややかな黒髪、スミレのような紫色の目、などなど――であり、そのうえ莫大な財産を相続することになっている女性だ。そんな相手に対して、普通は誰も反論しようとは思わない。

ところが、この会には気骨のある女性がいるようだ。

レディ・マーガレットが気を遣いながらもはっきりと咳払いをした。なかなかの器量よしで、濃い茶色の髪をカールさせている。社交界デビューをしていないレディ・フィービーに次いで年齢が若いが、個性は強そうだ。「姉妹のおふたりが結婚して孤児院を離れられたのは残念だけれど、ミスター・メークピースはもう何年も経営に携わっていらっしゃるわ。おひとりでも大丈夫だと思うわよ」

「あら」レディ・ピネロピは信じられないという顔をして、鼻こそ鳴らさなかったものの、それに近い音を出した。スミレのような紫色の目は、目玉が飛びだしそうなほど大きく見開かれている。お世辞にもかわいらしいとは言いがたい。「女性の管理者がいないことだけを問題にしているわけではないわ。わたしたちが支援者になったことで、これからは彼にも孤児院の代表としておおやけの場に出てもらわなくてはいけなくなるのよ。あの人にそれが務まると思う？」

レディ・マーガレットは困ったような顔をした。「それは……」

「この会があと押しをしているとなれば、ミスター・メークピースの社会的立場は変わるわ。今後は上流社会の集まりに招待されることが多くなるでしょう。お茶会とか、舞踏会とか、音楽会だってあるかもしれない。そこで彼がそつなく振る舞えなければ、わたしたちが恥をかくことになるのよ」

レディ・ピネロピは隣に座っているミス・グリーブズの鼻に手がぶつかりそうになるほど、大仰に腕を振りまわした。普段は物静かで目立たないミス・グリーブズがびくっとした。もしかすると、彼女はレディ・ピネロピの白い子犬を膝に抱いたまま、居眠りをしていたのかもしれない。

「そんなこと、無理に決まっているじゃない」レディ・ピネロピが続けた。「無神経きわまりない人だもの。先日だって新しい施設の視察をするというのに、レディ・ベッキンホールと約束した時間に現れなかったのよ。しかも、行けないことを知らせる一文すら送ってこないなんて。無礼にもほどがあるわ」

相手がどんどん興奮するのを見て、イザベルは愉快になった。「彼の肩を持つわけではないけれど、あの日はセントジャイルズで暴動があったから、なにか事情ができたのかもしれないわよ」それに自分も仮面をつけた謎の男性を介抱するのに忙しかったし……と声には出さずにひとりごちた。あのたくましい体は今でも夢に見る。彼女は慌てて紅茶をひと口飲んだ。

「暴動があろうがなかろうが、レディを放っておくなんて失礼に決まっているでしょう！」

イザベルは肩をすくめ、新たにスコーンをひとつ手に取った。暴動は約束の場に来られなかった充分な理由になるだろうし、じつは翌日、彼から謝罪の手紙が来ている。だが、これ以上余計なことを言ってレディ・ピネロピと口論になるのはわずらわしかった。それに、たしかに彼は孤児院の経営者としては優秀でも、社交界では大失態を演じそうだ。

「新しい施設には、もっと洗練された経営者が必要よ」レディ・ピネロピは息巻いた。「侮辱しないように気を遣いながらレディと話ができて、相手が公爵や伯爵でも親しくなれる人がいいわ。ビール醸造業者の息子などではだめなの」ビール醸造業など卑しい職業だとばかりに言い捨てた。

セントジャイルズの亡霊なら、公爵や伯爵が相手でもくつろいで会話をするだろう……。仮面を取った彼がどんな社会的身分であっても。ふとそんなことを思ったが、イザベルはその考えをわきへ押しやった。「あら、レディ・テンペランスだってビール醸造業者の娘よ。だって、ミスター・メークピースのお姉様だもの」

「そのとおり」レディ・ピネロピはぞっとしたような顔をした。「でも、少なくとも彼女はまともな結婚をしたわ」

レディ・マーガレットが唇をすぼめた。「たしかに彼は身分が低いかもしれないけれど、だからといって、わたしたちが孤児院を取りあげていいとは思えないわ。あの孤児院は彼のお父様が創設されたものなのよ」

「でもその孤児院は、今では潤沢な資金源ができて、施設も新しく大きくなったわ。これからは子供の数も増えるだろうし、社会的地位もあがるでしょう。なんといっても、このわたしたちが後ろ盾についているんだもの。半月後にはアーリントン公爵夫人の舞踏会があるのよ。そこでアーリントン公爵夫人が彼に、どういう境遇の子供たちが入所しているのか尋ねたらどうなると思う?」レディ・ピネロピは片眉をつりあげた。「あの人、きっとアーリントン公爵夫人に唾を吐くわね」

「そんなことはしないわよ」イザベルはミスター・メークピースを擁護した。でも、平気で無視はしそうね……。

たしかにレディ・ピネロピの言うとおりだ。この会が孤児院の支援についたことで、経営者であるウィンター・メークピースが社交界で重要な人物になるのは間違いない。今後、孤児院が発展すれば、ますます資金が必要になるし、もっと有力な後ろ盾が欲しくなるはずだ。それを得るためにも、社交界の難しい人間関係のなかで、彼はうまく立ちまわらなくてはいけない。だが、今の彼にそれは無理だろう。

「わたしが教えてさしあげます」レディ・フィービーがぼそりと言った。

全員が驚いてそちらへ顔を向けた。レディ・フィービーはまだ一七か一八といった年ごろのぽっちゃりした娘で、明るい茶色の髪にかわいらしい顔をしている。本来なら社交界デビューの準備をしている年齢だが、彼女にそのときは来ないだろうとイザベルは思っていた。眼鏡をかけていても目をすがめなくてはいけないほど、極端に視力が悪いのだ。

それでもレディ・フィービーは堂々と顔をあげた。「わたしでも、ミスター・メークピースのお力になることはできますから」

「もちろん、あなたにならその力はあるわ」イザベルは言った。「でも、未婚の女性が独身男性の指南役になるのは世間的にまずいと思うの」

レディ・マーガレットがなにか言いたそうにしていたが、今のイザベルの言葉を聞いて黙りこんだ。彼女もまた未婚の女性だからだ。

「でも、その案はとてもいいんじゃないかしら」レディ・マーガレットが思い直したように口を開いた。「彼は頭のいい人だもの。社交界の礼儀作法を覚えたほうが得だと指摘してさしあげれば、きっとご自分から学ぼうとされるはずよ」

そう言い終えると、レディ・ピネロピのほうを見た。レディ・ピネロピは椅子の背にもたれかかり、苦虫を嚙みつぶしたような顔をしていた。ミス・グリーブズは膝にのせた子犬をじっと見つめたまま、顔をあげなかった。コンパニオンという立場にありながら雇い主の意に反するような発言をすれば、命取りになるからだろう。

レディ・マーガレットはイザベルのほうを向いた。口元に茶目っ気のある笑みが浮かんでいる。「つまり、未婚の女性でなければいいんでしょう？　あなたなら上流社会の複雑さをよくわかっていらっしゃるし、彼がどんな態度を取っても冷静に教えることができそうだわ。あの人、原石だと思うの。どうかダイヤモンドに磨いてさしあげて」

その三日後、〈恵まれない赤子と捨て子のための家〉の新しい建物で、ウィンター・メークピースはそろそろと幅広い大理石の階段をおりていった。以前の建物の、踏み板が抜けそうな木造の階段とは大違いだ。だが大理石のほうが木造より滑りやすいため、まだ脚のけがが癒えず、杖をついている身としては気をつける必要があった。

「うん、この手すりは滑りがいがありそうだ」ジョセフ・ティンボックスがつぶやいた。すぐにまずいと気づいたのか、真面目ぶった顔でこちらを見あげる。「もちろんぼくはそんなこと、したことないですよ」

「そうだと信じているよ。危険だからね」ウィンターは心に書きとめた。今度子供たちの前で話をするときには、階段の手すりを滑りおりるなと注意しておこう。

「ああ、ここにいらしたんですね」頼りになるメイドのネル・ジョーンズが慌てた様子で階段の下に現れた。「応接間でお客様がお待ちです。でも、今日焼いたマフィンはもうないんですよ。おとといのクッキーならいくらか残ってるんですけど、きっとぱさついてます。それに紅茶に入れる砂糖もないってアリスが言うんですよ。どうしましょう？」

「そのクッキーでかまわないよ」ウィンターはネルをなだめた。「それに、どうせぼくは紅茶に砂糖は入れないから」

「でも、レディ・ベッキンホールは欲しいと思われるかも……」

ウィンターは階段の踊り場で足を止めた。鼓動が速くなっている。

「客人とはレディ・ベッキンホールなのか？」

「ええ。メイドの方とご一緒です」ネルは廊下の先にある応接間に壁を通して声が聞こえてはいけないとばかりにささやいた。「お靴に宝石がついているんですよ。レディ・ベッキンホールじゃなくて、メイドの方のお靴に！」

ネルは、こんな驚きはないという顔をした。

ウィンターはため息が出そうになった。レディ・ベッキンホールがそこにいると思うだけで、体がこわばるほど会いたいと思う。だが、彼女の好奇心の強さが怖い。今は面倒なことになるのだけは避けたかった。

「そのクッキーと紅茶をお出ししてくれ」彼は言った。

「でも、砂糖が……」

「それはこっちでなんとかする」焦っているネルを安心させようと、ウィンターはしっかりした声で答えた。「心配しなくてもいい。彼女は普通の女性だ」

「あんなにめかしこんだメイドをお連れになった女性が普通の人でしょうかね」ネルはぶつぶつとこぼしながら厨房へ戻っていった。

「ネル」ウィンターはメイドを呼びとめた。そもそも階下へおりてきた用事を思いだしたからだ。「例のふたりの女の子は、もう来ているんだろう？」

「いいえ」

「なんだって？」今朝、ここからそう遠くないホグ通りで五歳かそこらの姉妹が物乞いをしているという知らせがあり、ただひとりの男性使用人であるトミーに保護してくるよう言いつけたのだ。「どうしてだ？」

ウィンターは眉をひそめた。なにかがおかしい。つい先週もセントジャイルズ・イン・ザ・フィールズ教会に七歳くらいの女児が捨てられているという通報があり、すぐに連れに行ったのだが、どういうわけか少女は姿を消していた。たしかにセントジャイルズには相手が子供でもかまわず売春宿に売りつける男たちがいるのは事実だが、ほんの数分でさらっていくというのはあまりに早業だ。いったいどうやって——。

誰かが上着を引っぱった。振り返ると、ジョセフ・ティンボックスが茶色い目を大きく見開き、懇願のまなざしでこちらを見あげていた。「ぼくも一緒に応接間に行っちゃだめですか？　宝石がついた靴なんて一度も見たことがないから」

「いいよ」ウィンターは廊下の隅にそっと杖を立てかけ、少年の肩に手を置いた。こうすればレディ・ベッキンホールの目をあざむけるかもしれない。セントジャイルズの亡霊がけがをしたのと同じほうの脚を引きずっていることを、彼女に気づかれるわけにはいかないのだ。ウィンターはほほえんだ。「ぼくの杖代わりになってくれ」

ジョセフはにっこりした。天使の笑顔だ。いけないと思いつつ、ウィンターは胸が温かくなるのを抑えることができなかった。孤児院を運営する者はひいきをしてはいけない。二八人の子供たち全員を平等かつ公平に扱い、優しい目で、しかし一定の距離を保ちながら見守ることが大切だ。父親はそういう経営者だった。だが自分にはなかなかそれができず、毎日のように葛藤している。

ウィンターはジョセフ・ティンボックスの肩をぎゅっと握った。「お行儀よくするんだぞ」

「はい」ジョセフは当人としてはこれ以上ないというほど真面目な顔をした。その一生懸命さが、ウィンターにはますますかわいく思えた。

背筋を伸ばし、右太ももの痛みをこらえながら左右の脚に等しく体重をかけ、応接間のドアを開けた。

レディ・ベッキンホールの姿を見たとたん、一陣の涼風が体のなかを吹き抜け、命が躍動したような気がした。すべての感覚が敏感になり、彼女を異性として意識していることを痛いほど感じさせられた。

深紅のドレスに身を包んだレディ・ベッキンホールが振り向いた。肘丈の袖口はたっぷりとしたレースで飾られ、深い襟ぐりにも胸の膨らみを縁取るようにレースがあしらわれている。小さな縁なし帽のような頭飾りにも、ビーズとレースが使われていた。

「こんにちは」

「ようこそ」ウィンターは少年の肩に手を置いたまま、足取りに気をつけながら近づいていった。

レディ・ベッキンホールが片手を差しだした。かがみこんで手の甲にキスをしろということなのだろう。だが、そんなことをするつもりはなかった。

その手を取り、てのひらに感じる指の細さに軽い衝撃を覚えながら、短く握手をして、すぐに手を離した。「今日はなんのご用でお見えになったのですか?」

「あら、このあいだ待ちあわせをすっぽかしたおわびに、新しい施設を見せてくださると約束してくださったでしょう」レディ・ベッキンホールはからかうように目を大きく見開いた。「もうお忘れなの?」

ウィンターはため息が出そうになるのをこらえた。レディ・ベッキンホールのうしろにメイドが立っていた。ネルの言ったとおりだ。女主人ほどではないが、レースをふんだんにあしらった派手なドレスを着ている。ジョセフ・ティンボックスが、ウィンターとは反対のほうへ首を伸ばした。ネルが驚いていた宝石付きの靴を見ようとしているのだろう。

「先日は本当に失礼しました」ウィンターは謝罪した。

レディ・ベッキンホールは小首をかしげた。涙のしずく形をした真珠のイヤリングが揺れる。「あの暴動に巻きこまれたんですって？」

　ウィンターが口を開くより先にジョセフが会話に割って入った。「みんなに踏まれたり蹴られたりしたそうです。だから、この一週間はほとんど寝こんでらっしゃいました。引っ越しをするというので、やっとベッドから起きてこられたんです」

　レディ・ベッキンホールが興味を示したような顔をした。「本当に？　ミスター・メークピース、あなたがそんなにひどいけがをされたとは存じあげなかったわ」

　ウィンターは内心の動揺を押し隠し、穏やかな表情を保った。彼女は頭のいい女性だ。気をつけなくてはいけない。「この子がちょっと大げさに言っただけです」

「でも……」ジョセフが傷ついたような声を出した。

　ウィンターは少年の肩をぽんぽんと叩き、長椅子の背に手を置き換えた。

「厨房へ行って、お茶の用意ができたかどうか見てきてくれないか？」

　ジョセフがうつむいたのを見てかわいそうに感じたが、ウィンターは視線をそらさずに返事を待った。少しでも譲歩する態度を見せれば、少年はなんとかしてここに残る口実を見つけようとするだろう。

　ジョセフはがっくりと肩を落とし、応接間から出ていった。

　ウィンターはレディ・ベッキンホールのほうへ顔を向けた。「申し訳ないのですが、今日はまだ引っ越したばかりで荷物が片づいていないんです。来週あたりにおいでいただければ、そのときは喜んで施設のなかをご案内しましょう」

彼女はしばらく考えたあと、ようやくうなずき、安楽椅子に腰をおろした。ウィンターは心の底から安堵して、自分も長椅子に座った。右太ももに激痛が走ったが、無表情を装った。メイドも部屋の隅にある椅子に落ち着き、ぼんやりと窓の外へ目をやった。

「では、それでお願いするわ」レディ・ベッキンホールがハスキーな声で答えた。「新しい建物のなかを見せていただくのも楽しみだけれど、今日は別の用件もあってお邪魔したの」

ウィンターは内心のいらだちを押し隠し、なんでしょうという顔をしてみせた。今日は彼女のもったいぶった言いまわしにつきあっている暇はない。するべきことが山ほどあるからというだけでなく、彼女と一緒に過ごす時間が長引けば長引くほど、自分がセントジャイルズの亡霊であることに気づかれる可能性が高くなるからだ。早くお引きとりいただくに越したことはない。

レディ・ベッキンホールはちらりと美しいほほえみを見せた。「来週、アーリントン公爵夫人の舞踏会があるわ」

「はい?」

「わたしたち支える会としては、あなたに孤児院の代表として、その舞踏会に出席していただきたいと思っているの」

彼はそっけなくうなずいた。「その話ならもうレディ・ヘロからうかがっていますし、ご要望には従いますとお返事しました。本心では、ぼくが出席する必要などないと思っていますが」ドアが開き、ネルがふたりのメイドを従えて紅茶を運んできた。「それに、なぜあなたがその件でわざわざお見えになったのかも理解できませんね」

「わたしの用件は個人的なことなの」レディ・ベッキンホールが思わせぶりな口調で言った。

ウィンターはちらりと相手の顔を見た。彼女は口元にからかうような色っぽい笑みを浮かべている。

不安になり、彼は目を細めた。

レディ・ベッキンホールはブルーの瞳を輝かせた。「わたし、あなたを社交上手にする指南役に選ばれたのよ」

3

その道化師がいる一座は、年に二度、セントジャイルズにも来ていました。あるとき、若い貴婦人を乗せた馬車が一座のそばを通りかかり、喜劇を見ている見物人たちのそばで停まりました。貴婦人はカーテンを開け、窓の外を見ました。そして道化師と目が合ってしまったのです。

『セントジャイルズをさまよう道化師の亡霊物語』

イザベルの言葉を聞き、ウィンター・メークピースはゆっくりとまばたきをした。それが唯一見せた表情の変化だったが、石像のほうがまだしも表情が豊かだと思わせるような男性にしては、かなりの反応だろう。

「どういう意味ですか？」ミスター・メークピースが低い声でゆっくりと尋ねた。

いつも厳しい表情をしているのを気にしないのなら、なかなかのハンサムと言えそうだ。感じのよい顔立ちをしているし、顎には意志の強さが感じられ、鼻筋は通り、口元はきりっとしている。ただし、ほほえむことはめったにないし、ましてや声をあげて笑ったところなど一度も見たことがない。茶色い髪はうしろで無造作に束ねられ、髪粉はつけていない。服装はいつも黒か茶色の質素なものだ。おそらくまだ三〇歳にはなっていないと思うが、実際の年齢よりもずっと年上に見える。

今はくつろいだ様子で長椅子に座っているものの、応接間に入ってきたときはわずかに片脚を引きずっていた。それに、先ほどの少年がミスター・メークピースはこの一週間ほとんど寝こんでいたという話をしたときには、ちらりといらだった表情を見せた。ふと、青の間でベッドに横たわっていたセントジャイルズの亡霊のことが思いだされた。あの男性の裸体はたくましく、ぞくっとするほど官能的だった。

それに比べると、ウィンター・メークピースは学者のような体をしているのだろう。おそらく胸は筋肉が乏しく、腕も細いに違いない。まあ、わたしったら、どうして彼の裸体など想像しているのかしら？

イザベルはテーブルのほうへ身を乗りだした。ミス・ネル・ジョーンズとふたりのメイドは紅茶の用意をしたあと、目を丸くしてイザベルとミスター・メークピースを見比べていた。

「わたしがおつぎしましょうか？」イザベルは尋ねた。

ミスター・メークピースは顎をぴくりとさせたあと、メイドたちのほうへ顔を向け、いくらか表情を和らげた。「ありがとう、ネル。もうさがっていいよ」

ネルはなにか言いたそうな顔でちらりと雇い主を見たが、ミスター・メークピースはすでにイザベルのほうを向いていた。「どういうことか説明してください」

「そんなに急かさなくてもいいでしょう」イザベルはひとつ目のカップに紅茶をついだ。「あら、お砂糖がないわ。ベルを鳴らしてメイドを呼びましょうか?」

イザベルはにっこりとほほえんでみせた。

それを見ても、ミスター・メークピースは表情ひとつ変えなかった。

「今、砂糖は切らしています。砂糖なしで我慢していただくしかありません。そんなことより——」

「それは残念だわ。わたし、甘い紅茶が大好きなのに」

イザベルは残念そうに頬を膨らませ、相手が唇を引き結んだのを見て愉快になった。悪い癖だとは思うが、どういうわけかこの男性を挑発するのが楽しくて仕方がない。彼は決して胸のうちを外に出そうとしない。でも、だからといって感情がないとは思えなかった。彼は死火山のように見えるけれど、その硬い岩盤の下には熱いマグマが燃えたぎっている気がする。もしそれが噴火することがあるのなら、ぜひその瞬間をこの目で見てみたい。

「レディ・ベッキンホール」ミスター・メークピースはかすかに歯を食いしばった。「砂糖がないのは申し訳ないが、そんなことよりぼくは説明を聞きたい。今すぐに」

「わかったわ」イザベルは相手にカップを手渡し、自分のために紅茶をつぎながら続けた。「わたしたち支える会としては、あなたが少し社交辞令を学ぶと得になるのではないかと考えたの。たいしたことではないわ」なんでもないというようにひらひらと手を振り、カップを持って椅子の背にもたれる。「何度か会って、こつを伝授して——」

「けっこうです」

「——さしあげるだけだから」彼女はまばたきをして両眉をあげた。ミスター・メークピースは口元に少しばかり不愉快そうな表情を浮かべた。これがほかの男性なら、激怒していると解釈してもよさそうな顔だ。「今、なんと?」

「けっこうだと言ったのです」ミスター・メークピースは口もつけずにカップをテーブルに置いた。「そんなものを学びたいとは思わないし、そのための時間もありませんから。誠に申し訳ないが——」

「申し訳なさそうには聞こえないわね」イザベルは指摘した。「それがまさにわたしの言わんとしているところなの。あなたはご自分の感情を顔に出さないことをよしとしていらっしゃるようだけど、貴族女性に対する嫌悪感を隠すことができない」

彼は目を細めてじっとこちらを見ていた。なにを考えているのかはまったくわからない。やがて顔を傾けた。「ぼくがあなたのことを嫌っているように見えたのだとしたら謝りましょう。そんな気は毛頭ありませんよ。それどころか大いに感謝しています。ただ、社交辞令を教えていただくのはお断りすると申しあげているだけです。ぼくは忙しいのです。貴族にお世辞を言う練習をしている暇があったら、孤児院のことに時間を使ったほうが有意義だとは思いませんか?」

「でも、貴族にお世辞を言えるかどうかに孤児院とあなたの生活がかかっているとしたら?」

ミスター・メークピースが眉根を寄せた。「どういう意味ですか?」

イザベルは砂糖の入っていない苦い紅茶をひと口飲み、どうやって説得しようか考えた。彼は頑固な人だ。現状の厳しさをちゃんと理解させないことには、今回の申し出は突っぱねられてしまうだろう。そうなれば、彼は経営者という地位から追いやられる。彼の本心がどこにあるのかはさっぱりわからないが、この孤児院のことは大切に思っているはずだ。それに、ただ気難しくて冗談の通じない人間だというだけで、父親が創設し、自分も生涯の仕事だと思っている孤児院を取りあげられるのは気の毒だ。

イザベルはカップを置き、とっておきのほほえみを浮かべた。この笑みに目を奪われて舞踏会でつまずいた男性はひとりやふたりではない。

ミスター・メークピースは、どこの海でとれたのかもわからないタラを見るような目をした。

イザベルは心のなかでため息をついた。「レディ・ヘロやレディ・ケール、レディ・ピネロピといった上流社会でも力のある女性たちが孤児院の後ろ盾としてついたのだから、社交界の行事に出席するのが重要だということは理解してくださるわね？」

彼はかすかにうなずいた。

もしかしたらぴくりとしただけだったのかもしれないが、イザベルはそれを肯定と受けとることにした。「だったら、そういう社交の場で上手に振る舞うことが大切だというのもおわかりでしょう。あなたの言動のひとつひとつが、あなた自身だけでなく、この孤児院にも、それにわたしたちの会にも跳ね返ってくるの」

ミスター・メークピースがいらだたしげに応じる。「つまり、恥をかかせるなということですね」

「わたしは……」イザベルはいくらかましに見えるクッキーを一枚、手に取った。「あなたがこの孤児院を失うはめになるのではないかと心配しているのよ」

彼は黙りこんだ。もしかしたら衝撃を受けているのかもしれない。

「どういう意味です？」慎重な口調だ。

「経営者を辞めさせられるか、支援者を失うか、最悪の場合はその両方ね」イザベルは肩をすくめ、クッキーをかじった。ひどくぱさぱさしたクッキーだ。「上流社会の女性は不作法な殿方とは関わろうとしないものよ。だから社交上手にならないと、あなたはもうここの経営者ではいられなくなるか、資金源を失うことになるの」

苦い紅茶でクッキーを喉に流しこみ、彼女はカップ越しに相手の反応を見た。ミスター・メークピースは微動だにせず、宙をにらんでいる。心のなかで葛藤しているのかもしれない。

やがて、まっすぐにこちらを見据えた。イザベルははっとした。強烈な視線にからめとられたような気がして、めまいを覚えたからだ。間違いないわ、この人の心は計りしれないほど奥が深い。女性と愛を交わすときは、胸に秘めた感情を解き放つのかしら？　いやだ、わたしったら、ミスター・メークピースを相手になにを考えているの？　そんな性的魅力のある男性ではないのに。

頭が混乱したせいで、相手がしゃべっていることにも気づかなかった。

「お断りします」彼は立ちあがり、無意識の仕草かもしれないが、軽く右脚をさすった。「あなたから社交辞令を教わる気はないし、そんな暇もありませんから」

ぶっきらぼうにそう言い捨てると、応接間を出ていった。

どうしてレディ・ベッキンホールといると、ぼくは冷静でいられなくなるのだろう？　ウィンター・メークピースは片脚を引きずりながら、夕暮れの薄明かりが不ぞろいに並ぶ屋根を照らすセントジャイルズの路地を歩いていた。今日は半時間ほど彼女と一緒に過ごし、いけないとわかっていながらも危ういほど惹かれていくのを抑えることができなかった。彼女はあの暴動のさなかにセントジャイルズの亡霊を助けるほどだから、たしかに勇敢な女性だと言えるだろう。男と戯れたがる浅はかな癖はあるようだが、優しい人なのは間違いない。いや、これまで出会った誰よりも慈悲深いかもしれない。ぼくを自分の屋敷に連れ帰り、けがの手当てをして、みずからの手で介抱してくれたのだから。彼女のそんな一面を見たのは強烈な驚きだった。もしこれが靴屋や肉屋の娘なら、もっと深く知りたいと思ったところだろう。

ウィンターは首を振った。しかし、彼女は庶民ではない。ぼくが望んでいい相手ではないのだ。そんなことはわかりきっている。だからこそ、彼女とは距離を置けと自分に言い聞かせてきた。だが、今日は彼女からの申し出を受けてしまいたいという衝動に駆られた。応接間を出ていくのがどれほどつらかったことか。こんなのは馬鹿げている。

レディ・ベッキンホールは宵の明星ほど遠い高みに輝いている存在だ。彼女は身分も財産もある血筋に生まれたが、ぼくはビール醸造業者の息子だ。裕福とはほど遠いし、過去には何度か赤貧のどん底に落ちそうになったこともある。彼女が住んでいるのは高級住宅街で、幅広いまっすぐな街路が通り、白い大理石の建物が立ち並ぶ地区だが、ぼくが暮らしているのは……。

ここ、貧民街のセントジャイルズだ。

ウィンターは臭い水たまりをまたぎ、れんが壁の崩れかけたところを避けた。しばらく行くと、れんが壁の門が見えた。門扉は壊れ、風に揺られてきしみながら開いたままになっている。その門から墓地に入り、小さな石板のような墓石をよけながら進んだ。ここにはユダヤ人が眠っている。もう少し明るければ、ヘブライ語と英語とポルトガル語が混在した墓銘が見えるはずだ。キリスト教以外の宗教を弾圧した法律のせいで、この国から逃げだした人々の先祖だ。

小さな生き物の黒い影が墓地を横切った。おそらく猫かネズミだろう。ウィンターは墓地の反対側にある壁に近づいた。このあたりの壁はいくらか低い。彼はその壁をよじのぼり、向こう側の路地におりた。右太ももに鋭い痛みが走り、うめき声がもれそうになった。ろうそく屋の角を曲がると、別の路地がある。頭上で古い木製の看板が音を立てて揺れていた。ろう下手なろうそくの絵が描かれているが、歳月にさらされて塗料がはがれている。店の前には角灯がひとつ、ぽつんとつるされ、弱々しくて頼りない光を放っていた。

いくらかでも秩序が感じられるのはそこまでだった。角を曲がった先にある路地は真っ暗で、明かりはひとつもなかった。セントジャイルズの住人で日が暮れてからこんな路地に入ろうとするのは、よほど勇気のある人間か、怖いもの知らずの愚か者だけだ。

だが、ぼくは訓練を受けている。

薄気味の悪い暗がりに、わずかに残る玉石を踏む自分の靴音だけが響いた。夜の外出は角灯を携えるのが常識だが、彼は月明かりのなかを歩くほうが好きだった。

発情期の猫が甲高い鳴き声をあげ、別の雄猫が負けじと鳴き返した。ぼくは猫に同族と間違われているのだろうか？　もしかすると、異性を求める動物的な匂いを発しているのかもしれない。

ウィンターはわれながらあきれて首を振り、建物の下を通るトンネルのような通路に入った。壁はぬるぬると湿り、自分の靴音が天井に響いている。前方で誰かが、あるいはなにかが動いた。

足を止めることなく、彼は厚手の上着のなかに隠し持っていた長剣を鞘から引き抜いた。本来、庶民は長剣どころか短剣ですら身につけることを法的には許されていない。だが、そんな法律に従うのはとうの昔にやめていた。

剣を所持しているか否かは、ときに生死を分ける。

前方の人影がこちらへ突進してきた。ウィンターは歩きつづけたまま、さっと剣を振りあげた。昔、師に言われた言葉が心をよぎった。〝大胆な先手は戦いを有利に導く〟

剣を見て、追いはぎは思いとどまったらしい。慌てて逃げ去る足音が聞こえ、人影は見えなくなった。

ほっとするべきだとわかってはいた。相手があきらめてくれなければ、けがを負わせるはめになっていたかもしれないのだ。しかし今は、気持ちの行き場のなさから来るいらだちを抑えるのが精いっぱいだった。本能に突き動かされるままに殴りあいのけんかをして、命の危険にさらされ、勝利を味わいたい。

ウィンターは立ちどまり、トンネルの壁から悪臭のする水が滴り落ちる音を聞きながら、暗闇のなかで静かに呼吸をした。

ぼくは獣《けもの》ではない。

ある意味、だからこそセントジャイルズの亡霊になるのだ。本能的な欲求を制御された形で解き放つために。だが、今夜は仮面をつけていない。彼は剣を鞘におさめた。

トンネルのような通路を抜け、四方を建物で囲まれた狭い敷地に出た。それぞれの部屋から突きでたバルコニーが今にも崩れ落ちてきそうだ。ウィンターは足早に敷地を横切り、地面より低いところにある地階のドアを二度ノックすると、少し間を空けてまたノックした。かんぬきを引き抜く音がしたあとドアが開き、使いこまれた祈禱書《きとうしょ》のページのように長年の歳月によるしわが刻まれた顔がのぞいた。

「やあ、メディーナおばさん」

その小柄な老婆は挨拶を返すこともなく、急かすように手招きをした。

ウィンターは戸口に頭をぶつけないように気をつけながら、こぢんまりとした居心地のいい部屋に入った。暖炉ではぱちぱちと火がはぜ、天井には滑車と荒縄であげおろしができるように工夫された木製の枠があって、そこに洗濯物がかかっている。暖炉の前には背もたれのない低い椅子がひとつと小さなテーブルがあり、火のついた獣脂ろうそくが置いてあった。テーブルの上にははさみ、チョーク、針、糸など、メディーナの仕事道具が並んでいる。

「たった今、終わったところだよ」メディーナはドアを閉め、かんぬきを差しこんだ。のろのろとベッドのそばへ行き、そこに広げてあった上着を取りあげる。

赤色と黒色のひし形模様だ。〝人間は外見しか見ない〟師はよくそう言っていた。〝派手な衣装を着て、仮面をつけ、マントをひるがえせば、人々はその姿を見て夜をさまよう亡霊だと恐れおののき、誰もそれを着ている人間の特徴に気づかない〟

ウィンターは衣装の袖を手に取った。「いつもながらうまいものだ」

褒められたにもかかわらず、メディーナは顔をしかめた。「そう思うのなら、せいぜい大事に扱っとくれ」細い煙がのぼる獣脂ろうそくのほうへ顎をしゃくる。「明かりをつけて目を凝らしても、もう針の先がよく見えないんだよ」

「無理をさせてすまなかったね」ウィンターは本心からそう思った。メディーナの目は充血し、涙がにじんでいる。「ほかの仕事をするつもりはないのかい？」

彼女は肩をすくめた。「料理人くらいならできるかもしれないけどね。パイ作りには自信があったもんだ」

「覚えているよ」いたわるように言う。「おばさんのパイは本当においしかった」

「おまえさんのために初めてパイを焼いたときのことは忘れないよ」メディーナは衣装の長靴下をなでた。「あのころはまだ頼りなさそうな若者だった。とても剣なんか振るえそうには見えなかったよ。でも、恐ろしく筋のいい子だとスタンリー卿が言ってたからね」

メディーナは懐かしそうにほほえんだ。当時、彼女はウィンターの師であるスタンリー・ギルピン卿の使用人だった。だが、ふたりのあいだには、ただの主人と使用人という以上の信頼関係があったのではないかとウィンターは思っている。

メディーナの目つきが鋭くなった。「あれからおまえさんは変わった。だんだん、きつい人間になっている」

彼は両眉をあげた。「あのころはまだ一七だった。あれから九年も経ったんだよ。少しぐらい性格が変わっても不思議ではないだろう?」

メディーナは鼻を鳴らし、衣装をたたみはじめた。「さあね。ただ、あたしはよく思うんだよ。スタンリー卿はおまえさんに仮面と剣を渡したとき、自分がその若者にどういう運命を背負わせることになるのかわかっていらしたんだろうかって」

「ぼくのしていることに反対なのかい?」

彼女はいらだったように手をひらひらと振った。「小難しい議論はごめんだよ。だけどね、ひとりの人間が自分のことはあとまわしで、セントジャイルズを駆けずりまわって他人の厄介ごとを背負いこむなんて間違ってると思うだけさ」

「困っている人を見ても放っておけと？」興味を覚えて尋ねた。

ふいにメディーナが振り返り、射抜くようにこちらを見据えた。長いあいだ薄明かりの下で針仕事をしてきたせいで視力は弱っているかもしれないが、眼光は今でも鋭かった。

「衣装のズボンが破れていたけど、あれは刃物で切られた跡だね。血もついてた。おまえさんの太ももには、さぞやひどい傷があるんだろう」

まいったなと思いながら、ウィンターはおかしくなって頭を振った。

「ぼくは若いし、体も鍛えている。そんなけがはすぐに治るよ」

「今回はそうかもしれない」メディーナはひとまとめにした衣装を彼の胸に押しつけた。「でも、もっと深い傷を負ったらどうなる？　スタンリー卿からどう教わったかは知らないが、ウィンター・メークピース、おまえさんは不死身じゃないんだよ」

「ありがとう」彼は衣装を受けとり、ポケットから小袋を取りだした。孤児院が支える会を得てからこつこつと貯めてきた現金が、ほぼすべて入っている。「明日の午前中、孤児院に来てくれないか？　建物が新しくなって、ちょうど料理人が欲しいと思っていたところなんだ。おばさんの忠告はちゃんと守るから」

「ふん」彼女は小袋を手にすると、顔をしかめてドアを開けた。そして部屋から出ようとするウィンターに言った。「せいぜい体には気をつけとくれ。セントジャイルズはおまえさんを必要としているんだからね」

「おやすみ」

ウィンターは上着の前をかきあわせ、冷たい闇のなかへ出た。道化師の衣装を着ていれば、今すぐにでも災難に遭っている人間を探しだし、わが身を危険にさらしたいところだ。彼はいらだたしい思いで肩をすくめた。剣を振りまわしたり、こぶしを繰りだしたりしたくて、肩がうずうずしている。脚のけがを治すために一週間近くも寝こんでしまった。今はそのあたりの汚い壁でも殴りたい気分だ。

明日の夜だ。それくらいなら待てる。明晩こそは、助けを必要としている人間を見つけだす。そして暴漢をこの手で倒すのだ。

ウィンターはふと立ちどまった。自分はずっと穏やかな人間だと思ってきた。セントジャイルズの亡霊として活動するときはそういうわけにはいかないが、それは困っている人を助けるためだ。

そうだろう?

彼は自分にうなずいた。もちろんそうだ。セントジャイルズはロンドン社会の病巣と言っていい。ほかの地域では暮らせない極貧の人々がここへやってくる。娼婦、盗人、アルコール依存者など、社会の最底辺で生きる人間たちばかりだ。当然ながら、さまざまな問題を抱えている。まともに食べることすらできず、絶望のあげく自暴自棄に陥り、窃盗や強姦などの事件を起こすのだ。そういう事件の被害に遭っている弱い人々を守りたいが、昼間は忙しくて時間が取れないため、夜に活動している。世の中には善意と祈りだけでは正せない悪があるのも事実だ。

ときには剣でしか解決できないこともある。

ウィンターは角を曲がり、少し広い通りに出た。その拍子に痩せた小さな犬と出くわした。テリアの一種だろう。犬は驚き、キャンと吠えると、自分がのっていたぼろ布のかたまりのなかへもぐりこんだ。彼は犬のそばを通り過ぎようとしたが、ふとなにかが気になり、そこで足を止めた。犬とは関係なさそうな動きか匂いを感じたような気がする。

あるいは運命が自分をどこかへ導こうとしているのか……。

振り返り、もう一度ぼろ布のかたまりに目をやった。犬の黒っぽい毛に青白いものがのっている。海から迷いでてきた異国のヒトデのようにも見えるが……。いや、あれは子供の手だ。犬が唸《うな》るのもかまわず、ウィンターは腰をかがめてぼろ布をめくった。怯えきった顔の子供が、はっとしたように身を引いた。目は恐怖に見開かれ、口元は引きつっている。

相手を怖がらせないように、ウィンターはしゃがみこんだ。「大丈夫だよ。ひとりでここにいるのかい？」

子供は声も出せないほど固まっていた。

「おいで。暖かくて、怖くないところへ連れていってあげるよ」弱々しく抵抗する相手をなだめながら、彼は子供をぼろ布ごとそっと抱きあげた。この子がなにをそんなに恐れているのかわからないが、こんな寒いところに置き去りにして凍死させるわけにはいかない。

犬がぼろ布から道に落ちてキャンと鳴いた。

子供が小さな声でなにか言い、犬のほうへ腕を伸ばした。

ウィンターは犬に向かって言った。「ついておいで」

そして、もう振り返ることなく孤児院を目指した。犬はついてきても、ついてこなくてもどちらでもいい。

大事なのはこの子だ。

抱きかかえた胸のなかで子供はずっと震えていた。寒いからか、それとも怯えているからかはわからなかった。

三〇分後、〈恵まれない赤子と捨て子のための家〉の新しい建物が見えた。実用本位のれんが造りだが、周囲の建物に比べるとはるかに目立っている。ここは希望の光を放つ灯台だ。ウィンターはレディ・ベッキンホールの言葉を思いだし、不安になった。この孤児院を取りあげられたら、ぼくはどうやって生きていけばいいのだろう。ここで子供たちを支えていくことがぼくの生きがいだ。孤児院がなければ、いや、子供たちがいなければ、ぼくの人生にはなんの意味もなくなる。

彼は頭を振ってその考えを追い払い、ひたすら孤児院を目指した。早くこの子を建物のなかに入れてやらなければいけない。大きな階段のある立派な正面玄関ではなく、使用人用の裏口から入った。

「まあ、どうされたんですか？」メイドのアリスがウィンターの姿を見て驚いた。裏口を入ると、すぐに厨房がある。彼女は就寝前の紅茶を楽しんでいたようだ。「こんな遅い時刻に外出されていたとは存じませんでした」

「ミルクと砂糖をたっぷり入れた紅茶を頼むよ」ウィンターは子供を火床の前へ連れていった。

「しっしっ！」

アリスの怒ったような声を聞き、彼は振り返った。アリスは戸口にいる犬を追い払おうとしていた。

子供がべそをかいた。

「いいんだ、アリス、入れてやってくれ」

「まあ、汚くて臭い犬だこと」彼女はぶつぶつと文句を言った。

「わかっているよ」ウィンターは淡々と答えた。犬はそろそろと火床に近づいた。子供のそばに寄ろうか、知らない人間から逃げようか迷っているらしい。犬の毛から腐った魚の臭いが漂ってきた。

「ほら、紅茶ができましたよ」アリスはミルクと砂糖の入った紅茶のカップを手渡し、ウィンターがそれを子供の震える手に握らせるのを見ていた。「かわいそうに」

「ああ」彼は子供の汚れた顔から髪をそっと払ってやった。四、五歳に見えるが、本当はもっと上かもしれない。セントジャイルズの子供たちは成長が遅いのだ。

犬はため息をつき、火床のそばでうずくまった。

子供は疲れきっているらしく、まぶたが閉じかけている。ウィンターは子供を起こさないように気をつけながら、そっとぼろ布を外した。小さな胸が見えた。あばら骨が浮きでて、寒さで青白くなっている。

「毛布を取ってきて、この火で温めてくれ」彼は小声で頼んだ。

「この坊や、お風呂に入れなきゃいけませんね」毛布を持って戻ってきたアリスがささやいた。

「そうだな。でも、今夜はもう無理だろう。風呂は明日でいい」

明日の朝まで、この子が生きていればの話だが……。

ウィンターは子供の汚れた下着を脱がせ、両眉をあげた。「いや、違うぞ、アリス」

「はい？」

彼は眠りに落ちた子供を温めた毛布でくるんだ。「坊やじゃない。お嬢ちゃんだ」


その夜、親しい人たちからはメグスと呼ばれているレディ・マーガレット・リーディングは、レディ・ラングトン邸の舞踏室に入ったものの、あえて室内は見まわさなかった。ひとつには、誰が出席しているのかだいたい予想がついたからだ。ここに来ているのは、ロンドン社交界のなかでもとりわけ華やかな人々だった。兄のトマスとその妻もいるはずだ。大物政治家もこういう場には顔を出すし、なかには浮名を流している紳士や淑女もまじっているだろう。みな、メグスが社交界にデビューしてからおよそ五年間、ずっと関わってきた人たちだ。

しかし、部屋のなかを見まわさなかったのはそれだけが理由ではない。うっとりと彼を見つめてしまい、それを周囲に気づかれるのを避けたかったからだ。彼と交際していることは、まだ誰にも知られたくない。兄にさえも。彼とふたりだけの甘い秘密は、もう少し自分の胸に秘めておきたかった。ひとたび世間に公表してしまえば、ふたりだけの関係ではいられなくなる。あとほんの少し、彼をひとり占めにしておきたい。

室内を見まわさなかったのには、もうひとつわけがある。これがいちばんの理由かもしれない。いつも、その日初めて人混みのなかに彼の姿を見つけたときの喜びがあまりに大きいため、それを味わってしまうのがもったいないのだ。今でもロジャー・フレイザー＝バーンズビーの姿を見ると胸が高鳴り、胃がねじれ、めまいがして膝に力が入らなくなる。メグスはくすくすと笑った。これではまるで風邪の症状ね。

「ご機嫌うるわしそうだな、マーガレット」背後で豊かな男性の声がした。

振り返ると、兄のトマスが笑顔でこちらを見ていた。

おもしろいものね、とメグスは思った。社交界では決して評判のかんばしくなかったラビニア・テイトと昨年の一二月に結婚するまで、トマスは妹に笑顔を見せたことなどなかった。少なくとも、これほど朗らかな表情をしたことは一度もない。もちろん、社交的なほほえみはいつも顔に張りつけていた。マンダビル侯爵という爵位を持ち、国会の有力議員でもあるトマスは、自分が公人であることを自覚しているからだ。しかしラビニアをリーディング家に迎え入れてからというもの、トマスは別人と化した。本当に幸せそうな顔をするようになったのだ。愛の力はこんな堅物の兄ですら変えるのなら、普通の男性はどうなってしまうのだろう？

「あら。ラビニアもいらしているの？」メグスは満面に明るい笑みを浮かべて尋ねた。

妹の勢いに気圧《けお》されたのか、トマスが警戒するような口調で答えた。

「ああ、エスコートするにはしてきたがね」

愛の力もここまでね、とメグスは思った。

「よかった。あとでお話ししたいと思っていたの」彼女は普通にほほえんだ。

「だったら、自分で見つけだしてくれ。ラビニアは今、例の逃走した盗賊王のことで頭がいっぱいでね。ここに着くなり、新しい情報を求めて噂話の相手を探しに行ったよ。馬車のなかでも、焼け跡から盗賊王の遺体が発見された話ばかりしていた。想像しただけでもぞっとする。そんなことにレディが興味を持つのは感心しないんだが」トマスはいかめしく眉をひそめた。

いつものことだが、メグスは義姉に同情した。たしかに焼死体はレディにふさわしい話題ではないかもしれない。でもこれだけ世間が騒いでいれば、興味を持つなというほうが無理だろう。「今、ロンドンはその噂でもちきりよ。盗賊王のことと、それにセントジャイルズの……」ふいに兄との会話などどうでもよくなり、言葉が途切れた。

ロジャーの姿が視界に入り、相も変わらず膝が震えた。彼は何人かの友人に取り囲まれ、首をのけぞらせて笑っていた。喉元が男らしくてすてきだ。いわゆる典型的なハンサムというわけではない。顔は大きいし、鼻は低めだった。でも茶色い目が優しくて、彼が笑顔になると、こちらもつられて笑みをこぼさずにはいられない。その笑顔が自分にだけ向けられると、ほかのことはなにも目に入らなくなる。

「……夜会とか、舞踏会とか、そういうところへだ。おまえにも参加してもらうぞ」トマスがしゃべっていた。

メグスはわれに返った。〝そういうところ〟がどういうところなのか見当もつかなかったが、それはいずれわかるだろう。「もちろんよ。喜んで出席するわ」

「よかった。そのころには母上もロンドンへお戻りになるだろう。グリフィンとヘロがいないのは残念だ。社交シーズンの真っ最中に領地へ帰るとは、なにを考えているんだか」

「そうね」ロジャーは三人の男性と話していた。ダーク子爵、ミスター・チャールズ・シーモア、カーショー伯爵。三人ともロジャーの親しい友人だ。メグスはその三人とはほとんどつきあいがないため、そばに行くのはためらわれた。それにダーク子爵はかなりの遊び人だと噂に聞いている。ああ、ロジャーと目が合いさえすれば、庭で会いましょうと合図できるのに……。

金糸と銀糸で派手な刺繍を施された濃い紫色のシルクが視界をさえぎった。

「レディ・マーガレット！　ここにいらしたのね！」レディ・ピネロピはメグスに話しかけながらも顔はトマスのほうへ向け、目をぱちぱちさせていた。そのかたわらで、ミス・グリーブズがはにかむようにほほえんだ。「ミスター・メークピースのことでお話があるの」

「メークピース？」トマスが眉根を寄せた。「知らない男だな」

メグスが口を開きかけたときには、もうレディ・ピネロピが答えていた。

「〈恵まれない赤子と捨て子のための家〉の経営者ですわ。正確に申しあげるなら〝当面の〟というところですけれど。残念ながら、ミスター・メークピースは経営者としての資質に問題がありますの。もっと洗練された方に交代していただいたほうが孤児院のためなんです」

トマスは事情を知らないため、興味がないという顔で聞いていた。だが、メグスは口を挟まずにはいられなかった。たしかにミスター・メークピースは兄のトマスに負けないくらい堅苦しい人かもしれないけれど、孤児院の仕事に人生を捧げている。そんな人から孤児院を取りあげるのは横暴だし、それを黙って見過ごすのは恥に思えた。

メグスはにっこりした。「だから、レディ・ベッキンホールをミスター・メークピースの指南役にしようと会で決めたわけでしょう？　彼女にもう少しお時間をさしあげるべきではないかしら」

レディ・ピネロピが鼻を鳴らした。「もちろんレディ・ベッキンホールは有能な方だと思っているわ。でも、たとえ彼女をもってしても、ミスター・メークピースを変えるのは無理ね。絶対に新しい経営者を探すべきなの。だから、さっそく今日から、これぞと思う方々と面接をするつもりよ」

メグスは絶句した。「でも、まだ彼が経営者なのに――」

「それにふさわしい人ではないもの」レディ・ピネロピは愛らしげにほほえんだ。だが、あまり上品な笑みには見えなかった。「親しい友人に、よさそうな人を何人か推薦してもらったの。みなさん、洗練された方たちばかりよ」

「でも、孤児院を経営した経験はあるのか？」トマスが愉快そうに尋ねる。

レディ・ピネロピはまた鼻を鳴らし、ひらひらと手を振った。「これから学んでいただければいいことですわ。それに、必要ならふたり雇うこともできますもの」

ミス・グリーブズがあきれたように目をぐるりとまわした。メグスは、自分もレディ・ピネロピに見られずに同じことができればいいのにと思った。少なくともレディ・ピネロピは、ミスター・メークピースが膨大な量の仕事をこなしていることは理解しているらしい。

「ケール卿のお母様や奥様、それにレディ・ヘロがご不在のときに、そんな大きなことを決めるのはよくないと思うわ」メグスはきっぱりと言った。「なんといっても、支える会を立ちあげたのはあの方たちですもの」

反論できないことが悔しいのか、レディ・ピネロピは下唇をかわいらしく突きだした。それを見て、メグスはほっとした。あの三人の意向も確かめずに行動するのは筋が通らないということを、レディ・ピネロピはちゃんと理解するべきだ。ミスター・メークピースの立場が危ういことになっていると、三人に手紙を書いておかなくては……。

そのとき、ロジャーと目が合った。とたんに孤児院のことなど、どこかへ吹き飛んだ。彼は片目をつぶってみせ、庭園のほうへかすかに首を振った。

「あら、お友達がいるわ」メグスはつぶやいた。「ちょっと失礼します」

トマスとレディ・ピネロピが礼儀正しくなにか言ったようだが、ほとんど耳に入らなかった。ロジャーはさりげなくフレンチドアのほうへ歩きだしていた。わたしも周囲の目に気をつけなくては。でも、ああ、早く恋人の腕に抱きしめられたい。

4

愛とはなんでしょう。昔から偉い人たちがそれを解明しようとしてきましたが、いまだにわかっていないのです。でも、あの日、道化師と若い貴婦人が激しい恋に落ちたのは間違いありません。永遠に続く真実の愛は、お互いの身分や地位を超えるものです。ただ、それは美しくもあり、苦しくもあることなのです。

『セントジャイルズをさまよう道化師の亡霊物語』

「王様みずから、彼の首に懸賞金をかけたそうですよ」翌朝、ピンクニーが軽い口調で言った。

イザベルは鏡のなかのメイドを見あげた。ピンクニーは女主人の髪にピンを差していた。

イザベルは口のなかが乾いた。「彼って、セントジャイルズの亡霊のこと?」

「ええ」

懸賞金までかけるなんて……。チャーミング・ミッキー・オコーナーが亡くなり、当局はいよいよ亡霊狩りに本腰を入れることにしたようだ。こんなときぐらいは、彼も身を隠してくれるだろうと思いたい。だが、けがの手当てをしながら話をしたときの印象からすると、彼はあえて危険を避けようとする性格ではなさそうだ。ああ、わたしはどうして彼の心配などしているのかしら？　あのとき道端に倒れている彼に遭遇したのはただの偶然だし、彼を暴徒から助けたのは正義感に駆られたからにすぎない。もう二度と会うこともないであろう相手なのに。

イザベルは鏡に映った自分に顔をしかめてみせた。

「捕まらないとよろしいですわね」女主人の表情を見たわけでもないのに、ピンクニーはそう言った。カールした髪をピンで留めながら、小さく眉根を寄せている。「あの人、なんだかすてきでしたもの。もうチャーミング・ミッキーは死んでしまったし……。これでセントジャイルズの亡霊まで捕まってしまったら、ロンドンにハンサムな悪い人がいなくなってしまいますわ」

そう言うと、心底悲しそうな顔をした。

「はいはい、それは残念だわね」イザベルはそっけなく答えた。

「そうだわ、忘れていました！」ピンクニーは甲高い声をあげると、ポケットをまさぐり、手紙を取りだした。「今朝、届いたんです」

「あら、そう」イザベルは手紙を受けとった。

「郵便配達の人ではなくて、男の子が持ってきたんですよ」ピンクニーは言った。「きっと恋文ですわ」

イザベルは両眉をあげ、封を切って手紙を開いた。

〝レディ・ピネロピが孤児院の新たな経営者を求めて面接を始めています〟

眉をひそめて、封筒の表裏を確かめた。署名はなく、イザベルの名前のほかにはなにも書かれていない。だが、送り主には心当たりがあった。

「恋文でした？」ピンクニーが興味津々という口調で尋ねる。

「いいえ」イザベルはつぶやいた。

先日、ウィンター・メークピースを説得に行ったとき、あのいまいましい人はぷいと応接間を出ていってしまった。このままでは、もう会ってもくれないだろう。なんとかして彼に事態の深刻さを理解させ、良識ある判断をさせなくてはいけない。今、わたしが動かなければ、彼は孤児院から追いだされることになるのだから。イザベルは立ちあがり、手紙を暖炉に投げ入れ、それが炎をあげて燃えつきるのを見つめた。今日の午後は友人から馬車で公園へ行こうと誘われている。その前に買い物へ出かけ、知りあいを訪ねてみようかと思っていた。

彼女は鼻にしわを寄せた。でも、どれもたいした用事ではない。そもそも、わたしの日常に重要なことなどひとつもないのだ。「ジョンに馬車の用意をさせてちょうだい」

「はい、奥様」ピンクニーは軽やかな足取りで部屋を出ていった。

馬車の支度を待つあいだ、イザベルは肩をいからせ、暖炉の前を行ったり来たりした。今日はなにがあっても絶対に引きさがるわけにいかない。必要とあらば寝室までも押しかけて、ミスター・メークピースを追いつめよう。そこまですれば、さすがに彼も考えを変えるかもしれない……。

なにか床に落ちていたものを蹴飛ばしてしまい、しゃがみこんでそれを拾った。絵の描かれた木製の独楽《こま》だ。てのひらほどの大きさしかない。イザベルはそれをしばらく見つめたあと化粧台に置き、部屋を出た。

ピンクニーは階段の下でボンネットをかぶっているところだった。「お買い物ですか、奥様？」

「いいえ、孤児院よ」ピンクニーが肩を落としたが、それは無視して続けた。「わたしの化粧台におもちゃが置いてあるから、カラザースに片づけるよう伝えてちょうだい」

「はい、奥様」ピンクニーは小走りで立ち去った。

やがて馬車の用意が整い、ふたりは出発した。馬車のなかで、イザベルはエメラルド色のドレスのスカートをなでた。孤児院に着ていくには上等すぎる。きっと彼は非難がましい顔をするだろう。イザベルは顎をあげた。なんと思われようとかまうものですか。あの人には妙に年寄りくさいいかめしさがある。そこもわたしが直してさしあげるわ。

馬車は途中で遅れることもなく、およそ三〇分後には孤児院の新しい建物に着いた。従僕のハロルドが馬車の扉を開け、ステップを用意した。

「ありがとう」イザベルは馬車をおりた。居眠りをしていたピンクニーがあくびをこらえながらあとに続く。「馬車は通りの角を曲がったところで待たせておいてちょうだい。帰るときは誰かに呼びに行かせるわ」

イザベルはスカートの裾をつまみあげ、正面玄関前の短い階段をのぼった。

「ノックしましょうか？」ピンクニーが尋ねた。

「ええ、お願い」

ピンクニーは重そうな鉄製のノッカーを持ちあげ、手を離した。そして凝った刺繡を施したターコイズ・ブルーのスカートをいじった。何度も感じてきたことだが、このメイドには女主人より地味なドレスを選ぼうという気はないのかもしれない。

ドアが開き、そばかすのある少年が現れた。

名前を思いだせなかったが、それでもかまわなかった。この孤児院では、男の子は全員ジョセフ、女の子はメアリーと名づけられている。

「こんにちは、ジョセフ」イザベルは努めて明るい声で言った。「ミスター・メークピースはいらっしゃる？」

「女の子のところにいます」少年は真面目くさった顔で、よくわからない返事をした。そしてイザベルの次の言葉も待たずに、ふたりを建物のなかへ案内しはじめた。もともと〈恵まれない赤子と捨て子のための家〉が入っていたのは縦に細長い建物で、安普請と老朽化のせいで今にも崩壊しそうだった。一年ほど前、その旧施設が焼失した。それをきっかけに〝〈恵まれない赤子と捨て子のための家〉を支える女性たちの会〟が発足し、新施設を建てる計画が推し進められてきた。この新しい建物は廊下が広くて明るく、漆喰《しっくい》の壁は落ち着きのあるクリーム色に塗装されている。右側には昨日ミスター・メークピースと話をした応接間があり、少年はその前を通り過ぎた。廊下の奥には食堂と広い厨房、そして左側には上階へ続く大理石の大きな階段があった。なかなか立派な建物で、必要なものはそろっているようだけれど、装飾品がないわね、とイザベルは思った。新築の美しさが色あせる前に、なにか少し飾ったほうがいい。

少年が黙って階段をのぼりはじめた。イザベルはそれに続き、ピンクニーも息を切らしながらついてきた。二階には教室があって、子供たちの話し声と大人のゆっくりした低い声が聞こえた。三階には子供たちの寝室があるが、昼間なので誰もいなかった。少年は寝室の前を通り過ぎ、廊下の奥にある表示のないドアを開けた。

そこは小さいながらも居心地のよさそうな部屋で、明るい青色と白色のタイルで縁取られた暖炉があり、背の高いふたつの窓からたっぷりと光が差しこんでいた。壁に沿うように四台のベッドが置かれ、そのひとつに幼い子供が寝ていた。上掛けと真っ白なシーツに覆われ、濃い茶色の髪が枕に広がっている。その隣には、白い毛に黒いぶちの入った小さな犬がうずくまっていた。

ウィンター・メークピースがベッドわきの椅子から立ちあがり、疲れきった険しい表情に驚きの色を浮かべた。

「なぜあなたがここに?」声にも疲労がにじんでいる。「昨日に引きつづき、今日はどんな用事ですか?」

「わたしも頑固者なの」イザベルはつぶやいた。「どうか座ってちょうだい」どうやら徹夜で子供の看病をしていたらしい。彼女はベッドに近寄り、小さな顔をのぞきこんだ。犬が警戒するように小さく唸った。「なんの病気なの？」

ミスター・メークピースは子供のほうへ顔を向けた。落ち着いた表情だが、一瞬唇を引き結んだところを見ると、じつはかなり心配しているのだろう。その口元を見て、上唇のほうが下唇より横幅が広いことに、イザベルは初めて気づいた。ふと、以前にも同じような形の唇を見た気がした。あれは誰だったろう……。

「わかりません」その言葉で思考がさえぎられた。「昨晩、路地でこの犬と一緒にいるところを保護したんですよ。医者にも診せましたが、栄養失調と疲労のほかにとくに問題はないと言うばかりで」

イザベルは眉根を寄せた。「お名前は？」

ミスター・メークピースは首を振った。「しゃべらないんです」

「わんころの名前はドドだって言ってました」ジョセフが答えた。ベッドの向こう側にある椅子に座り、少女の腕をなでている。

ミスター・メークピースが首を傾けた。「すみません。正確に言うと、ぼくを含む大人にはなにもしゃべらないんですよ。ジョセフ・ティンボックスとはふたりきりのとき、少し話をしているようです」

当のジョセフ・ティンボックスが力強くうなずいた。「この子の名前はピーチですよ」

大人三人は顔を見あわせた。ピンクニーがくすくすと笑う。イザベルがひとにらみすると、メイドは笑いをのみこもうとしてむせた。

一瞬、沈黙が流れた。イザベルは小さく咳払いをした。「ピーチというのは、なんというか……ちょっと変わった名前ね」

少年はかたくなだった。「この子はピーチと呼ばれていたんです。勝手に別の名前をつけるのはよくないと思います」

「もちろん、そんなことはしないよ」ミスター・メークピースが穏やかに答えた。「それが本当にこの子の名前なのかどうか、目が覚めたら訊いてみよう」

ジョセフ・ティンボックスが反論しようと口を開きかけたとき、女の子が目を覚ました。少女は周囲を見まわし、怯えたように目を見開くと、今度はぎゅっとまぶたを閉ざし、ジョセフ・ティンボックスの手にしがみついた。

ミスター・メークピースが哀れむような顔をした。「ジョセフ、ぼくはレディ・ベッキンホールと応接間に行くから、よかったらこの子に……ピーチに……さっき持ってきたスープをのませてやってくれないか」

彼は頼むぞというように少年の肩を叩くと、イザベルとピンクニーを部屋から連れだし、ドアを閉めた。

「ばたばたしていて、すみません」階段をおりながら謝罪する。「新しい子を保護したときは、たいていこんな感じなんです」

「そうでしょうとも」イザベルは相手について階段をおりながら応じた。「それにしても、あの子はどうしてジョセフ・ティンボックスとだけ話をするのかしら？」

「彼を信頼しているからですよ」ミスター・メークピースは一階の床におり、悲しげな表情で肩越しに振り返った。「ぼくのことは信用していない」

「でも……」彼女には解せなかった。なにがあったのかは知らないが、これだけ孤児院に人生を捧げている人が子供を傷つけるようなことをするとはとても思えない。

ミスター・メークピースは頭を振り、応接間のドアを開けた。「別にあの子が被害妄想にとらわれているわけではないんです。あの年齢で大人を信頼できないというのは、よく知っている大人から虐待を受けてきた証拠です。だから、年齢の近いジョセフ・ティンボックスにしか心を開けないんですよ」

「そういうことなの」イザベルは力なく長椅子に腰をおろした。あんなに痩せ細った小さな女の子が折檻を受けているところなど、想像するのもいやだった。鞭《むち》で打たれでもしたのだろうか？　彼女は身震いした。ふと、ミスター・メークピースが少年の肩に手を置いたときのことを思いだした。「あなた、あのジョセフ・ティンボックスという子がかわいくて仕方がないのね」

彼の表情がこわばった。「どの子も同じですよ」

イザベルは片眉をあげた。あのとき、彼の顔には深い愛情が浮かんでいた。「でも――」

ミスター・メークピースは肘掛け椅子に座りこみ、頬杖をついた。

イザベルは目を細め、メイドに向かって言った。「厨房に行って、昼食を用意するように頼んでちょうだい。お肉とチーズとパンと、もしあれば果物を。それに濃い紅茶もね」

「ぼくなら、いりませんよ」ミスター・メークピースが口を挟んだ。

「最後に食事をしたのはいつなの？」

彼はいらだたしげに眉根を寄せた。「昨晩かな」

イザベルは口をすぼめた。「だったら、なおさらちゃんと食べなくては」

ミスター・メークピースは顔をしかめた。「あなたも相当頑固だな」

「あら、そう？」そのからかうような口調を聞いて、彼女は胸が温かくなった。けれども無精ひげに気づき、また心配になった。もしかして昨夜は一睡もしていないのだろうか？　わたしにこんな口を利くほど気を許すというのは、かなり疲れている証拠だ。ふと、ある考えが浮かんだ。「お引っ越しも終わったことだし、料理人を雇わなくてはね。今いるメイドたちは、それでなくとも忙しいのだから」

ミスター・メークピースはあくびを噛み殺した。「うちの女の子たちも料理をしますよ」

「そうね。でも毎食、子供たちに用意させるのは無理でしょう？　わたしもあの子たちが焼いたクッキーをいただいたし、それはそれでまあ……おいしくちょうだいしたけれど、でも腕のよい料理人がいたら、もっといいんじゃないかしら」

返事を待ったが、聞こえてきたのは軽い寝息だった。頬杖をついたまま眠ってしまったらしい。イザベルはその寝顔を眺めた。穏やかな表情だ。まつげが濃く、ひげをきれいに剃っていれば少年のように見えたかもしれない。だが、今はその無精ひげのせいで危険な香りがした。

イザベルは苦笑した。これほど安全な男性はいないのに。疲労困憊のあまり昼日中に人前で居眠りをしてしまうほど、孤児院のためにつくしている人なのだから。自分の時間ができたときには、いったいなにをしているのだろう。日記でも書いているのかしら？ それとも読書？ 教会めぐり？ さっぱり想像がつかない。ミスター・メークピースはどこかしら謎めいている。自己犠牲の精神で生きている人だが、自分自身のことはなにも語らないからだ。もし――。

ドアが開いた。ピンクニーが戻ってきたのかと思い、イザベルは顔をあげた。

しかし、そこに立っていたのは小柄な老女だった。「おや、これは失礼」

「やあ、メディーナおばさん」ミスター・メークピースが眠そうなかすれ声で言った。ドアが開いた音で目が覚めたらしい。「いいところに来てくれたよ」

老女は首をかしげた。「なんだい？」

彼はイザベルを手で指し示した。「今ちょうど、レディ・ベッキンホールから文句を言われていたところなんだ。この孤児院にはいい料理人がいないとね」

イザベルはむっとした。「わたしは文句なんて――」

ミスター・メークピースは彼女を無視して続けた。「さっそく今日から働いてもらえるかな？」

「もちろんかまわないよ」

「よかった」

トレイを手にした女の子たちとピンクニーが騒々しく応接間に入ってきた。ピンクニーはうんざりしたような顔をしている。

「奥様、昼食をお持ちしました」

「ありがとう」イザベルは笑みを浮かべ、サイドテーブルを指さした。「そこに置いてちょうだい。わたしはこれからお食事をしながら、彼と少し込み入った話をするから」

ミスター・メークピースが警戒するように咳払いをした。「なんですか?」

彼女はにっこりとほほえんだ。「あなたがここを辞めなくてもいいように、わたしが力になるわ」


当然のことながら、レディ・ベッキンホールの言葉を聞いて女児たちがざわついた。ウィンターはピーチの看病でほとんど眠っていなかったが、どういうわけかレディ・ベッキンホールがそこにいてくれるだけで元気が出た。

それと同時にいらだちも覚えた。

「メアリー・ウィットサン、メディーナおばさんを厨房へ案内してくれ。おばさんは今日から孤児院のみんなのために料理をしてくれる。おばさんの言うことをよく聞いて、一生懸命お手伝いをするんだよ。ほかの子たちは授業に戻りなさい」

女児たちは残念そうな顔をした。メアリー・ウィットサンは小さくうなずき、メディーナに向かってほほえむと、一緒に応接間を出ていった。

ウィンターはレディ・ベッキンホールのほうへ顔を向けた。濃い緑色のドレスが茶色い髪によく似合い、まぶしいほどに美しい。

「まずはお食事にしましょう」彼女は立ちあがり、皿を手に取ると、肉とチーズとパンをのせた。女性にしては量が多い。「あなたとわたしのことだから、どうせまた言いあいになると思うけれど、口論するしかないなら、お腹が膨れてからのほうがいいわ」

ウィンターは困惑し、黙って相手を眺めた。いったいどういうつもりなんだ？

レディ・ベッキンホールは振り返り、彼が顔をしかめているのを見て、とびきりの笑顔を見せた。「ほら、召しあがって。そうしたら少しはご機嫌が直るわよ」

そう言うと、料理が盛られた皿を差しだした。

親切にされていながら不機嫌な顔をしているのは難しい。ウィンターは皿を受けとり、心が癒されたような気がした。誰かに世話をされることなどめったにない。いつもはこちらが世話をする側だ。

ひとつ咳払いをしたあと、ぶっきらぼうに言った。「ありがとう」

彼女はひるむことなく、鷹揚《おうよう》にうなずいた。自分の皿に小さなチーズをひとつとパンをひと切れのせ、長椅子に戻った。「そこの隅になにか置いたらいかが？」三角形をしたチーズの先端で、暖炉の右側を指し示す。「彫像なんてどうかしら。白い大理石のかわいい像を持っているの。コウノトリとカエルよ」

とまどいを覚え、ウィンターは目をしばたたいた。「コウノトリ?」

レディ・ベッキンホールがうなずく。「それとカエル。古代ローマのものよ。いえ、古代ギリシアだったかしら。イソップ物語を題材にしたものだと思うの。たしかイソップはギリシア人だったわよね?」

「ええ」ウィンターは皿をわきに置き、頰杖をついた。「余計なおしゃべりはそのくらいにして、本題に入りませんか?」

彼女が残念そうな笑みを浮かべた。「そんなにわたしと口論したいの?」

そのほほえみがずしんと胸に応えたが、感情を押し隠して話を続けた。

「そうするしかないなら、仕方がないでしょう」

「ええ、そうするしかないわ」レディ・ベッキンホールは静かに言った。「レディ・ピネロピは、この孤児院の経営者の首をすげ替えるつもりよ」

ウィンターは愕然《がくぜん》とした。そういう話だろうと覚悟はしていたものの、はっきり聞かされると衝撃が大きい。ここは子供たちのためだけの家ではない。自分にとっても大切な居場所だ。昨晩、ピーチを保護したときに強くそう感じた。ここを出ていけと言われるのは身を切られるよりつらい。

だが、そんな思いは胸に秘め、無表情を装った。「それで、あなたはどんなふうに力になってくれるんですか?」

レディ・ベッキンホールは優雅に肩をすくめた。しかし、その表情は硬かった。感情を隠しているのは自分だけではないのかもしれない。「上流社会の流儀をあなたにお教えするわ。レディ・ピネロピが連れてくるどんな見栄っぱりの伊達男《だておとこ》よりも、あなたのほうが如才ないということを証明するの。彼女の企みをつぶすにはそれしか方法がないのよ」

ウィンターは両眉をあげた。〝見栄っぱりの伊達男〟という表現がおもしろいと思ったからだ。「そうやって、あなたはぼくを助けてくれようとする。いったいなぜです？」

「別に理由はないわ」彼女はほほえんだ。「男の人を助けることに味を占めたのかしら。わたし、セントジャイルズの亡霊を暴徒から助けたのよ。ご存じだった？」

心臓が止まりそうになった。「いいえ」

「なかなかの勇気だと思わないこと？」レディ・ベッキンホールがいたずらっぽく笑う。

ウィンターは思いの丈をこめて真面目に答えた。「ええ、あなたはとても勇敢な女性だ」

彼女は顔をあげ、こちらの視線に気づいたのか、なにか言おうと唇を動かした。そのきれいな顔でいったいなにを考えているのだろう、とウィンターは思った。レディ・ベッキンホールはセントジャイルズにも、ぼくの人生にも属さない。それなのに、ぼくは彼女を膝に抱き寄せ、唇を重ねたくてたまらない気持ちになった。

彼は深く息を吸いこみ、内なる獣を黙らせた。「あなたの指導を仰ぐしかなさそうですね」

「よかった」レディ・ベッキンホールはやにわに立ちあがった。「では、さっそく明日から始めましょう」

翌日の午前中、ウィンターはレディ・ベッキンホールの屋敷の外観を見あげた。想像していたとおりだ。ロンドンでもいちばんの高級住宅街にあり、新しくて豪華な建物だった。だが、玄関ホールは外観とはまったく印象が違った。

彼は正面玄関を入ったところで立ちどまり、片脚に体重をかけ、なぜそんなふうに感じるのだろうと考えてみた。応対に出た慇懃無礼な執事のことは無視した。たしかにこの玄関ホールは広く、高級で優雅な装飾品が置かれている。しかし、それだけではない特別な雰囲気がある。

執事が咳払いをした。「どうぞ小の間でお待ちくださいませ」

ウィンターは大理石の床に躍る陽光から視線をはがし、うわの空でうなずいた。

小の間とやらに通された。その居間は小さいどころか、孤児院の食堂ほどの広さがあった。だが、格式ばった冷たさは感じられない。壁はバターのような淡い黄色で、腰板は灰色がかった青色だ。少人数で話ができるように、ひとりがけの椅子や長椅子が何脚かずつ、かたまりで置かれている。天井には、愛らしい子供の天使たちが柔らかそうな雲から顔をのぞかせている絵が描かれていた。ウィンターはそれを見て小さく鼻を鳴らした。誰もいないのでかまわずに片脚を引きずりながら、部屋の奥にある暖炉のそばへ行く。暖炉の上にはピンク色と白色の地に金色の装飾が施された置き時計がのっていた。文字盤はたくさんのキューピッドと渦巻き模様で埋めつくされている。この居間は屋敷の裏手にあり、表通りからの騒音はほとんど聞こえず、心地よい静けさが流れていた。

ウィンターは置き時計に触れた。たかが時計にこれほどの装飾を施すのは馬鹿げていると思いながらも、レディ・ベッキンホールの居間にふさわしい愛らしい品物だと感じた。彼は顔をしかめた。置き時計が愛らしいだって？

ピンク色の長椅子のうしろでかさこそと音がした。

ウィンターは眉をひそめた。まさか、この屋敷にネズミがいるとは思えないが……。貴婦人のご多分にもれず、小さな犬でも飼っているのだろうか？　彼は長椅子のうしろをのぞいた。

子供が茶色い目をぱっちりと開け、こちらを見あげた。せいぜい五歳というところだろう。緋色の上着とズボンに、高襟にレースのついたシャツを着ている。つまり使用人の子供ではないということだ。

レディ・ベッキンホールに息子がいるとは想像もしなかった。なぜか胸が締めつけられた。

ウィンターは顔を傾けた。「こんにちは」

男の子は隠れていた場所からゆっくりと立ちあがり、フラシ天の絨毯《じゅうたん》にもじもじと片足をこすりつけている。「あなた、誰？」

ウィンターはお辞儀をした。「ミスター・メークピースです。はじめまして」

とっさの行動か、あるいはしつけの賜物か、男の子もお辞儀を返した。

楽しくなり、ウィンターは笑みがこぼれそうになった。「きみの名前は？」

「クリストファー！」男の子ではなく、疲れた顔の女性使用人の声だった。「ご迷惑をおかけして申し訳ございません」

ウィンターは首を振った。「ちっとも迷惑などではありませんよ」

使用人のうしろにレディ・ベッキンホールが無表情で現れた。「クリストファー、乳母を心配させてはだめよ。ちゃんと謝りなさい」

クリストファーはうなだれた。「ごめんなさい、カラザース」

カラザースが優しくほほえむ。「いいんですよ、お坊ちゃま。でも、今日の午後は公園に行くんでしょう？　でしたら、もうお風呂に入らなくては」

クリストファーはしょんぼりしたまま連れていかれた。これから泡だらけにされる運命なのだろう。

ドアが閉まるのを待ち、ウィンターはレディ・ベッキンホールへ顔を向けた。

「あなたにお子さんがいらしたとは知りませんでした」

彼女がちらりと悲しげな表情をしたのを見て、ウィンターは動揺した。どんな感情がその胸をよぎったのかはわからないが、レディ・ベッキンホールは仮面をつけるようにすぐさま明るくほほえんだ。「違うわ。わたしの子ではないの」

彼は片眉をあげた。「それなら、あの子はなぜ――」

その言葉をさえぎるように、レディ・ベッキンホールはおしゃべりを続けながら、さっさと長椅子に腰をおろした。「さあ、今日のレッスンを始めましょう。アーリントン公爵夫人の舞踏会まで、あと一週間しかないわ。あなた、ダンスは踊れる？」

　明らかに子供の話はしたくないようだ。なぜだろう？　彼女は返事を待つようにこちらを見ている。ウィンターは首を振った。

「そうよね」レディ・ベッキンホールはため息をついた。「では、早いうちにダンスのレッスンにも入らないと。最低でもステップくらいは覚えておく必要があるわ。軽やかに踊れるところまで持っていくのは無理だと思うけれど、せめて女性の足を踏まないようになってくれたら満足よ」

「それはどうも」ウィンターはつぶやいた。

　そのそっけない口調が気になったのか、彼女はとがめるように目を細めた。

「それから服を新調しましょう。クリーム色か水色のシルクなんてどうかしら？」

　自尊心が邪魔をした。「お断りします」

　レディ・ベッキンホールは官能的な唇を引き結んだ。「今、着ていらっしゃるような地味な服で舞踏会に行かせるわけにはいかないわ。だいたい、その上着は一〇年くらい前の流行でしょう？」

「四年ですよ」穏やかに答える。「そんな高価な贈り物を、あなたから個人的にいただくことはできません」

　彼女は顔を少し傾け、じっとこちらを見た。カラスがどうやって木の実を割ろうか考えているような表情だ、とウィンターは思った。「わたしからではなくて、支える会からの贈り物だと思ってちょうだい。あなたは孤児院の運営に尽力してくださっているから、そのお礼よ。それであなたも社交界で活動できるのなら、決して無駄な贅沢ではないわ」

たしかに彼女の言っていることは筋が通っている。ウィンターはため息をついた。

「わかりました。ですが、派手な色はごめんです。黒か茶色にしてください」

レディ・ベッキンホールは反論したそうな顔をした。どうせなら、よく目立つ明るいピンクかラベンダー色にでもしろと言いたいのだろう。だが、ここは譲歩することにしたらしい。

「わかったわ」はっきりとうなずいた。「今、お茶の用意をさせているから、今日は会話のレッスンをしましょう」

「会話……ですか」

「上流社会でも、皮肉は絶対にだめというわけではないわ。でも、ちらりと匂わせる程度にしておかなくてはいけないの」にこやかに言う。「辛辣な物言いはご法度よ」

彼女は言葉を切り、真剣な顔でまっすぐにこちらを見た。そのブルーの瞳には確固たる決意が秘められていた。なんという意志の強そうな目だろう。

ウィンターは首を傾けた。「わかりました。では、なにについて話しましょうか?」

レディ・ベッキンホールがほほえんだ。その笑みを見て、ウィンターは心臓をわしづかみにされたような感覚に襲われ、また彼女を抱き寄せたい衝動に駆られた。どうか顔に出ていませんように。

「紳士たるもの、淑女にはお世辞を言うのが礼儀というものよ」

お世辞だって？　ぼくをからかっているのだろうか？　彼は相手の表情を探った。だが、レディ・ベッキンホールは大真面目だった。

ウィンターはひそかにため息をついた。「この部屋はとても……居心地がいいですね」わかった。玄関を入ってきてから、ずっと感じていたのはそれだ。この屋敷にはどこかしらくつろげる雰囲気がある。

彼女はほほえみかけてやめた。「それは褒め言葉にはならないかもしれないわ」

「なぜです？」

「そういうときは装飾品を称賛するものなの」レディ・ベッキンホールは穏やかに説明した。「それが女主人の趣味を褒めることになるから」

「でも、装飾品なんてどうでもいいことだと思いますよ」ウィンターは思わず力をこめて反論した。「家のよしあしは客がくつろげるかどうかでしょう。だから、居心地がよいというのは最高の褒め言葉になるはずです」

レディ・ベッキンホールはしばらく考えこんだ。「そうね、おっしゃるとおりだわ。お客様には快適に過ごしていただくことが大切だもの。では、先ほどの賛辞はありがたく受けとりましょう」

彼女に認められたと思うと、ウィンターは心が温かくなった。だが、そんなふうに感じたことはおくびにも出さず、ただ黙ってうなずいた。

「でも……」レディ・ベッキンホールが続けた。「社交界ではくつろげるかどうかは問題にならないの。先ほどのあなたの言葉は嬉しいけれど、舞踏会や音楽会でその褒め言葉は使えないわ。それはおわかりになるわよね」

背後でドアが開き、数人のメイドが紅茶や菓子がのったトレイを持って居間に入ってきた。メイドたちがトレイを置いて居間を出ていくのを、ウィンターは黙って見ていた。

ふたりきりになると、レディ・ベッキンホールのほうへ顔を向けた。うわついた社交界に埋没させるのはもったいないほど賢い女性だ。「目からうろこが落ちましたよ」

彼女はため息をつき、身をかがめて紅茶をついだ。「まだまだこんなものではないわよ。それに……」ティーポットを置き、またまぶしい笑顔をこちらへ向ける。「そんな簡単にあなたを変えられるとは思っていないわ。ほら、そばに来て座ってちょうだい」

脚が痛むにもかかわらず、ウィンターはまだ立っていた。いつでも逃げだせるようにという気持ちがどこかにあったのかもしれない。この女性と一緒にいると、これまで無視してきた社交上の儀礼を少しは重んじるべきだと思い知らされる。

レディ・ベッキンホールの真向かいの長椅子に腰をおろした。これならふたりのあいだには低いテーブルがあり、そこに紅茶のセットものっている。右太ももの傷が脈打つように痛んだが、それを顔には出さないように努めた。

ウィンターの席の選び方が気に入らないのか、彼女がとがめるようにちらりとこちらを見た。しかしそれを口に出すことはなく、紅茶をついだカップを差しだした。

「あなたはお砂糖もミルクもいらないのよね」

等な香りがした。
彼はうなずき、カップを受けとった。熱くて濃い紅茶で、めったに口にすることのない上

「さて、レッスンを続けましょうか」レディ・ベッキンホールは自分のカップに砂糖とミルクを入れた。「わたしはあなたの賛辞が嬉しかったけれど、舞踏会でのお世辞は、もっと女性の美しさやおしゃれに関することがいいわ。相手の目や髪やドレスを褒めておくのが無難よ」

彼女は紅茶をひと口飲み、すべてを見通すようなブルーの瞳でカップ越しにこちらを見つめた。

ウィンターはその姿から目をそらすことができなかった。この女性のなにを褒めるのが、社交の場では適切な賛辞になるのだろう？　貴婦人というのは姿勢を正して座るものだというのはぼくですら知っているのに、なぜか今のレディ・ベッキンホールはクッションにもたれかかり、膝を深く曲げ、両足を長椅子の下に入れている。わざとしているのではないだろうが、その姿勢だと胸の膨らみが目立って見えた。襟ぐりの大きく空いた深い金色のドレスが、白い乳房を半ば見せるように包みこんでいる。

あなたの裸体をひと目でも見ることができるなら、ぼくはどんな暴力にでも身を投じよう。あなたの乳房を一瞬でも味わうことができるなら、どれほど血を流してもかまわない。

そう言いたかったが、それが求められているお世辞ではないことはわかっていた。

ウィンターは咳払いをした。「あなたの声には、どんなに歌の上手な鳥も嫉妬しますよ」

レディ・ベッキンホールが驚いたように目をしばたたいた。「声を褒められたのは初めてだわ。今の褒め言葉、とてもすてきよ」

頬がいくらか赤く染まっているように見えるのは、ぼくの目の錯覚だろうか？

彼女はまぶたを伏せた。「今のようなお世辞があとふたつ、三つ言えたら、女性の気を引くことができるわ」

ウィンターは思わず両眉をあげた。「あなたはぼくに気を引いてほしいのですか？」

レディ・ベッキンホールが肩をすくめる。「社交界での男女の会話はそういうものなの」

「つまり、あなたはひと晩に何人もの男とこういう会話をしてきたということですね」

「あら、非難しているの？」

「いいえ、まったく」彼は頭を整理しようと努めた。「こういうことに関しては、あなたのほうがよくご存じなのだと思っただけです」

「もっと経験があるという意味かしら？」

ウィンターは黙ってレディ・ベッキンホールを見ていた。口に出さなくとも答えは明白だからだ。そう、彼女のほうがはるかに経験豊富だ。こういう会話だけでなく、男女のことについてはなにもかも……。ふいに初めて知る不愉快な感情に襲われた。

それがなんなのかしばらくしてからようやく気づき、われながら驚いた。ぼくは嫉妬をしているのか？　これまでは女性を避けながら生きてきた。そうしなければいけない人生の選択をしたからだ。それなのに……。

意志に反して体がうずいている。こんなことは初めてだ。

「あなただって、そういう経験はおありでしょう？」低くてなめらかな声だ。誘うような、かきたてるような、なまめかしい女性の声。

「いいえ」

細い眉が驚いたようにつりあがった。「お忙しいのは知っているけれど、それでもこれまでに口説いた女の子のひとりやふたりはいたでしょうに。妹さんのお友達とか、ご近所の娘さんとか」

ウィンターはゆっくりと首を振った。「いいえ、ひとりも」ぼくがなにを告白しようとしているのか、彼女は気づくだろうか？　内なる獣があくびをして伸びをした。「だから、なんでも仰せのとおりにしますよ。あなたが教えてくださるのなら」

5

若い貴婦人と道化師は恋仲になりました。でも、そういうことは世間に隠し通せるものではありません。若い貴婦人には何人もの求婚者がいたのですが、彼らは金持ちで嫉妬深く、すぐにふたりの噂を聞きつけました。ある満月の夜、彼らはセントジャイルズまで道化師をつけていき、本物の剣で襲いかかりました。道化師は木製の剣で応じましたが、長くはもちませんでした。求婚者たちは死にかけている道化師を道に放りだしたまま、その場を立ち去りました。

『セントジャイルズをさまよう道化師の亡霊物語』

その言葉を聞いて、イザベルは息をのんだ。低い声にぞくっとし、体が熱くなっている。ミスター・メークピースは今、自分は女性を抱いたことがないと告白したの？　それともわたしの勘違い？　たしかに彼は独身だし、今の話だと恋人を持ったこともないようだ。けれど男性は娼婦を相手にすることもできるし、セントジャイルズなら、そういう女性はいくらでもいる。

イザベルはちらりと相手の顔を見た。ミスター・メークピースは毅然《きぜん》とした表情をしている。いいえ、違う、彼はお金で女性を買うような人ではない。ということは、やはり……そして彼はこのわたしに教えろと言った。それはどういう意味なの？

「あなたが黙りこむなんて珍しいですね」鳥肌が立ちそうなほど落ち着いた深い声だ。「ぼくが女性を……口説いたことがないと知って、そんなに驚きましたか？」

口説いた？　ああ、そうね。その話をしていたんだもの。でも、あの意味ありげな目はなに？　どうして口説いたと言う前に間を置いたの？

イザベルは背筋を伸ばした。どちらにしても、わたしのほうが経験豊富なのはたしかだわ。

「じゃあ、まずは挨拶から始めましょう」

ミスター・メークピースは黙ったまま片眉をあげた。

彼女は咳払いをした。わたしらしくもない。どうしてこんなに動揺しているの？　相手は堅物の教師で、しかも年下だというのに！「女性の気を引くには最初が肝心よ。それは挨拶のときから始まっていると思ってちょうだい。ちょっとお辞儀をしてみてくださる？」

目を合わせたまま、彼はゆっくりと立ちあがり、軽く会釈をした。

イザベルは顔をしかめた。「それではだめよ。もっと優雅にしなくては。お手本を見せるわ」

「その必要はありませんよ」目に皮肉な色が浮かんだ。

ミスター・メークピースは片脚をうしろに引き、帽子を取るふりをして腰を折り曲げた。優美なお辞儀だ。

彼女は目を丸くした。「ちゃんとできるじゃないの。だったら、どうしていつもそうしないの？」

彼はゆっくりと体を起こし、大きな肩をすくめた。「こんなに仰々しいことをしなくても、会釈で充分だと思っていますから」

イザベルは天を仰いだ。「これからは貴族を相手にするときは、その仰々しいお辞儀をしてちょうだい」

「あなたがそうおっしゃるのなら」ミスター・メークピースがうやうやしく答える。

「お辞儀の次は……」言葉を切って息を吸った。どういうわけか呼吸が乱れている。「女性の手にキスをするのがしきたりよ」

彼女は手を差しだした。どうか震えていることに気づかれませんように。

ミスター・メークピースは近づいてその手を取ると、身をかがめた。頭に隠れて、ふたりの手が見えなくなった。そのとき、手の甲に温かい唇がゆっくりと触れた。

イザベルは心臓が止まりそうになった。「こういうときは本当に唇をつけたりしないものよ。キスをするふりだけでいいの」

彼は身をかがめたまま頭をあげた。そのせいで顔が近くなり、茶色の瞳のなかに浮かぶ金色の斑点までもが見てとれた。「これは女性の気を引く練習でしょう？」

「そうよ。でも――」

「ならば、本当にキスをしたほうが効果があるのでは?」

目の奥が笑っているように見えた。

なにかがおかしいと思いながらイザベルは目を細め、手を引き抜こうとした。だが、相手がそれを許してくれなかった。

「放して」

ミスター・メークピースが力を緩めた。手を引き抜くとき、てのひらを指先で軽く愛撫されたような気がした。

「わたしがお教えすることはなにもなさそうね」

「そんなことはありませんよ」彼は自分の席に戻った。「あなたはこれまで何人の愛人がいらしたんです?」

その質問に驚き、イザベルは眉をひそめた。「そういうことは尋ねないものよ」

「だが、あなたはぼくにそれを訊きましたよ」少しも動じている様子はない。

「愛人という言葉は使わなかったわ」

「でも、同じことでしょう」

たしかにそのとおりだ。「そうね」彼女は唇をすぼめた。

「お気に障ったのなら謝ります。あなたがそんなに繊細な人だとは思わなかったものですから」

この人、わたしのことを笑っているのね！　大真面目な顔をしているけれど、これは挑発している目だわ。

イザベルはクッションにもたれかかり、小首をかしげた。「三人よ」

相手の顎がぴくりと動いた。驚いたのだろう。

笑みを浮かべたいのを我慢して、ひらひらと手を振ってみせた。「関係があったのは夫を含めて四人だけれど、夫のことは愛人とは呼ばないでしょう？」

ミスター・メークピースが目を細めた。「さあ、どうだか。結婚しているあいだも愛人がいらしたんですか？」

「いいえ」彼女は眉根を寄せた。「上流社会にはそういう人も多いけれど、わたしは浮気はしなかったの」

「ご主人は？」

イザベルは顔をそむけた。「その質問には答えたくないわ」

「すみません。あなたを傷つけるつもりはなかった」思いやりに満ちた深みのある声だ。

「大丈夫よ」社交的なほほえみを顔に張りつけ、顎をあげて、率直なまなざしで相手を眺めた。

ミスター・メークピースは唇の端にかすかな笑みを浮かべた。「では、その三人はご主人のあとなんですね」

どうしてわたしはこんな危うい会話を許しているのだろう？　でも、こうなったからにはあとには引けない。「ええ。ちゃんと喪が明けるまではおとなしくしていたわ」

「なるほど」

女性が愛人を持つようなまねをするのは絶対によしとしない人だろうに、彼の口調に軽蔑した響きは感じられなかった。膝の上で手を重ね、まるで新鮮な牡蠣《かき》の値段の話でもしているようにくつろいでいる。

「それで、今は？」

こういう男性に寝室で手ほどきをしたら、どんな感じかしら？

そんなことを思った自分にイザベルは驚いた。ミスター・メークピースとは生きている世界が違うし、そもそも彼はわたしがいつも愛人に選ぶような男性ではない。もっと世慣れている人のほうが好みだ。会話がおもしろく、わたしを楽しませてくれて、寝室では驚かせてもくれるけれど、ふたりが男女の関係にあることをきれいに隠してくれる男性がいい。情事を割りきって楽しめる相手だ。

鼓動が速くなった。「いないわ」彼はどこまで食いついてくるだろう？　イザベルは誘うように身を乗りだした。「あなた、わたしの愛人になりたい？」

これほどあからさまな言葉を聞いても、ミスター・メークピースはたじろぐどころか、口元にちらりと笑みさえ浮かべてみせた。イザベルはその唇に見とれている自分に気づいて眉根を寄せた。

「ぼくはなにごとにも興味津々ですよ」落ち着き払った低い声だ。「しかし、あなたのほうにその気がない。ぼくは経験不足な男だということを、さっき告白してしまいましたからね」

不思議な人だ。男性にとっては恥と感じるようなことだろうに、彼はそれをさらりと言ってのけ、そのうえ自信さえ感じさせる。きっと薄っぺらな情事などできる性格ではないのだろう。その代わり、ひとたび関わると決めた女性には身も心も捧げるに違いない。

イザベルは震えを覚えた。そんなふうに激しく求められたら、どれほど高揚するかしら。でも……。

気をつけなさい。浮ついた気持ちで彼を誘ってはだめよ。これまでつきあった人たちのように簡単に別れることなどできないだろうから。

彼女はゆっくりとクッションにもたれかかり、自分が教育するべき相手としてミスター・メークピースを見た。「では、社交術のレッスンに戻りましょうか」にっこりとほほえみ、冷めてしまったカップの中身を空けて、紅茶をつぎ直した。「次はディナーの席での会話なんてどうかしら？」

彼はうなずいた。目に残念そうな表情が浮かんでいたが、イザベルは気がつかないふりをした。異性と思わせぶりな会話をするのは嫌いではないけれど、節度はわきまえているつもりだ。

「仰せのままに」ミスター・メークピースが気だるげに答えた。

レディ・ベッキンホールはウィンターのカップを手に取り、中身を空け、新たに紅茶をついだ。せっかくきわどいやりとりをしていたというのに、彼女を退かせてしまった。次は天気だかなんだか、くだらない話の練習をするらしい。

なぜかそれを残念に思っている自分がいた。挑発しあうような会話はなかなか刺激的だ。彼女がときおり社交的な仮面の下にある素顔を見せるのも興味深かった。レディ・ベッキンホールは夫のことで傷ついているらしい。つらい記憶を呼び覚ますのは本意ではないが、もっと本当の彼女を見たいという気持ちはあった。

今、レディ・ベッキンホールは指南役としての顔でこちらを見ている。

「ロイヤル・オペラハウスの新しい演目はご覧になった？」

「いいえ」ウィンターは紅茶をひと口飲み、まっすぐに彼女の顔を見た。「オペラには一度も行ったことがないんですよ」

こちらの見間違いでなければ、一瞬、レディ・ベッキンホールはいらだたしそうに目を細めた。「じゃあ、お芝居は？」

彼は首を振った。

「せめて個人の音楽会とか、見本市とかは？」

ウィンターはただ黙って相手を見ていた。

愛しのレディ・ベッキンホールはあまり忍耐強くはなかった。「あなたって本当に退屈な方ね。孤児院の仕事のほかにもなにか趣味を持たなくては」

彼は自然と笑みを浮かべた。

「読書はしますよ」

「まさか……」レディ・ベッキンホールは黙ってというように、小さなてのひらをこちらへ向けた。「じつはダニエル・デフォーの作品が好きだなんて言わないわよね？」

「『ロビンソン・クルーソー』は興味深く読みましたよ。ジンとジン製造所に関する政治評論もおもしろいと思いました。賛同はできませんでしたけど」

彼女はまばたきをして、つられたように尋ねた。「どうして？」

「デフォーは、ジン製造所はイングランド農家の繁栄に欠かせないものだと書いているんです。ジン製造所が農家から穀物を買い入れるからなんですけどね。だが、そこにはジンにおぼれていく貧困層の視点がありません」

レディ・ベッキンホールは首を振った。「でも、のちにデフォーはこうも書いているわ。ジンは子供のいる母親たちもだめにすると——なにをにやにやしているの？」

「あなたが政治評論を読むとは思わなかった」ウィンターはいかにも衝撃を受けたように、大げさに舌を打ち鳴らしてみせた。「支える会のほかの女性たちは、そのことをご存じなんですか？」

彼女は悪さをしているところを見つかった子供みたいに顔を赤らめたあと、つんと顎をあげた。「政治評論を読んでいる女性がどれだけ多いか、知ったら驚くわよ」

「驚きませんよ」ゆっくりと答える。「女性だって政治や犯罪に関心があるのは当然だと思っていますから。ただ、あなたがそうだというのは意外でした」

レディ・ベッキンホールは肩をすくめた。「どうしてわたしは違うと思ったの？」

ウィンターは身を乗りだした。「あなたは、真面目に考えるべきことになると、どういうわけかいつも無関心なふりをしますから。いったいなぜなんです？」

一瞬、本音をしゃべってくれるかと思った。だが彼女は横を向き、どうでもいいことだというように手をひらひらさせた。「今はディナーでの会話を練習しているのよ。いろいろな考えの人がいるなかで、政治の話題は――」

「逃げないでください」

「だめ」レディ・ベッキンホールはこちらを見もせずに首を振った。「もう勝手に話題を変えないでちょうだい。ディナーの席には、政治より小説の話題のほうがはるかにふさわしいわ」

これ以上いくら言っても無駄だと悟り、ウィンターは調子を合わせた。『モル・フランダース』でもいいんですか？」

「ええ、それなら申し分ないわね。世間からうしろ指をさされる女性というのは誰もが好む話題よ」

「たしかにモルはどんどん身を持ち崩していきますからね。だが、ぼくはロビンソンのほうがいいな」

彼女はあからさまにそわそわしたあと、予想に反して社交的な仮面をかなぐり捨て、少女のように勢いよく身を乗りだした。

「ロビンソンが浜辺で足跡を見つけたときなんて！」

ウィンターはほほえんだ。「興奮したでしょう？」

「結末を知りたくて徹夜したほどよ」レディ・ベッキンホールはクッションに倒れこんだ。「あれから二度も読んだわ」鋭い視線をこちらへ向ける。「わたしが『モル・フランダース』より『ロビンソン・クルーソー』のほうが好きだということを、支える会の人にもらしたら承知しませんからね」

ウィンターは厳かにお辞儀をした。「秘密は守ります」

彼女は官能的な唇に皮肉な笑みを浮かべた。「真面目なミスター・メークピースがじつは冒険小説が好きだなんて、誰も思わないでしょうね」

ウィンターは首を傾けた。「それに、不真面目なレディ・ベッキンホールが女性の醜聞より冒険談を愛読しているともね」

ほんの一瞬だけ、レディ・ベッキンホールは素《す》の表情を見せ、照れくさそうに笑った。

彼はほほえみ返した。鼓動が跳ねあがっていた。

レディ・ベッキンホールが暖炉の上の置き時計を見て、唇を噛んだ。「あら、もうこんな時間。今日はこれくらいにしましょうか。明日はわたしが孤児院へ行くわ。レッスンはそちらでしましょう」

ウィンターは逆らわなかった。今日はもう充分に彼女の心のうちを引きだすことができた。

彼女もさぞや疲れただろう。長椅子から立ちあがり、お辞儀をしたあと、別れの挨拶の言葉を述べてから居間を出た。

執事に玄関まで送られながら、ふと思った。いや、心のうちを引きだされたのはぼくのほうだろうか？


その夜、イザベルはメイドのピンクニーをさがらせ、化粧台の前で髪をとかしていた。ミスター・メークピースと危うい関係になりつつあることは自覚している。たしかに彼はわたしとは身分が違うし、それに年下だ。それがわかっていながら、こちらをじっと見つめるあの目に惹かれている。人生を真剣に生きている男性にそんな目で見られるとめまいがしそうだ。夫も、愛人たちも、ああいうふうにわたしを見ることはなかった。そんなことをするのは彼だけだ。

イザベルはブラシをおろした。だからこんなにあの人を挑発したくなるのかしら？　でも、なんのために？　あの仮面の下にある本当の顔を見たいから？

あの無愛想な話し方のせいだろうか？　ふと、セントジャイルズの亡霊を思いだした。セントジャイルズの亡霊も浮ついた会話を嫌い、率直な物言いをした。堅物の教師のことを考えていて奔放な亡霊のことを思いだすなんて奇妙なものだ。

鏡のなかでなにかがちらりと動いたような気がした。ベッドのカーテンだ。イザベルは化粧台にブラシを置いて振り返った。「クリストファーなの？」

返事はなかった。気のせいだったのかと思ったとき、小さな声がした。「おくさま」

彼女はため息をついた。「前にも言ったわよね？　この部屋に入りこんではだめよ」

沈黙が流れた。

どうしていいかわからず、イザベルはカーテンのおりたベッドを眺めた。あの子が出てくるのをいやがったらどうしよう？　力ずくで引っぱりだし、乳母にお仕置きとしてお尻でも叩かせる？　そんなのはいやだわ。カラザースはなにをしているの？

カーテンが揺れた。小さな指でカーテンをなぞったのかもしれない。

「ここが好きなんだもん」

イザベルは顔をそむけ、唇を噛み、涙をこらえた。あの子はまだ幼い。わたしでも、ちゃんと扱えるはずよ。

ひとつ息を吸いこんだ。「もう寝ていなくちゃいけない時間でしょう？」

「眠れないの」

なにかいいものはないかと部屋のなかを見まわした。「温かいミルクを届けてあげるから」

「ミルクは嫌い」

途方に暮れて、ベッドのカーテンに視線を戻した。「じゃあ、どうしてほしいの？」

「うん……」ためらうような声がした。こんなに幼い子供が遠慮をしているのかと思うと胸が痛んだ。「おとぎばなしをして」

おとぎばなしですって？　童話など知らない。思いついたのはシンデレラだけだ。でも、かわいそうな娘がすてきな王子様とめぐりあう話など、男の子が聞いておもしろいわけがない。うつむいて考えた。ブラシが目に入った。

イザベルは咳払いをした。「セントジャイルズの亡霊のお話は聞いたことがある？」

カーテンの動きがぴたりとやんだ。「亡霊？　ほんとの亡霊なの？」

「いいえ」彼女は眉根を寄せた。「本当は生きている人よ。でも、亡霊みたいに夜中になると出てくるの」

「出てきて、どうするの？」

「悪い人を探すの」今は自信を持ってそう言えた。若い娘を襲ったり、女性を誘拐したりするという噂があるのは知っている。でも、本人に会ってみてわかった。そんな噂はすべて嘘だ。「泥棒とか追いはぎを見つけて、こらしめるのよ」

「こらしめるって？」

「罰を与えるという意味よ」

「ふうん」

ベッドのほうを見ると、クリストファーがカーテンを少し開け、茶色い片目だけをのぞかせていた。

イザベルはほほえもうと努めた。「さあ、もう自分のベッドに戻りなさい」

「でも、それ、おとぎばなしじゃないもん」

「ほかに知らないのよ」

「ねえ、おくさまはぼくのママ？」カーテンからのぞいている片目が、まばたきもせずにじっとこちらを見た。

彼女のほうが先に目をそらしてしまった。「その話は前にもしたでしょう？　わたしはあなたのママじゃないわ」心を決めて立ちあがり、子供に触れないよう気をつけながらカーテンを開けた。「乳母に迎えに来てもらう？　それとも自分でお部屋に戻る？」

「自分で戻る」クリストファーはベッドから跳びおり、のろのろとドアのほうへ向かった。

「おやすみなさい」

「ええ、おやすみなさい」声がかすれた。

ドアを閉めると、こらえていた涙が頬を伝った。


翌日の午後、メアリー・ウィットサンが孤児院の応接間に入ってきた。

「ミスター・メークピース、レディ・ベッキンホールの馬車がお着きになりました」

ウィンターが読みかけの手紙から顔をあげると、白い毛に黒いぶちが入ったテリアがわが物顔で駆けこんできた。

「だめよ、ドド！」メアリーがしゃがみこんで犬を捕まえた。ドドは唸る気配さえ見せず、おとなしく抱きあげられた。

たいしたものだと思い、ウィンターは感心して片眉をあげた。自分はいつもこの犬に唸られている。「ピーチが階下《した》へおりてきたのかい？」

「いいえ」メアリーは残念そうに答えた。「ピーチはまだベッドのなかだし、なにもしゃべりません。かわいそうに。ドドだけがおりてきて、孤児院のなかを探検してるんです。さっきも厨房のテーブルで冷ましていたタルトに近づいて、メディーナおばさんに追い払われていました」

「そうか」彼は犬を見た。ドドは昼寝をするつもりなのか、メアリーの腕のなかで目を閉じている。「用を足しに行かせないといけないな。男の子たちに、ドドを外に出す当番を割りふってくれないか」

「わかりました」

部屋を出ていこうとしたメアリーを見て、ウィンターはあることを思いだした。

「そうだ、メアリー」

少女が振り返った。「なんでしょう？」

彼は膝に置いた便箋のあいだを探し、折りたたまれた小さな紙を取りだすと、それをメアリーに手渡した。「姉からの便りにこれが入っていた。きみへの手紙だよ」

メアリーがぱっと顔を輝かせた。きれいな娘になったものだ、とウィンターは思った。今後は近寄ってくる若者に気をつけてやったほうがよさそうだ。「ありがとうございます！」

彼女はひったくるように手紙をつかむと、ウィンターがどういたしましてと答えるのも聞かずに部屋を飛びだしていった。

便箋をまとめていると、またドアが開き、レディ・ベッキンホールが入ってきた。ボンネットはすでに頭から外している。そのあとにバスケットを持ったメイドのピンクニーと、ピンク色のしゃれたスーツに身を包んだ小柄な男性がついてきた。

ウィンターは立ちあがり、お辞儀をした。「お待ちしていました」

「こんにちは」レディ・ベッキンホールはピンクニーのほうを向いた。「お茶の用意をお願いしてきてちょうだい」ウィンターをちらりと見たあと、メイドからバスケットを受けとり、それをテーブルに置いた。「おいしいアイシング・ケーキを持ってきたのよ。三つは食べてもらわなくてはね」

彼は片眉をあげ、穏やかに答えた。「昼食がすんだばかりなんです」

「まだ入るでしょう？」彼女は非難がましい目でウィンターの腹を見た。

「ぼくを太らせるつもりですか？」

「それも計画のひとつよ」陽気な声だった。今日は藍色と白色のストライプのドレスを着ており、それがブルーの目をひときわ美しく際立たせている。

ウィンターは無理やり顔をそむけた。「こちらは？」ピンク色のスーツを着た男性のほうへうなずいてみせる。

「仕立屋のミスター・ハートよ。採寸をするために来ていただいたの」レディ・ベッキンホールはにっこりした。「さあ、ズボンを脱いでちょうだい」

ちょうどそこへピンクニーが戻り、口に手をあててくすくす笑いながら、部屋の隅にある椅子に腰をおろした。

ウィンターはレディ・ベッキンホールのほうへ顔を向けた。「だったら、おふたりは席を外してください」

レディ・ベッキンホールは鼻を鳴らし、バスケットから青い花柄の皿を取りだすと、そこへおいしそうなケーキを並べはじめた。「わたしもピンクニーも、ちゃんとうしろを向いているから大丈夫よ」

これはまずい。「出ていっていただけるほうがありがたいのですが」

「でも、服のデザインのことでミスター・ハートがわたしになにか訊きたいことがあるかもしれないわ。だから、わたしはここにいたほうがいいの」

ウィンターはとがめるように目を細めて彼女を見た。女性が同席するなかで服を脱ぐのはかまわないとしても、仕立屋に右太ももの生々しい傷跡を見られ、なにか言われるのは非常に困る。

だがレディ・ベッキンホールはこちらを無視して、紅茶を運んできた女児たちに、それをどこへ置くか指示していた。

女の子たちが応接間を出ていくと、レディ・ベッキンホールは仕立屋に尋ねた。

「アーリントン公爵夫人の舞踏会まで、あと五日しかないの。それまでに仕上げていただけるかしら？」ふたつのカップに紅茶をつぎ、ひとつをウィンターに手渡してから、自分のカップに砂糖とミルクを入れた。

仕立屋はお辞儀をした。「もちろんです。うちの若い者たちを総動員して、全力でお仕立てしますよ」

「よかった！」彼女は紅茶をひと口飲んだ。「ああ、やっぱりお砂糖とミルクの入ったお茶はおいしいわ」

「あなたの基準を満たすお茶をお出しできて光栄です」

「皮肉はちらりと匂わせる程度に、と昨日お教えしたはずよ」レディ・ベッキンホールはたしなめるように言い、彼の返事も待たずに言葉を続けた。「それでも会話はずいぶんお上手になったと思うわ。だから、昨日はダンスの練習ができなかったので、今日は採寸が終わったら……」

その言葉をとらえて、仕立屋がウィンターを促した。「ミスター・メークピース、こちらにいらして上着とズボンを脱いでいただけますか」

ウィンターはひそかにため息をつき、カップをテーブルに置いた。レディ・ベッキンホールとそのうしろに座っているピンクニーが、手を止めてじっとこちらを見ている。彼は片眉をつりあげてみせた。

「あら、ごめんなさい」レディ・ベッキンホールは背筋を伸ばし、メイドにうしろを向くよう手ぶりで促した。そして、わたしはかまわないでしょうという目でこちらを見たが、反応を返さないでいると、まったくお堅いんだから、というようなことをつぶやきながら背を向けた。

相手がふいに振り向かないかどうかしばらく待って確かめたあと、ウィンターは上着とべストを脱いだ。けがの手当てのために彼女に下着まで脱がされたのは、つい一〇日ほど前のことだ。

もちろん、彼女はそのときの相手がこのぼくだとは知らないわけだが……。

続いてズボンも脱ぎ、シャツと下着だけになった。次はどうすればいいか、仕立屋に目顔で尋ねる。

「シャツもお脱ぎください」ミスター・ハートが言った。「最近は体にぴったりした上着やベストが流行ですからな」

ウィンターは顔をしかめてシャツを脱いだ。

仕立屋がうなずく。「ありがとうございます」

ミスター・ハートは両腕を広げた客の周囲をまわりながら、体に巻尺を押しあてたり、巻きつけたりした。ウィンターは自分がまぬけになったような気がした。

「あれからお世辞の練習はしたの？」レディ・ベッキンホールがそう尋ねたとき、仕立屋が下着からはみだしている傷口の端に巻尺を押しあてた。

「教えられたとおりに、いろいろと考えてみましたよ」仕立屋が傷口に目を留めたのを見ながら、ウィンターは答えた。

ミスター・ハートは黙って仕事を続けている。

レディ・ベッキンホールが静かにため息をついた。

ウィンターはそちらに注意を戻した。「あなたが、その……てきぱきとお茶を運ばせたのには感嘆いたしました」

仕立屋が哀れむようにちらりとこちらを見た。

つかの間、沈黙が流れた。

「ありがとう」彼女がむせた。「なんというか、とても……独創的なお褒めの言葉だわ」

「あなたのご教授の賜物です」

仕立屋が疑わしそうな顔をした。

ウィンターは咳払いをした。「それに……あなたの美しいご尊顔を拝し、優美なお体の線を目にした者は、誰もが心浮きたつことでしょう」

どうだ、というように仕立屋に眉をつりあげてみせた。

ミスター・ハートは、まあまあですな、という顔をした。

ウィンターにしてみれば上出来だろう。

だがレディ・ベッキンホールは満足しなかったらしく、小首をかしげた。そのせいで、つややかな髪に飾られた宝石の飾りが輝いた。「優美な体の線？」

おっと、これは言ってはいけないことだったらしい。少し修正するとしよう。

「ええ、とても健康的で女性らしいお姿をしていらっしゃいます。ですが、そんなことはきっともうご存じでしょう」

彼女は低いハスキーな声でくすりと笑った。それを聞いて、ウィンターの腕に鳥肌が立った。「そうね。でも、女性はいくら褒められても飽きたりしないものよ。覚えておいてちょうだい」

メイドがそのとおりというように何度もうなずいた。

「そうなのですか？」ウィンターはレディ・ベッキンホールのうしろ姿を眺めながら、ああ、その表情を見られたらいいのに、と思った。きっとふっくらとした唇に愉快そうな笑みを浮かべ、ブルーの目を輝かせていることだろう。それを想像しただけで体が反応した。仕立屋が背後にいるのが幸いだった。

「だが、あなたならきっとすでに称賛の海におぼれそうになっていらっしゃることでしょう」彼は続けた。「あなたがお会いする男性は口々にあなたを褒めあげ、あなたを求めるでしょうから。ですがそれは、思いを口にできるほんの一部の男たちなのです。あなたのまわりには社会的地位が低いゆえに、あるいは社交性がないゆえに、胸のうちを言葉にできない男どもが大勢おります。そういう男たちは、ただあなたを見つめ、香水の残り香のようにあとをついていくだけです。あなたに気づいてもらえることさえなく……」

レディ・ベッキンホールが息をのむ声が聞こえた。

ピンクニーはうっとりとため息をついている。

仕立屋までもが手を止めてこちらを見ていた。だがウィンターがちらりと見やると、目をしばたたいて、また採寸に戻った。

「ありがとう」レディ・ベッキンホールが穏やかな声で言った。「すてきな褒め言葉だわ」

相手に見えないのはわかっていながら、ウィンターは肩をすくめた。「どれも本当のことですから」

「でも……」しばらくためらったあと、彼女はかすれた声で訊いた。「あなたはわたしのことを、褒めてさえおけば喜んでいる浅はかな女だと思っていらっしゃるのかしら？」

レディ・ベッキンホールは背筋を伸ばし、堂々として見えたが、髪を結いあげた首筋は色白でほっそりとし、か弱さを感じさせた。いつも自信に満ちて率直にものを言う女性に、こんなはかなげな一面があるのは驚きだった。

「あなたは……ときおり陽気さの陰に本当のご自分を隠していらっしゃるような気がします」ウィンターは咳払いをした。「あなたが部屋に入れば、みなが振り向くでしょう。あなたはいつも松明《たいまつ》のように煌々《こうこう》と光を放ち、部屋の隅々まで明るく照らして、充分に満たされているから明かりなど必要としていない人々でさえ晴れやかにされます。みなに喜びと幸せをもたらし、希望の光を置いていかれるのです」

「あなたはどうなの？　あなたも明かりなど必要としていない人かしら？」

「ぼくは奈落の底にいますから……」嬉しいことに、レディ・ベッキンホールが振り向いてくれた。「松明の明かりは届かないかもしれません」

奈落の底ですって？　イザベルは我慢できずに思わず振り返った。ミスター・メークピースは両腕を広げ、仕立屋に腕の長さを測られていた。その姿を見て驚いた。まるでレオナルド・ダ・ヴィンチが描いた人体図のような肉体だったからだ。胸筋は芸術品のごとく美しく、腕の筋肉は盛りあがり、太い血管が浮きでている。胸は広く、肌はなめらかで、薄く胸毛が生えていた。

鼓動が速くなった。はしたないことをしているのはわかっている。男性の体などに見とれるべきではない。でも、どうして一介の教師がこんな肉体をしているのだろう、といろいろ想像せずにはいられなかった。この男らしい体つきは……ちょうどセントジャイルズの亡霊のようだ。イザベルは視線をさげた。その瞬間、ミスター・メークピースがわずかに体の向きを変えたせいで、右太ももを見ることはできなかった。彼女は目を細めた。今の仕草は偶然だろうか？

イザベルがこちらを見ていることに気づいて、仕立屋がはっと息をのんだ。その小さな音で彼女は現実に戻り、ミスター・メークピースの顔を見た。あれほど女性の前で服を脱ぐのをいやがったくせに、今は下着しか身につけていない姿で平然と立っている。

その目は誇り高く、挑むような表情が浮かんでおり、奥にはたしかに暗い影が見てとれた。

「奈落の底とはどういう意味？」イザベルは尋ねた。

ミスター・メークピースが優雅に肩をすくめた。「ぼくはロンドンのなかでも最下層の貧困街で仕事をしています。セントジャイルズの人々は食べ物や水、寝るところや着るものなど、ごく最低限のものを手に入れるために物乞いもすれば盗みもするし、体さえ売ります。彼らは地獄のような日々に縛られ、人間らしく暮らすことも、愛と笑いという神の恩寵を受けることもできないんですよ」

彼は腕をおろし、上階を指さした。前腕の筋肉が盛りあがっている。「ピーチはまだベッドから出られずにいます。本来、子供とは愛され、かわいがられるべき存在でしょう。この世の幸せの象徴のようなものですから。だが、あの子は親から捨てられ、不当な扱いを受けてきました。それがセントジャイルズなんですよ。そこでぼくは暮らしているんです。そんなぼくが陽気に笑ったり、楽しそうに小躍りしたりしたら、そのほうがおかしいでしょう」

感情をあらわにしているせいで胸筋が上下している。彼女は息をのんだ。

「この町で働いているすべての人が闇を抱えているわけではないわ。あなたのお姉様は幸せをつかんだじゃないの。その人たちとあなたの違いはなんなの？」

ミスター・メークピースが、鼻をぴくりと動かした。

「さあ、なんでしょう。ぼくにわかるのは、自分がその闇にむしばまれそうになっているということだけです。それでもぼくはその闇を引き受けるしかないし、それと闘うしかない」

これがウィンター・メークピースという男性の本質なのだろうか？　これが仮面をはがした本当の顔？　イザベルは彼に触れたかった。その頬をなで、肌のぬくもりを感じ、その闇に勝って、と言いたかった。できるものなら、わたしがその闇を追い払ってあげると慰めたかった。その一方で、彼の知らない一面を見たことに興奮している自分もいた。彼の本質が闇だけだとは思えない。

そこには情熱もあるような気がする。

そのとき、仕立屋が咳払いをした。「採寸は終わりました、奥様」

ミスター・メークピースは目を伏せ、シャツを取りに戻った。

「ああ、そう」自分の声がかすれていることに気づき、イザベルは唾をのみこんだ。「お時間を取っていただいてありがとう」

「こちらこそ、どうもありがとうございました」仕立屋はお辞儀をすると、寸法を書きつけた紙を持って足早に応接間から出ていった。

ミスター・メークピースはこちらに背を向けたままズボンをはいた。

その背中にピンクニーの目が釘づけになっていた。

イザベルは視線でピンクニーをとがめ、彼になんと言葉をかけようか考えた。背を向けられていると、心を通わせるのが難しい。「あなたが言うところのわたしの松明が、あなたの闇を照らせることを心から願って――」

ふいに彼が振り返り、ベストと上着に手を伸ばした。「申し訳ないのですが、いいかげん仕事に戻らなくてはいけません。そろそろ失礼してもよろしいでしょうか?」

拒絶された、とイザベルは感じた。その鋭い心の痛みを押し隠し、明るくほほえむ。

「もちろんかまわないわ。ただ、いいかげんダンスのレッスンをしなくてはいけないから、明日の午後でいかがかしら?」

「けっこうです」ぶっきらぼうにそう言って、ミスター・メークピースはさっさと応接間を出ていった。

「まだまだ修業が足りませんわね」ピンクニーがひとり言のようにつぶやき、女主人の視線に気づいて背筋を伸ばした。「申し訳ありません」

「いいのよ」イザベルはうわの空で答えた。彼の社交術がまだまだなのはそのとおりだ。アーリントン公爵夫人の舞踏会までになんとかできるものではないかもしれない。

彼女はピンクニーに言いつけ、孤児院の男の子に馬車を呼びに行かせた。そして狭い応接間を行ったり来たりしながら、ミスター・メークピースの問題について考えた。

あのそっけなさでは礼儀知らずと言われても仕方がない。あれだけはなんとしても直させよう。それはなんとかなるだろう。彼とて、洞窟で生まれて狼に育てられたわけではない。きちんとした家庭の出身だ。現に姉のテンペランスはみごとに礼儀作法を身につけ、立派な男爵夫人になっている。ただし、それだけで貴族社会に受け入れられるかどうかは別の話だけれど。

ピンクニーが戻り、馬車が来たと告げた。イザベルはうわの空のままうなずき、孤児院を出て馬車のほうへ行った。ハロルドに手を貸してもらって馬車に乗り、ありがとうとつぶやいて、クッションの利いた座席の背にもたれた。

「アーリントン公爵夫人の舞踏会では、なにをお召しになるつもりですか？」向かいの席からピンクニーが遠慮がちに尋ねた。

イザベルは目をしばたたき、メイドを見た。ピンクニーは疲れている様子だった。

「このあいだ仕立てたクリーム色のドレスにしようかしら。でも、金色の縞模様も捨てがたいわね」

おしゃれの話題になると、ピンクニーはがぜん元気になる。

「あの刺繡のあるクリーム色にいたしましょうよ！　エメラルドのネックレスを合わせたら、きっとすてきですわ。そういえば注文しておいた長靴下、六足ができあがりました。フランス風のレース地の靴下ですのよ」

「そう」考えごとをしながら答える。「じゃあ、靴も刺繡のあるクリーム色にしようかしら」

返事がなかった。イザベルは顔をあげてメイドを見た。

ピンクニーは眉根を寄せて難しい顔をしていた。「あの靴はかかとのところがほつれているんです」

「そうなの？」イザベルはそれに気づいていなかった。きっとたいしたことはないのだろう。

「少しくらいのほつれなら――」

「新しいのをお買いになられたほうがいいと思いますわ。今度は金色の布地がいいかと」ピンクニーが目を輝かせる。「今日の午後、靴屋をのぞいてみましょうか？」

「そうね」イザベルはため息をこぼし、しぶしぶ靴屋へ行くことに同意した。

別に買い物が嫌いなわけではない。ただ、今はミスター・メークピースのことで頭がいっぱいだった。ふと、たいへんなことに気づいてしまったからだ。

あの無愛想さが生まれや育ちのせいではないとしたら、それは彼の性格だということになる。そうなると、社交性を身につけさせるのは容易なことではない。彼にしてみれば、くだらないと思っている社交界で、常に笑みを顔に張りつけておかなくてはいけないのだから。

あるいは根本的に価値観を変えさせるかだ。世の中はもっと楽しいところだとわからせれば、おのずと愛想がよくなるかもしれない。

そちらのほうが骨が折れそうだ。

6

道に倒れている道化師の体からはどくどくと血があふれだし、それがどぶへ流れ落ちていきました。するとそこへ見知らぬ男が近づいてきました。体はマントに覆われていましたが、ひづめの割れた脚が見えました。きっと悪魔なのでしょう。男は死にかけている道化師のそばにしゃがみこみ、自分のポケットから白い粘土のパイプを取りだすと、それに火をつけました。「道化師よ、復讐したいか？」

『セントジャイルズをさまよう道化師の亡霊物語』

ウィンター・メークピースは屋根から屋根へと路地をひらりと飛び越えた。飛び移った先の傾斜が急なせいで足が滑ったが、すぐに体勢を立て直した。長年の訓練の賜物だ。

今日はセントジャイルズの亡霊の格好をしている。

屋根を飛び移るところを目撃されたのか、路地から声があがったが、下をのぞくようなまねはしなかった。危険を冒していることはわかっている。いつもは闇に紛れて行動しているが、今日はまだ日が落ちていないからだ。だが、急がないと間に合わないかもしれない。先ほど、ちょうど全員が夕食の席に着いたとき、子供がひとり孤児になったと連絡が入った。娼婦が三歳の子供を残して、感染症で死亡したのだ。

悲しいことに、セントジャイルズではよくある話だ。だからこそ孤児院が必要になる。孤児や捨て子がいると聞いて、みずから引きとりに行ったことや、使用人を迎えにやったことは数知れない。だが、今回は急がなければいけない理由があった。この二度ほどは保護が間に合わず、子供が姿を消していたからだ。

何者かが誘拐しているのかもしれない。

ウィンターは屋根の上を走り、少し低い屋根に飛びおりた。セントジャイルズの建物は無秩序に建てられている。共同住宅や店舗や倉庫や作業場がくっつきあうように軒を連ね、ときには上下に重なっていたりもする。外部の人間には迷路のようだが、彼は目をつぶっていても移動することができた。

しかも屋根から屋根へと。

一応、使用人のトミーを迎えにやったが、それより先に自分が子供を保護するつもりでいた。そのため脚が痛むからと言って食事の席を中座し、手早くセントジャイルズの亡霊の衣装に着替え、屋根裏にある寝室の窓から飛びだしてきたのだ。

下を見ると、チャペル通りと呼ばれる路地まで来ていた。孤児がいると連絡してきたろうそく屋の主人によれば、母親はフェニックス通りに住んでいたらしい。フェニックス通りといえばすぐそこだ。

ウィンターは屋根からバルコニーに飛びおり、手すりに沿って進むと、れんが造りの壁の角に指を引っかけながら路地におりた。路地の壁際にいた一〇歳くらいの女の子が、籠《かご》をしっかりと胸に抱え、彼が壁を伝いおりるのを目を丸くして見ていた。籠の底にしおれた花束がいくつか入っているところを見ると、花売りの子供なのだろう。

「ネリー・ブルームという女性の住まいを知っているかい？」ネリー・ブルームとは病気で亡くなった娼婦の名前だ。

花売りの女の子は通りの端にある傾きかけた建物を指さした。「二階の奥の部屋。でも、今朝、死んだよ」

「知っている」ウィンターは礼を述べる代わりにうなずいた。「だから子供を引きとりに来たんだ」

「だったら急いだほうがいいよ」女の子は言った。

彼は足を止めて振り返った。「どうして？」

女の子が肩をすくめる。「さっき、少女誘拐団の人が入っていったから」

ウィンターは走りだした。少女誘拐団だって？　それがセントジャイルズで子供を連れ去っている組織の名前なのか？　しかもあんな子供が名前を知っているほど有名だとは……。

女の子が指さした建物のドアを開けると、目の前に階段があった。敵に気づかれないよう忍び足でその階段をのぼった。

二階にはドアがひとつしかなかった。そのドアを開くと、夕食中の家族が驚いた顔でこちらを見た。三人の子供たちが堅そうなパンを握りしめたまま、母親のスカートにしがみついた。ふさふさした赤毛の痩せた父親が、親指で背後を指さした。そこにはもうひとつドアがあった。ウィンターは黙ってうなずき、部屋を横切ると、奥のドアを開けた。そこはもともとこちら側の部屋とひとつだったものを仕切りで分けた小部屋だった。みすぼらしいなりをした女がふたり部屋の隅にうずくまっており、その正面の窓が開いていた。

なにがあったのかと女たちに尋ねるまでもなかった。ウィンターは窓辺へ行き、顔を突きだした。通りからの高さは六メートルほどありそうだが、少なくとも途中に障害となりそうな出っぱりはない。窓枠にのって立ちあがった。頭上三〇センチほどのところで男の足が屋根の上に消えるのが見えた。ウィンターは屋根の端をつかみ、体を引きあげた。屋根の上には男がふたりおり、若いほうが幼児を抱えていた。かわいそうに、子供は恐ろしさのあまり泣き声すらあげられずにいる。

ウィンターを見て、男が叫んだ。「セントジャイルズの亡霊だ！　地獄に引きずりこまれるぞ！」

「走れ！」若いほうの男が叫び、ふたりは逃げだした。

ウィンターはすぐに追いついた。正義の怒りにはらわたが煮えくり返っている。年上の男の上着をつかんで引っぱった。男は必死にこぶしを繰りだし、それが肩に命中した。ウィンターは顎に一発返して、相手を気絶させた。

若いほうの男は屋根の端で、隣の屋根とのあいだにある二メートル近い隙間を飛び越えようかどうしようか迷っていた。勇気を出すことに決めたらしく、幼児を抱えたまま、助走のために一歩さがった。

ウィンターは男の腕をつかんだ。

男は蛇のようにすばやく振り返り、ウィンターの手首に嚙みついた。

ウィンターは歯を食いしばり、相手の髪をつかむと、ネズミでも扱うように揺さぶった。

男は手首から口を離し、幼児を放り投げた。子供は転がり、屋根の端で止まった。まばたきもせずに小さな目でこちらを見あげている。

ウィンターは空いているほうの手で幼児の足首をつかみ、自分のほうへ引っぱった。幼児をくるんでいた毛布が屋根のタイルに引っかかって、子供が素っ裸になった。男の子だ。

彼は腰をかがめ、毛布の端をつかんで幼児にかけてやった。「そこを動くなよ」

子供は黙ってうなずいた。

ウィンターは男のほうへ向き直り、まだつかんでいる髪を激しく揺さぶった。

「おまえのせいで、あの子が落ちるところだったじゃないか」

男が肩をすくめた。「代わりなんていくらでもいるさ。それに坊主じゃな」

ウィンターは目を細めた。「おまえたちを雇っている仲介人は男の子は買いとってくれないのか？」

「坊主は女の子ほど指先が器用じゃないんでね」男は野犬のように歯をむいた。「それにおれの雇い主は単なる仲介人じゃない。怖い相手だぞ。なんといっても上流社会のお人だからな」

「なんだと?」

男がちらりとウィンターの背後に目をやった。

ウィンターはわきへ飛びのき、背後から飛んできたこぶしをかわした。

その拍子に男から手を離してしまった。男は仲間とともに別の屋根へ逃げていった。

一瞬、追いかけることも考えたが、幼児のことを思いだし、屋根の端へ戻った。

子供はじっと動かずにウィンターのことを待っており、目を見開いてこちらを見あげた。

彼はその子を抱きあげ、粗末な毛布で包んだ。明らかに栄養不良とわかる軽さだ。セントジャイルズにはこういう子供が多い。もしかするともともとは服を着ていたのに、母親が死亡したとき、ほかの住人に奪いとられたのかもしれない。

両肩にずっしりと重みを感じた。この子のことは助けられたかもしれないが、少女誘拐団と呼ばれる組織が今このときも、この町のどこかで悪行を働いている。

「ぼく、名前は?」ウィンターは優しく尋ね、カールした金髪をうしろになでつけてやった。

子供は驚いた顔で小さな手を伸ばし、彼がつけている仮面の鼻をそっと触った。その拍子に、なにかがてのひらから落ちた。

ウィンターは腰をかがめ、その紙切れを拾いあげた。子供は服を着ていないのだから、この紙切れは誘拐犯のものだろう。なにか書かれているようだが、それがなにを意味するのかは見当もつかなかった。ほかに封蠟《ふうろう》の一部がついていた。彼は紙切れをポケットにしまい、両腕で幼児を抱いた。

「きみの名前はジョセフ・チャンスだ。さあ、おうちに帰ろう」


「さてと」翌日の午後、イザベルはウィンター・メークピースに言った。「ダンスでもっとも大切なのは、お相手の足を踏まないことよ」

ミスター・メークピースはいつものように黒い上着とベストを着ていた。困惑した案山子《かかし》のように見えなくもない。「あなたのおみ足にけがをさせないように、精いっぱい頑張りますよ」

「よろしくね」イザベルは顔をしかめたまま、ひとつ息を吸いこんだ。ふたりは彼女の屋敷の舞踏室にいた。床は緑色と黒の大理石で、赤に金色で縁取りをした高価なハープシコードが置いてある。「執事のミスター・バターマンはハープシコードをたしなむの。だから今日は演奏をお願いしたわ」

執事はハープシコードの椅子に座ったまま、いかめしくお辞儀をした。

「それはご親切に」ミスター・メークピースがつぶやいた。

イザベルはじろりとそちらを見たが、彼の顔に皮肉な表情は浮かんでいなかった。それどころか礼儀正しく執事に感謝の会釈をしている。執事はいささか意外だという顔をした。ミスター・メークピースが皮肉な態度を取るのは、この自分を相手にしているときだけかもしれない、とイザベルは思った。

そう思うと気持ちが沈んだ。

「さあ、練習を始めましょうか」彼女は明るく言って、片手を差しだした。

ミスター・メークピースの手は温かく、こちらを見おろす表情は真剣だった。

「仰せのままに」

「いいわね、三拍子よ。一、二、三」イザベルは先ほど手本を示したステップを踏んだ。驚いたことに、彼はたった一度教えられただけでステップを覚え、優雅に踊った。

彼女はちらりと横目で相手を見た。ミスター・メークピースはこちらの考えを読んでいるかのように愉快そうな表情で、やはりちらりと視線を向けてきた。「あなたはどこでダンスを習われたのですか？」

ふたりは音楽にのっていっとき向かいあい、互いにうしろへステップを踏んだ。

「一二歳のころだったかしら」速いステップでもないのに、イザベルは呼吸が速くなった。

「従姉妹とふたりでダンスの先生についたの。残念ながら、その従姉妹とはあまり仲がよくなかったのだけど」

ふたりはともに横向きになり、並行してステップを踏みつづけた。

「ごきょうだいはいらっしゃらないんですか？」

「知っているかぎりはね」彼女は答えた。「兄がいたのだけど、わたしが生まれる前に亡くなったわ。はい、ここでわたしの手を取る」

ミスター・メークピースは言われたとおりにした。その手は大きくて温かかった。

「寂しい子供時代だったように聞こえます」執事には聞こえないほどの低い声だ。

「そう？」ふたりはまた向かいあった。「そんなことはないわよ。友人はたくさんいたし、そのころはけんかばかりしていた従姉妹とも、今ではいい関係よ。パーティやお茶会やピクニックと、それなりに楽しく過ごしていたわ」

ふたりは向かいあい、互いにお辞儀をした。「社交界デビューをしたときは、自分で言うのもなんだけど、かなり評判になったのよ」

ミスター・メークピースの暗い目に光が宿った。「そうでしょうね。きっと多くの若者が、あなたの足元にひれ伏したのでしょう」

「まあ、そんなところかしら」

彼は頭を振った。「結婚のことはどう考えてらしたのですか？　たとえば、どういう男性と生涯をともにしたいとか」

どこへ話を持っていこうとしているのだろう？「ハンサムで優しい人がいいと思っていたんじゃないかしら。若い娘はみんなそういうものよ」

いぶかしむように、ミスター・メークピースが目を細めた。「それなのにミスター・ベッキンホールと？」

イザベルは思わず笑った。「その言い方はエドモンドがかわいそうよ。彼とはお互いに、けっこう好きあっていたんだから」

彼は無表情だった。「ですが、かなり年上でしょう」

「次は左」イザベルは相手に手を取られて左まわりに回転しながら肩をすくめた。「年の差が大きい結婚なんていくらでもあるわ」急にミスター・メークピースを挑発したくなり、上目遣いにちらりと見あげた。今日の彼は大胆だ。「あの人と一緒になれて……幸せだったと思っているのよ」

ふたりは手をつないだ。次は横にステップを踏むところだったが、ふいに手を引き寄せられ、彼女はミスター・メークピースの胸に倒れこんだ。

「きゃっ」びっくりして彼を見あげる。

執事も驚いたのか、音を間違えた。

「おっと」ミスター・メークピースは気だるそうに言った。「これは失礼しました」

イザベルは眉をひそめた。息をするたびに、乳房が相手の胸に押しつけられる。

「気をつけてちょうだい。そういう難しい小技はまだやめておいたほうがいいわ」

「でも……」ミスター・メークピースは唇に笑みを浮かべた。「練習しないと上手にはなれませんから」

「それは……そうね」イザベルは彼の胸から離れ、呼吸を整えようと努めた。「もう少し続ける？」

彼はお辞儀をした。「あなたさえよければ、ぜひ」

「もちろんよ」彼女は執事に向かってうなずき、伴奏を再開するように合図した。

ふたりはまた向きあって、ステップを踏みはじめた。ほんの少し手ほどきをしただけで、ミスター・メークピースがこれほど上手に踊れるのが不思議だった。ちらりと目をやると、彼は考えこむような顔つきでこちらを見ていた。

「なにを思っていらっしゃるの？」イザベルはつぶやいた。

ミスター・メークピースがこちらに近づくステップを踏んだ。「あなたという妻がいながら浮気をするとは、なんと愚かなご主人だろうと」

今さらと思いながらも、イザベルは傷ついた。「浮気をしたなんて言ったかしら？」

彼は黙ってこちらを見ている。

イザベルはひとつ息を吸った。「別に気にしてはいなかったわ。貴族の結婚というのは、恋愛というより友情のようなものなのよ」

「だが、あなたは愛を求める情熱的な人だ」ミスター・メークピースは彼女の手を取り、少し持ちあげながらささやいた。「あなたのことを無条件に慈しんでくれる男性はいなかったんですか？」

イザベルは彼を見あげて笑った。「あなたに言われたくないわね。ご自分だって、人の世話をしているばかりで、誰もかまってくれる女性なんていないくせに」

ミスター・メークピースがかすかに顔をしかめた。「ぼくは――」

「違うわ、ここはこうするの」彼女は相手の腰に手を置いて回転させた。「あなたもわかっているはずよ」

まだ音楽は続いていたが、ふたりは立ちどまった。

「なにをです？」

「わたしたちは生きてきた世界こそまったく違うけれど……」イザベルはつぶやいた。「お互いに孤独な人間だわ」

ミスター・メークピースがぴたりと動きを止めた。「あなたにはいつも驚かされる」

「夜はなにをしているの？」衝動的に尋ねた。「ひとり寂しく眠るだけ？　それともセントジャイルズの町をうろついているの？」

相手がドアを閉めるようにぴしゃりと心を閉ざしたのが、その表情からわかった。

「あなたはぼくの使命を脅かす存在だ」ミスター・メークピースは低い声で言った。「それがわかっていながら、ぼくはあなたに振りまわされる」

イザベルは眉をひそめた。使命ですって？　宗教的な言葉ね。でも、彼は別に――。

「今日のレッスンはここまでにしてください」

ミスター・メークピースはお辞儀をすると、こちらの返事も待たずに舞踏室を出ていった。

「わたくしもさがってよろしゅうございますか？」執事が遠慮がちに尋ねる。

「ええ、もういいわ。ありがとう、バターマン」彼女はうわの空で答え、ふと思い直した。

「ちょっと待って」

「はい」

イザベルはバターマンの顔を見た。結婚当初から仕えてくれている執事だ。これまでとくに意識したことはないけれど、彼のことは信頼している。彼女は心を決めた。

「少し変わった頼みごとをしたいのだけど」

バターマンはお辞儀をした。「なんなりとお申しつけくださいませ」

「ありがとう」イザベルは心から感謝した。「セントジャイルズの亡霊について調べてほしいの。わかることならなんでもいいわ」

バターマンはまばたきひとつしなかった。「かしこまりました」

執事が仕事に戻ったあとも、彼女はミスター・メークピースが出ていったドアを見つめていた。

どうやらわたしは彼の痛いところを突いてしまったらしい。まさかあんな反応をするとは思わなかった。次にどう出るかは、よくよく考える必要がありそうだ。


〈恵まれない赤子と捨て子のための家〉の夕食はがやがやと騒々しい。

「アーメン」子供たちがふぞろいな声で祈りを唱えた。ウィンターは顔をあげた。

今日のレッスンがなにごともなく終わってほっとしていた。レディ・ベッキンホールの質問はかなりきわどかった。あのまま受け答えをしていたら、自分がセントジャイルズの亡霊であることに気づかれたかもしれないし、内なる獣がじっとしていられなかったかもしれない。昨晩は彼女の生々しい夢を見た。体のうずきがおさまるまでには、ダンスの予習をしたり、手紙を書いたりと、一時間ほどもかかった。今も夢に見たあの形のよい胸を思いだすだけで……。

「ミスター・メークピース、お塩を取ってくれますか」ジョセフ・ティンボックスの声で、不埒《ふらち》な妄想から現実に引き戻された。

「もちろん」ウィンターは塩入れをまわした。

今夜の料理はじつにおいしそうだった。すばらしく濃厚なビーフシチューに、堅焼きのパンと、柔らかいチーズが添えられている。メディーナは孤児院の料理人として期待以上の働きをしてくれたらしい。

「わあ、ぼく、ビーフシチュー大好き」向かいの席に座っているジョセフ・ティンボックスが、思ったことをそのまま口にした。

「ぼくも！」ウィンターの右側でヒーリー・プットマンが甲高い声をあげる。「ジョセフ・チャンスもビーフシチューは好きかい？」

「うん」昨日、ウィンターに助けられた幼児は大きく何度もうなずき、ビーフシチューをたっぷりすくったスプーンを嬉しそうに頬張った。

「もし、ぼくがメニューを決められるなら……」ヒーリーが宣言した。「毎晩ビーフシチューにする」

「そんなことをしたらフィッシュパイが食べられなくなるじゃないか」ウィンターの左側でジョセフ・スミスが反論した。

「どうせフィッシュパイなんてめったに出ないから同じさ」ジョセフ・ティンボックスが指摘した。「それに、フィッシュパイが好きなのはジョセフ・スミスだけだし」

けんかになりそうな雰囲気を察して、ウィンターは咳払いをした。「ジョセフ・ティンボックス、聖書の授業は今どこをやっているんだ？」

「ヨハネの黙示録です」少年は答えた。「すごくいかしてます。竜が出てきたり、血が流れたりして――」

「なるほど」ウィンターは少年の話をさえぎった。「ヒーリー・プットマン、今週きみのクラスはどの詩篇を暗唱しているのかな？」

「詩篇一三九です」ヒーリーは悲しそうに言った。「長いんです」

「だが、とてもきれいだろう？」ウィンターは答えた。「〝たとえわたしが〝闇よ、わたしを覆え。光よ、夜になれ〟と言ったとしても、あなたにとって闇は暗くはなく、夜は昼のように明るいのです。あなたには闇も光も同じなのですから〟」

ヒーリーは疑わしそうな顔で鼻にしわを寄せた。「きれいなのかもしれないけど、本当のことを言うと、ぼく、意味がよくわからないんです」

「神様は暗闇のなかでも見えるってことさ」ジョセフ・ティンボックスが一一歳の威厳をこめて説明した。

「昼だろうと夜だろうと、神様の目をごまかすことはできないという意味もあるんだよ」ウィンターは言った。

一瞬、子供たちが神妙な顔をした。

ウィンターは穏やかにため息をついた。「ぼくが留守のあいだ、ほかにはどんなことがあったのかな？」

「犬が猫とけんかしました！」ジョセフ・スミスが答えた。

「そうです！」ヒーリー・プットマンがスプーンを振りまわし、危うくジョセフ・チャンスの髪にシチューをつけかけた。「ドドが厨房に入ってきたんです。それで、暖炉のそばで寝ていたスートに近づいたんです。スートが飛びあがってドドの顔を引っかきました。でもドドはやり返して、吠えて、スートを追いだしたんです」

ウィンターは両眉をあげた。「それはすごい。ドドがそんなに勇気ある男の子だとは知らなかった」

「女の子ですよ」ジョセフ・ティンボックスが言った。「ドドはレディなんです」

「本当に？」

「はい。それにチーズが大好きなんです」

「なるほど」ウィンターは厳しい目で少年を見た。「チーズが好きな犬はよくいる。でも、チーズが犬の体によいとはかぎらない。それにおいしいチーズを犬にやってしまってもいいのかい？」

「それは……いやです」本当はそれでもいいと思っているような口ぶりだ。

ウィンターは追及しなかった。「ピーチはどうしてる？」

「ベッドの上で体を起こすようになりました」ジョセフ・ティンボックスの表情がぱっと明るくなった。「それにドドを抱いたんです」

「なにかしゃべったかい？」

　少年は心配そうに眉根を寄せた。「いいえ、それはまだです。もっと元気にならないと、しゃべるのは無理なんじゃないかな」

　ウィンターはうなずき、子供たちが好きな菓子について話しはじめるのを聞き流しながら、ピーチのことを考えた。あの子は知能的に問題があるようには見えない。それにメイドのネルからの報告によれば、体のほうはずいぶん元気になったらしい。それでもジョセフ・ティンボックス以外の相手とはしゃべろうとしない。

　食事が終わると男の子たちを夜のお祈りに送りだし、自分は厨房へ向かった。女児に深鍋の洗い方を教えていたメディーナがこちらに気づいた。

「あたしを監督しに来たのかい？」

「まさか」ウィンターは答えた。「おばさんにちょっと頼みがあってね」

「なんだね？」

「さっきのチーズはおいしかった。まだ残っているかな？」

「あるよ」メディーナはちょこちょことした足取りで戸棚に近づき、腰にさげている鍵を使って扉を開けた。「食べ足りなかったのかい？」

「いや、お腹いっぱいさ」彼は口ごもった。「これは……その……ピーチに持っていこうと思って」

「なるほど」メディーナは余計なことは言わずにチーズを三角形に切り、布にくるんでウィンターに手渡した。「あの子にはそれもいいだろう」

「そうなんだ」彼はせいぜいいかめしく答えた。

メディーナがトレイを指さした。「あの子の食事を用意したんだけど、みんな忙しくて、まだ運んでいないんだ。あたしもあれを持って、おまえさんについていってもいいかね？」

「もちろん」女性がいたほうが、ピーチもしゃべりやすいかもしれない。「メディーナおばさんがいてくれると心強い」

「あたしはなにもしないよ」メディーナはぶっきらぼうに答え、トレイを手に取った。ふたりは階段をのぼった。

病室へ入った。ピーチと犬は狭いベッドで一緒に眠っているように見えた。だが、すぐにドドが顔をあげ、小さく唸った。ピーチも目を大きく見開いている。

メディーナはトレイをテーブルに置き、ふんと鼻を鳴らした。「その犬ころ、なかなかけんかっ早くてね。今日は厨房の猫を相手に、ひと騒動やらかしたんだよ」

「そうらしいね」ウィンターは淡々と答え、椅子をベッドに寄せた。「こんばんは、ピーチ」

少女は大きな丸い目でじっとこちらを見た。声が聞こえているのかどうか、その表情からはわからなかった。

それでも彼はちゃんと挨拶を返されたように深くうなずいた。「ぼくのことを覚えているかい？　きみをここに連れてきた人だよ」

ピーチは黙ったまま、犬を抱きしめた。

「おっと、忘れるところだった」

ウィンターはポケットから布で包んだチーズを取りだした。布を開く前から、ドドは鼻をひくひくさせていた。ジョセフ・ティンボックスの言ったとおりだ。ドドは本当にチーズが大好きらしい。

「この人は、ここの料理人のメディーナおばさん。食事を持ってきてくれたんだ。おばさんの料理は本当においしいよ」ウィンターはうしろを振り返り、黙って戸口に立っているメディーナを見た。

メディーナが真面目な顔でうなずく。

彼はピーチに視線を戻した。「ドドにプレゼントを持ってきたんだ。きみから食べさせてやってくれるかな？」

一瞬、この手は通じないかと思った。だが、ピーチがおずおずと片手を伸ばした。

ウィンターはチーズをちぎり、小さなてのひらにのせた。

「あの夜、道に寝転がっていたとき、きっとすごく寒くて怖かったろうね」彼は少女が犬にチーズをやるのを見ていた。そして、もうひと切れ差しだした。

しばらくためらったあと、ピーチはそれを受けとり、犬に食べさせた。

「あそこへ来る前はどこにいたんだい？」

ちぎったチーズを少女に手渡しながら、ウィンターは話しつづけた。

「あの夜はとても寒かったよね。だから、ずっとあそこにいたわけじゃないだろうと思っているんだ。あそこの近くに住んでいるの？　ドドと一緒に、おうちから歩いてあそこまで行ったのかい？」

返事はなかった。ドドが幸せそうにチーズをむさぼる音だけが聞こえている。

チーズがなくなった。自分がここにいたのでは、この子は食事をしないだろう。

ウィンターは立ちあがった。「いつでもいいから、きみの声を聞けると嬉しいな」

ドアのほうを向いたとき、聞き逃してしまいそうなほど小さな声がした。

彼は振り返った。「もう一度、言って」

「ピラー」ピーチは小さな声で答えた。

ウィンターは目をしばたたいた。「ピラー？」

「ピラール」この部屋に来て初めて、メディーナが口を開いた。複雑な表情をしている。彼女は少女に近づいた。「ピラールだね？」

ピーチはぎこちなくうなずき、上掛けのなかへもぐりこんだ。

メディーナはウィンターに向かってうなずくと病室を出ていった。彼もあとに続き、そっとドアを閉めた。

「なぜ名前だとわかったんだ？」ウィンターは興味を覚えた。「ピラールというのはスペインの名前だろう？」

メディーナは手で口を覆った。一瞬、その目に涙が光ったように見えた。

口から手を離したときには、口元に怒りの表情を浮かべていた。

「ピラールという名前はポルトガルにもあるんだよ」メディーナは〝ポルトガル〟という言葉をポルトガル語で発音した。「あたしも同じだからわかる。あの子はユダヤ人の子供さ」

それから五日後、ウィンター・メークピースは腹立たしいほど落ち着き払った声で言った。

「こんな服は着ていけません」

イザベルはあきれて目をぐるりとまわしたくなるのを必死にこらえた。「あら、あなたのお望みどおり黒と茶色よ。とても地味な色だわ」

ミスター・メークピースが疑わしそうにこちらを見た。たしかに上着とズボンは黒だし、ベストは茶色だが、その服を地味だというのはかなり無理がある。

上着とズボンは光沢のあるシルクで、あまりに深い黒のため、いくらか青っぽく見えるほどだ。浮き彫りのある銀色の飾りボタンがポケット、袖口、裾、前開きに縁に沿って並んでいる。それにベストときたら！　イザベルはミスター・メークピースの上半身に目をやり、思わずため息をこぼした。この色をただの茶色と呼ぶのは罪だ。乾燥させた煙草の葉のような美しい色合いをしており、裾とポケットの雨蓋《フラップ》には青リンゴ色と銀色と水色とピンク色の糸で刺繍があしらわれている。

イザベルは自宅の居間で長椅子の背にもたれかかった。「そのベスト、本当にすてきだわ。それほど趣味のいいデザインを見たのは初めてよ。公爵が着てもおかしくないわね」

服の出来栄えにはいたく満足していたし、ミスター・メークピースが舞踏会当日にちゃんと姿を見せたことには心底からほっとしていた。ダンスのレッスンをして以来、彼は理由をつけては次のレッスンを断り、イザベルとは会おうとさえしなかった。だから敬遠されているのではないかと不安になっていたのだ。

けれども今、ミスター・メークピースは暖炉の上の鏡を見ながら不安そうに首巻き《クラヴァット》をいじっている。彼がこちらを一瞥した。「ぼくは公爵ではありません」

「そうね。でも、公爵とご一緒することはあるわ」イザベルは立ちあがり、彼の手をつかんだ。「おやめなさい。せっかく知りあいの近侍に来てもらって結んだクラヴァットが台なしになるわ」

ミスター・メークピースがふいに振り向き、彼女の指をつかんだ。そして首をかしげ、茶色い目に謎めいた表情を浮かべると、こちらを見つめたまま、ゆっくりと指にキスをした。

イザベルは息をのんだ。視線を離すことができない。たかが指にキスをされたくらいで、どうしてこんなに体が熱くなるの？　だいたい、彼はなにを思ってこんなことをしているの？

「あなたがそうおっしゃるなら」ミスター・メークピースが顔をあげてつぶやいた。

動揺のあまり、一瞬返事に詰まった。「ええ、ぜひやめて」指を引き抜き、スカートのしわを伸ばした。「馬車が待っているわ。若い女の子みたいに緊張しているのはわかるけれど、そろそろ行きましょう」

「もう大丈夫ですよ」彼は笑みを浮かべ、エスコートするために肘を差しだした。

「そう」どう答えていいかわからず、イザベルはとりあえずそう言うと、彼の肘に指をかけてドアのほうへ向かった。

まだ少し寒いが、心地いい夜だった。彼女はミスター・メークピースの手を借りて馬車に乗りこんだ。今夜は刺繍を施したクリーム色のドレスを着ている。生地をたっぷり使ったスカートがいくらか重かった。座席に腰をおろしたとき、彼の服とわたしのドレスはなかなかよく引き立てあっているわ、と思った。

向かいの席に座ったミスター・メークピースに目をやる。彼が動くたびに、なにかかさこそと音がした。どうやら上着のポケットから聞こえるらしい。

「ポケットになにか入れてらっしゃるの？」彼女は尋ねた。「あの仕立屋、飾りポケットにしなかったなんて信じられないわ」

「ぼくが頼んだのです」ミスター・メークピースはちらりとこちらに目をやり、ポケットからしわくちゃの紙切れを取りだした。「飾りのためだけに布を使うのはもったいないでしょう」

「でも、ポケットになにか入れたら形が崩れてしまうわよ」イザベルは身を乗りだし、小さなかたまりがついている紙切れを見た。「それはなんなの？」

彼は肩をすくめた。「幼児が握っていたものです」

イザベルはその小さなかたまりをよく見た。それは封蠟だった。「ダーク卿の紋章みたいね。その子は誰なの？」

「ダーク卿？」ミスター・メークピースはその封蠟を親指でなぞった。

「ええ、そうだと思うんだけど……」彼女は紙切れを手に取り、馬車の揺れる明かりに照らした。「ほら、このフクロウ。やっぱり間違いなくダーク卿の紋章よ」

その紙切れは手紙が破れたもののように見えた。文字が並んでいるが、正しいスペルではない。裏面を見た。きれいな筆記体でこう書かれていた。

一〇　一二日

一〇と一二という数字のあいだが破れているが、おそらく〝一〇月一二日〟で間違いないだろう。「この意味のわからないほうはダーク卿の文字ではないと思うわ。日付の文字はなんとも言えないし、紋章は間違いなく彼のものだけれど……。でも、セントジャイルズの子供がこんなものを持っているなんて奇妙な話ね」

ミスター・メークピースは紙切れを受けとり、表と裏を子細に眺めた。「そうなんです。そのダーク卿というのはどういう人なんですか？」

イザベルは横を向いて肩をすくめた。「舞踏会場で会えるわ。今夜も来ているだろうから。子爵よ。爵位はおじ様から継承したもので、子爵になってまだ三年くらいかしら」

「お若いんですか？」ミスター・メークピースはクッションにもたれかかった。そのせいで顔の上半分が陰になり、唇しか見えなくなった。

「それは誰と比べるかによるわね」イザベルは首をかしげて相手を見た。「彼はわたしより少し年上よ。それは若いうちに入ると思う？」

ミスター・メークピースが小さく笑う。「ええ、お若いですよ」

彼女は顔が熱くなった。まったくもう。「けれど、世間はそう思わないかもしれないわ。わたしはもう三二歳で、夫の最期も看取った。もう初々しいお嬢さんというわけではないの」

「だが、よぼよぼの老女というわけでもありません」ミスター・メークピースは答えた。

「あなたはダーク子爵のことを年寄りだと思っているのですか？」

「まさか」イザベルはため息をつき、顔をそむけた。「でも、男性のほうが若いと言われる期間は長いから。世間は彼を男盛りと言うでしょうね」

「あなたもそう思いますか？」

彼女は笑みを浮かべて顔を戻した。「ええ、思うわ」

ミスター・メークピースが唇を引き結んだ。「ハンサムな方なんでしょうね」

もしかして妬いてるの？　イザベルは妙に意地悪をしたい気分になった。

「そうよ」

つい、ゆっくりとした思わせぶりな口調になる。

「背は高いし、体つきはたくましくて、野生動物のようにしなやかで優雅な歩き方をするの。だから、女性たちはつい目が釘づけになるわ。それに言葉が巧みなのよ。なんでもないことを言っているんだけど、そこに女性があとで気づいて赤面するようなきわどい意味や辛辣な嫌味を含ませるの。あれは一種の才能ね」

ミスター・メークピースは幅が広くて官能的な唇を引き結んだまま話を聞いていた。

「そして、このぼくは率直にしかものを言うことができない」

「そうね」

ふいに彼が身を乗りだした。そのせいで顔の表情がすべて見えるようになった。いつもは冷静な茶色い目に、野性的な怒りの影が浮かんでいる。

イザベルの鼓動が跳ねあがった。

「ぼくもきざに笑ったり、言葉をひねったりするほうが、あなたは好きですか?」返事を迫るような口調だ。

その気迫に押されて、彼女はつい思ったままを口にした。「いいえ、今のままのあなたが好きよ」

素直な気持ちを語ってしまったことに気づき、思わず唇をなめた。ミスター・メークピースの目がその唇におりた。焼けるような熱い視線。抱きしめられるよりも刺激的だ。イザベルは圧倒され、うっすらと唇を開いた。彼がゆっくりと視線をあげ、驚いたことに感情をむきだしにした目でこちらを見た。

ああ、この人はなんという目をするのだろう。これほどの情熱を心のうちに宿しながら、よく孤児院の経営者などにおさまっていられたものだ。怒り、激しさ、せつなさ、飢えといった感情が渦巻いている。こんな葛藤をずっと胸に秘めてきたなんて……。今にもわたしに襲いかかりそうなほどの激情だ。いや、これならロンドンを制覇し、世界をも征服できるだろう。彼は戦士にも、政治的指導者にも、王にさえもなれる人だ。

馬車が停まった。ミスター・メークピースのほうが先に動いた。

彼は手を差しのべた。「さあ、馬車をおりて、ぼくをダーク子爵に引きあわせてください」

イザベルは震える指をその手に置いた。彼はわたしを挑発しているの？

7

道化師は最後の力を振りしぼり、「はい」と答えました。そして息絶え、色を失い、真っ白な死体となりました。謎の男は目を赤々と燃やし、その亡骸《なきがら》にささやきました。「望みをかなえてやろう」すると、なんと道化師の手足に力が戻ったではありませんか。道化師は以前とほとんど変わらない姿でよみがえりました。ただし、ふたつだけ違うことがありました。道化師の目は白いままでした。そして、手にしていた二本の剣は木刀ではなくなっていたのです。

『セントジャイルズをさまよう道化師の亡霊物語』

ウィンターはイザベルの細い指を握り、ひとまずの満足を覚えた。彼女はもしかすると、言葉が巧みで、年齢も近いダークという男に惹かれているのかもしれないが、今、指を預けているのはこのぼくだ。

馬車の外へ出ると、礼儀作法どおりに振り返り、イザベルがおりるのに手を貸した。彼女はほほえんで礼を述べた。ちょうど別の馬車がその場を去ろうとしているところだった。その馬車の扉にはフクロウの紋章がついていた。ウィンターは御者に目をやった。見覚えのある顔だ。

「緊張することはないのよ」イザベルがささやいた。彼が立ちどまった理由を勘違いしたのだろう。

ウィンターはうなずいた。「あなたがぼくの腕に手をかけてくれているかぎり、大丈夫ですよ」

目の前にはアーリントン公爵夫人の屋敷がそびえ立っていた。ロンドンでも屈指の大邸宅だ。先代の公爵夫人は王族と愛人関係にあり、そちらの筋から建設費の一部が支払われたと噂されている。だが、それほどの屋敷を現公爵夫人は全面改築させ、夫に莫大な借金を背負わせたらしい。

しかし、この舞踏会の豪勢さからは、そんなことはみじんも感じられなかった。

数十人の従僕が客を正面玄関へ案内していた。玄関ホールは広く、巨大なシャンデリアに明るく照らされている。緩やかに弧を描く階段をのぼり、広々とした舞踏室の前に来た。室内にはすでに大勢の客がいて、香水の匂いが立ちこめ、人いきれで蒸し暑かった。

ウィンターはイザベルに顔を近づけ、ラベンダーとライムの香りをかぎながらささやいた。

「ぼくがこの貴族たちと関わることが、本当に孤児院のためになるんですか？」

「もちろんよ」彼女はかすれた声で笑った。「いらっしゃい。いろんな方を紹介してさしあげるわ」

ウィンターは感覚を研ぎ澄まし、舞踏室に入った。ここにダークという男がいる。セントジャイルズで悪事を働く少女誘拐団とつながりがあるかもしれない人物だ。

一見するとウィンターがエスコートしているように見えるが、人混みのなかをさりげなく誘導しているのはイザベルのほうだった。舞踏室の壁は明るい青緑色で、クリーム色と金色の模様がある。本来は落ち着ける色のはずだが、今はそんな雰囲気ではなかった。周囲は話し声と笑い声で充分うるさいのに、そのうえ四重奏団がダンスのための音楽を演奏している。室内はろうそくの燃える匂いと、むせ返るような香水の香りで息苦しいほどだ。

ここは貴族が集う舞踏室とはいえ、臭いのひどさではセントジャイルズの汚れた通りと大差ない。

「どういった方を紹介してくださるのですか?」人波を縫いながら、ウィンターは小声で尋ねた。

イザベルが肩をすくめる。「社交界でも力のある人たちばかりよ」そう言うと、閉じたままの扇で彼の腕をぽんぽんと叩いた。「せいぜい孤児院の力になってくれそうな人を選んで引きあわせるわ」

ウィンターは両眉をあげた。「たとえば?」

彼女が顎で示した先には、自分たちこそロンドン社交界の柱だと言わんばかりに背筋を伸ばした姿勢で立っている男性がふたりいた。なにか大事な話でもしているのか、額を寄せあっている。「右側はウェークフィールド公爵」

ウィンターはその長身で浅黒い男性を見た。「たしか、レディ・ヘロとレディ・フィービーの兄上ですね」

「そのとおり」イザベルはうなずいた。「ウェークフィールド公爵は政界の大物で、けた違いに裕福よ。国会の指導者と言ってもいいくらい。首相でさえ、なにか決めるときは必ず彼に相談するという噂だわ。もうひとりはレディ・マーガレットのお兄様のマンダビル侯爵。彼もウェークフィールド公爵に負けず劣らずの実力者よ。まずはあのふたりにご挨拶しようと思っていたのだけど、なんだか大切なお話をしているみたいね」

「では、そちらはまたあとで」

「そうしましょう」彼女はかすかに顔をしかめ、室内を見まわした。

そのすぼめた唇に見入っている自分に気づいて、ウィンターは顔をそむけた。

「まあ、彼がいるなんて」イザベルが小さく声をあげた。

「どなたですか?」

だが、彼女はすでに部屋の隅にひとりで立っている男性のほうへ向かっていた。その男性は灰色のかつらをかぶり、半月形の眼鏡をかけ、ぼんやりと遠くを見ている。そばまで近づくと、こちらに気づいて顔を向けた。

「こんばんは、ミスター・セントジョン」イザベルが挨拶をした。

セントジョンは眼鏡の奥でわずかに目を見開き、すばやくふたりの顔を見たあと、すぐに普通の表情に戻った。「これはレディ・ベッキンホール」彼女の手を取り、そこに礼儀作法どおりのキスをする。

イザベルはもう一方の手で、優雅にウィンターを指し示した。「こちらは〈恵まれない赤子と捨て子のための家〉という孤児院を経営していらっしゃる、ミスター・ウィンター・メークピースよ。ミスター・メークピース、この方はミスター・ゴドリック・セントジョン」

「存じあげていますよ」ウィンターは彼女にそう言って、握手をしようとセントジョンのほうへ手を差しだした。

イザベルは両眉をあげた。「あら、お知りあい？」

「彼の義理の兄上であるケール卿とは友人だからね」セントジョンはウィンターと握手をした。その顔に笑みはなかったが、決して無愛想なわけではなかった。「孤児院が火災に遭ったとき、ぼくも現場にいたんだ。メークピース、また会えて嬉しいよ」

「こちらこそ」ウィンターは答えた。「あの夜はいろいろとありがとうございました。姉の結婚式に出席していただけなかったのが残念です」

セントジョンの表情がこわばった。「今となっては行けばよかったと後悔している。ただ、あのときはクララが逝ったすぐあとだったから……」彼は唇を引き結び、顔をそむけた。

「奥様を亡くされて、さぞやお寂しいでしょうね」イザベルが静かに言った。

セントジョンはぎこちなくうなずき、ごくりと唾をのみこんだ。

「それでもわたしたちは前へ進まなくては。ミスター・メークピースに次の方をご紹介するので、わたしたちはこれで失礼させていただくわ」彼女はそう告げてその場を離れた。ウィンターもあとに続いた。

セントジョンはこちらの言葉が聞こえていない様子だった。

イザベルが顔を近づけてきた。臭い毒気のなかで、繊細でさわやかな香りがウィンターの鼻孔をくすぐった。「ミスター・セントジョンの奥様は長患いをされて、昨年他界されたの。深く愛しあっていたおふたりだったのよ。彼が社交界に復帰したとは知らなかったわ」

「そうですか」ウィンターはつぶやき、肩越しに振り返った。セントジョンはひとりで壁際に立ち、ぼんやりと宙を見ている。「まるで歩く屍《しかばね》ですね」

「本当にお気の毒だわ」彼女はかすかに震えた。「さあ、次の人たちに引きあわせるわよ。いらっしゃい」

「仰せのままに」

イザベルはおしゃべりをしていた三人の男性に近づいた。「こんばんは。もしかして、お会いになったことがあるかしら？　こちらは〈恵まれない赤子と捨て子のための家〉という孤児院を経営していらっしゃる、ミスター・ウィンター・メークピースよ」

面識はないというようなことをつぶやく三人に、彼女はウィンターを紹介した。

「〈恵まれない赤子と捨て子のための家〉だって？」ビバリー・ウィリアムズ卿が言った。「舌を嚙みそうな名前だな。しかもセントジャイルズにあるのか？」

「はい」ウィンターは答えた。

「そんな汚物だめみたいな場所からは移したほうがいいな。これはぼくからの忠告だ」ビバリー卿は鼻を鳴らした。「もっと西の新しい地区に出たらどうだ？　ハノーバー・スクエアあたりなどいいと思うぞ」

「ハノーバー・スクエアでは家賃を支払うのが難しいと思います」ウィンターは穏やかに応じた。「それに、われわれの客は新しい地区にはいないんですよ」

「客？」ビバリー卿はなんの話だかわからないという顔をした。

「孤児のことを言っているんだと思うよ」カーショー伯爵が言った。丸顔で鼻が大きく、目に生き生きとした輝きのある人物だ。「メークピース、そうだろう？」

ウィンターはカーショー伯爵にお辞儀をした。「そのとおりです。セントジャイルズは孤児が多いのです。だから孤児院もセントジャイルズにあるというわけです」

「なるほど」三人目の男性が言った。ミスター・ロジャー・フレイザー＝バーンズビーだ。「だが、セントジャイルズは危険な地区なんだろう？　あの有名な犯罪者、なんという名前だったかな？」

「セントジャイルズの亡霊さ」カーショー伯爵が皮肉な笑みを浮かべて頭を振った。「フレイザー＝バーンズビー、きみはそんなものが怖いのか？　ただの都市伝説だろうに」

イザベルがちらりとこちらを見たが、ウィンターはいかにも興味深そうな愛想のいい表情を保ったまま、三人の男性のほうへ顔を向けていた。

「わたしは会ったことがあるわ」彼女が言った。「半月ほど前よ。道端に倒れていたの。意識がなかったから、馬車に乗せて連れ帰ったわ」またこちらを見た。

ウィンターは静かにうなずいた。「セントジャイルズの亡霊は、あなたにとても感謝していると思いますよ」

「よくそんなことを。自分の身が危険だとは思わなかったのかい?」ビバリー卿が興味津々という口調で尋ねた。

「勇気があるね」フレイザー＝バーンズビーが少年のようににやりとした。「なにごともなくて本当によかった」

イザベルは優雅に肩をすくめた。「彼はわたしになにかできる状態ではなかったから」

「神に感謝しよう」丸顔のカーショー伯爵が言った。「噂の半分でも本当だとしたら恐ろしい犯罪者だろうに、それでも彼女は無事だったんだ。ミスター・メークピース、きみはセントジャイルズの亡霊を見たことはあるのかい?」

「遠くからなら」ウィンターは慎重に答えた。「亡霊のほうからこちらに関わろうとすることはありませんよ。さて、誠に申し訳ないのですが、レディ・ベッキンホールを飲み物のあるところへエスコートするとお約束してしまいましたので、これで失礼いたします」

三人の男性はイザベルにお辞儀をした。

「どうしてあんなことを言ったの?」三人から離れるなり、彼女がとがめた。

ウィンターは驚いた顔をしてみせた。「あの言い方は礼儀作法にかなっているのではありませんか?」

「それはそうだけれど」イザベルは不機嫌そうな顔をした。「でも、もう少し長く話をして

ってきた。

「今夜の目的は、ぼくができるだけ多くの貴族と面識を持つことでしょう？」彼は愉快にな
いてもよかったわ」

反論しようとするように、イザベルが鼻にしわを寄せた。

「まあ、レディ・ベッキンホール、お会いできて嬉しいわ」レディ・マーガレット・リーデ
ィングがふたりの前に現れ、イザベルと互いの頬にキスをする仕草をした。女性の友人同士
が好む挨拶だが、奇妙な習慣だとウィンターは思った。

レディ・マーガレットはためらいがちにウィンターへ手を差しだした。彼は身をかがめ、
手の甲に口をつけずにキスをするふりをした。

レディ・マーガレットがにっこりした。まるで犬がとてもすばらしい芸を披露したとでも
いうように。「今日のあなたはとてもすてきよ」

「ありがとうございます」ウィンターは応じた。

その返事がそっけなかったからだろう。イザベルがとがめるような目でちらりとこちらを
見た。

彼は咳払いをした。「あなたがほほえまれると部屋のなかが明るくなりますよ、レディ・
マーガレット」

「まあ、どうもありがとう」レディ・マーガレットは心ここにあらずという様子で、ウィン
ターの背後に目をやった。彼はうしろを確認したい衝動を抑えこんだ。ここはセントジャイ

ルズではない。攻撃を受けることはないはずだ。

少なくとも普段から慣れているような形での攻撃は……。

「レディ・ベッキンホール、今夜はお見えにならないのかと思って、よろめきそうになっていたところだよ」背の高いハンサムな男性が思わせぶりな口調でそう言いながら、イザベルに近づいてきた。「だが、ようやくお会いできた。これでまた元気がわいてこようというものだ」

その大げさな褒め言葉に彼女は声をあげて笑い、ウィンターの腕にかけていた手を離して、その男性のほうへ差しだした。「ダーク子爵、よくそんな独創的なお世辞を思いつくものね。油断していると本気にしてしまいそうだわ」

「油断していると？」

ダーク子爵がイザベルの手の甲に唇をつけたのを見て、ウィンターはうめきたくなった。子爵は気だるそうに体を起こし、じっと彼女を見つめた。「ぼくの称賛の技量はまだまだだな。もっと修業が必要だ。どうしたらきみに本気にしてもらえるのか、ぜひとも個人的に指導してほしいものだ」

ウィンターは咳払いをした。「彼女はぼくを指導中ですから」

色男の言葉に、イザベルはまんざらでもなさそうな顔をしていた。「こちらはミスター・ウィンター・メークピース、〈恵まれない赤子と捨て子のための家〉の経営者よ。ミスター・メークピース、こちらはダーク子爵アダム・ラトリッジ」

ふたりの男性はお辞儀を交わした。「ところでメークピース、彼女がきみを指導中というのは、いったいなんの話だい？」

「ぼくが孤児院の代表としてそつなく振る舞えるように、わざわざ時間を割いて社交術を教えてくださっているのです」ウィンターは淡々と答えた。

ダーク子爵は物憂げに両眉をあげた。「今さらなんのために？　すぐにこのぼくが孤児院の経営者になるというのに」

ウィンターは凍りついた。耳のなかで鼓動が鳴り響いている。「なんですって？」

子爵はこの状況を楽しんでいるような顔で首をかしげた。「きみは孤児院を辞めるとレディ・ピネロピから聞いている。今さら気が変わったなどと言わないでくれよ。ぼくはもうやる気満々なんだから」

「孤児院を他人の手に渡すつもりはさらさらありません」ウィンターは声に怒りをにじませた。「今も、これからもです」


ウィンター・メークピースは明らかに怒っているように見えた。

普段、感情を押し殺している人がこういう表情をするのは怖い。イザベルは本能的にあとずさりしようとした。だが、腕にかけている指にウィンターの手が置かれた。

その彼の手の動きをダーク子爵はじろりと見たあと、皮肉な笑みを浮かべた。

「きみはもう孤児院にとって役に立つ存在ではないそうじゃないか」

それは違う、とイザベルは言いかけた。しかし、その前にウィンターが殺気のこもった低い声で答えた。「どうせレディ・ピネロピからお聞きになったのでしょう。彼女は手袋や靴のことはよくご存じでも、セントジャイルズの真ん中で孤児院を運営することにかけては素人です。経営者としてふさわしいのは昔も今もぼくですよ」

「そうかな」ダーク子爵は意地の悪い笑みを見せた。「それはきみのひとりよがりじゃないのか。孤児院はもうきみの手には負えないほど発展した。そうそうたる貴婦人たちが支援を表明したからね。こんな言い方をして申し訳ないが、支える会にとってきみは恥以外の何物でもないんだよ」

「アダム、いいかげんにして！」イザベルは思わずダーク子爵の洗礼名を呼んだ。ウィンターの腕に力が入ったのが、てのひらに伝わってきた。

レディ・マーガレットが好奇心に駆られた目でイザベルを見た。子爵が勝ち誇ったような顔をした。

イザベルは冷ややかにダーク子爵を一瞥した。昨年のひところ、イザベルと彼は大人同士の男女の駆け引きを楽しんだ。子爵はイザベルをそれとなくベッドに誘おうとしたし、彼女のほうも決していやではないという態度を取った。けれども結局、一線を越えることはなかった。

だからダーク子爵に得意げな顔をする理由はないし、ましてやイザベルは自分のものだと言わんばかりにウィンターを攻撃する権利もない。

奇妙な沈黙を破るように、レディ・マーガレットが咳払いをした。「ミスター・メークピースはすばらしい経営者ですし、孤児院の代表としてもご立派だと思うわ」

ダーク子爵はレディ・マーガレットにお辞儀をした。「ここで彼をかばうとは、あなたはとてもお優しい方だ」

レディ・マーガレットは硬い表情でほほえんだ。「猫のように頭さえなでておけばいいというようなおっしゃり方ね」

「猫には爪があってよ」イザベルは皮肉な笑みを浮かべた。「とにかく、ダーク子爵、そんなふうにミスター・メークピースをからかうものではないわ。そもそも、どうして急に孤児院の経営に携わろうなどと思ったの？」

子爵は物憂げに肩をすくめた。「さあね。たまには社会に貢献するのも悪くないと思ったんだ」

「あるいは、セントジャイルズのなにか別のものに興味があるとか？」ウィンターが静かに尋ねた。

イザベルは鋭い目でウィンターを見た。ダーク子爵はわけがわからないという顔で眉をひそめている。

「たとえば？」子爵がぶっきらぼうに尋ねた。「じつはジンにおぼれているんだろうとでも言いだすつもりか？」

今度はウィンターが肩をすくめた。「セントジャイルズにはジン以外のものもあります。

たとえば女の子とか」

ダーク子爵がゆっくりと両眉をあげた。「それは男の子より女の子のほうが好きに決まっているだろう?」

「ぼくにはわかりません」ウィンターは冷静に答えた。「ぼくはあなたという人を知りませんから。世の中には子供を性愛の対象とする下種《げす》な輩《やから》もいることですし」

「ぼくは……成熟した女性のほうが好みだ」子爵は思わせぶりな目でイザベルを見た。

彼女は片眉をつりあげ、顔をそむけた。

突然、ダーク子爵が手を打ち鳴らした。そのせいで、隣にいたレディ・マーガレットが驚いてあとずさりした。子爵は本来洗練された物腰を崩さない男なのだが、今は淡いグレーの目に怒りをたぎらせている。

「では、こうしよう」子爵が大きな声で言う。「メークピース、堂々と互いの社交術を競おうじゃないか。まずはロイヤル・オペラハウスでどうだ? より紳士的に振る舞ったほうが勝ちだ」

イザベルは首を振った。オペラハウスでまさか決闘をするとは思えないが、これだけ不機嫌だとダーク子爵がなにか企まないともかぎらない。

「いいでしょう」売られたけんかは買うしかないというように、ウィンターが落ち着いた低い声で答えた。

「よし、決まりだ!」子爵の目に残酷な色が浮かんだ。「せっかくだから、何人か貴族の友人を連れていこう。判定は彼らに任せればいい」

「わかりました」ウィンターが首をかしげる。「では、レディ・ベッキンホールに飲み物のところへエスコートするとお約束しましたので、ぼくたちはこれで失礼します」

ウィンターはダーク子爵に背を向け、さっさとその場をあとにした。客たちはウィンターの顔を見るなり道を空けた。脚の長い彼に合わせるため、イザベルはときどき小走りになりながらついていった。

「なにも部屋を逃げだす必要はないのよ」息を切らしながら、彼女は声をひそめて言った。「ここに残って、ぼくがあいつを殴るのを見たいとでも？」荒々しい口調だ。

「あなたはそんなことしないわ。そういう性格ではないもの」

ウィンターは鋭い目でじろりとこちらを見た。「ぼくのことなど、なにもわかっていないくせに」

イザベルは顎をあげた。「そんなことはないわ。あなたは誇り高い人よ。だからおおやけの場では仮面をかぶり、すべての感情をその下に押し隠そうとする。でも本当は、なにかを深く感じるのが怖いんだわ。いえ、なにひとつ感じないようにしているのかもしれない」

彼が驚きの表情を浮かべた。

「それがあなたよ。この一週間、一緒にいたからわかるの。それに……」イザベルはもっと現実的な話をした。「ここでダーク子爵を殴れば、あなたの負けになるわ」

舞踏室を出ると、いくつかの大きな花瓶や彫像で仕切られたアルコーブがあった。ウィンターはそこに入るとこちらへ向き直り、彼女の腕をつかんだ。その目は激しい怒りに燃えている。

「あなたもぼくが猿と変わらず、文明社会には適応できない男だと思っているんですか？　自分がエスコートされている相手がそんな男だと恋人に思われるのが恥ずかしいから、だからあいつを殴るなと？」

「恋人などではないわ」イザベルは押し殺した声で言い返した。

「でも、あの男はそうなることを望んでいる」

「ええ、そうよ」彼女は言い捨てた。この人は思わせぶりな言動を取るのに、いざとなると心を閉ざし、そのくせこんなふうに嫉妬する。もう振りまわされるのはうんざりよ。

「あなたはどうなんです？」ウィンターが口元をゆがめた。「あなたもあいつと寝たいと？」

イザベルは小馬鹿にするように肩をすくめた。「そうだとしたら？」

ふたりの顔は互いの息がかかるほど近くにあった。ウィンターの視線が彼女の唇におりた。イザベルにはわかった。キスをする気だわ。やっと彼の唇に触れられる。その仮面の下にある素顔を見ることができる。彼女はここが公爵邸だということも、ふたりには身分の差があることも忘れた。この人に抱かれたい。クラヴァットを破り、シャツの前をはだけさせ、熱い鼓動が聞こえる胸に口を押しあてたい。イザベルは顔をあげ、唇を薄く開き、目でキスを求めた。

だがウィンターは顔をあげ、暗い部屋から明るい外へ出たとでもいうように目をしばたたいた。

そしてこちらを見た。その目から感情が消えたのがわかった。また仮面をかぶってしまったのだ。彼はいつもこんなふうに心を閉ざす。

ウィンターは一歩さがると、イザベルの腕から手を離した。「失礼をお許しください、レディ・ベッキンホール。申し訳ないことをしました」

いらだたしさのあまり、イザベルは叫びたい気分になった。わたしも彼のように一瞬で感情を切り離せたらどんなに楽だろう。ひとつ息を吸いこんだ。「おわかりかしら、ミスター・メークピース。本当に失礼なのは、今、あなたが謝ったことよ」

胸に秘めた誓いを破るところだった。今、ぼくはキスをしようとしていた。彼女に……イザベルに。

一六歳のとき、女の子にキスをされた。あれはまだ、セントジャイルズでこういう生き方をしようと決める前のことだ。相手はオックスフォードへ行ったときに知りあった女の子で、もう名前も忘れた。いや、訊きもしなかったのかもしれない。ただ、ひどく稚拙で不器用なキスだったことだけは覚えている。二度と会うこともなかった。

その女の子がろうそくの光だとしたら、イザベルは太陽だ。彼女に触れたくてたまらない。息をするよりも。空腹でたまらないときに食べ物を求めるよりも。喉が渇ききっているときに水を欲するよりも。そばに近づかずにはいられないほど、全身全霊でイザベルを熱望している。このやるせない思いの行き場が欲しい。彼女を抱き、その体のなかに入り、本能のおもむくままに征服したい。

しかし……だめだ。

孤児院の子供たちには、このぼくしか頼れる人間がいない。みな、ピーチのようにかわいそうな子供たちばかりだ。それなのに、ぼくは欲望のままに振る舞うという過ちを犯した。自分が果たすべき役目を忘れていたのだ。ウィンターはイザベルの怒りを宿した美しいブルーの目を見た。その瞳を見るだけでせつなさがこみあげ、みずからの立場も責任も忘れそうになる。まさに誘惑の権化だ。

彼はそれに背を向けた。

イザベルに腕をつかまれ、その力強さに驚いた。そういえばセントジャイルズの亡霊として助けられて以来、彼女には驚かされることばかりだ。

「どこへ行くの？」詰問するような口調だった。

思わず顔をそむけた。「舞踏室に戻るんです」

「なぜ？」

ウィンターは眉をひそめた。「孤児院の支援者になってくれそうな人たちに会うためにここへ来たのですから」

「そうやってわたしを拒絶するの？」イザベルはきれいな形の唇を引き結び、眉根を寄せて、目には……傷ついた表情を浮かべていた。やめてくれ。そんな顔を見るのは身を切られるよりつらい。

「ぼくにどうしてほしいのですか？」ささやくような声で尋ねた。すぐそばの舞踏室には大勢の客がいる。「ぼくはあなたに謝った。それなのに、あなたは侮辱されたと感じている」

「また肝心なことから話をそらそうとするのね」彼女はウィンターの腕から手を離した。腕に残っていたぬくもりはあっという間に消え去った。「そうやってわたしを避けているんだわ。さっき、あなたはわたしにキスをしようとした。それなのに――」

「だが、しなかった」髪をかきむしり、壁を殴りたい気分だった。思う存分、イザベルにキスをし、その傷ついた表情をぬぐい去れたらどんなにいいだろう。

しかし、それをするわけにはいかない。

「そうね」イザベルがゆっくりと言った。「きっとあなたにとって、わたしはその程度の女なのよ」

「その程度？」口元に皮肉な笑みを浮かべ、彼女に手を出してしまわないように腕を組んだ。ぼくがどれほど必死に自分の気持ちを抑えていることか。「さっきのような目で見られたら、男たちはあなたにキスもしたし、それ以上のこともしてきたのでしょう。あなたはそれに慣れている」

啞然《あぜん》としたように、イザベルが唇を開いた。「わたしのことを娼婦だと言いたいの？」

ウィンターははっとして顔をあげた。「それは違う」

彼女は身を近づけ、ばかばかしいほど刺繡を施したベストに痛みを感じるくらい強く指を突き立てた。「修道士のようなあなたの価値観からしたら気に入らないのでしょうけれど、だからといって、ふしだらな女だとは言われたくないわ。おわかりかしら、ウィンター・メークピース？　わたしは好きになった男性がいれば、最後まで関係を持つこともある。それがおかしいと思うなら、ご自分の価値観を考え直してみるべきね」

イザベルはくるりと背を向け、打ちのめされた彼を残したままアルコーブを出ていこうとした。

ウィンターは思わず腕を伸ばし、イザベルをつかんだ。「あなたのことをそんなふうには思っていない」そして相手をこちらへ向かせようとした。

「だったらどうしてもう一歩、先へ進もうとしないの？」彼女は顔をそむけたままだった。

「だめなんだ」

イザベルがこちらを見た。その表情の怒りの激しさに、彼は思わず目をつぶりたくなった。

「いったいどうして？　肉体的にだめだということ？」

ウィンターは口元をゆがめた。

彼女の表情が和らいだ。「もし経験がないことを気にしているのなら、わたしはあなたになにも特別なことは求めていないわ。そんなことはしだいに覚えるものよ」

「違う、そういうことじゃないんだ。あなたにはわからない」

「だったら説明してちょうだい」

ひとつ息をつき、ウィンターはぽっちゃりしたキューピッドたちが飛びまわる絵柄の天井を見あげた。「ぼくは孤児院の子供たちやセントジャイルズの困っている人々を放っておくことができない。彼らはロンドン社会の最下層で苦しんでいる。だから、彼らのために生きていこうと誓いを立てたんだ」

「まるで聖職者の誓いのように聞こえるわ」イザベルが驚いたように言った。

その顔を見ないように努めながら、彼は考えをまとめる努力をした。これまでそういった考えを言葉にしたことはないし、誰かに話したこともない。

しかし思い直して深呼吸をし、彼女のほうを向いた。「思想はいくらか違うだろうが、信念の強さという意味では似ているかもしれない。イザベル、ぼくはあなたが関わっている貴族たちとは考え方が違う。ぼくにとって、男女の営みは神聖なことなんだ。ベッドをともにするほど愛する女性とめぐりあったら、ぼくはその人と結婚したいと思うだろう。だが、ぼくは誰とも結婚するつもりがない。だから女性とは深く関わらないようにしてきた」

「でも、あなたは聖職者ではないわ。セントジャイルズの人たちを助けたい気持ちはわかるけれど、だからといって結婚してはいけないということにはならないでしょうに」

「ぼくにはそういうふうには思えない。結婚すれば、妻や家族がいちばんになる。そのほかのことはすべて二の次だ。そうなったら、誰がセントジャイルズの人間たちのことをいちばんに考えるんだ?」

イザベルが目を見開いた。「信じられない。あなた、聖人にでもなろうとしているの?」

彼は唇を引き結んだ。「違う。ただ人助けをしたいだけだ」

「でも、どうして？」

「それはもう話した」ウィンターはいらだちを抑えようと努めた。そのことを口にするのは、胸を切り裂かれ、そこに手を突っこまれ、内臓をえぐられるようなつらさがある。「セントジャイルズの子供たちや貧しい人々はひどい人生を送っているんだ。ぼくの話を聞いていなかったのか？」

「ちゃんと拝聴していたわよ」イザベルは言い返した。「そうではなくて、どうしてあなたなのかと訊いているの。なぜあなたがそこまでしなくてはいけないの？」

彼は力なく頭を振った。イザベルは特権階級に属している。だから金に苦労したことがない。寒いから石炭を買おうか、それとも腹が空いているからパンを買おうか。そのどちらかしか買えないという経験をしたことがないから、しょせんは理解できないのだ。

ウィンターは彼女の腕を放し、一歩離れた。

「ぼくがしなければ、ほかに誰がするんだ？」優しい口調で答えた。


レディ・マーガレットことメグスはため息をもらして背中をそらし、愛しあったあとの心地よい倦怠感《けんたいかん》にひたった。これもまた、愛しのロジャーがベッドで教えてくれたことのひとつだ。愛を交わしたあとは体じゅうから力が抜け、ゆったりとした気分になる。

いえ、正確に言うと、ベッドで関係を持ったことは一度もないのだけど……。

今はアーリントン公爵邸の奥にある応接間の長椅子にいた。舞踏室からくぐもった演奏の音が聞こえているが、それでもここはふたりだけの甘い隠れ場所だった。

「お嬢さん、さあ、行こう」ロジャーが耳元でささやいた。

「もう？」メグスは唇をとがらせた。

「そう、今すぐにだ」彼はからかうように叱るまねをして体を起こした。「きみが舞踏室を抜けだしていることを、口うるさいおばさま方に気づかれたくないだろう？　それどころか、きみの兄上たちに知られたら最悪だ」

そんなことになったらと思うと、メグスはぞっとした。兄たちはふたりとも陰口をささやかれるような結婚をしたくせに、妹が少しでも未婚女性にふさわしくない行動を取ると、口うるさく説教をする。

彼女はしぶしぶ体を起こした。

「それに……」ロジャーが軽い口調で続けた。「将来の義理の兄上たちとは、よい関係でいたいからね」

メグスは息をのみ、顔をあげた。喜びが胸にこみあげてくる。

彼は優しくほほえんだ。「まさか、ぼくがきみと遊びでつきあっていると思っていたわけではないだろうね。わかっているだろう？　ぼくはきみに夢中なんだ」

なにも答えられずにいると、ロジャーが顔をこわばらせてうつむいた。「それは……つまり……きみが求婚を受けてくれたらということだが。もしかして、ぼくはうぬぼれて――」

メグスは彼に抱きついた。

「おっと」ロジャーが長椅子に倒れる。

「もちろん、お受けするわ！」彼女は愛しい人の顔にキスを浴びせながら答えた。「わたしだって、心からあなたを愛しているのよ」

ロジャーはメグスの顔を両手で包みこみ、熱くて長い口づけをした。

「ああ、メグス」唇を離し、甘い声でささやく。「ぼくは世界でいちばん幸せな男だ」

彼女は相手の肩に頭をのせ、この幸福感を味わった。

ふいにロジャーが背筋を伸ばし、慣れた手つきでメグスの尻を叩いた。「ほら、立って」

不満の声をもらしながらも、彼女は言われたとおりにした。そして小さな鏡で髪や服が乱れていないか確かめたあと、ロジャーのほうを向いた。「これでわたしたちは婚約者同士ね。でも、婚約期間は短いほうがいいわ」

「同感だ」ロジャーはにっこりした。左頰のえくぼがすてきだ。「ただ、ひとつお願いがある。きみの兄上のところへ正式に結婚の申しこみをしに行けるようになるまで、ぼくたちが婚約したことはしばらく内緒にしてくれないかな。ほら、ぼくは兄上が望むほど裕福ではない。だが今、いい事業の話があって――」

「黙って」メグスは彼の唇に指を押しあてた。「あなたを愛しているから、わたしは求婚をお受けしたの。お金なんてどうでもいいわ」

ロジャーが顔をしかめた。「きみなら本当はもっと身分が高くて財産のある男とも結婚できるのに」

「そうだとしても、そんなことはしない」至福に包まれながら、メグスはほほえんだ。「あなたが正式に結婚の申しこみに来てくださったときには、ちゃんとお兄様にもそう言うわ」

彼が額を寄せてきた。「愛している」

「わたしもよ」メグスは背伸びをして唇にキスをした。「婚約したことは誰にも言わないわ。だから、早くお兄様のところへご挨拶に来てね」

「長くても二週間だ。それ以上は待たせないから」ロジャーは真剣な顔をした。「本当に申し分のない投資話なんだ。これがうまくいけば、兄上も感心してくださるはずだよ」

彼女は愛情をこめて首を振った。「わたしを感心させるのに、お金なんて必要なくてよ」

言いたいことは山ほどあったが、ぴったりの言葉が見つからなかった。

メグスはしばらく愛する男性の顔を見つめたあと頰に触れ、そっと応接間を抜けだした。


イザベルは婦人用の休憩室を出ようとしたところで慌ててドアの陰に身を隠し、じっと廊下の奥を見つめた。見間違いでなければ、今、奥の部屋から出てきたのはレディ・マーガレットだ。廊下には顔の見分けがつく程度の明かりは灯されている。イザベルは大きく目を見開き、それから細めた。今度はロジャー・フレイザー＝バーンズビーが同じ部屋から出てきたからだ。

これは……。

舞踏会では、たまにこうした男女の密会が行われていることくらいは承知している。でもレディ・マーガレットは未婚だし、いずれは財産を相続する女性だ。たしかにミスター・フレイザー＝バーンズビーは好青年だけれど、ふたりきりで会っていることが世間に知られれば彼女は傷物扱いされ、将来を棒に振ることになる。

イザベルはスカートにしわがないことを確かめ、舞踏室のほうへ歩きだした。当人が思っているほど密会を上手に隠しきれていないことを、さりげなくレディ・マーガレットに伝えたほうがよさそうだ。けれど、今はとりあえず舞踏室にいるウィンター・メークピースのところへ戻るしかない。休憩室に長居しすぎた。これではまるで、わたしが彼から逃げているみたいだ。イザベルはため息をついた。わたしは臆病者ではないはずなのに。とにかく今は彼と顔を合わせ、軽い会話を交わし、今夜を乗りきるしかない。

そして明日になったら、どうにかして彼を忘れることにしよう。

8

セントジャイルズの亡霊となった道化師は復讐をするために、さっそく自分を殺した男たちを探しに行きました。男たちはまだセントジャイルズにいました。亡霊の不気味な白い目を見ると叫び声をあげ、必死に抵抗しましたが、亡霊の腕にはかないませんでした。今やセントジャイルズの亡霊は人間離れした力と、卓越した剣の技を身につけていたのです。亡霊は黙ったまま、容赦なく男たちの命を奪いました。でも、復讐はそこで終わりませんでした。次の夜も亡霊はセントジャイルズに現れ、悪事を働く人間を殺したのです。やがていくらかでも身に覚えのある者たちは、夜のセントジャイルズには近づかなくなりました。

『セントジャイルズをさまよう道化師の亡霊物語』

「まあ、なんてきれいな靴下なんでしょう」翌日の夜、イザベルがはいた新しいレースの長靴下を見て、メイドのピンクニーは声をあげた。「それにお値段もとてもお手ごろだったんですよ。もう一ダース、注文しておきましょうか?」

イザベルは爪先を伸ばし、くるぶしより上に施された刺繍を眺めた。とても繊細で美しい模様だ。ウィンター・メークピースなら、刺繍のあるレース地の靴下など金の無駄遣い以外の何物でもないと言うことだろう。

彼に挑むような気持ちで、イザベルはうなずいた。「二ダースにして」

ピンクニーがにっこりした。このメイドは高価な衣服を買う話になると、がぜん張りきるのだ。彼女はペチコートを広げ、女主人にはかせた。「かしこまりました」

「よろしくね」イザベルはうわの空で応じ、鏡に映る自分の姿を見た。この五分袖のシュミーズは襟ぐりと肘にたっぷりとレースがあしらわれ、生地が薄いせいで乳首が透けて見える。この姿なら、あの司祭も顔負けのウィンターを魅了することができるかしら？

でも、そもそもわたしは彼を誘惑したいの？

「奥様」ピンクニーがシルクのコルセットを持ちあげた。イザベルはうなずき、両腕をあげてコルセットを頭からかぶった。

見習いメイドのスージーがコルセットを胴体のところで支え、ピンクニーが正面にまわって紐を締めはじめた。

ウィンターは女性とベッドをともにするつもりはないと言った。このわたしとも。あんなにはっきりと拒絶されたのは初めてだ。彼は男性としての欲求さえ犠牲にして、身も心もセントジャイルズの恵まれない人々に捧げている。そんな人を追いかけて、また恥をかきたいの？　しかも相手はただの教師よ。わたしを求めている男性は、ほかにいくらでもいるというのに。たとえばダーク子爵。彼はハンサムで、おしゃべりも楽しいし、きっとベッドではすばらしく楽しませてくれるだろう。

メイドたちは女主人がはきやすいようにスカートを丸く広げて床に置いた。今夜のドレスはスミレ色のブロケード地で、濃い紫色のメダリオン模様がある。イザベルはスカートのなかに入った。メイドたちがスカートを引きあげ、腰で留めた。

けれど、わたしはダーク子爵と男女の仲になる気はない。それを言うなら、どの男性ともそうだ。わたしがベッドをともにしたいのはウィンターだけ。これが一週間ほど前なら、このわたしが孤児院の経営者にそんな感情を抱くなんて、想像しただけで笑い飛ばしていただろう。彼は対等の精神でわたしと話す。まるで身分など関係ないというように。でも、対等なのはそれだけではない。世の男性は、女性を台座に飾っておく美しい芸術品のように扱う。要するに子供と同じで、まともな話などできないと思っているのだ。だがウィンターは、わたしを対等の知性を持った相手として話をする。自分と同じものに興味を持っているかもしれないというように。もしそうなら意見を聞きたいというように。まるで、わたしがなにをどう考えるかがとても重要だというように。

思い返してみれば、これまでわたしという人間に興味を持ってくれた人など誰もいなかった。妻として、娘として、愛人として、あるいは社交上手な女性としてわたしを見る人はいくらでもいた。でも、その仮面を外したわたしを知りたがる人はいなかった。

わたしをひとりの人間として見てくれる相手に近づきたいと思うのは、それほどおかしなことかしら？

ピンクニーに手を貸してもらいながら、ぴったりとした袖に腕を通し、刺繡を施したV字形の胸衣を胸の前に入れ、身ごろに留めた。メイドが襟元からシュミーズのレースの端を少しだけ引っぱりだし、肘もシュミーズのレースが見えるように袖の紐を結んだ。

「これでよろしゅうございます」ピンクニーがうやうやしく言った。「今夜もおきれいですわ、奥様」

イザベルは鏡の前で右に左に体を回転させて、自分の姿を眺めた。

「司祭を誘惑できるくらいきれいかしら」

「はい？」ピンクニーはわけがわからないという顔で鼻にしわを寄せた。

「なんでもないわ」イザベルは髪飾りに触れてみた。宝石をあしらった赤いシルクの薔薇だ。

「ミスター・メークピースはもうおいでになっているの？」

「いいえ、奥様」

「本当に困った人だこと」そうつぶやいたとき、肘掛け椅子の下から小さな足が突きでているのが見えた。「ピンクニー、馬車の用意ができているかどうか確かめてちょうだい。わたしもしばらくしたら行くから」

ふたりのメイドが寝室を出ていくと、イザベルは肘掛け椅子に近づいた。「クリストファー」

足が椅子の下に入った。「おくさま？」

彼女はため息をついた。「こんなところでなにをしているの？」

返事はなかった。

「クリストファー？」

「お風呂に入るのがいやなんだ」小さい声ながらも反抗的な口調だ。

相手には見えていないとわかっていながらも、イザベルは思わずほほえみそうになるのをこらえた。「ちゃんとお風呂に入らないと、泥がこびりついて、がりがりとこそげ落とさなくてはいけなくなるわよ」

小さな笑い声がした。「また亡霊のお話を聞かせて」

彼女は椅子に向かって片眉をあげた。心臓に悪いことを言う子供だこと。「いいわ。でも、セントジャイルズの亡霊のお話を聞いたら、ちゃんと乳母のところへ戻るのよ」

気の重そうなため息が聞こえた。「わかった」

即興話を作る糸口でもないかと寝室のなかを見まわした。先ほど執事のバターマンが、セントジャイルズの亡霊について調べた結果を報告してくれた。ほとんどは根も葉もない噂話や、子供を怖がらせるための作り話だった。亡霊はいくつも傷跡があり、乙女の肝臓を食べるらしい。二箇所同時に現れることができ、目にはオレンジ色の炎が燃えている。空を飛び、お行儀の悪い子供の部屋の窓を叩くそうだ。だが、なかには信憑性《しんぴょうせい》のありそうな話もまじっていた。

「おくさま？」期待に満ちた声が聞こえ、小さな足がまた少しずつ椅子の下から出てきた。

イザベルは咳払いをした。「昔々、あるところに……」お話はこの言葉で始めるものよね？「干しブドウ入りのロールパンを売っている貧しい未亡人がいました。毎朝、未亡人は鶏が鳴く前に起き、パンを焼きました。それを大きな籠に入れ、その籠を頭にのせて、大声でこう言いながらロンドンの通りを歩いたのです。〝干しブドウ入りのロールパンはいかが！こんなおいしいパンはないよ！　あたしのパンを買っとくれ！〟」

話を続けた。「未亡人は一日じゅう、パンを売り歩き、夕食どきのころまでにはすべて売りきることができましたが、脚は棒のようになり、そんなに働いたというのに数ペニーしか稼ぐことはできませんでした。そのお金で少しのお肉と、少しのパンと、少しのミルクを買い、おうちまで歩いて帰って、子供たちに食べさせなくてはいけないのです」

言葉を切った。クリストファーは眠ってしまったのだろうか？　だが、すぐに声が返ってきた。「亡霊が出てこないよ」

「もう少し待って」イザベルは答えた。「ある日、未亡人が家に帰ろうと道を歩いていると、悪い男たちが現れ、未亡人に乱暴を働き、稼いだお金をすべて取りあげてしまいました。〝やめて！〟未亡人は叫びました。〝誰か助けて！〟でも、みんな悪い男たちのことを怖がり、誰も助けに来てくれません。未亡人はただ泣くしかありませんでした。仕方なく、その日は自分のショールを売り、子供たちの食べ物を買いました。翌日も未亡人は干しブドウ入りのロールパンを焼き、それを売り歩きました。ところが、家に帰ろうと道を歩いていると、また昨日と同じ悪い男たちがやってきて、未亡人を殴り、お金を奪ったのです。未亡人が〝誰か助けて！〟と叫ぶのを、男たちは笑って見ていました」

「ひどいよ」クリストファーが椅子の下でつぶやいた。「もしぼくが拳銃を持ってたら、そいつらを撃ってやる！」

「まあ、勇敢だこと」

喉元に熱いものがこみあげ、イザベルは咳払いをした。こんな小さな子供でも、知らない人を助けたいと思うのだ。「この夜、未亡人は自分の靴を売り、子供たちの食べ物を買いました。三日目、未亡人は絶望的になっていましたが、ほかにどうすることもできず、干しブドウ入りのロールパンを焼き、靴がないので裸足でパンを売り歩きました。夜になり、家路につくころには、足は血だらけで、未亡人は疲れきっていました。ところが、またあの悪い男たちが現れたのです。もう未亡人は弱々しい声で〝誰か助けて〟とつぶやくように言うことしかできませんでした」そこで間を置いた。「ところが、今回はその声に応えてくれた人がいたのです。セントジャイルズの亡霊です。亡霊は大嵐のように悪い男たちに襲いかかりました」

「やった！」クリストファーが椅子の下から頭を出し、興奮気味に自分の体を抱きしめた。

「セントジャイルズの亡霊は二本の剣を持っていました。長い剣と短い剣です。亡霊はその両方を使って悪い男たちに切りかかり、男たちが痛みと恐怖で叫び声をあげるまで追いつめ、剣の先で服を切り裂いたのです。悪い男たちは靴も取られ、裸でセントジャイルズの町を逃げていきました。セントジャイルズの人々はみんな未亡人に申し訳なく思い、そのあとは二度と悪さをすることはありませんでした」

「すごい！」クリストファーは自分を抱きしめたまま言った。「本当にすごいよ！」目を大きく見開き、頬を紅潮させている。興奮させすぎたのでなければいいけれど、とイザベルは心配になった。

「これまで聞いたなかで、いちばんいいお話だったよ！」クリストファーが言った。

彼女は照れくさくなった。自分自身も入れこんで話していたからだ。伝説的なセントジャイルズの亡霊に会ったことがあるのだと思うと奇妙な気分だった。亡霊が誰なのか確信はないが、ひとり、この人ではないかと思っている人物はいる。

イザベルはまばたきをして、幼子に顔を向けた。「まだお話は続くの。聞きたい？」

クリストファーがうなずく。

冒険談が出てこなくても、彼女は物語のエピローグが好きだった。「翌朝、未亡人は干しブドウ入りのロールパンを作るために、また朝早く起きたの。そこでなにを見つけたと思う？　お金の入った袋と靴があったのよ。袋には未亡人が盗られたよりずっと多くのお金が入っていたわ」

「亡霊はどうやっておうちに入ったの？　鍵はかかってなかったの？」

「鍵はちゃんとかかっていたわ」イザベルは答えた。「いったいセントジャイルズの亡霊は、どうやっておうちに入ったんでしょうね」

その情報の意味するところを理解したのか、クリストファーが目を丸くした。

「さあ、わたしはもうオペラハウスへ行かなくてはいけないから、あなたはお風呂に入りなさい」

クリストファーは鼻にしわを寄せたが、それでも椅子の下から這いだした。ドアのそばで立ちどまる。「あとでおやすみを言いに来てくれる？」

イザベルはごくりと唾をのみこんだ。物語で喜ばせることができて、この子の扱いに自信を感じたばかりだというのに、またどうすればいいかわからなくなった。

「帰りが遅いもの。無理よ」

クリストファーはうなずき、こちらを見もせずに立ち去った。

困惑した思いで、イザベルはその背中を見送った。あの子はわたしにどうしてほしかったのだろう？　それがわかったら、わたしは応えることができたのだろうか？　どのみち、わたしはオペラハウスへ行かなくてはいけないから、なにかをしてやれる時間もない。彼女は足早に寝室を出て廊下を進み、なかば駆けるように階段をおりた。これではまるで悪魔から逃げているみたいだわ。相手はただの小さな男の子だというのに。イザベルは苦い思いを噛みしめた。

玄関ドアのわきに執事のバターマンが立っていた。「御者のジョンが言いますには、ミスター・メークピースからご連絡があり、よんどころない事情で遅れるので、オペラハウスでお会いしましょうとのことです」

「まあ、上出来だこと」イザベルはつぶやいた。彼はいったいなにを考えているの？　ダーク子爵と勝負もしないで、あきらめてしまうつもり？　「では、わたしは出かけるわ。そうそう、バターマン」

「なんでございましょう？」

呼吸を整えようと、息を吸った。「クリストファーがまたわたしの部屋に来ていたと乳母に伝えてちょうだい」

執事は眉ひとつ動かさなかった。「かしこまりました」

「あの子にあまり厳しくしないでと言っておいて」

バターマンはうなずき、従僕に向かって指を鳴らすと、女主人のためにドアを開いた。従僕は使用人向けの階段のほうへ足早に立ち去った。

イザベルは険しい表情で玄関前の短い階段をおりた。あの子の母親に息子を引きとるよう話をしたほうがいいのかもしれない。ただ、あの母親は金銭感覚に乏しく、クリストファーを養えるだけの金がない。それに異性関係も褒められたものではない。

「こんばんは、奥様」従僕のハロルドがお辞儀をして、彼女が馬車に乗るのに手を貸した。

「ありがとう、ハロルド」イザベルは柔らかい座席の背にもたれかかり、ぼんやりとロンドンの街並みを眺めた。

コベント・ガーデンにあるロイヤル・オペラハウスの前にはたくさんの馬車が並んでいた。イザベルの馬車もその最後尾についた。彼女は首を伸ばし、どこかにウィンターがいないかと探した。ダーク子爵の目立つ紋章のついた馬車が見えた。しばらくすると、その馬車からダーク子爵本人とふたりの女性がおりてきた。それがレディ・ピネロピとコンパニオンのミス・グリーブズだとわかり、イザベルは気が重くなった。よりによってダーク子爵は、ウィンターをいちばん非難している女性をばかげた勝負の判定人に連れてきたらしい。

それなのに、ウィンター・メークピースはまだ会場に現れてさえいない。

ロイヤル・オペラハウスの倉庫で、ウィンターは手早く服を脱いだ。

出かける直前に孤児院で問題が起きたせいで、ここに到着するのが遅れてしまった。メアリー・モーニングという二歳の幼児がいなくなったのだ。結局、厨房の戸棚に隠れているところを無事に発見し、あとはメイドのネルに任せてきた。しかし、そのために計画が遅れている。

道化師の衣装に着替えながら、ウィンターは頭のなかを整理した。あと二〇分でセントジャイルズの亡霊に扮装し、裏口から外へ出て、ダーク子爵の御者を見つけだし、少女誘拐団について聞きださなくてはいけない。昨日、アーリントン公爵夫人の舞踏会でダーク子爵の馬車を見たときに気づいたのだ。あの御者は、ジョセフ・チャンスをさらおうとした少女誘拐団の年上のほうの男だ。

持ってきた布袋から仮面を取りだした。途中で面倒なことになるのを避けるため、衣装と剣は布袋に入れ、ここへは普通に歩いてきた。オペラが終わったあとも歩いて帰るつもりだ。仮面をつけると、自由な気持ちがよみがえってきた。ネコ科の大型動物がうずくまっていた姿勢から立ちあがり、これから狩りに向かうような気分だ。

手綱を放すな。

そう命じる声がした。セントジャイルズの亡霊になるには、内なる獣を檻《おり》から出す必要がある。だが、解き放ってしまってはいけない。少しの自由を与えるだけだ。いくらか新鮮な空気を吸わせるために。この衣装でイザベル・ベッキンホールに出くわしたら、ぼくはどうするだろう？　素顔では決して取らないような行動に走るだろうか？

悩ましい気持ちを胸に押しこめ、布袋と衣服をドアのうしろに隠した。そしてちらりと廊下をのぞいた。ダーク子爵の御者を問いつめ、二〇分後にはここで着替えをすませなくてはいけない。ウィンター・メークピースという安全な殻にこもり、孤児院の経営者であり教師でもあるお堅い男に戻るのだ。

イザベルにキスをするのは夢のなかだけという男に……。


イザベルの馬車がようやくロイヤル・オペラハウスの玄関前に到着し、決して男前ではないが実直そうなハロルドの顔が扉の前に来た。「奥様」

「ありがとう」彼女は従僕の手を取って馬車をおりた。こうなったらもう、ひとりでダーク子爵のボックス席へ行くしかない。明らかにウィンターにとっては不利な状況だ。レディ・ピネロピは大喜びで、この遅刻を心に書きとめるだろう。

玄関ホールには客がひしめいていた。あでやかなドレスに身を包んだ淑女たちが、それに負けず劣らず優雅な服装をした紳士たちと楽しそうに話をしている。

大量すぎるほどのレースがついたドレスを着た年配の女性がぶつかってきた。女性はよろめき、その拍子にイザベルのスカートを踏んだ。足元を見ると、スカートの裾のレースが少し破れていた。

「まあ、いやだわ」イザベルはつぶやいた。

少し先の廊下に休憩の間があることを思いだし、スカートの裾を少し持ちあげて、そちらのほうへ向かった。急いでレースをピンで留めれば、オペラが始まる前にダーク子爵のボックス席へ行けるだろう。

その廊下は薄暗かったが、幸いにも休憩の間はいちばん手前にあった。ドアを押し開けようとしたとき、廊下の奥にちらりと人影が見えた。

赤と黒のまだら模様の服だ。

まさか……。見間違えたに違いないと思いながらも、足は薄暗い廊下を進んでいた。セントジャイルズの外で亡霊が目撃されたことは一度しかない。道端に倒れている彼をわたしが助けた日だ。あのとき、セントジャイルズの亡霊は、処刑される盗賊王を助けるためにタイバーン処刑場へ行った。その一度だけだ。それにウィンター・メークピースは、もうそろそろここへ姿を見せるはずだ。でも、もし彼がセントジャイルズの亡霊なら……。

速まる鼓動を静めながら先ほど人影を見た場所へ近づき、周囲を見まわした。廊下のこのあたりは燭台《しょくだい》の数が少なく、廊下はただの板張りで、壁も簡素なところを見ると、おそらく従業員用の通路なのだろう。忍び足で廊下を進み、ドアが半ば開いた倉庫の前を通った。廊下の角から首を突きだして先をのぞくと、上階へ続く狭い階段があった。

人は誰もいなかった。

ため息をつき、イザベルは体を起こした。

「なにか探しているのか、レディ・ベッキンホール？」低くてハスキーなささやき声だが、紛れもなく男性の声だ。彼女ははっとして振り返った。

セントジャイルズの亡霊は、まるでくつろぐヒョウのように物憂げな優雅さで廊下の壁にもたれていた。背が高く、筋肉質だ。道化師の衣装が体にぴったり合っているため、太ももや胸や腕の筋肉の形がよくわかる。仮面の曲がった鼻のせいか、いささか悪魔的な表情に見えた。

亡霊は首をかしげ、口元に皮肉な笑みをたたえた。見覚えのある官能的な唇だ。

「それとも、誰を探しているのかと訊いたほうがいいのかな」

「そうかもしれないわね」イザベルは頬が熱くなったが、それでも顎をつんとあげた。「こんなところでなにをしているの？」

「悪さを働いているのか、騒動を起こそうとしているのか、あるいは単にはしゃいでいるだけか」亡霊は肩をすくめた。「どうでもいいことだろう？」

イザベルは一歩相手に近づいた。声は同じだし、身長や体つきも一致する。でも、亡霊には自由さや無謀さがあった。ウィンターはそういう一面をわたしに見せたことはない。それを言うなら、彼は暴力の気配すら感じさせない男性だ。けれど噂が本当なら、セントジャイルズの亡霊は暴力を振るうし、その方法も身につけている。

「そんなことはないわ。こんなところにいたら危険よ。あなたが逮捕されるのを大勢の人が願っているのよ。死ねばいいと思っている人だっているわ」

「だとしたら？」信じがたいことに、亡霊は愉快そうな口調で尋ねた。

もう一歩近づいた。「あなたの身になにかあったら……わたしが……悲しむわ」

彼女はゆっくりと腕を伸ばし、仮面の曲がった鼻を指でなぞった。「あなたは誰なの？」

亡霊が美しい口元をゆがめた。「あなたが望むなら、ぼくは誰にでもなろう」

イザベルは声をあげて笑った。「できない約束などするものではないわ」

「約束は守る」ぞくっとするようなささやき声だ。

彼女は仮面の奥にある茶色の目をのぞきこみ、相手の後頭部に両手を伸ばした。仮面の紐を見つけ、そっと結び目をほどく。

亡霊の手が動いた。一瞬、止められるのかと思った。

だが、違った。亡霊は自分で仮面を外した。

この前と同じく、黒の薄いスカーフで顔の上半分を覆っている。

亡霊が首をかしげた。「これがあなたの望みなのか？」

「いいえ」イザベルはささやき、爪先立ちになると、相手のたくましい胸に両手をあてた。

今日こそ、あなたの正体を暴いてみせる。そのスカーフを外すか、あるいは……。「わたしの望みはこれよ」

彼女は唇を重ねた。亡霊は粗削りな激しさでそれに応じた。そのキスは粗野で荒々しいものだったが、イザベルは体の芯が震えた。優しい抱擁や粋なキスはいくらも経験がある。それに比べると、亡霊の口づけは吹き荒れる感情の嵐だった。

ああ、この人はまさしく生きているひとりの人間だわ。

背中に腕をまわされ、強く抱きしめられた。鼓動の速さに心臓が破裂しそうだ。イザベルにはわかった。セントジャイルズの亡霊はウィンター・メークピースだ。

彼女は唇を離し、荒い息をつきながら、スカーフの下にあるのがウィンターの顔かどうか確かめようとした。

そのとき誰かに肩をつかまれ、亡霊の腕から引き離された。

「なにをしているんだ！」ダーク子爵が怒鳴った。

イザベルは壁にぶつかり、驚きに目をしばたたいて亡霊を見た。

亡霊は仮面をつけた。

「なにか言え、このならず者！」子爵が剣を引き抜いた。

「やめて！」彼女が叫んだときにはもう遅かった。

ダーク子爵は光る刃《やいば》を亡霊のほうへ突きだした。

ウィンターは間一髪で剣を引き抜き、ダーク子爵の刃を受けとめた。相手がイザベルを乱暴に扱ったことに怒りの唸り声をもらし、軽蔑の念をこめてその刃を払った。そして狭い廊下の角を曲がり、階段のほうへあとずさりした。戦うのが怖いのではない。子爵を押しやると、その背後にいるイザベルにぶつかると思ったからだ。彼女を巻きこむわけにはいかない。

だが、ダーク子爵はあきらめなかった。逃がすものかとばかりにこちらへ迫ってくる。

ウィンターは歯を食いしばり、鋭い一撃を繰りだした。子爵はひるむかと思いきや、にやりとしてその刃を払った。どうしたものかと思いながら、ウィンターは相手をにらんだ。

くるりと背を向け、階段を駆けあがった。息が速くなる。

いまいましいことに、ダーク子爵はあとを追ってきた。ウィンターは階段をのぼりきったところで振り返り、相手の剣を間一髪でかわした。

「逃げるのか、亡霊」ダーク子爵があざ笑うように言った。息が切れている様子はない。「そんな臆病者だとは知らなかったぞ。しかし、まあ、暗闇のなかで剣の素人相手に戦うのは楽なことだからな」

ウィンターはなにか言い返したいのをこらえた。イザベルと話しただけでも充分な危険を冒したというのに、これ以上、正体を悟られるようなまねをするわけにはいかない。彼は片足を踏みだし、剣を突きだした。

ダーク子爵は自分の剣でそれを受けとめた。ぴったりしたベルベット地の水色の上着を通して、二の腕の筋肉が盛りあがっているのがわかる。子爵は階段の端まで追いつめられ、目を大きく見開いた。

ここで一発蹴りを入れれば、こいつを階段から突き落とせる……。ウィンターの息が荒くなり、鼓動が太鼓のように鳴り響いた。

だが、ぼくは獣ではない。

ウィンターはうしろへ戻り、背後のドアに手を伸ばした。

すぐさま子爵が剣を繰りだした。

ウィンターは剣でそれをさえぎった。互いの刃がこすれて不愉快な音が響く。彼は半ば倒れるように戸口を通り抜けた。女性の悲鳴が聞こえた。

そこはボックス席のうしろにある廊下だった。オペラを観に来た客でいっぱいだ。ウィンターは相手の剣を押しさげて刃を離し、ダーク子爵の太ももを足の裏で蹴りつけた。バランスを崩した相手の剣が、こちらのブーツにあたった。

あとずさりした拍子に赤ら顔の年配の男性にぶつかり、相手が驚いて声をあげた。子爵は顔を赤くして額に汗を浮かべ、歯を食いしばった。日焼けした肌とは対照的な白い歯がのぞいた。「観念しろ、悪党」

ウィンターはにやりとして首を振った。

そしてボックス席に飛びこんだ。

当然のことながら、なかには客がいた。男性ふたりが慌てて飛びのき、ひとり残された女性が目を見開いてこちらを見た。

「失礼」ウィンターはそうささやいて、女性のわきをすり抜けた。

手すりから身を乗りだして階下をのぞいた。このボックス席は二階だが、それでも一階からはおよそ六メートルの高さがある。手すりは幅が広く、一階の観客席をぐるりと囲むような形をしており、その両端は舞台の袖まで続いていた。手すりの端までたどり着くことができれば……。

背後で若い女性の悲鳴が聞こえた。

振り返るとダーク子爵がいて、剣が突きだされた。すんでのところでそれをかわしたものの、ボックス席は狭く、逃げる場所はない。喉元に切っ先が飛んできた。ウィンターは剣でそれを受けとめた。刃のこすれあう音が、血を求める叫び声のように聞こえた。子爵は全体重をこちらにかけてきた。ウィンターはじりじりとあとずさりする形になり、手すりに押しつけられた。顔に相手の熱い息がかかって、香水の甘い香りとつんとした汗の臭いがする。上半身が手すりの外側へ押しだされた。

このままでは、二階に匹敵する高さから落ちることになる。

ダーク子爵が肩で息をしながら唸った。「あきらめろ。もうおしまいだ」

「やめて！」一階席からイザベルの叫び声が聞こえた。「アダム、だめ！　彼を放して！」

ウィンターは片眉をあげ、にやりとしてみせた。

それが気に入らなかったらしく、ダーク子爵が淡いグレーの目を細めた。イザベルのおかげでぼくの死刑執行令状に判が押されたらしい、とウィンターは思った。

だが、こちらも数えきれないほどの夜を剣の鍛練に費やしてきた身だ。相手の気がそれた一瞬の隙を突き、ウィンターは全力で子爵を押し倒した。

そしてボックス席の手すりに飛びのった。

階下から悲鳴が聞こえたが、ウィンターは下を見なかった。ダーク子爵も手すりにのぼり、こちらの顔めがけて剣を突きだしてきた。ウィンターはそれを払いのけ、相手の下腹部へ剣を繰りだした。男なら、そこを本能的にかばうものだ。子爵はとっさに飛びのいたせいでバランスを崩し、空いているほうの手を観客席の上で振りまわした。

いっせいにはっと息をのむ音がした。

ウィンターはからかうように舌を打ち鳴らした。

「くそっ！」相手はまたかかってきた。

この男は嫌いだが、だからといって殺すわけにはいかない。少女誘拐団に関わっているという証拠はないのだから、その件に関しては白かもしれないのだ。ウィンターはダーク子爵の攻撃をかわしながら、舞台を目指して手すりの上をあとずさりした。声をあげて笑いだしたい気分だった。鼓動は速く、手足は自在に動き、自由を感じる。

〝勝つのがあたりまえだと思うのは愚か者だ〟今は亡きスタンリー卿の声が聞こえた。

ふたりは剣を交えながら、手すりの上を徐々に舞台のほうへと移動した。ボックス席のなかの客が次々とうしろにさがった。

ウィンターは顔に突きだされた剣をかわし、身を乗りだして相手の左の腕に刃を突き立てた。剣を引き抜くと、上等な上着の袖に長い破れ目ができた。

水色の生地が赤く染まっていった。

ダーク子爵は怒りに満ちた目でまた剣を繰りだしたが、片足に体重をかけすぎたせいでふらつき、観客席側に体が大きく傾いた。あちこちから悲鳴があがった。

とっさにウィンターはその手をつかみ、相手を死の淵《ふち》から救った。

子爵の剣が一階へ落ち、フラシ天の座席に突き刺さって大きく揺れた。

ウィンターは顔を戻し、大きく見開かれた目をのぞきこんだ。

ダーク子爵が唾をごくりとのみこんだ。「感謝する」

ウィンターはうなずいて手を離し、体の向きを変えると、舞台まであと少しの距離を走った。怒鳴り声が聞こえて、誰かが服を引っぱろうとした。舞台の袖では緞帳《どんちょう》のロープが柱の留め具につながれていた。彼は二度剣を振るってそのロープを切断し、それにつかまって舞台のほうへ振り子のように飛びだした。腕にロープがこすれ、火傷のような痛みが走る。眼下では楽団員たちが波のように次々と立ちあがった。

剣を手にしたまま足の爪先を使い、ひらりと舞台へ着地した。そばにいたオペラの裏方たちがあとずさりする。ウィンターは騒然とした会場をあとにして舞台の袖に隠れ、別の裏方をひとり押しやって薄暗い廊下に入り、路地に出ようと裏口を目指して走った。

馬鹿なことをしたものだ。そもそもイザベルに声などかけるべきではなかったのだ。それが危険な行為であることは承知していたのに。だがイザベルを見かけ、彼女がぼくを探しているいると気づいたとたん、もう我慢できなくなった。彼女と気の利いた会話を交わし、そしてキスをしたかった……。

ウィンター・メークピースが決してしないことでも、セントジャイルズの亡霊ならできる。

突然、廊下が行きどまりになり、突きあたりに古いドアがあった。錠前がついていたが錆びていて、ひとひねりしただけで壊すことができた。

そっとドアを開いて外をのぞいた。そこは路地よりも目的にかなった場所だった。建物の側面にあるわき道で、ロイヤル・オペラハウスへ貴族を送ってきた馬車がずらりと停まっている。ダーク子爵にいらぬ手間をかけさせられたせいで、ますます時間がなくなった。

ウィンターは長剣を鞘におさめ、短剣を引き抜いた。

ドアから外へ滑りだし、暗い陰に身をひそめながら壁に沿って進む。何人かの御者がたむろしてパイプを吸っていたが、そのなかにダーク子爵の御者の顔はなかった。

さらに進むとフクロウの紋章がついた子爵の馬車があり、男が御者台で居眠りをしていた。

ウィンターは御者台に飛びのると、男が目を覚ますのも待たずに胸ぐらをつかんだ。

「なにをしやがる！」御者は怒鳴ったあと短剣に目をやり、ついで道化師の仮面に気づいて目を見開いた。

馬車の薄暗い角灯の明かりでも、やはりジョセフ・チャンスを誘拐しようとした男であることがわかった。

ウィンターはネズミでも扱うように男を揺さぶり、低い声で尋ねた。「誰に雇われている？」

「ダ……ダーク子爵です」男は唾を飛ばして答えた。

「やつはなんのためにセントジャイルズで少女を誘拐しているんだ？」

男が目をそらす。「なんの話だかさっぱり」

ウィンターは短剣の先端を男の目に近づけた。「思いだせ」

「それはダ……ダーク子爵じゃないんでして」

彼は目を細めた。「どういう意味だ？」

男は怯えたように首を振った。

ウィンターは男の頬に短剣の先を押しあてた。「話せ」

「助けてくれ！」

パイプを吸っていた御者たちがこちらを見た。男はすばやく体をひねり、こちらの手を振り払った。ウィンターは男を捕まえようと腕を伸ばしたが、一瞬遅かった。男は馬車の向こう側へ転がり落ち、慌てて立ちあがると、闇のなかへ一目散に逃げていった。

ウィンターは御者台から飛びおりて、暗い陰のなかに駆けこんだ。安全な場所まで来てから壁にもたれかかり、息を整えた。先ほどダーク子爵と一戦交えたせいで腕は疲れているし、御者から話は聞きだせなかったし、さんざんなことが続いている。しかも、まだ夜は終わりではない。

これからオペラを鑑賞しなくてはいけないのだ。

道化師の噂はすぐに恋人の耳にも届きました。貴族たちに襲われ、道端で死んだことも、それがどういうわけか生き返り、夜になるとセントジャイルズで悪者たちを殺していることもです。でも、恋人が知っている道化師は、決して暴力など振るう人ではありませんでした。そこで恋人は、なんとしても道化師を見つけだし、正気に戻そうと心に決めました。

『セントジャイルズをさまよう道化師の亡霊物語』

9

「あら、やっとミスター・メークピースがおいでになったわ」一〇分後、レディ・ピネロピがそう言ったのを聞いて、イザベルは安堵の吐息をついた。ボックス席で舞台のほうを向いて座ったまま、振り返りはしなかった。

ウィンターはほかの客人たちに挨拶をした。どちらがより紳士的に振る舞えるか競うという馬鹿げた勝負でウィンターの負けを認めさせるため、ダーク子爵は何人もの友人を連れてきていた。レディ・ピネロピとコンパニオンのミス・グリーブズ、カーショー伯爵、ミスター・チャールズ・シーモア、その妻のミセス・シーモアだ。ミセス・シーモアは十人並みの顔をした女性で、夫より年上だった。

「遅刻した時点で勝負は決まりね」レディ・ピネロピが言った。「勝者はダーク子爵ということでいいかしら」

「嬉しいお言葉だね」ダーク子爵がいつもの気だるそうな口調で答える。「しかしなんといっても、今夜はセントジャイルズの亡霊が現れるという予期せぬ出来事が起きたんだ。ひとまず今日のところは引き分けにして、また改めて勝負をするというのはどうだろう。たとえば、明日に行われるぼくの祖母の舞踏会とか？」

「でも――」レディ・ピネロピが反論しかけた。

ところが、ミス・グリーブズが口を挟んだ。「まあ、さすがですわ、ダーク子爵。敵に塩を送るなんて、まさに紳士の振る舞いですもの。そうは思われませんこと、ミスター・メークピース？」

イザベルは吹きだしそうになった。ミス・グリーブズはみごとにレディ・ピネロピの口を封じた。あとでレディ・ピネロピから嫌味を言われなければいいのだけれど……。

「ぼくもそう思いますよ、ミス・グリーブズ」ウィンターが答え、結論は出た。

ふたりの裏方が緞帳と格闘している舞台を、イザベルは見るともなく見ていた。こんな態度を取っていても、わたしがどれほど心配したか、そしてどれほど怒っているか、ウィンターに伝わるわけではない。彼は自分が無敵だと思っているのよ。だから、あんなふうに軽率にセントジャイルズの亡霊の格好でうろつきまわるんだわ。そしてわたしのことは、彼の正体も見抜けないお馬鹿さんだと思っている。だったら、勝手にすればいいじゃない！

衣ずれの音がした。ウィンターがそばに来たのだ。「こんばんは」

亡霊が姿を消したあとの場内はたいへんな騒動になった。大勢の人間がダーク子爵のところへ押し寄せ、あれこれ質問したり、腕の傷を心配したりしたのだ。その後、子爵は自分が招いた友人たちを舞台にいちばん近いボックス席へ案内し、甘い菓子とワインを持ってこさせた。イザベルは皮肉な気分で考えた。どのみちウィンターは勝てっこなかったでしょうけれど、ダーク子爵が英雄となった今では、もう絶対に無理ね。

舞台では四苦八苦の末に緞帳をあげきった裏方たちが観客席から称賛を受け、丁寧なお辞儀をしていた。

「ぼくとは口を利かないことに決めたのですか？」ウィンターがため息をついた。「遅れて申し訳ありませんでした。孤児院で子供がひとり――」

イザベルはいらいらしながら唇をすぼめた。もう嘘を聞かされるのはたくさんだ。

「今、ダーク子爵もおっしゃっていたけれど、さっきここにセントジャイルズの亡霊が現れたのよ」

仕方なく、ウィンターのほうへ顔を向けた。彼の唇にはかすかないらだちが浮かんでいた。だが、それはずっと彼を見てきたからわかることだ。知らなければ、なんでもない穏やかな表情にしか見えない。

反対側の座席で、レディ・ピネロピがぱたぱたと扇で自分をあおいた。「ダーク子爵があの悪魔と戦っていて命を落としそうになるのを見たときは、卒倒しそうになったわ」これ見よがしにぶるっと震える。「ダーク子爵、あなたはここにいるみなを助けてくださった勇敢な方よ」

子爵はいつもの自信たっぷりな態度に戻っていた。けがをした腕には真っ赤なハンカチが巻かれている。これもひとものめしたのだ。何人かの女性が、これを包帯代わりに使ってくださいとハンカチやショール、あげくの果てにはペチコートまで差しだし、どれを使うかでつかみあいのけんかになりそうだったからだ。

かすかに皮肉な表情を浮かべながら、子爵はレディ・ピネロピにお辞儀をした。

「それがしの命でみな様をお助けできるのなら、光栄至極にございます」

「それにつけても、ほかの方々の腰が引けていたのが残念だったわ」レディ・ピネロピはウインターをじろりと見た。

「手すりの上で大立ちまわりを演じるには、ぼくたちは年がいきすぎているからね」カーショー伯爵がさらりと答えた。だが、その言い訳は通用しない。カーショー伯爵はせいぜいでも三〇代後半のはずだ。「もっとも、シーモアなら充分にやりあえただろうな。彼の腕はフェンシング・クラブでは有名だからな。先日も、あのラッシュモアとギボンズを負かしたばかりだ」

ミスター・シーモアは謙虚な表情で黙っていた。

レディ・ピネロピはそのふたりのことは無視した。「もっと若い方のことよ。たとえばミスター・メークピースとか」

「彼はあの場にはいらっしゃらなかったし、それに剣を身につけておられませんわ」ミス・グリーブズが静かに反論した。「武器も持たない人に応戦しろとは言えませんものね」

「そういえば、ミスター・メークピース、あなたは剣を携帯できないのよね?」レディ・ピネロピが意地悪く訊いた。「だって、それを認められているのは貴族だけだもの」

「そのとおりです」ウィンターはそっけなく答えた。

「もし許可されたら、剣を持たれます?」ミス・グリーブズが尋ねる。

ウィンターはミス・グリーブズに向かってお辞儀をした。「文明人は暴力に頼らなくてもいさかいを解決できるものです。だから、ぼくは剣を持ちません」

ミス・グリーブズがほほえんだ。

イザベルは心のなかで鼻を鳴らし、じろりとウィンターをにらんだ。

「なかなか高潔な信念だな」ダーク子爵が物憂げな口調で言う。「だが、亡霊がレディ・ベッキンホールに近づいているのを見たとき、ぼくは高邁《こうまい》な思想より彼女の身の安全を考えたものでね」

カーショー伯爵が鋭い目でイザベルを見た。「亡霊がきみに近づいたとは知らなかったよ」

彼女は顎をあげ、まっすぐに伯爵を見返した。「ご報告し忘れていたわ。ごめんなさい」

「あなたらしい賢明なご判断だわ、ダーク子爵」レディ・ピネロピが言う。「レディ・ベッキンホールはさぞや怖かったことでしょう」そして眉をひそめた。「でも、いったいどうして亡霊とふたりきりになるような状況になったの、レディ・ベッキンホール？」

さすがはレディ・ピネロピだ。今夜の事件のなかでもっとも奇妙な点をぴたりと指摘した。

カーショー伯爵が片眉をあげて笑みを浮かべた。「レディ・ベッキンホール、たしかきみは以前に亡霊を助けたことがあると言ったね。じつはぼくたちが思っている以上に彼とは親しいのかい？」

イザベルは咳払いをした。「亡霊が舞台裏の廊下にいるのを見つけて、あとをつけたのよ」

「まあ！」レディ・ピネロピの愛らしい眉が、髪の生え際にくっつくほどあがった。「おひとりで亡霊と対峙《たいじ》しようだなんて、なんて勇気がおありになるのかしら。ご自分で逮捕されるおつもりだったの？　それともなにか別の理由があって、暗い廊下まであとをつけていかれたの？」

「好奇心が勝って、冷静な判断ができなかったというところかしら」イザベルは歯を食いしばりながらほほえんだ。

「好奇心がたたって死んだ子猫はたくさんいますよ」ウィンターがつぶやいた。

ダーク子爵が目を細め、ウィンターとイザベルを見比べた。「レディ・ベッキンホール、命あっての物種だ。今後はもう少し慎重に行動してくれると、ぼくとしては嬉しいかぎりだな」

「わたしに慎めとおっしゃっているの？　あなたがそんなことを口にされるなんて驚きだ

わ」イザベルは首をかしげた。

「頭のどうかした殺人鬼が相手となれば話は別だ」子爵はいたって真面目な顔をしている。

「こんなことを言うのもなんだが、亡霊と一緒にいるときのきみはとても危険な状態に見えるたからね」

イザベルははっとした。今夜のダーク子爵はずっと紳士的だった。彼女が亡霊の腕に抱かれているところを目撃したのに、それについてはいっさい触れず、ただなにか危ない状況にあったと匂わせただけだ。その心遣いには感謝している。もしキスをしていたことを世間に知られれば、とんでもない醜聞になるだろう。

だが、セントジャイルズの亡霊のことを頭のどうかした殺人鬼などと言わせておくわけにはいかない。「とくに危険は感じなかったわ」

「そうなのか？」ダーク子爵がつぶやいた。

「ええ」淡々と答える。

「だって、セントジャイルズの亡霊といったら悪名高き殺人鬼よ！」レディ・ピネロピが甲高い声をあげた。

「亡霊が殺人を犯しているなんて、ただの噂話よ」イザベルは言った。「わたしになにかをしたことは一度もないわ」

「何度会っているんだ？」ミスター・シーモアが尋ねる。

鋭い質問に、イザベルは首筋が熱くなった。「今回が二度目だけど」

「セントジャイルズでは多くの人が亡霊を目撃しています」ウィンターがのんびりと言った。

「ぼくの見るかぎり、彼はなかなか紳士的ですよ」

イザベルは懐疑的な目でちらりと隣を見た。

ウィンターは一瞬、唇に笑みを浮かべた。「亡霊が誰なのかは知りませんが、去年は凶暴な殺人犯を捕まえる手助けをしていましたしね」

「でしたら、ダーク子爵は亡霊に剣を向けなくてもよかったのかもしれませんわね」ミス・グリーブズが悲しげに言った。「罪を犯していないのなら、追われる理由はありませんもの」

「ばかばかしい」レディ・ピネロピが鼻を鳴らした。「あなた、優しすぎるわ。犯罪者に同情なんていらないのよ。そういう人は病院や監獄にでも閉じこめておくか、さもなければさっさと絞首刑にしてしまえばいいんだわ」

ミス・グリーブズが真っ青な顔をした。

「とにかく、わたしはダーク子爵に感謝しているわ」レディ・ピネロピはわざとらしくぶるっと身震いしてみせた。「彼の勇気とみごとな剣さばきのおかげで、わたしたちは無事だったのだから」

子爵はレディ・ピネロピにお辞儀をした。「そんなふうに言っていただけると光栄だね」

「ひとつ、わからないことがあるんだ」カーショー伯爵が言った。

イザベルは両眉をあげた。「なに?」

「亡霊はなんの目的でここへ来たんだろう?　やつが出没するのはセントジャイルズではな

いのか？　だからセントジャイルズの亡霊と呼ばれているわけだし」

イザベルは咳払いをした。「半月ほど前にはタイバーン処刑場に現れたわ」

「きっと観客を襲って金品を奪うつもりだったのよ」レディ・ピネロピが自信ありげに宣言する。

「誰かを助けに来たのかもしれませんわ」ミス・グリーブズがつぶやいた。

レディ・ピネロピはあきれ顔で目をぐるりとまわした。

「獲物を追いかけてきたんじゃないでしょうか」ウィンターが口を挟んだ。

「だからたった今、そう言ったでしょう」レディ・ピネロピが声をあげる。

「失礼ですが、意味が違います」ウィンターは続けた。「亡霊が追いかけている相手は、彼を不当に扱った人間か、あるいは彼が守ろうとしているセントジャイルズの人々に害を与えている輩だろうと思いますよ」

「きみはおかしなことを言うな」ダーク子爵が言った。

ウィンターは無表情のまま、そちらを見た。「そうでしょうか？」

いったいどういうつもり？　正体を見抜かれたいの？

「そろそろオペラが始まるわ」イザベルはふたりの会話をやめさせた。交響楽団は音合わせを終えて、ヘンデルの曲を演奏しはじめた。

「まあ」ミス・グリーブズが身を乗りだした。「ラ・ベネツィアーナですわ。今世紀いちばんのソプラノ歌手と言われている人ですのよ」

「そうなの？」レディ・ピネロピは宝石で装飾されたオペラグラスを目にあてた。「でも、がりがりの痩せっぽっちよ」

イザベルもそのソプラノ歌手を見た。スパンコールのついた赤と白の二色使いのドレスを着ている。体は小柄だが、なかなかの存在感だ。

その声は圧巻だった。

美しい高音が場内を貫く。ウィンターが顔を寄せてきた。「すばらしい」耳元でささやく。「彼女が痩せていることなど忘れてしまいそうだ」

イザベルは彼を見た。いつもは厳しい表情を浮かべている人だが、今は子供のように目を輝かせている。めまいがしそうだ。ほんの半時間ほど前、彼はその同じ目に激しさとせつなさをたたえ、わたしにキスをした。そう思った瞬間、足元の大地が割れ、そこに落ちていくような恐怖を感じた。

どうしよう、この人におぼれてしまいそうだわ……。

ウィンターが疲れきって家路についたのは深夜も過ぎたころだった。ロイヤル・オペラハウスからセントジャイルズまでは一キロ半ほどしかないため、歩いて帰ることにした。その距離で辻馬車に乗るのは金の無駄遣いだ。それに、背中にかついでいる衣装が入った布袋について誰かに尋ねられると面倒なことになる。

馬車の近づく音がしたので、慌てて飛びのいた。だが車輪で水たまりの汚い水が跳ね、それが上等の白い長靴下についた。上出来だ。これで今夜はベッドに入る前に、この靴下を洗わなくてはいけない。

ウィンターはため息をついた。靴下などくそくらえだ。今夜は勝負もせずに負けるところだった。それが引き分けになったのは、ダーク子爵が情けをかけてくれたからにすぎない。イザベルはずっと冷たかったし、たまに口を開けば皮肉ばかりだった。彼女はぼくが亡霊だと知っているのだろうか？　キスまでしたのだから、気づかれてもおかしくはないが……。だがあれほどはっきりものを言う女性だ、ぼくが亡霊だとわかっていれば、なにか言ってくるだろう。もし気づいていないとすれば、それは彼女がウィンター・メークピースという男になんの興味もない証拠だ。おそらく、ただ仮面の男にキスをするのが好きなだけなのだろう。ウィンターは思いきり石ころを蹴とばした。石は大きな音を立てて、れんがの壁にあたった。

足を止め、気を静めようと深呼吸をした。キスなどするべきではなかったのだ。亡霊の格好をしていなければ、思いとどまることもできたのに。いや、本当にそうだろうか？　口づけをした瞬間、ぼくはわれを忘れ、イザベルの甘くて、熱くて、ミントの香りがする唇をむさぼった。彼女が舌を差し入れてきたときには、下腹部が痛いほどに反応した。あのキスで、ぼくのなかのパンドラの箱が開いてしまったのだ。

イザベルとはできるだけ距離を置くべきだというのはわかっている。今夜のことを教訓として、さっさと彼女から遠ざかったほうがいい。しかし、そういうわけにいかないのも事実だ。孤児院から追いだされたくなければ、彼女の力を借りるしかない。それに彼女と一緒にいなければダーク子爵との接点がなくなり、少女誘拐団について調べることもできない。

ウィンターは鼻を鳴らした。そんなのはすべて言い訳だ。もちろん、孤児院の経営者にとどまることも、少女誘拐団にダーク子爵が関わっているかどうか明らかにすることも大事だ。だが、本音はただイザベルのそばにいたいだけだ。はるか昔に抑えこんだはずの男としての欲求が頭をもたげたのか、あるいは魂が彼女を求めているのかはわからない。でも、そんなことはもうどうでもいい。今はただ、彼女に会いたくてたまらない。

れんが造りの建物の崩れかけた角に、ウィンターはもたれかかった。イザベルに深く関わりすぎてしまった。しかし、今は少女誘拐団のことも考えなくてはいけない。ダーク子爵の御者が言った〝それはダーク子爵じゃない〟というのはどういう意味だろう？　少女誘拐団には別の貴族が関わっているということか？　もしそうだとしたら、なぜジョセフ・チャンスはダーク子爵の手紙の切れ端を持っていたんだ？

ウィンターは壁から離れ、頭を振った。難しく考えすぎているのかもしれない。きっとあの御者は主人をかばっただけなのだろう。自分が仕事を失わないために。そうでなければ、あの手紙の説明が――。

ふいにひづめの音が聞こえ、彼は陰に身を隠した。だが、それほど大きな陰ではなかった。

通りの角から、トレビロン大尉と数人の竜騎兵が姿を現した。

ウィンターがいることに気づいたのだろう、大尉はすぐに馬を止めた。

「ミスター・メークピース、ご存じだとは思うが、夜のセントジャイルズは危険ですよ」

「ええ、わかっています」見つかってしまったのなら仕方がない。ウィンターは月明かりの下に出た。「ジンを密売している老女でも探しているんですか？」

トレビロン大尉は唇を引き結んだ。セントジャイルズからジンの密造者と密売者を一掃すると宣言しておきながら一向に成果があがらないことを、彼はさんざん冗談にされたり、なじられたりしているのだろう。

「今夜はもっと大きな獲物を追っていましてね」大尉は早口で言った。「セントジャイルズ・イン・ザ・フィールズ教会の近くで亡霊が目撃されたんです」

「本当に？」ウィンターは言った。「今夜はやけに活発なようですね。今、オペラからの帰りなんですが、そこにも出没しましたよ」

「オペラですって？」トレビロン大尉は皮肉めかして片眉をあげた。「セントジャイルズの人間が貴族の仲間入りですか」

「そうだとしたら？」ウィンターは淡々と答えた。

大尉は険しい表情の口元をあからさまにゆがめた。「まあ、わたしには関係のないことです」ウィンターが背中にかついでいる布袋を顎で指し示す。「オペラにそんな大きな荷物を持っていったのですか？」

「まさか」ウィンターはさりげなさを装って答えた。「帰りに友人の家に寄ったんです。孤児院に本を何冊か寄付してくれると言うもので」

相手から視線はそらさず、息を詰めながら返事を待った。もし布袋のなかを見せろと言われたら、セントジャイルズの亡霊の衣装を持っている言い訳ができない。

トレビロン大尉は唸り声をひとつもらし、あたりを見まわした。「気をつけてお帰りください。ただでさえ忙しいのに、あなたが殺害されたなどと聞くのはごめんですからね」

「心配していただいて恐縮ですよ」

大尉はぞんざいにうなずき、馬を出した。

竜騎兵たちの姿が闇に消えると、ウィンターはため息をつき、肩の力を抜いた。

その後はなんの問題もなく、二〇分後には孤児院に着いた。裏口から厨房へ入る。暖炉のそばにいた黒猫のスートが炉床の赤れんがを軽く爪でこすりながら伸びをし、まっすぐこちらへやってきて、おかえりなさいというようにウィンターのすねに頭をこすりつけた。

彼は腰をかがめ、猫の耳のうしろをかいてやった。「見張り番かい？」

スートはあくびをしたあと、また温かい暖炉のそばへ戻った。ウィンターのために明かりの灯ったランプが置かれていた。屋根裏にある自分の寝室に行こうと、そのランプを持って裏階段のほうへ向かう。すると裏階段の近くに人影が見えた。

ジョセフ・ティンボックスが椅子のなかで小さな寝息を立てている。

ウィンターは胸が締めつけられた。この子はぼくの帰りを待っていたのだろうか？

そっと少年の肩に手を置いた。「ジョセフ」

少年はまぶたを開け、寝ぼけまなこで目をしばたたいた。ウィンターは、以前の施設の玄関前で二歳のジョセフ・ティンボックスを見つけたときのことを思いだした。もう一〇年近く昔の話だ。ジョセフは亜麻色の髪をした幼児で、頬には幾筋も涙の跡が残り、手首には空っぽのブリキの箱《ティンボックス》が結びつけられていた。ウィンターが抱きあげると、幼児はふうっと息を吐き、安心しきったように肩に頭を預けてきたのだった。

ジョセフ・ティンボックスはもう一度まばたきして、やっと目が覚めたという顔をした。

「ミスター・メークピース、待ってたんです」

「そうみたいだね。でも、もう寝ていなくてはいけない時間だろう」

「大事な話があるんです」

子供の大事な話とは、ほかの子とけんかをしたとか、独楽をなくしたとか、路地裏で子猫を見つけたとか、たいていそういうものだ。

「大事なことかもしれないが、それはまた明日――」

「ピーチが話したんです！」ジョセフがさえぎった。「どこにいたのか教えてくれたんですよ！」

相手の話は最後まで聞きなさいと言いかけたウィンターは、その言葉をのみこんだ。

「どこにいたんだ？」

「それはピーチが自分で話すべきです」ジョセフは国会議員よろしく厳粛に言った。

「もう寝ているだろう」

「いいえ。あの子、とても怖がってるんです。だから、ミスター・メークピースが帰ってくるまで起きて待ってるって」

ウィンターは両眉をあげた。「わかった」

ジョセフは先に立って階段をのぼった。

すでに深夜とあって施設のなかはしんと静まり返り、ランプの明かりだけが質素な漆喰の壁にちらちらと揺れている。ピーチが一週間以上も言葉にできなかったこととは、いったいどんな内容なのだろう？　ジョセフの細い背中を見た。きっとこの子が、ミスター・メークピースに話したほうがいいと一生懸命ピーチを説得したのだろう。寝室のある階に着いた。ここも静かだったが、それでもときおり寝言や寝息やシーツのこすれる音が聞こえた。ジョセフはウィンターがついてきているかどうか確かめるように肩越しに振り返ったあと、忍び足で病室へ向かった。

病室のドアを開けた。ジョセフが言ったとおり、ピーチは目をぱっちりと開けていた。真ん中のベッドに横たわり、上掛けを顎まで引きあげて、片手で犬のドドを抱いている。ベッドわきには火のついたろうそくが一本置かれていた。

ウィンターはろうそくを見たあと、少年に目をやった。

ジョセフが顔を赤らめた。「火をつけておくと火事になると言われるのはわかってたんですけど――」

「暗いと怖いんです」ピーチがはっきりした声で言った。

ウィンターは少女を見た。ピーチはじっとこちらを見あげていた。真っ黒に見えるほど濃い色の瞳をしており、怯えてはいるが、意を決したような表情をしている。

彼はうなずき、持っていた布袋を床に置いたあと、椅子をベッドのそばへ引き寄せた。

「みんな、夜は怖いものさ。それを恥ずかしがることはないんだよ、ピラール」

「ピーチと呼んでください」

ジョセフ・ティンボックスがベッドの反対側へ行き、ピーチの手を握りしめた。ウィンターは尋ねた。「じゃあ、ピーチ、ジョセフから聞いたんだが、なにか話したいことがあるそうだね」

少女はうなずいた。痩せた小さな顎が白い上掛けに埋まる。「わたし、少女誘拐団にさらわれていたんです」

ウィンターは驚いたがそれを顔には出さず、さりげなく答えた。「そうだったのか」

ピーチは唾をのみこみ、犬の細い毛を握りしめた。ドドはもぞもぞしたが、すぐにおとなしくなった。「わたし……教会の角の通りにいたんです」

「セントジャイルズ・イン・ザ・フィールズ教会のことかい？」

彼女は額にしわを寄せた。「多分それだと思います。そこで物乞いをしていたんです」

ウィンターはうなずいた。話の流れをさえぎりたくはないが、ひとつだけ尋ねておきたいことがある。「お父さんやお母さんも一緒だったのか？」

ピーチは肩を丸め、顔をそむけた。「ママとパパは死にました。ママは熱を出して。パパと弟のラクエルは咳がひどくて」

彼は胸が痛んだ。貧困で一家が離散したり、病気で家族が亡くなったりして孤児になった子供が誰にも世話をしてもらえず、ひとりで生きていくというのはセントジャイルズではよくある話だ。だからといって、聞き流せるようなことではない。

「かわいそうに」静かに言った。

ピーチは肩をすくめ、ちらりとこちらを見た。「パパはカルボおばさんにわたしのことを頼んであったんです。だから、カルボおばさんのところに何日か泊まりました。でも、おばさんから言われたんです。うちは子供が多いから、あんたまで食わせられない。出てっておくれって」

「ひどいくそばばあだ」ジョセフが怒ったようにつぶやく。

ウィンターは口を慎みなさいと目で叱った。

ジョセフは首をすくめたものの、まだ怒った顔をしていた。

「ピーチ、さっきの続きを話してくれるかい？」ウィンターは優しく頼んだ。

「どこか働かせてくれるところはないかと探したけど、全然見つかりませんでした」ピーチは続けた。「物乞いも楽じゃなかったんです。しょっちゅう場所を変えないと、大人に見つかってぶたれるから」

セントジャイルズには物乞いを仕切る暴力組織があるし、屁理屈をつけて分け前を要求する一般人もいる。ピーチのような小さな子供には立ち向かえるはずもない。

「それからどうなったの？」ジョセフ・ティンボックスがささやいた。

ピーチは勇気をもらおうとするようにジョセフを見あげ、深く息を吸ったあと、またウィンターへ顔を向けた。「教会の角に行った二日目の夜、少女誘拐団にさらわれました。寝てるところを起こされて、連れていかれたんです」少女はごくりと唾をのみこんだ。「殺されるのかと思いました。でも違いました」

「それで？」ウィンターは促した。

「地下室に入れられました。そこには女の子がいっぱいいて、みんな、お裁縫をしていました。わたし、悪くないかもって思いました。働くのは嫌いじゃないんです。本当です。よくお手伝いをするってママからも褒められてました。それにドドもいたし……。まだ名前はなかったし、大人から追い払われていたけど」

ピーチは犬の首に顔をうずめた。ドドは少女の耳をなめた。彼女はこちらが耳を近づけなくては聞こえないほど小さな声で言った。「でも、なにも食べさせてもらえなかったんです。オートミールの薄い粥《ポリッジ》と水だけ。ポリッジには虫が浮いていました」ピーチは泣きはじめた。

ジョセフ・ティンボックスが心配そうな顔で唇を噛んだ。少女の肩に手を置こうと腕を伸ばしたものの、それをしていいかどうかためらったらしく、尋ねるようにこちらを見た。

ウィンターはうなずいた。

ジョセフは不器用にピーチの肩をぽんぽんと叩いた。

彼女は震えながら顔をあげた。「ほかにもいやなことがありました。仕事が遅いと叩かれたんです。ティリーという子がいて、すごくたくさん殴られて気を失いました。次の日の朝、その子はもういませんでした」

　恐怖に取りつかれたような大きな目で、ピーチはこちらを見あげた。そのティリーという友達は死んだことを、子供なりに理解しているのだろう。

「ピーチ、きみはとても勇敢だったね」ウィンターは言った。「どうやって逃げだしたんだい？」

「ある晩……」彼女は小さな声で話を続けた。「少女誘拐団の人が新しい女の子を連れてきました。そこでミセス・クックと口げんかになりました。ミセス・クックというのは、わたしたちを働かせていた女の人です。口げんかのとき、その人たちはドアに鍵をかけ忘れたんです。ドアが少し開いているのを見て、わたしはドドと一緒に逃げだしました。そしてうしろから怒鳴り声が聞こえなくなるまで、一生懸命走りました」

　情け容赦ない大人たちに追いかけられているときのことを思いだしたのだろう。ピーチはようやく恐怖を吐きだせたというように肩で息をした。

「よく頑張ったね。本当に偉かった」ウィンターは静かに慰めた。ジョセフは大きくうなずいている。「その地下室の場所はわかるかい？」

　少女は首を振った。「わかりません。どこかろうそく屋さんの地下です」

「そうか」セントジャイルズにろうそく屋はいくらでもある。ウィンターは落胆したが、それを顔には出さなかった。なにも情報がないよりはずっとましだ。「そんなたいへんなときにちゃんとまわりを見ていたとはたいしたものだ」

ピーチは恥ずかしそうに顔を赤らめた。

「さあ、ふたりとも、そろそろ寝なさい」ウィンターは立ちあがった。ジョセフは最後にもう一度ピーチの肩を軽く叩き、ウィンターのあとに続いた。「そうだ、ピーチ」

「はい？」

「その地下室ではなにを作っていたんだい？」

「長靴下です」ピーチはいやな味を吐きだすように言った。「刺繍のついたレース地の長靴下でした」

翌日の午後、イザベルの執事に案内されながら、ウィンターは盛大にあくびをした。執事はかすかに眉をぴくりとさせた。「レディ・ベッキンホールは小の間でお待ちです」

ウィンターは疲れた顔でうなずき、執事についていった。今朝は空が白むのを待ち、朝早くからセントジャイルズで地下室に作業場のあるろうそく屋を探してまわった。今のところそれらしき店は見つからず、ミセス・クックの噂も耳に入ってこない。ピーチがそのミセス・クックとやらと少女誘拐団から逃げるときは怯えきっていたはずだから、もしかするとなにか見間違えたのかもしれない。あるいは、ミセス・クックがすでに違法な作業場をどこかほかへ移したということも考えられる。

それに大いに気に食わないが、第三の可能性もある。どういうわけか、今日はいつも使っている情報屋の口が重かった。もしかすると情報屋は少女誘拐団とミセス・クックを恐れ、知っていることを口にできずにいるのかもしれない。

執事が黄色いドアを開けた。ウィンターは落ち着けと自分に言い聞かせながら居間に入った。イザベルは高窓のそばに立っていた。その横顔は繊細で、髪は陽光を受けてつややかに輝いている。

心臓をわしづかみにされたような感覚に襲われた。どれほど刺激的なものでも慣れてしまえば感覚が鈍るのが常だが、それがイザベルだと姿を見るたびに体が震え、手足が思うように動かず、頭が働かなくなる。会えば会うほどのめりこんでいきそうな怖さがあった。

「ようこそ」イザベルがこちらを向いた。背後の窓が明るいために輪郭しか見えず、顔の表情はわからなかった。「もうおいでにならないのかと思ったわ」

昨晩の遅刻をまだ怒っているらしい。

「そうなのですか？」ウィンターはゆっくりと部屋に入った。「でも、ちゃんとお茶の用意がされているではありませんか」低いテーブルにティーポットやカップが置かれている。

「それに、ぼくは四時にうかがうと申しあげたはずですよ。その暖炉の上の時計、ほら、四時でしょう」

イザベルが窓辺を離れたので、顔が見えるようになった。まだ怒りは解けていないようだ。

「でも、ミスター・メークピース、こういう状況なのだから――」

「そろそろウィンターと呼んでくださってもいいころではありませんか？」彼は話題を変えた。遅刻のことで言い争っても勝ち目はない。

「そう？」

ウィンターは硬い笑みを浮かべた。「ええ、イザベル」

彼女は顔をしかめた。「わたしはまだ――」

そのとき、美しい彫刻が施された戸棚から小さくすすり泣く声が聞こえた。

ふたりは戸棚へ顔を向けた。奇妙なことにイザベルが不安そうな表情を見せ、いったんは戸棚のほうへ進みかけたものの、すぐに足を止めてしまった。

彼女がそこから動こうとしないため、ウィンターは戸棚に歩み寄り、片膝をついて扉を開けた。

いつぞやここで会った子供だ。頰に涙の跡がある。

名前を思いだした。「クリストファー」肩越しに振り返ると、イザベルはまだ立ちすくんだままだった。ウィンターは男の子のほうへ顔を戻した。「そこは居心地がいいのかい？」

クリストファーはベルベット地の袖を鼻から離した。「ううん」

「じゃあ、出てくる？」

男の子は黙ってうなずいた。ウィンターは両腕を伸ばし、その子を戸棚から出した。近くで見ると、なかなかきれいな顔立ちをしている。年齢は四、五歳というところだろう。男の子を抱いたまま立ちあがり、イザベルのほうを向いた。こういう場合、多くの女性は自然に腕を伸ばし、子供を受けとろうとするものだ。一般的に父性より母性のほうが強いと思われているからかもしれない。ところがイザベルはそうするどころか、まるで自分を抑えるように体の前で腕を組んでいた。

ウィンターが両眉をあげると、彼女はわれに返ったように頭を振った。「ベルを鳴らして乳母を呼ぶわ」

「ここにいたいよ」クリストファーが泣きべそをかいた。

イザベルがごくりと唾をのみこむ。「だ、だめよ。ちゃんとお部屋に戻らないと」

ウィンターは驚いた。彼女がこんなに動揺し、しかも口ごもるとは……。どうやらなにか事情がありそうだ。

彼は咳払いをして男の子に話しかけた。「ちょうど、あのスコーンを食べようと思っていたところなんだ。きみも欲しいかい？」

クリストファーはうなずいた。

ウィンターはテーブルのそばにある長椅子に座り、男の子を膝にのせた。そしてスコーンを手渡し、自分もひとつ手に取った。

かけらがこぼれやすいスコーンをひと口かじって、イザベルのこわばった背中を見る。彼女は窓辺に戻り、完全にこちらを無視していた。なぜだろう？

「うまいね」ウィンターは男の子に言った。

クリストファーはうなずき、小さな声で答えた。「料理人の作ったスコーンはすごくおいしいんだ」

「うん」しばらくのあいだ、ふたりは黙ってスコーンを食べた。

「カラザースはいったいなにをしているの？」イザベルがつぶやいた。

クリストファーはスコーンを持っていた手を口元から膝におろした。そしてスコーンをぎゅっとつかんだ。「カラザースはぼくのことが嫌いなんだ」

ウィンターは、そんなことはないよと言って安心させてやりたかった。だが子供にその場しのぎの嘘をついても、なにもいいことはない。イザベルは窓辺を離れようとしなかった。この部屋に子供などいないと思いこもうとしているように見える。ウィンターは片腕を伸ばしてカップにミルクをつぎ、熱い紅茶を少し加えて男の子に差しだした。

クリストファーがスコーンを放した。残念なことに、スコーンは床に転がり落ちた。それでもクリストファーは両手でカップを受けとり、おいしそうにミルクティーを飲んだ。カップをおろすと、上唇がミルクで白くなっていた。「昨日の夜、おくさまはおもしろい話をしてくれたんだ」

男の子は恋しそうにイザベルのうしろ姿を見た。

乳母が居間に駆けこんできた。「申し訳ございません」中年の女性はウィンターの膝から男の子をひったくるようにして抱きあげ、イザベルのほうを向いた。「もう二度とこのようなことはないように気をつけます」

イザベルはこちらを振り向きもしなかった。「ええ、そうしてちょうだい」

乳母は蒼白な顔でお辞儀をし、クリストファーを抱いたまま足早に部屋を出ていった。

ウィンターは自分のカップに紅茶をついだ。

「冷たい女だと思っているでしょうね」イザベルが言った。

彼はそちらを見た。背筋は伸びているが、両肩の形から、イザベルが自分を抱きしめるように体に腕をまわしているのがわかった。

「クリストファーは誰の子なんです？」ゆっくりと尋ねる。「あなたにとってどういう存在なのですか？」

沈黙が流れた。答えないつもりだろうかと思ったころ、感情を押し殺した抑揚のない声で返事があった。「亡くなった夫の子供よ」

ウィンターは眉をひそめた。イザベルが振り返り、こちらのほうへ歩いてきた。

美しい唇がきつく引き結ばれている。まるであふれだす感情をのみこもうとしているかのように。「愛人に産ませた子なの」

「なるほど」もう少し事情を聞きたい。「あの子を引きとったのは、それがご主人の遺言だったから？」

彼女は肩をすくめた。「違うわ。あの子の母親はルイーズという名前なのだけど、そのルイーズとクリストファーのことを知ったのは夫が亡くなったあとよ。どうやら夫は、あの母子が暮らしていけるだけのものを渡していなかったらしくて」

ウィンターは黙ってイザベルを見ていた。こんなに距離が離れていなければいいのに、と思いながら。

彼女はお腹の前で手を組んだ。「夫が他界して一カ月ほどしたころ、ルイーズがここを訪ねてきたの。当時、彼女は夫が借りた小さな家に住んでいたのだけど、夫が亡くなって家賃が支払われなくなったと言ってね。お金はまったく持っていなかったわ。あとでわかったことだけれど、彼女、あればあるだけ使ってしまう人なのよ。そのときにお金を無心されたから……」言葉を切って、また肩をすくめる。

部屋の真ん中にひとりぽつんと立ち、決して愉快ではない話をしている姿は、ひどく頼りなげに見えた。

ほっとしたことにイザベルはふたりのあいだの距離を縮め、向かいの長椅子に座ると、こちらをぼんやりと眺めた。ウィンターは新しいカップに紅茶をつぎ、ミルクと砂糖をたっぷり入れた。

「客がそんなことをするものではないわ」イザベルはカップと受け皿を受けとり、どうでもよさそうに注意した。

ウィンターは皮肉な目でちらりと彼女を見た。「孤児院では、いつも自分でいれてますから」

イザベルは紅茶をひと口飲んだ。「そうよね」

彼は落ち着かなかった。イザベルにはまだなにか隠していることがあるような気がする。

「ご主人が愛人を囲っていたことは知っていたんですか？」

彼女は首を振り、カップを膝におろすと、それを両手で包みこんだ。「いいえ。でも、それを知っても驚きはなかったわ。長いあいだ男やもめだったもの。男性には体の欲求もあるでしょうし」

ウィンターは冷たくなった紅茶を飲んだ。「結婚しているあいだ、あなたは浮気をしなかった。きっと、ご主人に裏切られたような気分でしょうね」

イザベルは皮肉な表情を浮かべた。「男性が愛人を持つのは上流社会ではよくあることなの。誰もそれを責めたりはしないわ。ルイーズが訪ねてきたとき、もちろん少しはびっくりしたけれど、それほどの衝撃はなかった。そもそも夫とは大恋愛のすえに結婚したというわけではないし。それでも彼はよくしてくれたわ。自分の死後を心配して、わたしに財産まで遺してくれたもの。これ以上、なにを望むことがあるというの？」

「信頼、情熱、愛情」そう言ってから、語気が鋭くなっていたことに気づいた。

彼女は皮肉な表情を緩め、興味深そうな顔をした。「あなた、結婚とはそういうものだと思っているの？」

「ええ」

イザベルが目を閉じる。「あなたに結婚する気がないのがとても残念だわ、ミスター・メークピース」

ウィンターは顔をそむけた。「ルイーズに金を渡せばすんだことでしょうに、なぜクリストファーを？」

彼女はカップの受け皿の縁を指でなぞった。「そうね……。ルイーズは住まいを転々としていたし、うちは部屋ならいくらでもあるから」唇を嚙む。「クリストファーはまだ小さいのに、ルイーズはあまり面倒見のよい母親ではなかったのよ」

「だからクリストファーを預かったのですか？　ご主人の子供を？」

イザベルはうなずいた。「ええ」

「寛大な計らいですね」

彼女は鼻にしわを寄せた。「クリストファーがまだ赤ん坊だったころはよかったの。乳母を雇い、世話をさせればすんだから……」語尾が小さくなった。

「でも？」ウィンターは促した。

いらだたしそうに、イザベルはじろりとこちらを見た。「最近では、どういうわけかわたしになついてくるのよ。わたしの寝室に忍びこんで、カーテンの陰とかベッドの下に隠れたり、化粧台の引き出しや宝石箱をのぞいたりするの」

彼は目をしばたたいた。「勝手に物を持っていってしまうことは？」

「それは一度もないわ」イザベルが首を振る。「それにしても、どうしてあの子はわたしにまとわりつくのかしら？」

「不思議でもなんでもありませんよ」ウィンターは答えた。「あなたはこの屋敷でいちばん上に立つ人だし、それに美人ですてきな女性だ。子供があなたに興味を覚え、近寄っていくのは自然なことです」

彼女は今日初めて笑みを浮かべた。「今まででいちばん嬉しい称賛の言葉だわ、ミスター・メークピース」

まだこの話題を終わらせるつもりはなかった。「だが、あなたはそれを苦痛だと感じている。なぜです？」

そんな質問をしなければよかった、とすぐに後悔した。イザベルの笑みが一瞬で消えたからだ。「さあね。わたしは子供が嫌いなのかもしれないわ」

だったらなぜ孤児院の支援者になったのかと尋ねたかったが、それは口に出さなかった。

「さてと」イザベルは紅茶を飲み干し、カップと受け皿をテーブルに置いた。「ダーク子爵のおばあ様の名前はレディ・ウィンプルよ。今夜、舞踏会があるの。だからダンスの練習をしておいたほうがいいわ」

ウィンターはため息をついた。イザベルとダンスをするのかと思うと気が重くなる。

「もちろん」彼女が鋭く言った。「あなたが舞踏会に出席する気があればの話だけれど？」

彼は立ちあがり、イザベルのブルーの目を見おろした。ダーク子爵の屋敷に入りこめるのだ。書斎や寝室を調べる絶好の機会ではないか。「なにがあっても行きますよ」

10

道化師の恋人は愛する人を探すため、勇気を振りしぼり、ふた晩、セントジャイルズの路地を歩きまわりました。しかし、ふた晩とも徒労に終わりました。ようやく三日目の夜、恋人は愛する人を見つけることができました。セントジャイルズの亡霊は、たった今、自分が殺したばかりの泥棒を見おろしていました。「道化師よ、愛する人よ！」恋人は叫びました。「わたしのことを覚えていらっしゃる？」だが、セントジャイルズの亡霊はなにも見えず、なにも聞こえなかったかのように、くるりと背を向けて立ち去りました。

『セントジャイルズをさまよう道化師の亡霊物語』

イザベルはダーク子爵の屋敷の舞踏室に入った。ウィンターは必ず行くと約束したが、彼女はまったく期待していなかった。今夜もウィンターは、教師の仕事が残っているから会場でお会いしましょう、と連絡を寄こした。

普段は厳格なほど真面目な男性から、そういう見えすいた嘘をつかれることに、イザベルはうんざりしていた。彼は自分がセントジャイルズの亡霊だと話してくれる気はないのかしら？　それとも、仮面と衣装でわたしがごまかされるとでも思っているの？　彼がなにごともないように振る舞えば振る舞うほど、わたしのいらだちはつのるばかりだ。

イザベルはゆっくりと深く呼吸しながら、あたりを見まわした。舞踏室は壁が上品な深紅色に塗装され、当然のことながら贅沢に装飾されていた。ダーク子爵は温室にかなり金をかけ、祖母であるレディ・ウィンプルが好きなカーネーションを栽培しているらしい。舞踏室内には白や赤やピンクのカーネーションの大きな花束がいたるところに飾られ、濃厚な香りが漂っている。

ダーク子爵は祖母のレディ・ウィンプルと並んで客人を迎えていた。イザベルも客の列に並び、自分の順番が来ると、レディ・ウィンプルに膝を曲げてお辞儀をした。レディ・ウィンプルは孫息子であるダーク子爵の屋敷で暮らしている。若いころはかなりの美人だったと噂に聞いているが、今では年のせいで目元や口元、それに首筋の皮膚が垂れさがっていた。まぶたも落ち、そのせいでいつも悲しげな表情に見えるが、グレーの目は知的な光を放っている。

「ようこそ、レディ・ベッキンホール」レディ・ウィンプルは気だるそうに挨拶をした。「ダークから聞きましたよ。なんとかいう孤児院の経営者に力を貸しているそうね」

イザベルは礼儀正しくほほえんだ。「はい」

レディ・ウィンプルは鼻を鳴らした。「わたしたちの若いころは、未亡人というと色恋や噂話に花を咲かせたものなのに、最近の若い人たちは慈善事業などにいそしむのね」明らかにくだらないという口調だ。

「重責に耐えられるよう努力いたします」イザベルは小さい声で答えた。

「そうね」レディ・ウィンプルがいぶかしむように応じた。「ダークまでもが、その孤児院の経営者になりたいなどと言いだす始末よ。まあ、この子には驚かされてばかりだから、今さらどうでもいいのだけど」

「おばあ様」ダーク子爵が祖母の頬にキスをした。レディ・ウィンプルはうっとうしそうな顔をした。「今すぐにはなんの利点もなくても、長い目で見たらどうなるかわかりませんよ」子爵は思わせぶりな視線をイザベルに向けた。「それに、辞めたくなったらいつでも代わりの経営者を雇えばいいことですから」

イザベルはいらだちを覚え、目を細めた。こうなってみれば、ダーク子爵の移り気な一面はひとつの希望だ。もしかするとウィンターとの勝負にもすぐに飽きて、事態が収拾不可能になる前にすべてを投げだしてくれるかもしれない。

「まあ、いいわ。わたしにも支援を頼んでこないかぎりはね」レディ・ウィンプルは面倒くさそうにこぼした。

「お察ししますよ」背後で男性の声がした。

振り返ると、シーモア夫妻が列のすぐうしろに立っていた。

ダーク子爵は笑みを浮かべた。「きみもぼくの敵か、シーモア？」

「そういうわけではないさ」ミスター・シーモアはくっくっと笑った。妻はつまらなさそうな顔をしている。「だが、なにかおかしいとレディ・ウィンプルが思われるのは当然だろうな」

「おかしかろうがなんだろうが、それが今いちばんの望みなんだ。なんといっても、あの孤児院には美しい貴婦人方の会がついているしね。それに、最近は少しばかりこの街にも飽きてきたんだよ。だから孤児の面倒を見るのもおもしろいかもしれないと思ったのさ」

隣で祖母が鼻を鳴らした。

「まあ、好きにしてくれ」ミスター・シーモアは理解できないというように頭を振った。「きみをあきらめさせようとしても無駄だろうから、レディ・ベッキンホールに訊こう。ご友人であるセントジャイルズの亡霊と遭遇した衝撃からは立ち直られましたかな？」

イザベルは顔をしかめ、異議を唱えようとした。だが、ダーク子爵がそれをさえぎった。

「ああ、ライバルの登場だ。遅刻しなかったことに一点だな」

ふいにウィンターが隣に現れ、イザベルの鼓動が速くなった。彼は仕立てたばかりの上着とズボンに、煙草の葉の色をしたベストを着ている。なんときれいな顔立ちをしているのだろうと思い、彼女は息をのんだ。

ウィンターはダーク子爵に一礼すると、イザベルの腕を取った。「ご挨拶の列がずいぶん長くなっていますので、ぼくたちはこれで失礼いたします」

彼女はみなに会釈をする暇もなく、ウィンターに引き立てられた。「今のはあまりに無礼よ」

「そうですか？」今夜はいつにも増してよそよそしい。「しかし、舞踏会の主人が客を長々と待たせるのは失礼でしょう」

「そうかもしれないけれど」イザベルは顔をしかめながら舞踏室を進んだ。「でも、ふいにやってきて、わたしを連れだすというのも失礼きわまりない話よ」

「ダーク子爵にはお辞儀をしましたが」

彼女は足を止め、ウィンターのほうへ向き直った。どうして今夜はこんなに機嫌が悪いのだろう？「でも、ダーク子爵だけでしょう？　わたしやレディ・ウィンプル、シーモア夫妻には挨拶がなかったわ」

ウィンターが唇を引き結んだ。「ダンスが始まりますよ」

イザベルは驚いて両眉を高々とあげた。「わたしをダンスに誘っているの？」

彼はいったんこちらを見たあと、まるで自分にこそ怒る権利があると言わんばかりに顔をそむけた。「あなたがお望みなら」

「ええ、どうぞよろしく」イザベルは静かに答えた。腹を立ててはいたが、それでもウィンターとダンスをしたかった。練習のとき、彼の踊りがとても優雅だったので、それを披露したいという気持ちもあった。けれどもそれ以上に、たとえ彼の機嫌が悪かろうが、自分を避けていようが、ただそばにいたかったのだ。

ウィンターが欲しい。

彼が差しのべた手を取り、ダンスフロアへ出た。カントリーダンスだった。ステップは速くて複雑だ。イザベルは相手の存在をひしひしと感じながら踊り、靴が床にこすれる音すら愛おしく感じた。ウィンターは腰をかがめるときも、決してわざとらしくはせず、ほんの少し上体を倒すだけだ。それがこのうえなく上品で優雅だった。

曲が終わり、ふたりは手を取りあったまま、互いに向きあって踊りを終えた。ウィンターは息ひとつ切れていなかった。イザベルは別の理由で呼吸が速くなった。

彼がこちらを見おろした。茶色い目がどことなく寂しげだ。

イザベルは咳払いをした。「なにかわたしに話すことはない？」

警戒するような顔で、ウィンターが首をかしげた。「なにもないと思いますが。ダーク子爵への挨拶がそっけなかったことなら、謝る気はありませんから」

彼女は唇を引き結んだ。まだ自分がセントジャイルズの亡霊だとわたしに打ち明ける気はないのね。

「そう」イザベルは深く息をした。「では、言い方を変えるわ」

「なんでしょう？」ウィンターはこちらを見てさえいなかった。

彼女は硬い表情でほほえんだ。「昨晩のことよ。どうしてオペラハウスへ来るのがあんなに遅れたのか、なぜあなたはセントジャイルズの亡霊と遭遇しなかったのか、ちゃんと説明してちょうだい」

「言ったでしょう、孤児院で問題が起きて――」

「いつもそればかり」イザベルは言い返した。

ようやく彼がこちらへ目を向け、無表情のまま答えた。「しょっちゅうあるんです。子供はなにをするかわかりませんから」

「なにをするかわからないのは子供だけではないわ」

ウィンターはじっと彼女を見たあと、視線をそらした。「今夜のあなたはおかしい。パンチを持ってきましょう。なにか飲めば気分が変わるかもしれません」

パンチは嫌いだと言う前に、彼はさっさと立ち去った。

イザベルは唖然とした。あの人、わたしをダンスフロアの真ん中に放りだしたの？　こんなことをされたのは初めてだわ。いったい何様のつもり？　自分は王様で、わたしのことは娼婦くらいにでも思っているわけ？

露骨にこちらをじろじろ見ている女性にぎこちなくほほえみ、ダンスフロアを離れた。何人かの知りあいと挨拶を交わしたが、なにをしゃべったのかよくわからなかった。気がつくとダンスフロアのうしろに立っていた。もう何度、舞踏室のなかをまわったかしれない。ウィンターが戻ってきたらどう言おうか、あれこれ言葉を選んだ。それにしても遅い。いったいなにをしているのだろう？　パンチを取りに行くくらいで、こんなに時間がかかるわけがない。わたしが怖くて舞踏室を抜けだしたのかしら？

それとも、抜けだしたのは亡霊になるため？

はっとして顔をあげ、イザベルは改めて舞踏室のなかを見まわした。ここには……いない。

客が自由に出入りできるよう開放されている小部屋を見てまわった。だが、どこにもウィンターの姿はなかった。

つまり屋敷の奥に忍びこんだということ？

イザベルは舞踏室を出て廊下を進んだ。以前に一度この屋敷を訪れたときの記憶を頼りに、廊下のいちばん奥にある図書室をのぞく。ひとつの燭台に明かりが灯されていたものの、人影はなかった。ほかの部屋も調べたが、この階にウィンターはいなかった。

彼女は深く息を吸いこみ、階段をのぼった。これはかなり危険な行為だ。舞踏室と同じ階にいるのなら、誰かに見つかっても部屋を間違えたと言い張ることができるけれど、階が違うとその言い訳は通用しない。

ひとつ目のドアをそっと開けてみた。女性の寝室だった。レディ・ウィンプルの部屋だろう。幸いにもメイドはいなかったが、ウィンターの姿もなかった。廊下に沿って角を曲がると、また別のドアがあった。イザベルは深く息を吸いこみ、その部屋へ滑りこんだ。

そこは内装が深紅色と茶色で統一された男性の寝室だった。ダーク子爵の部屋に違いない。天蓋付きの大きなベッドが部屋の中央に据えられている。そのうしろにある窓のカーテンは天蓋と同じ布が使われていた。曲線的な彫刻の施されたさまざまな家具が壁際に並んでいる。こんなことをしているなんて馬鹿みたいと思いながら、イザベルはベッドの下をのぞきこんだ。ウィンターはいなかった。がっかりしていると、隣の部屋から鼻歌が聞こえてきた。ダーク子爵の近侍だろう。鼻歌は寝室のほうへ近づいてくる。彼女が逃げだそうとしたそのとき――。

ふいに腕が伸びてきて、強い力で窓のカーテンのなかへ引きずりこまれた。そこは床から天井まで出窓になっていた。

イザベルははっとして声をもらし、口をふさがれた。まだ暗闇に目が慣れていなかったが、それでも相手が誰なのかはすぐにわかった。背後の人物が顔を寄せ、「静かに」と言ったとき、硬い仮面の鼻が髪に触れた。間違いない。亡霊の格好をした彼だ。

近侍が鼻歌を歌いながら寝室に入ってきた。イザベルは凍りついた。心臓が罠にかかったウサギのように跳ねている。近侍は室内を歩きまわった。そのあいだずっと、彼女は背後から抱きしめられていた。彼の胸はたくましく、革製の手袋を通してさえも手の熱さが伝わってくる。イザベルの鼓動がまた別の理由で速くなった。

いけない理由で。

引き出しを開けるような音がした。彼の呼吸は深くて安定していた。まるで喫茶室にでもいるように落ち着いている。

怒りがこみあげてきた。なぜあなたはそんなに平然としていられるの？　こちらはどぎまぎして、体の奥がうずいているというのに。わたしにここまでのことをしておきながら、どうしてなにひとつ打ち明けてくれないの？

彼の腕をつかんでいた手をおろした。近侍は別の曲を歌いはじめた。どこかで聞いたことのある歌だったが、曲名まではわからなかった。イザベルは背後に手をまわし、ぴったりしたズボンのなめらかな生地の上から太ももに触れた。相手は体を引こうとしたが、そんな空間の余裕はなかった。背後には窓、目の前にはカーテンがある。

ここでは逃げられないのよ。イザベルはできるだけ腕を伸ばし、太ももから腰へと手を滑らせた。しかしそれ以上、腕をあげることはできなかった。いらだちにこぶしを握りしめ、心を決めた。

そしてくるりと振り返った。彼には止めようと思えば止められたはずだ。だが妙な動きをしてカーテンが揺れれば、近侍に怪しまれる。

イザベルは顔をあげ、仮面の奥にある目をのぞきこんだ。そこにあるのは怒り？　好奇心？　それとも欲望？

そんなことはどうでもよかった。もう待つのはうんざりだ。感情は激しく揺れ動いているというのに、それを押し隠して明るく振る舞うのは疲れた。誰もわたしの内面など見ようとはしない。それをするのはあなただけ。あなたが一歩を踏みだせないのなら、わたしがそうするわ。

イザベルは膝をついた。

彼がはっとしたのがわかった。息をのむ音は聞こえなかったが、体が動いたからだ。腕をあげ、ズボンの前を開けようとした。

膨らんだところへ手をあてたとき、手首をつかまれた。

相手の表情を見ようと顔をあげた。ドアが開き、そして閉まる音がした。

沈黙が流れた。

彼はこちらを見おろしていた。腕に触れている太ももは筋肉質で硬い。

イザベルは待った。だが、彼はじっとしたままだった。

彼女は顔を傾け、薄い革製の手袋にキスをした。そして口を開き、手の甲を軽く噛んだ。

彼がぴくっとした。かすかな動きだったが、それでもイザベルは満足感を覚え、笑みを浮かべた。

「だめだ」ため息かと思うような、かすれた声だった。

手のなかの膨らみは力がみなぎっている。

イザベルは低いながらもはっきりとした声で言った。「続けさせて」

彼は葛藤しているように、じわじわと手を開いた。

相手の気が変わらないうちに、イザベルはズボンの前を開き、手を差し入れて、求めていたものに触れた。

それをズボンから引きだし、張りつめた熱い肌に指を這わせた。なんて美しいのだろう。

彼は身じろぎもしなかった。今にも逃げだすか、あるいは抵抗するつもりかもしれない。

でも、そんなことはさせない。唇を開き、屹立《きつりつ》したものを口に含んだ。

短く苦しげな声が聞こえた。

イザベルは目を閉じて、その激情のあかしを慈しんだ。舌先に生命力が伝わってくる。右手を添えて愛撫した。途中でやめるつもりはない。彼にとって、生涯忘れられない経験にさせるのだから。

彼の手が伸び、これほど愛おしいものはないという仕草で髪や額や頬に触れてきた。

思わず涙がこみあげ、イザベルは高ぶったものを両手で支えて顔をあげた。頬を幾筋もの涙が伝い落ちた。彼が手袋をした指先でそれをぬぐってくれた。渦巻く感情がこみあげてくる。わたしが求めているものは、決して手に入らないものなのに。

彼が美しい唇を開いた。「イザベル」

「黙って」そうささやき、また愛撫に戻った。

なぜだか涙が止まらなかった。長さに沿って舌を走らせ、先端を刺激した。頭上でうめき声がもれた。

ふたたび全体を口に含み、強く吸った。

彼がよろめいた。それを見て、イザベルは舌を巻きつけた。今の状況も、心のなかの悲しみも、彼への思いも忘れ、この刹那《せつな》だけに気持ちを集中した。これほどいきり立っているものをわたしが満足させてあげたい。彼女は全身全霊で愛撫を続けた。

痛いほどに髪をつかまれ、相手が絶頂の縁にいるのだと察した。その表情をひと目見たくて、刺激しつづけながら顔をあげた。月光に照らされ、苦しそうに歯を食いしばっているのが見える。

彼は苦悶のうめき声とともに高みへのぼりつめ、激しく精をほとばしらせた。

イザベルは相手の腰を自分のほうへ引き寄せ、下腹部を口に含みつづけた。この瞬間のためにこんなことをしたのだ。最後まで、すべてを味わいつくしたい。やがて彼の力が弱まると、今度は優しくなだめるように舌を滑らせた。体の芯が熱くうずいている。できるものなら今ここで、彼を受け入れたい。でも、彼はそれを望んでいないのだから……。

ふいに強い力で引きあげられた。つかまれた両腕が痛いほどだ。イザベルは小さな悲鳴をあげた。そして相手の目を見て驚いた。まさか——。

彼は道化師の仮面を引きはがし、唇を重ねた。激しくむさぼるようなキスだった。ここで求められるのだと思った。それならば喜んで応じよう。

だが、彼は行ってしまった。

イザベルは唇に指を押しあて、目をしばたたいた。わたしはなんということをしてしまったのだろう。ふいに現実がよみがえり、自分の立場を思いだした。それ以上に、彼がどういう人かということを痛切に感じた。キスをする前、月明かりに照らされた彼の目には光るものが浮かんでいた。

彼は泣いていた。

ウィンターは暗い廊下で壁にもたれかかり、両手で顔をこすった。てのひらが涙で濡れた。赤ん坊のように泣いてしまった。世界が崩れ落ちるような経験だったのだ。人生でこれほど誰かを近くに感じることがあるとは思わなかった。イザベルはぼくの前にひざまずき……。あのときは自分という存在が彼女に包みこまれているような気がした。そして、この世には自分と彼女のふたりしかいないように感じた。あの瞬間、長いあいだ檻に閉じこめてきた獣が解き放たれ、咆哮《ほうこう》をあげた。

ウィンターはうめき声をもらしながら体を起こし、仮面をつけた。イザベルはぼくだということに気づいているのだろうか？　あの行為はセントジャイルズの亡霊へのもの？　それともウィンター・メークピースだとわかってのことか？　もし前者なら、ここで死んでしまいたい気分だ。だが後者なら、すべてが変わる。あの美しくて頑固な女性は、いったいどういうつもりでこんなことをしたのだろう？

自分への怒りがこみあげ、ウィンターは首を振った。イザベルを止めることもできたのだ。ぼくのほうが体も大きいし、力も強い。しかし、意志の力が働かなかった。解放を求めて猛り立っているものにズボンの上から手が押しあてられたとき、自制心を失った。あのときは、ただこちらから手を出さないようにするのが精いっぱいだった。彼女の美しい唇がぼくのものに触れたときは……。

思いだすだけで、また体が反応してしまう。

ウィンターは呪いの言葉を吐き、あたりに注意を払いながら廊下を進んだ。早く舞踏室へ戻るべきなのはわかっているが、ほかにしなくてはいけないことがある。階段のほうから足音が聞こえた。彼はすばやく近くのドアのなかに滑りこんだ。そこは狭くて暗い部屋だった。化粧室かなにかだろう。窓がひとつあり、月明かりが差しこんでいる。先ほどここでセントジャイルズの亡霊の衣装に着替え、脱いだ服を隠しておいた。万が一、誰かに目撃されたときのことを考えると、亡霊の格好をしているほうが都合がいいからだ。本当はまたここで着替えて舞踏室に戻るつもりだったが、こうなれば計画変更だ。

彼は窓辺に近づき、窓枠を引きあげて外を見た。そこは裏庭だった。月明かりのおかげで、きれいに刈りこまれた生け垣が見える。ここは四階だが、それぞれの窓の下には幅一〇センチほどの出っぱりがあった。それだけの幅があれば充分だ。

五分後、ウィンターは地面におり立った。腰をかがめてブーツのなかから一枚の紙を取りだし、斜めにして月明かりに照らした。〝カーフズヘッド通り一〇番地〟と書かれている。セントジャイルズの住所だ。この紙はダーク子爵の机の引き出しに入っていた。もし子供たちがここに閉じこめられているのだとしたら、あの男はその住所をメモに記したりするだろうか？　そう考えると無関係のような気もするが、いくらかでも可能性があるなら放っておくわけにはいかない。

女性の笑い声が聞こえた。ウィンターは身をひそめ、屋敷のほうを見た。ドアが開いて明かりがこぼれ、そこからひと組の男女が出てきた。女は男にもたれかかっている。これから暗い裏庭で起きるであろうことに積極的な様子だ。

ウィンターは布袋を取りあげ、芝生の上を足音も立てずに遠ざかり、廏《うまや》へと続く門を目指した。

イザベルがあんなことをしたのは、ただの気まぐれだったのか？　あれは退屈な舞踏会でのちょっとしたお遊び？

それとも、じつはセントジャイルズの亡霊はこのぼくだと気づいているのだろうか？　誰もわたしの不在に気づいていませんようにと願いながら、イザベルは足早に舞踏室へ戻った。しかし、そんな心配をする必要はなかった。

舞踏室は騒然としていた。

入口の近くにいる男性のまわりに人だかりができ、客たちが動揺した様子でなにやら叫んだり、ささやきあったりしている。イザベルのいるところからでは、なにを言っているのか聞こえなかった。近くへ寄ろうとしたとき、目の前にダーク子爵がいることに気がついた。

イザベルは彼の袖を引いた。「なにがあったの？」

子爵がちらりとこちらを見た。「ぼくも聞こえなかったんだ。そばへ行ってみよう」

人だかりのほうへ向かうダーク子爵に、イザベルもついていった。その男性は深緑色のお仕着せを着ていた。子爵のところのお仕着せは白と赤の二色使いだ。深緑色のお仕着せの従僕は興奮し、驚いたことに泣いていた。

「子爵様！」その従僕はダーク子爵を見つけると声をあげた。「ああ、たいへんなことが起きました」

ざわめきのなかから「嘘よ」という声が聞こえた。その声がしたほうを振り向くと、レディ・マーガレットが見えた。

蒼白な顔をしている。

イザベルはそちらへ向かった。

「どうした？」従僕に比べると、ダーク子爵の口調は貴族らしく落ち着き払っていた。「なにがあった？」

イザベルはレディ・マーガレットのそばに寄り、その腕に手を置いた。レディ・マーガレットにはこちらが見えていない様子だった。深緑色のお仕着せの従僕を凝視している。

「うちのご主人様が……」従僕はまた泣きだした。「ミスター・フレイザー＝バーンズビーが殺されたんです！」

女性の叫び声があがり、ダーク子爵は真っ青な顔をこわばらせた。彼とフレイザー＝バーンズビーは親しい友人同士だったことをイザベルは思いだした。

「ここしか助けを求めるところが思いつかなくて……」従僕は泣き崩れた。

周囲はまたどよめいたが、イザベルはレディ・マーガレットだけを見ていた。レディ・マーガレットは口を開いたものの、言葉を発することもできずによろめいた。いきなり顔を殴られた子供のようだ。

イザベルはその腕をつかんだ。「倒れてはだめよ」

少なくとも、その言葉は耳に届いたらしい。レディ・マーガレットはこちらを振り向くと、うつろな目をした。「ロジャー……」

「気をしっかり持ちなさい」イザベルは小声で叱った。「今はなにも言ってはだめ」

レディ・マーガレットはぼんやりとまばたきをし、そのままゆらりとうしろに倒れた。イザベルは慌てて腕を差しのべたが、間に合わなかった。

だが、彼女の体を支えた人物がいた。妻を亡くしたゴドリック・セントジョンだ。ミスター・セントジョンはレディ・マーガレットが床に頭を打つ直前で受けとめ、魅入られたようにその蒼白な顔をじっと見た。

イザベルはミスター・セントジョンの腕に手を置いた。「運んでくださる?」

ミスター・セントジョンは片眉をあげたが、なにも尋ねることなく、ぐったりした体を軽々と腕に抱きあげた。それを見て、イザベルは意外に思った。学者肌の彼にそんな腕力があるとは思いもしなかったからだ。

だが、今はそんなことを考えているときではない。醜聞にならないように、できるだけ静かに、そしてすばやく舞踏室を出た。

「ここがいいわ」婦人用の休憩室のすぐ先に小さな居間を見つけた。幸いにも廊下には誰もいなかった。みな、舞踏室の騒ぎを見に行っているからだ。

ミスター・セントジョンはレディ・マーガレットをそっと長椅子に寝かせると、イザベルのほうを向き、初めて口を開いた。「ほかになにかぼくにできることはありますか?」

「いいえ」イザベルは長椅子のそばに膝をつき、レディ・マーガレットの頰に触れた。レディ・マーガレットは弱々しい声をもらして意識を取り戻した。

「ありがとうございました。このことは口外しないでくださると助かります」イザベルは念を押した。

ミスター・セントジョンは唇を引き結んだ。「どうぞご安心ください」

もう一度レディ・マーガレットにちらりと視線を向け、彼は居間を出ていった。

「ロジャー？」レディ・マーガレットが弱々しい声でつぶやいた。

「静かに」イザベルはささやいた。「しばらくここで休みましょう。でも、そんなに長くはいられないわ。あなたの姿が見えないことに誰かが気づいたら、ミスター・フレイザー＝バーンズビーの件と結びつけるかもしれない。そんなことになったら――」

「ああ、ロジャー」レディ・マーガレットは体が震えるほど激しく泣きじゃくりはじめた。その悲しみの深さに胸をえぐられ、イザベルはしばらく目をつぶった。今の彼女に泣くなとは言えない。愛する人がいたことを誰にも悟られるなと言うのは酷な話だ。

でも、誰かがそれを言ってあげなくてはいけないし、今ここにはわたししかいない。

イザベルは目を開け、自分も長椅子に腰をおろして、レディ・マーガレットの肩を抱いた。

「ほらほら、そんなに泣くと気分が悪くなるわよ」無力感に押しつぶされそうだ。

「愛していたの」レディ・マーガレットが泣きながら答える。「結婚の約束をしていたの。彼は……とても……」あとは言葉にならないというように頭を振った。

どうして世の中には死などあるのだろう？　なぜ人は絶望や悲哀に苦しまなくてはいけないの？　こんな若い女性が愛する人を失い、幸せな家庭を築く夢を奪われなくてはいけない理由などどこにもない。日々、互いに足を引っぱりあっている男性ではなく、真正直に生きている無邪気な女性を罰するというのは、いったいどこのどういう神なのか。

苦々しい思いで、イザベルは口元をゆがめた。レディ・マーガレットはもう無邪気な女性には戻れない。これほどのつらい経験は、生涯彼女に傷跡を残すだろう。

イザベルはため息をついた。「さあ、もう行きましょう。お母様を探して――」

レディ・マーガレットは首を振った。「母は来ていないの。領地のパーティに出ているから」

「だったら、お兄様のマンダビル侯爵は？」

「だめ」レディ・マーガレットはぼんやりと顔をあげた。「わたしとロジャーが交際していたことを兄は知らないの。わたしたち、誰にも話さなかったから」

イザベルは唇を噛んだ。「それなら、なおさら慎重にしなくてはいけないわね。彼とはなんの関係もないはずのあなたがそんなに嘆き悲しんでいたら、世間は最悪のことを想像して、それがもっともらしい噂として流れてしまうから」

レディ・マーガレットは目を閉じた。「でも、本当のことだもの。わたしたち、身も心も許しあっていたの」

やっぱり……。でも、わたしはそれを叱る立場ではない。それに今の堂々とした告白は立派なものだ。彼女は恋人と肉体関係があったことを恥じてはいない。ただその恋人を亡くしたことを深く悲しんでいるだけだ。

それでもふたりが男女の関係だったことが世間の口の端にかかれば、将来に禍根を残すことに変わりはない。

「それは隠し通しましょう」イザベルは優しく言った。

「知られてもかまわないわ」レディ・マーガレットがつぶやく。

「今はそう思っても、いずれ後悔することになるわよ」自分がひどく冷たいことを言っているのは自覚していた。だが、今は誰かがその役まわりを引き受けるしかないのだ。「しっかりしなさい。今から舞踏室を通り抜けて、馬車まで行かなくてはいけないのだから。今日はどなたと一緒にいらしたの？」

「大おば様よ。母がいないときはいつもそうなの」

ときどきレディ・マーガレットと一緒にいる白髪の女性の顔を、イザベルはおぼろげに思いだした。「わかったわ。では、まずあなたを馬車に乗せて、そのあと大おば様を探すから」

しかし、すんなりとことが運んだわけではなかった。それからもまだしばらく、イザベルはレディ・マーガレットをなだめつづけた。一五分ほど経ったころ、ようやくレディ・マーガレットは居間を出られるようになった。目は真っ赤で顔はむくみ、いかにも今まで泣いていたという様子だが、少なくとも涙は止まっている。

「今はただ、馬車までたどり着くことだけを考えるのよ」イザベルはレディ・マーガレットを連れて廊下を進んだ。「馬車に乗ったら気を抜いてもいいから」

レディ・マーガレットは力なくうなずいた。

「さあ、頑張って」ふたりは舞踏室に入った。ありがたいことに客たちはまだ入口のあたりに集まっており、こちらに気づく者は誰もいなかった。「大おば様には頭痛だと言っておくわね。メイドは信用できる？」

「えっ？」レディ・マーガレットはうつろな顔をしていた。

世の使用人がいかに噂好きかということを、彼女は知らないのだろう。

「いいこと、ドレスの始末をさせたら、すぐにメイドをさがらせなさい。それから寝室に鍵をかけて、あとはぐっすり眠るのよ」

「おや、レディ・ベッキンホール！」すぐそばで男性の声がした。

イザベルは振り向き、レディ・マーガレットを隠すように立った。ミスター・シーモアとダーク子爵がいた。ふたりとも深刻な表情をしている。子爵はまだ唇に血の気がなかった。それとは対照的に、ミスター・シーモアの顔は紅潮していた。「まったく恐ろしい事件だよ。冷血無慈悲な殺人鬼が、この瞬間にもロンドンの街をうろついているんだ」ちらりとレディ・マーガレットを見た。「神経の細い女性には耐えられない話だろうな」

イザベルは黙ってちょうだいという顔で、じろりとミスター・シーモアを見た。

「そうね。普通の神経をしていても不安になるわ。ミスター・フレイザー＝バーンズビーはいい人だったもの。みな、寂しがるわ」

ダーク子爵はなにやらひとり言をつぶやき、唐突にその場を立ち去った。

「あのふたり、仲がよかったんだ」ミスター・シーモアがダーク子爵のほうへ顎をしゃくった。「学校が一緒だったらしい。ぼくは知らなかったんだがね。ダークは自分のことは話さないからな。ロジャーは誰とでも親しくできるやつだったが」頭を振る。「あいつを殺した犯人は必ず捕まえるから安心してくれ。竜騎兵を呼んだんだ。今はセントジャイルズへ犯人を探しに行っている。明日の朝までには逮捕できるだろう」

イザベルは一瞬、聞き間違えたのかと思った。「どういうこと？」

ミスター・シーモアが片眉をあげた。

「犯人は誰なのかわかっているの？」彼女は急かすように尋ねた。

「もう耳にしているのかと思っていたよ」ミスター・シーモアは静かに答えた。「ロジャー・フレイザー＝バーンズビーを殺害したのはセントジャイルズの亡霊だ」

11

道化師の恋人はつらくて泣きました。でも、あきらめはしませんでした。翌朝、魔女のところへ相談に行きました。魔女は恋人から話を聞くと、こう言いました。「なるほど。それは夜の帝王と呼ばれる悪魔じゃ。道化師はその悪魔に魂を譲り渡したから、もう、おてんとさまの下を歩けんようになったんじゃよ。一生、復讐に燃え、二度とまともに見ることも聞くこともできん。それを元に戻すのは容易なことではないぞ。もし本当に道化師を太陽のもとへ引き戻したいのなら、まず愛で彼を縛り、次に悲しみで彼の目を洗い、それから希望で彼に触れることじゃ」

『セントジャイルズをさまよう道化師の亡霊物語』

半時間後、空に低くかかる月の明かりを頼りに、ウィンター・メークピースは隣の屋根へ飛び移った。手をついたものの、すぐに立ちあがり、屋根板の上を軽快に走った。自分の助けを必要としている子供たちがいる。もうすぐその子たちを救出できるのだと思うと血が騒いだ。イザベルへの想いは断ち切るつもりでいる。彼女が解き放った内なる獣は、また捕まえて檻に入れるまでだ。これからはウィンター・メークピースとしてだけ彼女に接し、セントジャイルズの亡霊としては二度と会わない。それができれば、また以前と同じ人生を歩むことができるかもしれない。彼女のそばにいるのは至福のひとときだが、自分はそういう幸せはあきらめ、別の生き方をしようと心に誓っている。声なき人々に正義をもたらすような生き方だ。

セントジャイルズの人々を食いものにするような輩は許さない。

屋根から壁へ飛び移り、カーフスヘッド通りにおりた。一〇番地の住所にある家は戸枠がゆがんでいた。二軒先の頭上に看板がぶらさがり、風で揺れている。なにか描いてあるのかもしれないが、暗くて見えなかった。ウィンターは一〇番地のドアを開けようとした。だが鍵がかかっていたため、一歩うしろにさがり、ドアを蹴り開けた。

錆びた蝶番《ちょうつがい》がきしる音が響き、ドアは壁にぶちあたって戻ってきた。彼はそれを片手で止め、なかをのぞいた。

「あっちへ行け！」甲高い声がした。

暗闇に目を凝らすと、女がドアのそばにうずくまり、手にしたナイフを振りまわしていた。

「こりゃ驚いた。悪魔がみずからご登場だよ」

「子供たちはどこだ？」ウィンターはかすれた声で尋ねた。

女はきょとんとした顔をした。「なんだって？　子供なんかいないよ」

彼がなかへ入ると、女は慌ててあとずさりした。「ここに大勢の子供がいたことはわかっているんだ。どこへやった？」

女がしょぼしょぼした目を見開く。「あんた、あたいを地獄に連れていく気かい？」

ウィンターは女を値踏みした。狭い部屋の片隅にふたりの人影が見える。死んでいるのか泥酔しているのか、ぴくりともしないが、子供でないのは明らかだ。それに目の前にいる女は、とても大勢の子供を管理できるようには見えない。「この家にはほかに誰かいないのか？」

女は目をぱちくりさせ、あんぐりと口を開けた。「質屋の親父なら出ていっちまったよ。もう何カ月も前の話さ」

ウィンターはこの部屋にひとつだけあるドアのほうへ足早に向かい、勢いよくそれを開けた。大人が立っては入れないような狭い空間があった。

空っぽだった。

失望感に襲われる。ここで子供たちを発見できるのではないかと期待していた。ダーク子爵の寝室で見つけたこの住所が、唯一の手がかりだったのだ。それが少女誘拐団とはなんの関係もないとわかれば、またすべてが振りだしに戻ってしまう。

苦しんでいる子供たちがいるというのに……。

敷石を踏むひづめの音が聞こえた。

ウィンターは急いで一〇番地の家を出た。

馬に乗ったトレビロン大尉の竜騎兵隊が松明を高々と掲げ、こちらに近づいていた。その明かりが二軒先の看板を照らした。

そこにはろうそくの絵が描かれていた。

「止まれ！」トレビロン大尉が怒鳴った。

もちろんウィンターは止まらなかった。建物の角に飛び移り、指先と爪先だけを使ってのぼった。顔のそばで壁がはじけ飛び、破片が仮面にあたる。わずかに遅れて銃声が響いた。

「今すぐにおりてこい！　さもないと今度はおまえを撃つぞ！」トレビロン大尉が叫んだ。

雨樋《あまどい》をつかみ、屋根に体を引きあげると、今度は足のすぐそばの屋根板に弾があたった。足元などかまわず、ひたすら全力で走った。だが、竜騎兵隊は通りをついてきた。屋根のてっぺんに駆けあがり、その反対側へおりる。緩んでいた屋根板が割れて地面に落ちた。竜騎兵隊は通りの角を曲がり、真下の路地に来た。次の屋根までは距離がある。ここから飛べば落ちるかもしれないし、そうなれば逮捕されるのは間違いない。

「あきらめろ！」トレビロン大尉がまた叫んだ。「もう逃げ場はない！」

たしかに眼下の路地は竜騎兵隊で埋めつくされている。なぜ今日はこんなに兵隊の数が多いのだ？

こうなれば、もう仕方がない。

ウィンターは二歩さがり、隣の屋根に向かって助走した。

「その距離は飛べんぞ！」

銃声が聞こえた。この高さで路地から弾が命中するものか。ウィンターは飛んだ。

屋根の端に胸を強打した。腕を伸ばして屋根板の突起をつかもうとする。革手袋が屋根板の上を滑り、体がずるずると落ちかけた。

ようやく指が引っかかった。

体がずり落ちるのが止まった。ウィンターは神に感謝しながら、爪先で建物の壁を蹴り、体を屋根の上に引きあげた。

助かった……。


夜の闇を貫くように銃声が響いた。

イザベルは自分が撃たれたみたいにびくっとした。扉を開け、車内の紐をつかんで、馬車が動いているのもかまわず首を外に出した。「ジョン！　銃声のしたほうへ行ってちょうだい！」

普段は冷静沈着な御者のジョンが、このときばかりは驚いて振り返った。

「本気ですか？」

「いいから、言われたとおりにして！」

イザベルは扉を閉め、不安に襲われながら窓の外を見た。ミスター・フレイザー＝バーンズビーを殺害した犯人がセントジャイルズの亡霊と聞かされたときから、ずっとウィンターの身を心配していた。彼は殺人事件が起きたことを知らない。だから、今夜はセントジャイルズの亡霊として活動するのがとても危険だということをわかっていない。

彼女は耳を澄ませた。先ほどの銃声は近かった。あれがセントジャイルズの亡霊を狙ったものなら、ウィンターはこのあたりにいるはずだ。撃たれていなければいいのだが……。

動く人影が見えた。

イザベルははっとした。それがセントジャイルズの亡霊だと確かめるのももどかしく、大急ぎで扉を開けた。「乗って！　早く！」

亡霊は馬車が速度を落とすのも待たずに飛び乗った。イザベルはぴしゃりと扉を閉め、天井を叩いた。「ジョン、屋敷へ戻って！」

座席の柔らかい背にもたれかかり、亡霊に目をやった。手袋は破れているが、ほかにけがはなさそうだ。ああ、彼は生きている！　神様、天使様、たまたまそこにいらした聖者様、心から感謝します！　よかった！

亡霊はつばの広い帽子をクッションの上に置き、手袋を脱ぎはじめた。なにごともなかったかのような落ち着き払った態度だ。こちらは死ぬほど心配したというのに！　あなたは自分がセントジャイルズの亡霊だということを、わたしに教えてさえくれなかった。もしわたしがそれに気づかなかったら、こうして探しに来ることもなかったのよ。そうしたら、あなたはどうなっていたと思うの！　純粋で激しい怒りが腹の底からわき起こった。

「どうしてこんな馬鹿なまねをするの？」イザベルは低い声で尋ねた。「今夜はロンドンじゅうの兵士があなたを捕まえようとしているのよ。生け捕りでなくてもいいという命令を受けてね」

亡霊は黙ったまま、手袋をベルトの内側に押しこんだ。

彼女はその体をつかんで揺さぶりたい気分になった。「いいかげんにして、ウィンター！」

彼はしばらくじっとしていたが、やがて革製の仮面を取り、顔の上半分を覆うスカーフも外した。その表情は近寄りがたいほど冷たかったが、目は熱く燃えているのが馬車のなかの薄明かりでもわかった。「知っていたのか」

「自分から話す気なんて、まったくなかったでしょう」怒りのあまり笑いがこみあげた。感情が渦巻いている。「もちろんわかっていたわよ。わたしが素性もわからない男性にキスをするような女だと思っていたの？」

ウィンターの表情がさらに厳しくなった。「では、ダークの寝室でぼくを……」

「口でいかせたこと？」衝撃を受けさせたくてわざと下品な言葉遣いをしたが、思うようにはいかなかった。

彼は身じろぎひとつすることなく、なにを考えているのかさっぱりわからない目でこちらを見ていた。

イザベルの笑い声はだんだんヒステリックになった。「セントジャイルズの亡霊に嫉妬した？　それともわたしを軽蔑したかしら？　わたしが誰にでもあんなふうに口で――」

その先を言わせまいとするように、ウィンターが身を乗りだして彼女を抱き寄せた。イザベルははっとする間もなく、気がつくと盗賊の戦利品のように彼の膝にのせられていた。

彼女のなかで、なにかが静まった。

「それ以上、聞きたくない」ウィンターはイザベルの口元を見ていた。「こんなことはしないと誓ったはずなのに。あなたは自分がなにをしたのかわかっていない」

返事をする前に、イザベルは唇をふさがれた。

さまざまな思いがこみあげ、一瞬泣きそうになった。この人の無事を確かめるまで、どれほど怖かったことか。レディ・マーガレットはどうしてあんな悲しみを経験しなくてはいけないの？　そして、わたしの夢は決してかなわない。

でも、今はなにもかも忘れよう。こうして彼にキスされているのだから。

イザベルは相手の頰を両手で包みこみ、唇を開いて舌を受け入れ、その荒々しさを味わった。ウィンターの下腹部はすでに硬く、キスには思いの丈がこめられている。それに応えたい。今すぐ。ここで。彼の下唇を歯で挟み、軽く嚙むと、野生動物のような唸り声が返ってきた。この猛々しさを本当は恐れるべきなのかもしれない。けれどもそんな声を聞くと、かえって気持ちをあおられる。

彼女はウィンターの上着のなかに両手を滑りこませ、たくましい胸をてのひらに感じた。彼はまるで若き虎だ。全身が筋肉質で、内側から情熱があふれだしている。彼の上になりたい。その野性を手なずけるためではなく、つかの間、その強い生命力を感じとるために。

ズボンの前に手を伸ばした。ウィンターはうめき声をもらし、顔を傾け、いっそう激しく唇をむさぼった。イザベルはじれた。先を急ぐあまり、いつもは器用な指先がうまく動かない。早く彼の素肌に触れたくて、ボタンを引きちぎろうかと思った。

ようやくズボンの前が開いた。温かい肌をてのひらに感じ、キスをしたまま熱い声をもらした。まるでベルベットをかぶせた鉄のようだ。表面は柔らかいが、とても曲げられそうにない。それをてのひらで優しく包みこんだ。

ウィンターがスカートの裾をたくしあげようとした。彼女は腰を浮かして協力した。

ふたりは熱く燃えあがっていた。

彼はスカートのなかに両手を入れ、腰に沿って手を滑らせた。キスはますます濃厚になっている。その手が尻を通り、太ももを行き来した。

馬車のなかでこんなことをするなんて、とイザベルは思った。今すぐにやめるべきだということはわかっている。でも、そんなことはできない。ずっと拒絶されつづけてきたんだもの。これでようやく思いがかなう。

彼女は相手の膝にまたがり、手を太もものあいだに差し入れて、はちきれそうになっているものに手を添えた。

ウィンターが唇を離した。「待ってくれ」

「いやよ」イザベルは相手の目をのぞきこんだ。「すぐに終わってしまってもかまわない。あなたを体のなかに感じたいの」

彼は美しい目を見開き、そして細めた。「いつもそんなふうにぼくの手綱を握れると思ったら大間違いだ」

イザベルは甘い笑みを浮かべた。「そんなことは思っていないわ。でも、今日はそうするつもりよ」

熱くたぎっているものを秘めたところへ導いた。すでに充分潤っていたため、すぐに半ばまで体のなかに埋もれた。

ウィンターがうめき声をもらし、苦しげに首をのけぞらせた。まるで責め苦に遭っているかのように。

それを見て、彼女はますます体の奥がうずいた。

唇を噛み、純粋な喜びに笑みを浮かべて、彼の顔を見ながらさらに腰を沈める。

ウィンターがごくりと唾をのみこんだ。喉が動き、首の筋肉が盛りあがっている。イザベルはゆっくりと腰を浮かせ、体内にわき起こる感覚に熱い吐息をこぼした。

「やめてくれ」彼がささやいた。「持ちこたえられそうにない」

「かまわないわ」低い声で答え、首筋に舌を這わせる。「あなたは一生、わたしのことを忘れられなくなるから」

ウィンターは目を開け、官能的な上唇をゆがめた。「そんなことをしなくても、生涯あなたのことを忘れたりはしない」

彼はイザベルの腰をしっかりとつかみ、自分のほうから突きあげた。粗野で荒々しい動作だが、それがまた新鮮で刺激的だ。

彼女は首をのけぞらせて、あえぎながら笑みをこぼした。

「くそっ」ウィンターが唸り声をもらし、もう我慢できないというように腰を動かした。

「お願いだ」

イザベルは女神のように相手を見おろした。

彼は目を細めた。「愛してくれ」

その低い声にぞくっとし、体の奥から快感が突きあげ、顔から笑みが消えた。これがなんと呼ばれる行為だろうが、そんなことはもうどうでもいい。今はとにかく最後まで疾走したい。イザベルはウィンターにもたれかかり、繰り返し体を浮かせ、深くまで腰を沈めた。彼が苦悶の声をもらした。

あなたが……欲しい。

狂おしいほどの喜悦がこみあげてきた。馬車の揺れでふたりの動きが増幅されている。突然、まぶたの内側に星が散らばり、灼熱《しゃくねつ》の波が体の芯から全身に広がり、息ができなくなった。もうなにも考えられない。ただ感じるだけ。

あなたがわたしのなかにいるということを……。

ウィンターの息遣いがどんどん激しくなった。彼は歯を食いしばり、イザベルの腰を強く自分に押しつけさせた。彼女にはわかった。体の奥深くでウィンターの激情のあかしが痙攣《けいれん》し、命の源を放出している。まるで原始的な方法で、わたしにみずからの印をつけているかのようだ。

ようやく息ができるようになり、イザベルは熱でしおれた花のごとく彼にしなだれかかった。

唇をなめ、ため息をつく。「みんな、あなたがロジャー・フレイザー＝バーンズビーを殺したんだと言っているわ」

ウィンターは彼女を抱きしめた。「殺した？」

「ええ」彼の胸に両手を押しあて、体を起こした。ウィンターはまだ座席の背に頭を預け、まぶたを半ば閉じている。「彼の従僕が事件を知らせに来たの。あなたがさっさと立ち去ったあとにね」

最後のひと言は嫌味だと気づいただろうに、ウィンターは顔色ひとつ変えなかった。

「ぼくはやっていない」

イザベルは顔をしかめた。「わかっているわ。だって、あなたはわたしと一緒にいたんだもの」

彼が片眉をあげた。「もしそうでなければ、ぼくを疑ったかい？」

「まさか」イザベルはいらだった。「あなたはそんなことのできる人ではないもの」

「ぼくのことをよくご存じだ」皮肉がこめられているように聞こえた。

「すべてわかっているわけではないわ。でも、あなたは……」彼女は亡霊の衣装を指さした。

「こういうものを着ているからといって、殺人を犯したりはしない」

「なるほど」そっけない返事だ。

「ちゃんと話してちょうだい」

ウィンターが窓の外を見た。そろそろ家に着くころだ。「なにを？」

イザベルは亡霊の衣装をなでた。「どうしてこんなことをしているの？」

彼は鋭い目でこちらを見た。「そのうちに話す。だが、今は時間がない。屋敷に着く前に、ぼくは馬車をおりるから」

「えっ？」気がつくと、イザベルは無造作に反対側の席に座らされていた。

ウィンターが衣服の乱れを手早く直すのを、彼女は唖然として眺めた。「なにを言っているの！　竜騎兵隊が総出であなたを探しているのよ」

彼はシルクのスカーフで顔の上半分を覆いながら、じれったそうに答えた。

「まだ仕事があるんだ」

「頭がどうかしているんじゃないの？」

鼻の長い革製の仮面をつけ、ウィンターは口元をゆがめた。「そうかもしれない。だが、これは大事なことだから」

「だめよ！　今夜は――」しかし彼はすでに馬車の扉を開き、外へ飛びだしていた。

イザベルは空っぽの車内を見まわした。ウィンターの残していったものが太ももに垂れた。命を育《はぐく》むことなく……。でも、それは今に始まったことではない。

レディ・マーガレットことメグスは自分の寝室で窓辺の椅子に座り、外の暗闇をぼんやりと眺めていた。

なんと長い夜だろう。

メイドをさがらせたあと、声を押し殺し、まぶたが腫れるほど泣きつづけた。気がつくと放心状態でベッドに横たわっていた。もう涙も涸《か》れ、心は空っぽだ。

頭が疲れて、思考は檻に閉じこめられた動物のように同じところをぐるぐるまわっている。ロジャーは死んだ。数日前に会ったときはあんなに元気で、たくましくて、知的で、愛情に満ちあふれていたのに、その彼はもういない。

死んでしまったのだから。

これはなにかの間違いだわ。こんなことを考えるのはとても利己的だけど、殺されたのはロジャーではなく、誰かほかの人かもしれない。あるいは、ロジャーはけがをしただけなのに、従僕が恐怖のあまり死んだと勘違いしたのかも……。

いいえ、これは現実よ。遺体は自宅に戻ったと、先ほど着替えているときにメイドたちから聞いた。使用人のあいだに情報が流れるのがこれほど早いとは知らなかった。それに使用人というのがこれほど噂好きだということも。ロジャーがどんなふうに倒れていて、どれほど血が流れ、どのようにダーク子爵の馬車で自宅まで運ばれたのか、メイドたちは熱心にしゃべっていた。ダーク子爵が身元を確認したのなら、ロジャーに間違いないのだろう。

あのときはメイドたちをひっぱたきたい衝動に駆られた。そんな気持ちになったのは初めてだ。だから、思わず厳しい口調でふたりをさがらせた。レディ・ベッキンホールが聞いたら眉をひそめるだろう。メイドたちはわたしの様子がなにかおかしいことに気づき、興味深そうにこちらを見ていたのだから。

でも、もうなにもかもがどうでもいい。

左脚がしびれてきた。体を動かすと、左脚にぴりぴりした感覚が走った。生きている証拠だ。腰の下でかさかさという音がした。手を入れると手紙が出てきた。舞踏会へ行く支度をしていたときに義姉のヘロから手紙が届き、あとで読もうと、この椅子の上に置いておいたのだ。

すっかり忘れていた。

メグスは立ちあがり、暖炉の残り火でろうそくに明かりを灯し、窓辺の椅子に戻った。そっと封蠟をはがして便箋を開く。

手紙の書きだしは〝最愛の妹へ〟だった。メグスはこの出だしが気に入っていた。ヘロは兄のグリフィンと結婚して以来、手紙の冒頭には必ずこう書いてくれる。ふと、笑みがこぼれかけた。長い手紙だった。日常の出来事がおしゃべりをするような文章でつづられている。領地の屋敷に新しい棟ができたこと、料理人の扱いが難しいこと、庭園にリンゴの木を植えようと計画していること。そしていちばん最後に、興奮した調子でこう書かれていた。

〝秘密を打ち明けるわね。これを知ったら、あなたもきっと喜んでくださると思うわ。もう天にものぼる心地なの。あなたのお兄様も大喜びしてくださっているのだけど、ときどきわたしの体のことを心配しすぎてうるさいくらいよ。彼、この冬にはパパになるの〟

メグスは手紙を凝視した。そう、兄と義姉のために、これは喜ぶべきことなのだろう。彼女はうなだれ、また涙を流した。


一生、忘れられない経験をした。

ウィンターは建物の陰に滑りこみ、イザベルの乗った馬車が遠くの角を曲がるのを見送った。彼女も同じように感じただろうか？　彼女にとっても先ほどのひとときは、何物にも代えがたい大切な時間になったのか？　それとも、あれはほかの男たちと過ごした夜となんら変わりない行為なのだろうか……。

彼は口元をゆがめた。ほかの愛人たちと同様に、いつでも別れられて、すぐにでも忘れられる存在にはなりたくない。たしかにぼくはただの教師で、イザベルは男爵未亡人かもしれない。だが愛しあっていたときは身分の違いなど関係なく、ただの男と女だった。同じ人間として、ぼくたちは濃密なひとときを過ごしたはずだ。

こみあげる嫉妬心をわきに押しやった。今はそんなことを考えているときではない。イザベルとはまた対峙することになるだろうが、その前にしなくてはいけないことがある。

ウィンターはセントジャイルズに向かって駆けだした。道理で竜騎兵隊がしつこくぼくを追いかけてきたわけだ。貴族が殺害されたとなれば、上流社会はさぞや動揺が大きいだろう。その犯人を逮捕するためなら、ロンドンじゅうの兵士を総動員してもおかしくない。それにしても、いったい誰がなんの目的でロジャー・フレイザー＝バーンズビーを殺したのか。ウインターはその考えもすぐに頭から追い払った。どうせ追いはぎかなにかだろう。セントジャイルズの亡霊を犯人にしておくのが好都合だったというだけだ。

二〇分後、彼は慎重に身を隠しながらカーフスヘッド通りへ戻り、一〇番地の前を素通りした。トレビロン大尉の竜騎兵たちが松明を持ってここを通ったとき、二軒先にある看板にろうそくの絵が描かれているのに気づいた。このあたりは以前にも調べに来ているのだが、どうやらそのときは見落としたらしい。そもそも煤《すす》けて黒ずんだ小さな看板だ。セントジャイルズの通りや路地には、こんな看板はカラスの群れのように無数にぶらさがっている。

その看板がある建物のドアは狭くてひどく傷んでいたが、錠の部分だけはいくらか新しく、形もしっかりしていた。試しに取っ手をまわしてみると、驚いたことにドアはあっさり開いた。室内は真っ暗だ。わずかに差しこむ明かりもないため、しばらく待ったが暗闇に目が慣れなかった。いったんドアを閉め、通りを少し戻り、別の店先にぶらさがっている角灯を失敬して、またろうそく屋に戻った。

もう一度ドアを開けると、角灯のおかげで今度は室内がよく見えた。それなりに広いが、やけに天井の低い部屋だ。狭い棚が乱雑に並べられ、壁にはフックがいくつも打ちつけられている。以前はそこに商品が陳列されていたのだろう。今はなにもなかった。埃の厚みから察するに、商売をやめてからずいぶん経っているようだ。

突風でドアががたがたと鳴り、小動物が走るような音がした。

角灯を掲げると、ネズミが壁沿いを動いているのが見えた。ネズミは明かりを向けられても立ちどまりもしなかった。

そのネズミのうしろに別のドアが見えた。ウィンターは部屋を横切り、そっとドアに耳を押しあてた。しばらく待ったが、自分の息遣いと足元のネズミがなにかを引っかく音しか聞こえなかった。

一歩さがり、短剣と長剣の両方を鞘から引き抜いた。そして、ドアを開けたときに向こう側を照らせるような位置に角灯を置いた。

そのドアを蹴破る。

壁に背をつけ、敵が飛びだしてくるのに備えた。だが、なにも起こらなかった。どうやら誰もいないらしい。

しばらく耳を澄ましていたが、風の音しか聞こえなかった。剣を鞘におさめ、角灯を持ってドアの向こうの部屋に入った。かすかにではあるが、首筋の毛が逆立つようないやな臭いがした。小便と嘔吐物と恐怖が入りまじったみたいな臭いだ。室内にはなにもなく、ところどころに白骨化したネズミの死骸とぼろ布が落ちていた。

部屋のなかを見まわしたとき、床板の割れ目でなにかが光った。腰をかがめ、埃だらけの床をよく見ると、それは糸の切れ端だった。短剣の先端に引っかけ、そっと糸を引きだして、角灯の光に照らした。

シルクの糸だ。

角灯を床に置き、口を使って手袋を脱ぎ、短剣の先端からつまみあげた糸をポケットにしまう。

ほかに見るべきものはなにもなかった。ここがピーチの言っていた作業場だったのは間違いない。敵は子供を使った汚い商売をやめたのだろうか？　それとも単に作業場をどこかほかの場所へ移したのか？

どちらにせよ、今夜、かわいそうな子供たちを助けてやれなかったことに変わりはない。角灯を取りあげて外に出た。先ほどより風が強くなり、雨が降りはじめていた。耳を澄ましたが、聞こえるのは頭上の看板がきしむ音だけだった。竜騎兵隊はセントジャイルズのほかの地域を捜索しているのだろう。角灯をもとの店先に戻し、肩を丸めて足早に通りを進んだ。二度ばかり、通行人の目を避けるために戸口の陰に隠れたり、路地裏に入ったりした。そして一度、兵隊たちと遭遇しそうになり、屋根にのぼった。すべてはうわの空での行動だった。ふと気づくと、ロンドンの西側の地区にある手入れの行き届いた庭のそばに立っていた。そのとき初めて、自分がどこに向かっていたのかに気がついた。

イザベルの屋敷を裏側から見あげた。彼女の寝室はどこだろう？　おかしなものだ。なにも考えていなかったのに、ここへ来てしまった。彼女は別世界に生きる女性だ。お茶や焼いたパンで気軽にもてなしてくれるセントジャイルズの女たちとは違う。一度落ちこんでしまうと這いあがってこられない極貧の生活など想像もできないし、そこに至る前に手を貸したいと思うぼくの気持ちも理解しない。いや、そうだろうか？　イザベルは初対面の印象より、はるかに心のひだが深い女性だ。

それに、アダムとイブにさかのぼるほど本質的なところで惹かれあっているのであれば、お互いの違いはささいなことなのかもしれない。イザベルはぼくの内なる獣を目覚めさせ、理性的に生きてきたぼくの感情を激しく揺さぶった。そんなことをした女性は彼女だけだし、これからも現れはしないだろう。イザベルはぼくにとって、ただひとりの女性だ。せめて、そのことだけは伝えたい。

そうしているあいだにも雲は見る見るうちに広がり、雨が激しくなった。ウィンターは打ちつける雨を見あげた。イザベルへの不安も、今夜の失敗も、この雨できれいに洗い流されてしまえばいい。

一階の窓に明かりが灯った。もう真夜中を過ぎている。メイドが片づけでもしているか、従僕がこっそりブランデーでも一杯ちょうだいしに来たのだろう。あるいは、イザベルが眠れなくておりてきたのか……。

確かめてみるとしよう。

12

道化師の恋人は魔女が言ったことをよく考えてみました。そして結っていた髪をおろすと、愛する人と過ごしたときのことをひとつひとつ思いだしながら、その髪を三つ編みにしました。

『セントジャイルズをさまよう道化師の亡霊物語』

無駄な蒐集品《しゅうしゅうひん》よね。

イザベルは図書室のなかをぼんやりと見まわした。亡夫のエドモンドは高価な書物を集めるのが楽しみのひとつだったが、それを読むことはほとんどなかった。それでも今夜のようにどうしても眠れないとき、彼女はたまにここへ来て、これらの本に慰められることがある。ため息をつき、書棚から恋愛詩の小さな本を抜きだした。言葉遊びに走りすぎている詩だが、こんなものでも読んでいれば、そのうちに眠くなるかもしれないと思ったからだ。今夜はお風呂に入り、温かいミルクを飲み、ワインの一杯までいただいたのに眠気が訪れない。ほかにできることは、もうあまりなかった。

暖炉の前に置かれた革張りの深い椅子に座り、室内履きを履いたまま脚を曲げて椅子にのせ、肩にかけたショールの裾の下に入れた。暖炉に火が入っていないため、室内は少し寒かった。とはいえ、それほど長居するつもりはないので、わざわざ火をおこすこともない。

本を開き、ろうそくの明かりのほうへ向け、詩を読みはじめた。

どれほど時間が経ったのかはわからないが、ふと顔をあげて驚いた。恋愛詩など読んでいたから、こんな夢を見ているのだろうか？

すぐそばにウィンターが立っていた。まだセントジャイルズの亡霊の衣装のままだ。

嬉しさに鼓動が跳ねあがった。彼にとって馬車のなかでの出来事は、ただ体が満足したにすぎないのではないのかと寂しく思っていた。空腹のときの食事ほどおいしいものはないが、腹が膨れてしまえば、なにを食べたかなど思いだしもしないものだ。

でも、彼は招かれていないのに、みずからここへ来てくれた。わたしはただのステーキやキドニーパイではなかったという証拠だ。

「ずぶ濡れじゃないの。敷物が濡れるわ」

ウィンターがゆっくりと仮面を取った。「錠をつけ替えたほうがいい」

イザベルは両眉をあげ、詩集を閉じた。「うちの錠は別に古くないわ」

「そうかもしれないが……」彼は顔の上半分を覆っていたスカーフも外し、暖炉の前の敷物の上に落とした。「あんなのはただの飾りだ。防犯にはならない」

彼女はウィンターが帽子を脱ぐのを見ていた。「だから忍びこめたというの？」

「入りやすかったのは事実だな」彼は剣を差したベルトを外し、タイル張りの床にそっと置いた。「どんなに頑丈な錠がついていようが、ぼくは侵入できる。だが、この屋敷の錠はあまりにも簡単に開けられた」

上着のボタンを外しはじめた。

「盗まれて困るほどのものはなにもないわ」彼の動きが気になった。

ウィンターが上目遣いでじろりとこちらを見た。「あなたがいる」

胸がじんわりと温かくなった。洗練された称賛の言葉を何度贈られても、これほど心を揺さぶられることはなかったのに、どうしてこんな素朴なひと言が……？

イザベルは唇を噛んだ。「なにをしにいらしたの？」

彼は上着を脱ぎ、目もあげずにブーツに手をかけた。「教えてほしい」

「なにを？」

ブーツを片手に顔をあげ、ウィンターはまっすぐにこちらを見た。イザベルの女性としての魂がうずいた。「あなたのすべてを」

彼女は息をのんだ。こんな短い言葉で緊張するなんて。「わたしが喜んでお教えすると思うの？」

ウィンターがぴたりと動きを止めた。イザベルの鼓動が速くなった。彼はまるで獲物を狙う獣のようだ。「ぼくのひとりよがりだったのか？」

彼女は乾いた唇をなめた。「いいえ、そんなことはないわ」

「からかわないでくれ、イザベル」ウィンターは腰をかがめ、もう一方のブーツに手をかけた。

イザベルは彼がブーツを脱ぎ、シャツのボタンを外すのを見ていた。「どうして急にそんな気になったの？」

ウィンターが肩をすくめてシャツを脱ぐ。何度見ても、ほれぼれするようなたくましい胸だ。「世の中は不公平だ」

「なんの話？」

「セントジャイルズの子供たちは誰からもかまわれない」彼はズボンのボタンにかけた手を止め、ちらりとこちらを見た。その目には怒りが浮かんでいた。「貴族ならひとり殺されただけで大勢の兵士が駆りだされるというのに、セントジャイルズの子供たちは月に何十人死のうが、誰も気にかけない」

イザベルは首をかしげた。ここは慎重に言葉を選んだほうがよさそうだ。

「ロジャー・フレイザー＝バーンズビーはいい人だったわ」

ウィンターはうなずいた。「多分そうなんだろう。だが、たとえ彼が使用人を殴ったり、女性を誘惑したり、年老いた両親を放っておいたりするような男だったとしても、やはり犯人探しは徹底的に行われたはずだ」

「そうね」彼は新たな怒りを抱えこんでいるように見える。きっと、馬車をおりてからなにかあったに違いない。「どんな社会をあなたは望んでいるの？」

「福祉の行き届いた社会がいい」ウィンターはズボンを脱ぎ、下着姿になった。「貧しい子供も貴族も人間に変わりはないはずだ。すべての子供が食事をでき、服を着られ、屋根のあるところに住めるようになってほしい。どぶで死ぬような子供がいる社会ではだめなんだ」

「まるで革命家ね」

「だとしたら？」彼はこぶしを握りしめた。「もう一度、革命が起きたほうがいいのかもしれない。今度は宗教革命などではなく、もっとまともな社会革命だ。孤児になった子供や親に捨てられた子供をぼくが何人助けたところで、そんなのは焼け石に水だ。徹夜で看病した子供が朝を待たずに死んでいくのを見るのは、もう疲れた。これ以上赤ん坊を埋葬するのは勘弁してほしいし、孤児を保護しに行ったつもりが、なすすべもなくその子を……」ふいに声を詰まらせ、顔をそむけた。

話が核心に近づいてきたらしい、とイザベルは思った。なにがあったのか知らないが、そのせいで今夜のウィンターはこんなにいらだっているのだろう。抱きしめてあげたいけれど、彼はそういう同情を拒絶しそうな気がする。「なにがあったの？」

ウィンターは口元をゆがめた。「孤児を誘拐する組織があるんだ。その組織はさらってきた子供たちを作業場で働かせ、報酬はおろか、ろくに食べ物さえ与えていない。今夜、その作業場のありかを突きとめた。もう何日も探していたんだ。だが行ってみると、すでにもぬけの殻だった。そこで働かされていた子供たちがどうなったのだろうと思うとつらいんだ。証拠隠滅のために、全員殺されたかもしれないから」

彼がこちらを見た。その目に浮かんだ怒りの強さにイザベルは圧倒された。

「それはあなたがひとりで抱えこめる問題ではないわ。自分ひとりでなんでもできると思いこみすぎよ」

普通の男性なら、女になどわかるかという顔で嘲笑《ちょうしょう》するところだろう。しかし、ウィンターは目を閉じた。「そうだな。ぼくはうぬぼれているのかもしれない」そして目を開けた。「どちらにしても、苦しんでいる子供たちを助けられなかったことに変わりはないよ」

イザベルはうなだれた。セントジャイルズの悲しみをここまで引き受けてしまっている人を、いったいどうしたら慰められるというのだろう？　わたしにしてあげられることなどなにもない。ただひとつを除いては……。

彼女はろうそくのそばに詩集を置き、燭台を持って暖炉のそばへ行った。石炭はすでに入っている。あとは火をつけるだけだ。

「なにをしているんだ？」背後でウィンターが尋ねた。

イザベルは立ちあがり、うしろを見た。「暖炉に火を入れたの。脱ぐのなら、暖かくしたほうがいいでしょう」

ショールを肩から外し、床に落とした。あとは薄いシルクとレースでできた夜着を着ているだけだ。それを頭から脱いで、室内履きも脱いだ。ずいぶん年老いたビーナスね。そう思いながら、まっすぐウィンターの前に立った。

彼はがっかりしたような顔はしなかった。それどころか、畏怖の念さえ覚えたかのような

いる。

イザベルは唇をなめ、そこが少し震えていることに気がついた。ウィンターに近づいていく。「わたしのなにをいちばん教えてほしいの？」

「すべてだ」先ほどと同じ答えだ。

怖いと感じた。これがほかの男性の口から出た言葉なら、なにを大げさなと思うだけかもしれない。でも、彼は真剣だ。

「だったら触ってみて」声がかすれた。

ウィンターの手は大きく、イザベルの左の乳房をぴったりと包みこんだ。熱くて、力強そうな手だ。指が乳首のまわりにそっと触れた。

「こんなふうに？」自分の指先をじっと見ながら、彼が低い声で尋ねた。

「そう、いいわ」

ウィンターはちらりとこちらを見た。「よかった」

彼女はほほえんだ。「乳首をつまんでみて」

彼はそっと言われたとおりにした。それではもの足りない。

「もっと強く」

ウィンターが顔をしかめる。「あなたに痛い思いはさせたくない」

「大丈夫だから」イザベルはささやいた。

今度は快感が乳首から下腹部へ走った。ウィンターは両方の膨らみを手で包みこみ、それぞれの先端を刺激した。イザベルの呼吸が乱れた。

彼が一歩さがった。

「なにをしているの？」とがめるような口調になった。ただ突っ立ったままウィンターに胸を触られているという状況が、妙になまめかしかったからだ。

「横たわって」彼が言った。「あなたのすべてを見たい」

イザベルは息をのみ、敷物の上に夜着を広げて、そこに仰向けになった。ウィンターは下着を脱ぎ、そばに膝をついた。

暖炉の炎の明かりを受けて肌が輝き、筋肉が盛りあがった胸や腕の上で光が揺れている。髪は無造作にうしろで束ねていた。彼女は腕を伸ばし、髪に結ばれた黒い紐をほどいた。

ウィンターが驚いたような顔でこちらを見た。

イザベルはほほえみ、その髪を手ですいた。長さは肩まであり、それが顔にかかると、どことなく荒々しい男性に見えた。「わたしもあなたのすべてを見たいの」

彼の頬がかすかに紅潮した。もしかして顔を赤らめたのだろうか？

「あなたに触れたい」ウィンターが低い声で言う。「手で……それに唇で」

イザベルはうなずいた。急に肺の空気がすべて押しだされてしまったような気がした。

ウィンターが彼女の顔のそばに腕をつき、頭をさげた。まるで、これは自分の獲物だと主張している山猫のようだ。イザベルは目をつぶった。舌先が乳首に触れた。手や唇がそっと体を触っているのがわかる。

ふいに乳首を軽く嚙まれた。彼女はあえぎ声をもらした。

ウィンターがはっとしたように口を離し、こちらを見おろした。「痛かったのか?」

「いいえ」イザベルは唇を嚙んだ。「とても……よかったから」

彼はためらうようにイザベルの顔を見つめたあと、また頭をさげた。しばらく乳首を舌先で味わい、ふいに強く吸った。彼女は声をもらすまいとしてこぶしを握りしめた。また途中でやめられたら、じれったくて仕方がない。

ウィンターが顔をあげ、身を起こして彼女の体を眺めた。「あなたのすべてに触れたい」

「どうぞ、そうして」甘えるような口調になった。

彼は乳房の膨らみをなぞり、その指をわきの下へ滑らせ、肩甲骨へと這わせた。そしてイザベルの手を取り、頭の上で押さえつけると、腕の内側をなでた。

彼女はあえいだ。

ウィンターがさっとこちらを見た。「痛いのか?」

「まさか!　くすぐったいのよ」

彼はにやりとして、わきの下をさすった。

「ああ」イザベルは身もだえした。けれどもウィンターが覆いかぶさってきたせいで、逃げることもできなかった。

「じっとして」彼は厳かに言った。今にもキスしてきそうな顔の距離だ。

「だったら、くすぐるのはやめて」彼女はささやき、ウィンターの顔をのぞきこんだ。深くて謎めいた瞳をしている。腹部に彼のこわばりが感じられた。

ウィンターは真面目な顔でうなずき、彼女が逃げないかどうか探るように、ゆっくりと身を起こした。

イザベルは敷物の上に両腕を広げ、かすかに震える唇でほほえんでみせた。

ウィンターはしばらくこちらを見たあと、お腹に唇を押しあてた。

彼女はびくっとした。

「くすぐったい？」唇で腹部をなぞりながら尋ねる。

「いいえ」イザベルはささやいた。

「よかった」音が振動となって肌に伝わり、爪先に力が入った。

彼は開いた唇でへそのまわりをたどり、舌を下腹に這わせた。そのまま茂みに触れ、そこで止まった。

「あなたの肌はとても柔らかい。教えてくれ。ここから先はどうしていいのかわからない」

茂みに温かい息がかかり、手の甲が太ももの合わせ目に触れている。なにを教えてくれと言っているのかは明らかだ。

自分を落ち着かせるためにゆっくりと息をしながら、イザベルは脚を開いた。

「ひだのなかに小さな突起があるわ」

ウィンターがひだをめくった。「ここ？」軽くそれに触れる。

思わず目を閉じた。「ええ……そこを触って」

彼はじっとしていた。どう触ったらいいのかと悩んでいる声が聞こえるようだ。指が敏感なところに触れているのでなければ、笑っていたかもしれない。でも、今はそんな余裕はなかった。イザベルは大きく息をしながら待った。火のはぜる音だけが聞こえている。おかしなものだ。そこに触れられたのは初めてではないけれど、どう触ったらいいのか訊かれたことは一度もない。相手が上手ならそれを楽しみ、そうでなければ、その手をさりげなく別のところへ誘導してきた。男性の自尊心というのはそれほど繊細なものだ。だから、自分から教えたことはない。

どうしてほしいのか、希望を伝えた経験がないのだ。

ようやくウィンターがおずおずとそこをついた。

イザベルは唇を噛んだ。「そうではなくて……なでて」

「こんなふうに？」

彼女は息を吸いこんだ。「もっと優しく」

「これくらい？」

じれったさに笑ってしまった。指の位置が高すぎる。どうしてほしいのか、ちゃんと伝えてみようか……。

「イザベル」ウィンターが耳元でささやいた。「ぼくは朝までここにいられる。それまでにはあなたを喜ばせられるようになると思う。だから、ちゃんと教えてくれ」

なんと真正直なものの言い方なのだろう。自尊心を傷つけられている様子はまったくない。

彼はただ……知りたいだけだ。

だったら、わたしも恥ずかしがらずに伝えよう。そもそも、わたしのほうが経験は豊富だ。だからわたしが導くのは当然だろう。

そうよね？

それとも、この教師にはわたしの知らない別の顔があるのだろうか？

イザベルは迷った。

「どうした？」

「いえ……」彼女は意を決して腕を伸ばし、ウィンターの大きくて頼もしそうな手を取った。そしてしばらく指を絡めた。「そんなに大きなものではないわ。豆粒くらいよ。でも、とても敏感な部分だから、強すぎるのはだめなの」

イザベルは相手の指をそこへ導いた。「体のなかでいちばん感じやすいところよ。途中でやめないで。こんなふうにしてくれたら……」相手の中指を取り、円を描くように触らせる。それがいちばん好きなのだが、そんなふうにされたことはこれまで一度もなかった。

「こうかい？」ウィンターは静かに尋ねた。太ももに彼の息がかかっている。

「そう、そうよ、ああ……」イザベルは熱い息をこぼした。こんなふうにただ横たわり、彼に愛撫されているのはとても気持ちがいい。でも、このまま続けばわたしのほうが先に……。

「来て、お願い」

「いやだ」低くて官能的な声だ。「もっとあなたを見ていたいし、あなたの香りをかいでいたい」

まあ！

ウィンターはイザベルの脚をさらに広げ、自分の肩で押さえて、太ももに両腕をまわした。恥ずかしいところを見られていると思うと、彼女は高ぶった。

そこに唇が触れ、思わず声がもれた。息が吸えない……。

「痛いのか？」

「いいえ！」イザベルは彼の頭をつかんで押し戻した。はしたなくてもかまうものですか。

ウィンターは本当に覚えの早い生徒だった。指と唇と舌を使い、巧みに刺激してくる。彼女はどんどん高みに押しあげられ、一気に嵐に巻きあげられた。正常な感覚がなくなり、どれほど時間が過ぎたのかもわからなかった。逃げないように腰を押さえられたことだけを、ぼんやりと覚えている。

ようやく目を開けると、ウィンターが隣に横たわり、自分のものだというように彼女のお腹に手を置いて、辛抱強く待っていた。

イザベルは腕を伸ばし、彼の唇を指でなぞった。「来て」

太ももを開いてウィンターを引き寄せ、硬く張りつめているものに手を添えて、潤ったところへと導いた。半ば閉じたまぶたの下から見あげると、彼の表情にためらいが見えた。

「さあ」イザベルはささやいた。「早く」

ウィンターはいったん分け入ってきたものの、すぐにやめてしまった。

彼女は腰を浮かせて誘った。「来て」

「あなたに痛い思いをさせてしまいそうだ」彼は歯を食いしばっていた。

「大丈夫よ」ほほえみながらささやく。「激しいあなたを見たいの」親指と人差し指で相手の乳首をつまんだ。

それが引き金になったのかもしれない。ウィンターは一気に腰を沈め、激しく体を動かした。絶頂に達する瞬間も彼女を見つめたままだった。顔をゆがめ、首の血管を浮き立たせて、最後にもう一度奥深くまで入り、そのままいつまでも動かなかった。まるで、この女性は永遠に自分のものだというように。

イザベルのほほえみが揺らいだ。わたしたちふたりのあいだに永遠はないかもしれないのに……。

つかの間、ウィンターの不安や心配はかき消され、思考さえも停止した。彼は敷物の上に寝転がり、荒い息に胸を上下させた。全身の筋肉が弛緩している。隣に横たわっているイザベルのぬくもりが心地よかった。

心が穏やかだ。

彼女が胸をくすぐってきた。「訊いてもいい？」

「ああ」

「どういう経緯でセントジャイルズの亡霊になったの？」

ウィンターは目を開けた。空っぽだった心につらい思い出が流れこんできた。

「スタンリー・ギルピン卿だ」

イザベルは片肘をついて身を起こし、もたれかかってきた。乳房が揺れ、ついそこに目が行った。「どういうこと？」

彼女の髪はまだ結いあげられたままだった。髪をおろしたところは見たことがない。

「スタンリー卿は父の昔からの友人で、二年前に亡くなるまでずっと孤児院を支援してくれていた。男やもめでね。若いころはよくうちへ来て、ぼくの父と宗教や哲学の話をしていたものだ。ふたりは子供のころからの友達だった。性格はまったく違ったが」

「どんなふうに違ったの？」

言葉を探しながら、ウィンターはイザベルの髪からピンを一本引き抜いた。「父は生真面目な人だった」

彼女がほほえんだ。「じゃあ、あなたはお父様似ね」

ウィンターはうなずき、また一本ピンを抜いた。「そうだな。父は毎日一生懸命に働き、夜になると聖書を読んだり、息子たちに学校でどんなことを習ったのか尋ねたりしていた。そしてこつこつと金を貯め、今の孤児院を作ったんだ。人間は人助けに生涯を捧げるべきだという信念を持っていたからね」

イザベルは彼の胸に置いていた手を広げ、そこに顎をのせた。「スタンリー卿はどんな人だったの？」

「父はスタンリー卿のことを親友だと見なしていたが、性格はいささか軽薄だと思っていた。スタンリー卿は読書といえば小説や詩で、芝居やオペラも観に行ったし、自分で脚本を書いたりもしていたからね。もっとも、あまりうまいとは言えなかったが」

「楽しそうな人だわ」

ウィンターはピンを抜く手を止め、目をしばたたいた。スタンリー卿のことをそんなふうに考えたことは一度もなかったからだ。「そうかもしれない。とにかく、父とはまったく反対の性格だったんだ。

また罪悪感がよみがえってきた。父は信仰が厚く、勤勉で、寛大な心を持ち、人間とはこうあるべきだという美徳が具現化したような人だった。それに比べてスタンリー卿はやることが派手で、壮大なことばかり考え、少しも現実的ではなかった。だが、妙に若者を引きつけるなにかがあったのだ。

「そういう人に引かれるのは当然よ」

ウィンターはイザベルの顔を見た。彼女はぼくの罪悪感に気づいているのだろうか？　頭を振って話に戻った。「若いころはかなりやり手の事業家だったらしい。東インド会社に投資をしてひと財産を築き、その後は劇場を所有していた時期もあったと思う。とにかく、ぼくは一七歳で孤児院の仕事を手伝うようになり――」

彼女が手にのせていた顎をあげた。「そんなに若くして今の仕事に就いたの？」

ウィンターはイザベルの髪をひと房垂らした。そして、その髪に指を絡めた。

「そうだよ。なぜだい？　一七歳にもなれば働いている者はいくらでもいるさ」

彼女は美しい眉をひそめた。「そうかもしれないけれど……」なにか考えながら頭を振る。

「孤児院を継ぐことに迷いはなかったの？」

「子供たちを見捨てるかどうか、考えてみたことはなかったのかという意味かい？」

「別にそんな」イザベルはとがめるような顔をした。

彼女の髪を軽く引っぱった。「結果的にはそういうことだろう？」

イザベルは不服そうだ。

ウィンターはまたピンを抜きはじめた。「安心してくれ。ぼくは孤児院の仕事が好きだから」

「もし性に合わなかったら、どうしていた？」

「それでも続けただろうね」静かに答える。「誰かがやらなくてはいけないことだ」

彼女はまた手に顎をのせた。「まさにそれよ、わたしが言いたいのは。どうしていつも、あなたがすべてを引き受けるの？」

「引き受けてはだめかい？」

またひと房、イザベルの髪が垂れた。ウィンターはそれを手にのせ、唇をつけた。スミレの香りがした。「まだこの議論を続ける？　それとも、ぼくがセントジャイルズの亡霊になったいきさつを聞きたいかい？」

イザベルが鼻にしわを寄せた。その仕草がかわいらしく見え、彼は一瞬、甘い幸せを感じた。「亡霊の話がいいわ」

ウィンターはうなずいた。「孤児院の仕事を始めて三、四カ月が経ったころ……ある出来事があった」

彼はしばらく首元のピンを抜くことに集中した。この話題から逃げているのだと自分でもわかっている。イザベルは黙ってされるがままになっていた。やがて目が合った。

ウィンターは唾をのみこんだ。「あるとき、父親が死んで孤児になった子供がいると知らせを受けて、ぼくが引きとりに行かされた。ところが、その父親が住んでいたみすぼらしい住まいに行ってみると、人身売買の仲買人たちが子供を競売にかけていたんだ」

イザベルが息をのむ音が聞こえた。「ひどい話……」

まったくもってそのとおりだ。ウィンターはそのときの光景を思いだした。狭い貸し部屋に一〇人以上もの仲買人がおり、子供は怯えきっていた。不幸のなかでひと筋の希望に映るような、美しい赤毛をした男の子だった。

「それでどうなったの?」ハスキーな声で現実に引き戻された。

「ぼくは競売をやめさせようとした」指に絡めた髪のつややかさだけを見つめようとしたが、そのときの場面が脳裏によみがえった。相手を殴ろうとしてよろめく自分。あばら骨を折られた鋭い痛み。子供が連れ去られるときの涙に濡れた顔。「だが、その子を助けることはできなかった」

「つらかったでしょうね」イザベルはそうささやくと、柔らかい手で彼の頬を包みこみ、かわいそうにと言いながら、顔や首筋や唇にキスをしてきた。昔の心の傷が今の幸せとまじりあい、いくらか気持ちが楽になった。

名残惜しさを感じながら唇を離し、親指で頬をなぞる。

イザベルは怒っていた。「一七歳くらいでそんな経験をしてはいけなかったのよ」

「子供は？」穏やかに尋ねた。

彼女はさらに怒った口調で答えた。「その子もそう」

ウィンターは寂しくほほえんだ。セントジャイルズでは毎日のようにそういう犯罪が行われていることを、彼女は知らないのだろうか？「スタンリー卿は次に孤児院へ来たときにその件を知り、ぼくを呼びつけた。そして護衛術を学びたいかと尋ねた。もちろんイエスと答えたよ」

当時のスタンリー卿は六〇歳くらいだったはずだ。いつもは陽気に笑っている大きな赤ら顔が、そのときはいかめしい表情だったのを覚えている。

最後のピンを引き抜き、手で髪をすいて肩に広げた。「それから一年間、スタンリー卿の家に通い、剣の使い方や軽業的な身のこなしを教わった。スタンリー卿は芝居を見て、そういう動きを覚えたらしい。なかなか厳しい指導者だったよ」

「お父様は反対されなかったの？」

「父には話さなかったからね」ウィンターは肩をすくめた。「醸造所や孤児院の仕事で忙しくしていたから、父は気づきもしなかった。スタンリー卿がぼくをかわいがっていることを喜んでいたんだと思う。ぼくがスタンリー卿の家に行ってなにをしているのか、彼も少しばかり事実を脚色して父には伝えていたんだろう」

イザベルは片眉をあげた。「事実を脚色して？　あなた、真面目なお父様に嘘をついていたの？」

ウィンターは顔が熱くなるのがわかった。「ぼくの悪い一面だ」

彼女はにっこりして、鼻の頭にキスをしてきた。「少し悪いくらいのほうが好きだわ」

「そうなのか？」彼はイザベルの目をのぞきこんだ。「ぼくは毎日、そういう自分を抑えこもうとしているというのに」

「どうしてそんなことをするの？」

「ぼくがいかれた獣みたいに街じゅうを走りだしたらいやだろう？」

「そうね」イザベルは額にしわを寄せ、観察するような目でこちらを見た。「でも、あなたはそんなことしないわ。それに誰にだって、悪い一面はあるんじゃないこと？」

ウィンターは顔をしかめた。「だが、ぼくのそういう部分はとても暗い」

イザベルの髪は豊かで美しかった。「奈落の底にいるから？」

「そうだ」彼は答えた。「姉は幸せをつかんだのに、ぼくはなにが違うんだと、あのときあなたは尋ねた。それは、ぼくのなかにセントジャイルズの悪を取りこんでしまうなにかがあるからだと思う。誰かがほかの人間を傷つけたり、子供を虐待したりしているのを見ると、ときどき……そいつを殺したい衝動に駆られるんだ」

「でも、そんなことはしない」

ウィンターはうなずいた。「そのたび必死に衝動を抑えこみ、なるべく相手を傷つけないように気をつけてきた」

「今までに……」イザベルは眉根を寄せ、こちらの胸の真ん中に指を這わせた。「やむをえず誰かを殺してしまったことは？」

「ない」その指の動きに呼吸が乱れた。「きわどいときもあったが、自分を抑えてきた」

彼女は胸に腕をまわしてきた。「きっとこれからも大丈夫よ。あなたは自分のなかの暗い一面を恐れているようだけど、わたしはなんの心配もしていない。ウィンター、あなたは善良な人だもの。あなたがセントジャイルズの悪を取りこんでしまうような気がするのは、それだけ深くいろいろなことを感じているからだわ」

ウィンターは唇の端をゆがめた。「どちらかというと鈍感だと文句を言われてきたほうなんだけどね」

イザベルはうなずいた。「あなたは絶対に感情を表に出さないようにしているもの。でもだからといって、あなたの心は暗いばかりではない。とても……すばらしい一面があるわ」

そうだろうか？　ウィンターは図書室の天井を眺めながら考えた。イザベルが言うなら、そうなのかもしれない。とても聡明な女性だから。だが、もし彼女が間違っていたら？　それなのに、ぼくが自制心を失ってしまったら？　だめだ……そんなことはできない。

の衣装なの？」

「今すぐに答えを出さなくてもいいと思うわ」彼女が言った。「それより、どうして道化師

「スタンリー卿がそれを着ていたから」話題が変わったことにほっとした。「セントジャイルズの亡霊というのは、彼が若いころに自分で始めたことなんだ」

「えっ？」イザベルが上体を起こした。「亡霊はひとりではないの？」

「そういうことだ」その驚いた顔を見て、ウィンターは笑みを浮かべた。「それどころか、セントジャイルズには昔から亡霊伝説があったんだよ。何十年も前からね。もしかすると、もっと古いかもしれない。スタンリー卿はそれを利用しただけさ。芝居が好きだったから、そんなことを思いついたんだろう。よく言っていたよ。人間は見たいものだけを見る。こちらが人間業を超えた力を持つ亡霊のような姿をしていれば、相手は自分の目に映ったものを信じてしまうのだと。それは敵と対峙したときにとても有利なんだ。どうかすると、こちらの姿を見ただけで逃げてしまうから」

「そうなの」イザベルがウィンターの左の乳首のまわりを指でなぞった。彼はまた下腹部がこわばりはじめたのを感じた。これ以上求めたら、彼女はいやがるだろうか？「それであなたは、昼は孤児院、夜はセントジャイルズの亡霊という二重生活をしているわけね」

ウィンターは顔をしかめた。彼女の口調はどこか冷たい。「毎晩というわけではないよ。もちろん――」

「そうね、もちろんたまには眠らないと」明らかにいらだっている声だ。「せめて週にふた

晩か三晩は」

なにを怒っているのだろう？

イザベルはため息をつき、腰にまたがってきた。彼女の濡れた部分が下腹部に触れているせいで気が散った。「これからもずっとそんな生活を続けていくつもりなの？」

「えっ？」慌ててイザベルの顔に視線を戻した。怖い表情でこちらを見おろしている。「セントジャイルズの亡霊を続けるという意味かい？」

「けがをしたらどうするの？」彼女は鼻がつきそうなほど覆いかぶさってきた。乳房が揺れている。ウィンターはその片方をてのひらで包みこみ、柔らかさを味わった。「ちゃんと聞いている？　ついこの前だって、あなた、刃物で脚を切られたばかりじゃない」

彼は肩をすくめ、親指で乳首に触れた。「けがをしたら、いつものように家で寝ていれば治るさ」

「いつものように、ですって？」いけない、余計なことを言ってしまった。そのせいでイザベルの怒りがいや増した。「いったい何度けがをしているの？」

「そんなにないよ」ウィンターはなだめた。相手はこんなに怒っているというのに、不思議なことにこちらの体は委縮するどころか、ますますうずいてきた。だが性体験の初心者といえども、この状況ですんなり先ほどの行為に及べるとはとても思えなかった。

「言いなさい、何度なの？」怖い顔をしている。

「三度か四度くらいかな」思いきり過少申告をした。本当はいったい何度あったか思いだせないほどだ。

「まったく！」彼女は本当に動揺していた。「セントジャイルズの亡霊なんて、今すぐにやめてちょうだい」

ウィンターは穏やかに両眉をあげた。「なぜ？」

イザベルがこちらの胸をぴしゃりと叩いた。「わからないの？　こんなことをしていたらとんでもない大けがをするかもしれないし、それどころか命を落とすかもしれないのよ」

「静かに」彼はその手をつかみ、自分の腰のところへ引き寄せると、てのひらをなでた。「ぼくは訓練を受けているし、もう何年も無事にやってきたんだ」

「わたしの心配を埃みたいに簡単に払わないで」もう一方の手で、またぴしゃりと胸を叩く。

「イザベル」ウィンターはその手もつかみ、両腕を広げさせた。

「きゃっ」彼女はバランスを崩して覆いかぶさってきた。柔らかい乳房が押しつぶされる。

「ウィンター、あなた――」

こんな話に結論など出るわけがない。彼はイザベルを抱きしめてキスをした。彼女はわずかに抵抗したが、ため息をつき、唇を開いてキスに応じた。ウィンターは動物の唸りにも近い声をもらした。イザベルと一緒にいると、節度や理性や自制心がどんどん失われていく。ただ感じて、動くだけだ。内なる獣が檻から出たのがわかる。今も相手を誘うように腰が動き、下腹部は脈拍が感じられるほどに猛り立っている。

彼女が欲しい。

イザベルがわかっているわというような声を出した。いつのまにか手を放していたらしい。子供が獰猛《どうもう》な獣をなだめるように体をなでている。その状況がおかしくて、ウィンターは笑いたくなった。

その一方で、彼女がしてくれることにならい、すべて身を任せたい自分もいる。

イザベルが上体を起こし、高ぶったものに手を添えた。その感触に彼は歯を食いしばった。

彼女はこちらの顔を見ながら、それを秘めたところへいざなった。「欲しいものをあげるわ」

からかっているのか？　いや、そんなことはどうでもいい。どうせぼくは拒絶などできないのだから。

イザベルのなかに入ったとたん、あまりの至福に果ててしまいそうになり、我慢するために頬の内側を嚙んだ。

まぶたを半ば閉じたまま、イザベルの姿を見た。彼女は首をのけぞらせて、美しい髪を背中に垂らし、恍惚《こうこつ》とした表情をしている。それを見て、自分のなかの粗野な一面が首をもたげた。イザベルのなかに入っているのはぼくだ。彼女を喜びの高みへ押しあげるのもぼくだ。彼女はこれをただの体の関係だと思っているかもしれない。だが、ぼくの考えは違う。

こうなったからには、イザベルを自分のものにしたい。ぼくが男女の肉体的なつながりをどれほど大切に考えているか、それは彼女も知っているはずだ。以前にちゃんと話をしたのだから。これは永遠に続くべき魂の結びつきだ。しかし、彼女がそう思っていないのはわかっている。だから時間をかけるしかない。

もし今はただ享楽の相手としてぼくを求めているだけだとしても、ぼくはそれを利用しよう。

両手で乳房を覆い、丹念に愛撫した。そして甘い声がもれたのを聞くと、無上の喜びを感じた。彼女はぼくのものだ！

片手で腹部をなぞり、柔らかくカールした茂みに指を滑りこませて蕾《つぼみ》を見つけ、円を描くようにそっと刺激した。

イザベルが熱い吐息をこぼし、官能的なブルーの目でこちらを見た。「わたしから主導権を奪うつもり？」

屹立したものを彼女の体に包みこまれ、絶頂の寸前まで来ていたが、それでもウィンターは片眉をあげてみせた。「あなたが主導権を握れるのは、ぼくがそれを許したときだけだ」

「そんなことないわ」

イザベルは両手を背後にまわしてウィンターの太ももにのせ、身をのけぞらせて、ゆっくりと腰をあげた。そのせいでふたりがつながっている部分がよく見えるようになり、ウィンターの目はそこに釘づけになった。彼女がまたゆっくりと腰を沈める。

「どう？」

息を切らした笑い声に、はっとして視線をあげた。イザベルの頬は紅潮し、肌は汗で輝いている。女神だ、とウィンターは思った。

ぼくを狂おしいほどの炸裂へ導こうとしている、いたずらな女神。

彼はとっさにイザベルの腰をつかみ、上半身を起こすと、彼女を敷物の上に押し倒した。驚いている顔の両わきに手をつき、ほほえみかける。「見ていろよ」

今度はイザベルがふたりの結びついているところへ目をやった。ウィンターは至福の責め苦をこらえながらゆっくりと腰を引き、じらすように戻して、もうこれ以上はないくらい奥深くまで進んだ。

そして彼女に覆いかぶさり、唇がつきそうなほど顔を近づけた。魅惑的な唇だ。

「どうだ?」

「いいわ」イザベルはブルーの目をとろけさせ、悩ましい声で答えた。「もう一度お願い」

「いいとも」彼は歯を食いしばった。

そして何度も同じことを繰り返した。

彼女のあえぎ声がしだいに高まった。ウィンターは胸が破裂するのではないかと思うほど苦しくなった。イザベルが彼の腰に爪を立てて懇願した。

もう限界だ。彼は内なる獣を解き放ち、情熱のすべてをぶつけた。

絶頂の寸前まで来たとき、イザベルが涙に濡れた目でこちらを見あげ、汗ばんだ頬にそっと触れてきた。それでわかった。

ウィンターは彼女の体のなかに魂を放出した。

13

次に道化師の恋人はガラスの小瓶を用意し、椅子に座ると、愛する人が自分にとってどれほど大切な存在だったのか考え、その相手を失ったことを悲しみ、はらはらと涙を落としました。そして、その涙を一滴もこぼさないように小瓶に入れました。

『セントジャイルズをさまよう道化師の亡霊物語』

そろそろ夜が明けようというころ、イザベルは寝室へ戻るために階段をのぼった。二度目に愛しあったあと、すぐには別れがたく、しばらく一緒にうとうとした。やがてウィンターが目を覚まし、服を着た。彼を見送ったあと、イザベルはしぶしぶ図書室をあとにした。朝まで図書室で過ごしたりしたら、使用人が奇妙に思う。使用人たちのことは信頼しているし、充分な給金も支払ってはいるが、彼らとて人間なので、どこでなにを話すかわからない。この前けがをしたセントジャイルズの亡霊を連れ帰ったばかりだというのに、また彼らの好奇心を刺激するようなまねはしたくない。

まだ暖炉に火を入れるメイドも起きていない時刻だった。けれども寝室に近づくと、廊下にいるのは自分ひとりではないことに気づいた。ドアの前に子供が横たわっている。

イザベルはクリストファーを見おろして途方に暮れた。廊下には絨毯が敷いてあるが、それでも寝心地がよいわけはない。クリストファーはネズミのように丸まり、穏やかな寝息を立てていた。眠っていると、まだ赤ん坊のように小さく見える。髪は母親譲りの金髪だが、鼻や顎は父親に似ているようだ。いつか夫によく似た顔立ちになるのかもしれない。

ため息が出た。まだメイドは起きていないし、乳母のカラザースも子供部屋の自分のベッドでぐっすり眠っているだろう。自分でなんとかするしかない。イザベルはしゃがみこみ、温かい小さな体を抱きあげた。そんなことをした経験がないため、要領がよくわからない。クリストファーは目を覚まさなかった。腕にかかる重みが新鮮に感じられる。そっと自分のベッドにおろし、上掛けを顎までかけてやった。

「あの人、いるの？」寝言かと思った。クリストファーがうっすらと目を開けた。

「誰のこと？」イザベルは小声で尋ねた。

「セントジャイルズの亡霊」今度ははっきりとした口調だ。「亡霊が来て、おくさまを助けだす夢を見てた」

彼女は小さく笑みを浮かべた。「どこから助けだしたの？」

クリストファーは横向きになって丸まった。「高い塔だよ。おくさまはその塔のなかにいて、ひとりぼっちで泣いてたんだ。それで亡霊が来て、助けたの」

「まあ」イザベルは眉根を寄せた。こんな幼い子供がおかしな夢を見るものだ。「それはただの夢よ。わたしは大丈夫」

クリストファーはうなずき、大きなあくびをした。「じゃあ、やっぱり助けたんだね」

彼女は目をしばたたいた。どう考えたら、そういう話の流れになるのだろう？　クリストファーはまた寝息を立てはじめた。

イザベルはしばらくその顔を眺めていた。どれほど追い払っても、この子はわたしになついてくる。母の愛を求めているのだろう。そんなもの、わたしにはこれっぽっちもないというのに。ふいに涙があふれ、ウィンターの〝ぼくがしなければ、ほかに誰がするんだ？〟という言葉を思いだした。わたしには彼のような生き方はできないけれど、こんな小さな子供が相手なら、なにかしてあげられるのかもしれない。

イザベルは身をかがめてクリストファーの額にキスをし、自分も同じ上掛けのなかに入って横たわった。

ウィンターはすやすやと眠るピーチを見おろして、どうするのがいちばんこの子のためになるのだろうと考えた。ピーチがユダヤ人だとわかったときには驚いた。ロンドンにユダヤ人がいることは知っているが、彼らは不法滞在者なので、ひっそり暮らしているらしいということぐらいしか知識がない。ピーチをキリスト教徒として育てることはできるが、それはこの子に死ぬまで嘘をつき通せと教えるようなものだ。それは人としての尊厳を傷つけることにならないだろうか。

それにしても、ここに連れてきたときのことを思うと、ずいぶん健康的になったものだ。顔はふっくらしてきたし、頬にも赤味が差している。こんな短期間で身長が伸びるとは思えないが、少し背が高くなったようにさえ見えるから不思議だ。犬のドドがピーチを守るように腕のなかで丸まっていた。警戒するような顔でこちらを見あげているものの、吠えたりはしなかった。

その狭いベッドで寝ているもうひとりの子供に、ウィンターは目をやった。「ジョセフ」片腕を顔にのせ、片脚をベッドからはみださせて眠っているジョセフ・ティンボックスがぼんやりと目を開けた。「なに……？」

「どうしてピーチのベッドにいるんだ？」ウィンターは穏やかに尋ねた。

ジョセフ・ティンボックスは慌てて体を起こした。寝癖でうしろ髪が頭に張りつき、前髪がぴんと立っている。「ピーチが怖い夢を見たんです」

ウィンターは怪しむように片眉をあげた。「怖い夢ね」

「はい」すっかり目が覚めたらしく、真剣な顔になった。「だから、ひとりにしておくのはかわいそうだと思って」

「廊下のいちばん奥にある男の子の寝室にいながら、どうやってピーチが怖い夢を見たとわかったんだ？」

ジョセフは口を開きかけたが、すぐに話の筋が通っていないことに気づいたようだ。ここからでは大きな叫び声でもあげないかぎり、男児の寝室まで声は届かない。少年はうなだれ、上目遣いにこちらを見あげた。「毎晩、怖い夢を見ると言ってたから……」

ウィンターはため息をついた。ピーチを守ろうとする気持ちは褒めてやりたいが、添い寝を認めるわけにはいかない。「ジョセフ、きみはもう一一歳だ。どんなにちゃんとした理由があっても、女の子のベッドに入ってはいけない年齢なんだよ」

とまどった顔をしているところを見ると、なんの話をされているのかわからないのだろう。だがこういうとき、世間は善意の解釈はしてくれない。自分たちのやましい心を通して想像を膨らませるだけだ。

「さあ、おいで。ピーチはもうひとりで眠れる年ごろだ」ウィンターは少年の手を取った。

「それにドドもついている」

ジョセフはむきになった。「でも、ドドは犬です。ピーチが自分に起きたことを話したくなっても、犬じゃ聞いてあげることができません」

「たしかにそうだな」ウィンターは首をかしげた。「そういう話をピーチはきみにするのかい？」

ジョセフは唇を引き結んでうなずいた。

「なるほど」部屋のなかを見まわした。「じゃあ、せめて隣のベッドに寝るというのはどうだ？　それならピーチが話したくなったら、相手をしてあげることができるだろう？」

ジョセフは裁判官のように厳粛な面持ちで考えこみ、そしてうなずいた。

「はい、それならいいと思います」

少年は隣のベッドにもぐりこみ、大きなあくびをした。

ウィンターは燭台を手に取って、部屋を出ていこうとした。少し眠っておかないと、もうすぐ夜が明ける。だが、ジョセフに引きとめられた。

「ミスター・メークピース」

「なんだい？」

「いつも夜になると、どこに行くんですか？」

ウィンターは足を止め、肩越しに振り返った。ジョセフは子供ながらになにかを察しているような目をしている。

ふと、もう嘘をつくのがいやになった。「悪いことをやめさせに行っているんだ」

きっと質問が返ってくるだろうと思った。好奇心旺盛な少年なのだ。しかし、ジョセフはあっさりとうなずいた。「どうしたらそんなことができるのか、そのうち教えてくれますか？」

ウィンターは目を見開いた。教えるだって……？　いや、だめだ。そんなことをしたら、この子を危険に巻きこむことになる。だが、もし弟子を取るとしたら、ジョセフ・ティンボックスほどふさわしい少年はいないだろう。この子には勇気がある。

彼は返事に詰まった。「考えておこう」

ジョセフは眠そうにまばたきをした。「ピーチと一緒にいさせてくれてありがとうございます」

胸に熱いものがこみあげた。

「ピーチに優しくしてくれて、こちらこそありがとう」ウィンターはそうささやき、部屋をあとにした。

「どこへ行くの？」その日の午後、クリストファーが嬉しそうに尋ねた。

「子供がたくさんいるところよ」イザベルは答えた。「誰かと遊べるといいわね」

クリストファーは不安そうな顔をした。「みんな、ぼくのこと好きになってくれるかな」

彼女ははっとした。単なる思いつきでクリストファーを孤児院へ連れていくことにしたけれど、本当によかったのだろうか？　今朝のこの子はご機嫌だった。わたしのベッドで寝られたし、それでも叱られないとわかったからだ。そんな姿を見て、同じ年ごろの子供と遊べたらさぞや喜ぶだろうと思った。でも、わたしは子供のことなどなにも知らない。だから、もしかすると大きな間違いを犯そうとしているのではないかしら？　クリストファーは不安で仕方がないという顔をしている。考えてみれば、この子はほかの子供と遊んだ経験がないのだ。母親のルイーズはたまにクリストファーを外に連れだすけれど、ほかに家族がいるわけではないし、子供のいる友人もいないと聞いている。この子はこんなに幼いのに、ずっと孤独だったのだ。

母親としての責任があるわけではないが、かわいそうなことをしたと思う。どれほど寂しい日々を送っているのか、もっと早くに察してあげるべきだった。それを気づかせてくれたのはウィンターだ。彼はわたしの心の深い部分を開かせてくれる。世の中を違った目で見せてくれるのだ。でも、それがかえって不安だ。今は支える会としての必要性があるから一緒にいるけれど、いずれは……それも近いうちに、別れなくてはいけなくなるだろう。それなのにわたしは、あの厳しさをたたえた暗い目に惹かれる一方だ。あの目はわたしの本質をまっすぐに見つめてくる。そんな人は初めてだ。

ウィンターのもとを去るのは身を引き裂かれるほどつらいだろう。そんな日が来るのかと思うとぞっとする。

「どうしたの？」子供の高い声が聞こえ、現実に引き戻された。イザベルはクリストファーを安心させようとほほえんだ。

「ほかの子たちがあなたのことを好きになってくれるかどうかはわからないけれど、親切にしていれば、きっといい子だと思ってくれるわよ」

クリストファーはまだ心配そうな顔をしている。イザベルは窓の外に目をやり、そっとため息をついた。本当にこの子を連れてきてよかったの？　ウィンターには馬鹿なことをしていると思われるでしょうね。

半時間後、馬車が孤児院に着いたとき、ウィンターは取りこみ中だった。施設の玄関前で竜騎兵連隊のトレビロン大尉と話をしていたのだ。

イザベルはスカートの裾をつまみあげ、足早にふたりのそばへ近づいた。

「こんにちは。ご機嫌いかが？」

トレビロン大尉は高い帽子を頭から取り、馬に乗ったままお辞儀をした。ウィンターはこちらへ視線を向け、クリストファーに目をやったあと、挨拶もせずに大尉のほうへ顔を戻した。「先ほども申しあげたように、セントジャイルズの亡霊なんて見ていないんですよ」

イザベルはどきっとした。トレビロン大尉はウィンターを疑っているのかしら？

「ですが、昨晩は遅くまで外出していらしたとか。子供たちからそう聞いていますよ」トレビロン大尉の言葉に彼女の不安が増した。「でしたら、噂や情報のひとつやふたつは耳にされたのでは？」

「銃声は聞きました」ウィンターは穏やかに答えた。「だが、そんなときはさっさとその場を離れるようにしていますから」

大尉は唸り声をもらした。「もうお聞きになっているでしょうが、昨晩貴族がひとり殺害されましてね。そのことでなにか見聞きしたら、必ずわたしか部下に知らせてください」

「もちろんです」ウィンターは重々しく応じた。

トレビロン大尉はうなずき、こちらを向いた。「あなたも殺人事件のことはご存じでしょう。今、セントジャイルズをうろつくのは危険ですよ」

「いつもご心配くださって、本当にありがとうございます」イザベルはほほえみ、少しうしろからついてくるハロルドのほうへ手を向けた。「でも、従僕を連れてきていますから大丈夫ですわ」

「武器は持たせているのですか？」

「ええ、常に」

「悪いことは言わない。暗くなる前にセントジャイルズを出なさい」まるで部下に対するような口調だ。「ミスター・メークピース、先ほどの件をよろしく」

こちらの返事も待たずに、トレビロン大尉はその場を立ち去った。

「あの人、どうして怒ってるの？」大尉を見送りながら、クリストファーが尋ねた。

「ひと晩じゅう、働いていたからだよ」ウィンターが優しく答えた。「だから、とても疲れているんだと思う。遊びに来てくれたのかい？」

「うん」クリストファーがイザベルのスカートにしがみついてきた。「子供がたくさんいるからって、おくさまが……」

「ああ、たくさんいるとも」ウィンターが彼女に向かって珍しくにっこりした。イザベルの鼓動が速くなる。「クリストファー、来てくれて嬉しいよ。レディ・ベッキンホール、今日もレッスンですか？」

「いいえ。まだまだお教えすることはたくさんあるけれど……」イザベルは口をすぼめた。「ミスター・フレイザー＝バーンズビーがお亡くなりになったばかりだもの」ちらりとクリストファーに目をやる。「ダーク子爵との勝負はしばらくお預けになるんじゃないかしら。あなたにとっては運がよかったわね。誰にもご挨拶ひとつせずに帰ってしまったのに、またこんな形になって」

「ぼくの指南役を務めるのはたいへんですね」ウィンターはつぶやき、玄関ドアを開けて三人を招き入れた。

そして従僕に声をかけた。「今朝パンを焼いたから、よかったら厨房でどうぞ」

「ありがとうございます」ハロルドは厨房へ向かった。

クリストファーがうらやましそうにその背中を見た。

「ぼくたちもあとでいただこう。でもその前に、子供たちがなにをしているか教室を見に行かないか？」

子供と聞いて、クリストファーは嬉しそうながらも不安げな表情を浮かべ、ウィンターが差しだした手を黙って握った。ウィンターはイザベルを見て、温かい笑みを浮かべた。

教室のある階は妙に静かだった。教室に入り、その理由がわかった。ちょうど午後のお茶の時間だったのだ。子供たちは長いテーブルについていた。それぞれの前には湯気が立つカップとパンがのった皿が置かれている。

「ちょうどよかった」ウィンターがつぶやいた。

子供たちがいっせいにこちらを振り返り、ネル・ジョーンズの合図に従って、声をそろえて挨拶をした。「こんにちは、ミスター・メークピース」

「こんにちは、みなさん」ウィンターはほほえんでいるわけではないが、楽しそうな様子で空いている席を指し示した。「レディ・ベッキンホール、よろしければご一緒にいかがですか？」

彼女がうなずくと、ウィンターはほほえんだ。

彼は隣に座り、濃い紅茶をついで砂糖とミルクを入れ、そのカップをイザベルに手渡した。クリストファーは紅茶に手を伸ばすこともなく、緊張した面持ちでふたりの前に座っている。ただ、目だけは食べたそうにパンを見ていた。

「お母さんなの？」同じ年ごろの男の子がクリストファーに顔を寄せてささやいた。

クリストファーはちらりとこちらを見た。「違うよ」

「お母さんはいるの？」男の子がまた尋ねた。

「うん」今度はクリストファーが質問した。「きみは？」

「いないよ。ここにいる子は誰もお母さんがいない。だからここで暮らしてるんだ」

「ふうん」クリストファーは考えこみ、パンをひと口かじった。「ぼく、お父さんはいないよ」

男の子が訳知り顔でうなずいた。「ぼくも。ねえ、ネズミ見たい？」

クリストファーは目を輝かせた。「うん」

「ヒーリー・プットマン」ウィンターが顔もあげずに言った。「もちろん、そのネズミは外にいるんだろうね？」

ヒーリー・プットマンと呼ばれたその男の子は驚いた顔で額にしわを寄せた。

ウィンターはため息をついた。「お茶を飲み終わったら、クリストファーと一緒にそのネズミを外へ出しておいで」

「はい」ヒーリー・プットマンは元気にうなずき、ごくごくと紅茶を飲んだ。「ジョセフ・

チャンスにも手伝ってもらいます。猫のスートからネズミを助けたのはジョセフ・チャンスだから」

別の少年がパンを食べながら嬉しそうに笑った。

五分後、クリストファーは新しくできた友達ふたりについていった。ほかの子供たちも教室を出ていく。外で体を動かす時間なのだろう。「子供の扱いがお上手ね」

「難しいことではないさ」ウィンターが言った。「ちゃんと話を聞いて、考えを尊重してやればいい」

「あなたには簡単なことかもしれないけれど、わたしはいつも不安になってばかりよ。こんなこと言ってよかったのかしらとか、なにかもっと言わなくてはいけないことがあったのではないかしらとか」

ウィンターがうなずく。「子供を育てている母親というのは、いろいろ迷うのが当然さ」

イザベルは顔をしかめた。「わたしは母親ではないわ」

「もちろんそうだが……」彼はつぶやいた。「だが、今日はここへ連れてきた。先日はあの子を部屋から追いだしたというのに、いったいどういう風の吹きまわしだい？」

「さあ、どうしてかしら。あなたの影響を受けたのかもしれないわ」

ウィンターが促すようにこちらを見た。

彼女はため息をついた。「クリストファーを追い払うと、あの子も、それにわたしも傷つくの。もうそれがいやになったのよ」

彼は温かい笑みを浮かべた。わたしは一度でも、この人の笑い声を聞くことがあるのだろうか？「なににせよ、連れてきてくれて嬉しいよ」

イザベルは肩をすくめ、落ち着かない気分で教室のなかを見まわした。長いテーブルとベンチのほかにはなにもない部屋だ。大理石の床には絨毯が敷かれているわけでもなく、長い本棚には子供たちの石板と書物が一冊あるだけだった。書物は大きさから察するに、おそらく聖書だろう。

彼女はウィンターのほうを見た。「味も素っ気もない教室ね。資金ができたのだから、少し飾りつけをしたらどう？」

彼は驚いたように両眉をあげた。「あなたならどんなふうにする？」

「わたしが決めることではないけれど……」イザベルは頭を振った。「まず絨毯を敷くわ。これでは冬場は寒いもの。それから、壁には額縁に入れた絵か版画でも飾って、窓にはカーテンをつけて……」ウィンターがほほえんでいるのに気づいて、声が小さくなる。「どうしてそんな顔でわたしを見ているの？」

「家庭的な雰囲気を作りだすのがうまい人だと思ってね」

イザベルは鼻を鳴らした。「たいしたことではないわ」

教室にはウィンターと彼女のふたりしかいなかった。イザベルは抱きしめられ、短く熱いキスをされた。ウィンターが顔をあげたとき、彼女はまだ荒い息をしていた。

「この孤児院を家庭らしくしてくれないか？」

イザベルは黙ってうなずいた。そして彼が満足そうな顔をしたのに気づき、不安を覚えた。もしかすると、今の言葉には深い意味があったのかしら？

今夜、あの人が来るかどうかはわからない。教室でキスはされたものの、また会いたいとは言われなかった。

またわたしを抱きたいとも……。

そう思いながらも、使用人たちが自室へさがると、イザベルは図書室へおりてきた。そして先ほどから革製や布製の背表紙を指でなぞり、ぶらぶらと本棚から本棚へと歩きまわっている。ときおり本を抜きだすものの、とても読書などする気になれず、すぐにまた本棚へ戻していた。わたしったら、馬鹿みたい。これではまるで、好きな人の馬車が通らないかと窓の外ばかり眺めている若い娘のようだわ！

ようやく図書室のドアがそっと開く音が聞こえた。イザベルはさりげなさを装うことさえできず、すばやく振り返った。そして心臓が縮んだ。

ウィンターはセントジャイルズの亡霊の格好をしていた。

「あなた、縛り首にされたいの？」彼女はつかつかと歩み寄り、声を荒らげた。「亡霊として死ねれば本望だとでも思っているの？　セントジャイルズの人たちのために一日二四時間を捧げるだけでは飽き足らなくて、命までも差しだすつもり？」

「そんな気はないよ」ウィンターは穏やかに答え、イザベルが亡霊の帽子と仮面を床に投げつけ、マントの紐をほどくのを見ていた。

「だったら、どうしてこんなまねをするのよ？」彼女は上着のボタンを外しながら文句を言いつづけた。そうしなければ泣いてしまいそうだったからだ。「捕まったら、きっとすぐさま処刑されるわ。ミッキー・オコーナーのように最後の瞬間に助かるなんてことはないのよ。だって、助けに来る人がいないんだから」

「イザベル」ウィンターに両手をつかまれた。そのとき初めて、自分の手が震えていることに気づいた。手を引き抜こうとしたが、彼の力は強かった。「落ち着くんだ。ぼくは絶対に捕まったりしない」

この人の前で涙など見せるものですか。「あなた、自分が透明だとでも思っているんでしょう？　でも、ちゃんと見えるのよ。切れば血も出る生身の人間なんだから！」

「落ち着いて」ウィンターはささやき、首筋に軽くキスをした。

「あなたがこんな危ないまねばかりしているというのに、わたしが落ち着いていられるわけがないじゃない」

彼はイザベルの体を抱きあげてテーブルに座らせ、脚のあいだに入った。

「誘拐された子供たちを絶対に見つけたいんだ。その子たちには、ぼくしか助けてやれる人間はいないから」

「セントジャイルズの人たちはみんな、あなたに頼っているのね」彼女はウィンターの髪を両手でつかんだ。「でも、あなたが助けを必要としているときに手を貸してくれるわけではない。覚えてる？　ミッキー・オコーナーの命を救ったとき、あなた、セントジャイルズの暴徒に追われたのよ」

「亡霊を助けるのは勇気のいることだ。ぼくは勇気のある人しか救ってはいけないのかい？」彼はスカートの裾をつかんだ。「ならば慈善心があるかどうか試験をして、合格した人にだけ力を貸すことにしようか？」

「そんなこと、できるわけないでしょう」大きな手で太ももをなでられ、イザベルは吐息をもらした。だが、それでも怒っていることに変わりはなかった。「たとえいい試験方法が見つかったとしても、あなたはそんなものは無視して、値する人も値しない人も、端から助けてまわるのよ。なんといっても、大聖人のような人格者ですものね」

ウィンターは困ったようにくすりと笑った。初めて彼の笑い声らしきものを聞いた、とイザベルは思った。

けれども彼の手が秘めやかな部分に伸びてきたせいで、もうなにも考えられなくなった。

ウィンターは身をかがめ、敏感な蕾を刺激しながらじっとこちらを見た。

「心配させてすまない。あなたを喜ばせられるなら、ぼくはなんでもするよ」

イザベルは目を開き、腕を伸ばして彼の頬をなでた。「だったら、セントジャイルズの亡霊をやめてくれる？」

返事はなかった。期待に応えられないからなのか、彼女がズボンの前を開きはじめたせいなのかはわからない。

彼が顔を近づけてきた。イザベルは最後のボタンを外し、下着のなかに手を差し入れた。下腹部はすでに硬くなっている。それを握りしめ、唇を開いて舌を受け入れながら、ウィンターの指が体のなかに入ってきたのを感じて声をもらした。さぞや熱く濡れていることだろう。でも、我慢することなどできなかった。こんなに心がはやるのは初めてだ。彼がそばにいるだけで、すべての色が鮮やかに輝いて見える。

ウィンターになら、わたしは自分自身をさらけだせる。

今にものぼりつめてしまいそうだったが、歓喜の瞬間は彼とともに迎えたかった。イザベルは無理やり唇を離し、顔を近づけたままささやいた。「来て」

彼はまた唇を押しつけ、舌を絡ませながら、イザベルの体から指を抜いた。そして腰で彼女の太ももを押し開き、体の中心部に近づいてきた。

わずかに顔を離し、彼女の目をのぞきこむ。「こんなふうに?」

イザベルは彼の欲望のあかしを潤った部分に押しつけ、その官能的な感覚を味わった。それからウィンターを見つめ、入口へといざなった。

「ええ」深く息を吸う。「こんなふうによ」

彼はイザベルの太ももを大きく広げさせ、力強く押し入った。彼女はウィンターの肩をつかみ、腰に脚を巻きつけて、テーブルの端でバランスを取りながら全身で彼を受けとめた。

ふたりがつながったところを見ながら、ウィンターがゆっくりと腰を引いた。そんなふうにじらされたら、おかしくなってしまいそうだ。

「お願い」イザベルは懇願した。「もっと速く」

彼が首を振る。「ゆっくりだ」

そして、また時間をかけて奥へ入ってきた。

ああ、耐えられない。

「お願い」なんとかしてウィンターをその気にさせようと身をよじった。

突然、彼がイザベルの体を持ちあげた。

彼女は小さな悲鳴をもらし、とっさに相手の肩に抱きついた。

ウィンターはしがみつくイザベルを抱いたまま深く息を吸い、胸を膨らませた。

「急かさないで」そうささやいて唇を重ねる。

一瞬、彼女はすべてを忘れた。ウィンターとひとつになったまま、濃厚なキスをされていることに燃えあがったからだ。彼は完璧に自分を制御しながら、わたしを支配している。

キスをしたまま、ウィンターが歩きだした。そのリズムが彼女の体の奥を心地よく突いた。

舌を絡めながらささやく。「ねえ」

「ああ」彼が答えた。「わかっている」

ウィンターは彼女を壁に押しつけ、太ももを抱えて、思いの丈をぶつけるように荒々しく貫いた。「イザベル……」

一気に喜悦の波に突きあげられた。自分を失いそうで怖くなり、イザベルは彼の唇を噛んだ。その瞬間、内側から炸裂するような絶頂感に襲われ、彼女は泣きそうな声をあげた。ウインターはとても力強く、体も大きくて、わたしを満足させてくれる。彼のような男性に出会うことは二度とないだろう。彼が相手でなければ、こんな至福は味わえないと思う。わたしはもうほかの男性とは関われないかもしれない。

ウィンターが体をこわばらせ、イザベルを壁に押しつけた。そして身を震わせながら唇を重ねてきた。

朦朧《もうろう》としている彼女の耳に、まだ体を痙攣させているウィンターのつぶやきが聞こえた。最初はなにを言っているのかわからなかった。それに気づいたとき、イザベルははっとして身を引いた。

彼ははっきりとこう言った。「イザベル、愛している」

14

最後に道化師の恋人はこうべを垂れ、手を組み、神様と聖人と天使にお祈りしました。愛する人を不幸な運命から救いだすために、希望をお与えくださいとお願いしたのです。やがて月がのぼると、〝愛の紐〟と〝悲しみの詰まった小瓶〟と〝希望〟を持って、セントジャイルズに向かいました。

『セントジャイルズをさまよう道化師の亡霊物語』

しまった、とウィンターは思った。今、言うべきことではなかったのに。だが、口に出してしまったのなら仕方がない。

まだ時期尚早なのはわかっているが、こうなったからには……。ウィンターはひとつ息を吸いこみ、まっすぐにイザベルを見た。「結婚してほしい」

すでに衝撃で目を見開いていた彼女は、その言葉を聞いてあんぐりと口を開けた。こんな状況でなければ、その表情を見て笑っていただろう。

「あなた、頭がどうかしているんじゃない？」

ウィンターは口元をゆがめた。「そう思っている人間は何人かいるよ」

「結婚なんて、できるわけがないでしょう！」覚悟はしていたが、はっきり言葉にされるとつらかった。イザベルは愕然とした顔をしている。

それを見て、少なくとも笑いたい気分は消え失せた。「できないことはない。ぼくもあなたも、誰かほかの人と婚約しているわけではないのだから。ぼくはあなたを愛しているし、あなたはぼくに体を許してくれた」

ふたりはまだつながっていた。この状況ひとつ取っても、彼女が体を許したというのは否定しようのない事実だ。

しかし、イザベルは反論してきた。

「だからなんなの？」まだ愛しあった名残で頬が紅潮している。「これはただのお楽しみよ。それ以上の意味はないわ」

イザベルは意志の強い女性だし、ぼくより年齢も身分も上だ。ここで引きさがったら、ぼくの求婚はあっさり無視されてしまうだろう。だから、ここはきちんと話をして、彼女にわかってもらうしかない。

ぼくはイザベルをあきらめたくない。正々堂々と教会で結婚式を挙げ、夫婦として愛しあいたい。こんなふうに魂をさらけだせる相手は彼女だけだ。ぼくの気性が本当は獣のように荒々しいことを知りながら、それを恐れもせずに真正面から向かってくる女性など、彼女しかいないのだから。

イザベルを愛している。

それに、彼女にとってもぼくはかけがえのない存在なのだろうと思っている。ぼくたちはふたりとも、心を開くのが難しい人間だ。ここで別れてしまったら、お互いにもう二度とこれほど強い絆を結べる相手とはめぐりあえないだろう。また別々の孤独な魂に戻るだけだ。

ぼくはもうそんな生き方はしたくないし、イザベルにまた寂しい思いもさせたくない。

たった今分かちあった熱いひとときを思いだしてほしくて、ウィンターは彼女の体を突きあげた。「ぼくは体の関係をとても神聖なものだと考えている。それははっきりと伝えただろう？ 決して浮ついた気持ちであなたを抱いたわけじゃない。それはあなたもわかっているはずだ」

「勝手に自分の気持ちを押しつけないで」イザベルの目には怒りと……どういうわけか怯えたような表情が浮かんでいた。それでもウィンターはあきらめなかった。

「あなたはぼくを必要としていないのか？」

「結婚なんて……無理よ」イザベルは自分に言い聞かせるように小さな声でつぶやいた。目には涙を浮かべ、追いつめられたような表情をしている。ウィンターは胸が痛んだが、それでも彼女を放しはしなかった。「わたしが……一介の教師と結婚なんてするわけがないでしょう」

彼は傷ついて言葉を失い、もう一度イザベルの体を突きあげた。

彼女があえぎ声をもらし、こちらを見た。その目には絶望が宿っていた。

「わたし、妊娠できないの」

沈黙が流れた。なんというせつなくてわびしい告白だろう。イザベルの悲しそうな顔を見て、ウィンターは胸が締めつけられた。

「三度目の流産をしたとき、わたしは子供を産めない体なんだろうと思ったわ」彼女は語りはじめた。「夫が何人もお医者様を連れてきたけれど、結局いつもだめだった。四度目のときはなかなか出血が止まらなくて、命が助かっただけでも運がよかったのよ。でもそのときに、もう妊娠はできないと言われたわ」

今でこそ落ち着いて話しているが、それを聞かされたときにはどれほど泣いたのだろう、とウィンターは思った。いっそ身ごもれないのは不幸中の幸いかもしれない。イザベルのことだ。妊娠できる体なら、命をかけてでも子供を作ろうとするだろう。

わが子を持てないことをぼくもすぐに悲しむことになるのかもしれないが、今はそれより先にすることがある。

「かまわないよ」息を詰めている彼女に言った。

イザベルが軽蔑したような顔でこちらを見た。「そんなわけないでしょう？　男の人は自分の血を残したがるものよ。それなのに、わたしは女性としてあたりまえのことができない。子供を産めないのだから」

「それはたしかに残念なことだと思う」ウィンターは優しく彼女を床におろした。そして両腕で抱えあげ、長椅子のところへ行って、イザベルを子供のように膝にのせたまま腰をおろした。何度こうして泣いている子供を慰めたかしれない。

「ウィンター……」彼女が口を開きかけた。

「黙って」彼はイザベルの唇に指を押しあてた。「先にぼくの話を聞いてほしい。あなたとのあいだに子供ができたらどんなにいいだろうとは思う。あなたと同じ髪と目の色をした女の子がいたら、さぞやかわいいだろう。だがぼくがそばにいてほしいのは、まだ生まれてもいない子供ではなく、あなたなんだ。子供がいなくても生きてはいけるが、あなたがいない人生など耐えられない」

最後まで話を聞きもせずに、彼女は首を振った。「あなたはまだ若いわ。今はそれでもいいかもしれないけれど、いずれ気持ちは変わる。そうなったとき、どうしてこんな子供も産めない年増の女と結婚したのかと後悔するわよ」

その口ぶりや取りつかれたような目、恥じ入る表情がウィンターは気になった。

「ご主人はそんなふうにあなたのことを見ていたのか?」

「違うわ。そんなことはない」そう言いながらも、イザベルはつらそうに目を閉じた。「夫はいつでも紳士だったもの」

「紳士があなたに愛人の子を残していくのか? 傷口に塩を塗るみたいに?」

彼女は思いつめたような顔で目を大きく開き、首を振りながら答えた。

「あなたの重荷になりたくないのよ。わたしと一緒にいたのでは、あなたは本当の家族を持つことができない。もう、そういう目で見られるのはいやなの。とりわけ……あなたからは」

イザベルが口にした最後の言葉を聞いて、ウィンターの胸に希望がわいた。これなら時間をかけて粘り強く話しあえば納得させられるかもしれない。かなりの辛抱は必要とされるだろうが。

「ぼくはあなたのことをそんな目で見たりはしない。ただ、すばらしい女性だと思うだけだ」慰めるように髪をなでる。「重荷になどなるものか。あなたは太陽のような人なんだ」彼は唾をのみこんだ。「わかるだろう？　あなたはぼくを明るい場所へ導いてくれた。ぼくが決して日の光にあてなかった一面を受け入れてくれたんだ。それなのに、またぼくに闇のなかへ戻れと言うのか？」

イザベルが疲れたように目を閉じた。「それだけではだめなのよ。無理をしないでちょうだい。いいえ、わたしにこれ以上なにも求めないで。たとえわたしの財産が手に入ったところで、あなたは二年もすれば後悔するわ」

ウィンターは顔をしかめた。財産目当てで結婚を申しこんでいるわけではないのに……。亡夫の態度に、よほどつらい思いをしたのだろう。今はこの件から逃げることしか頭にないようだ。今夜はいくら話をしても無駄だ。彼はイザベルを長椅子におろし、ズボンの前を閉じた。「今夜はもうよそう。あなたは疲れているようだし、正直なところ、ぼくもくたくただ。この件はまた明日にでも話すとしよう」

彼女が口を開きかけた。ウィンターはその唇を優しいキスでふさいだ。

「できれば明日は、あまりぼくを侮辱しないでくれると嬉しいよ」

そう言うと、イザベルがなにか言う前に足早に部屋を出た。


「奥様！」

イザベルが目を覚ますと、ピンクニーがベッドのわきに立っていた。

メイドは折りたたまれた便箋を差しだした。「たった今、男の子がこれを持ってきたんです。走って届けるという約束で一シリング多くもらったんだとか。きっと緊急の用件ですわ」

ふいに前夜の記憶がよみがえり、イザベルは動揺した。ウィンターに結婚を申しこまれ、それを断った。せっかくうまくやっていたのに、あの人はどうしてそれを変えようとするの？　枕の下に頭を突っこみたい気分だわ。

彼女はうめいた。「今、何時？」

「まだ午後の一時でございます」ピンクニーは申し訳なさそうに答えた。貴婦人たるもの、昼遅くまで眠っているのが優雅の極みと心得ているのだろう。

だが、すっかり目が覚めた。

イザベルは体を起こした。「コーヒーを用意させて。手紙をちょうだい」

便箋は折りたたまれ、封蠟がされていた。ピンクニーが寝室を出ていくのを見ながら、イザベルは封蠟をはがした。便箋にはこう書かれていた。

〝今日の午後、レディ・ピネロピがダーク子爵を孤児院へお連れします。ミスター・メークピースを追いだすつもりのようです。A．G．〟

A．G．……アーティミス・グリーブズだ。レディ・ピネロピのコンパニオンが職を失う危険を冒し、この手紙を送ってくれたらしい。イザベルは便箋をくしゃくしゃに丸め、大急ぎでベッドを出た。

ウィンターはわたしを愛していると言った。でも、今はそんなことを考えている場合ではない。彼を助けることが先決だ。

「奥様？」ピンクニーが戻ってきた。イザベルがすでにベッドをおり、衣装戸棚の引き出しのなかをかきまわしているのを見て、驚いた顔をしている。

「コーヒーはもういいわ」イザベルは便箋を暖炉の火に投げこんだ。「着替えるのを手伝ってちょうだい」

ピンクニーを急き立て、一〇分という記録的な速さでドレスに着替えると馬車に乗りこんだ。

「もう五分あったら、新しいグリーンの軍服風の上着も着られましたのに」ピンクニーが嘆いた。

イザベルは座席の背にもたれかかり、じりじりしながら窓の外を見た。「そんな時間はなかったの。ああ、間に合うといいのだけれど」

今日はやけに交通量が多かった。動物の群れに行く手をはばまれ、馬車は二度ばかり立ち往生した。ようやく動きだしたあとも、人が歩くのとあまり変わらない速さでしか進むことができなかった。

〈恵まれない赤子と捨て子のための家〉に着いたときは、もう何時間も経っているような気がした。だが、実際はせいぜい半時間ほどだったのだろう。

ダーク子爵の馬車が停まっていた。

「あなたはここで待っていて」イザベルはピンクニーに指示して、急いで馬車をおりた。正面玄関に駆け寄ってドアを開けようとしたが、鍵がかかっていたため、ノッカーを激しく打ち鳴らした。唐突にドアが開き、メアリー・ウィットサンが血の気の失せた顔をのぞかせた。建物のなかから怒声が聞こえている。

「こちらです。早く」

メアリーはそう言うと、先に立って進んだ。

イザベルはスカートの裾をつまみあげ、足早についていった。あれはダーク子爵の声だ。なにをそんなにいきり立っているのだろう？

ふたりが応接間に入ったとき、暖炉のそばにいた子爵がちょうどこちらを振り向いた。

「――誰だか知っているんだろう、メークピース！　きみはそう言ったも同然じゃないか。いつまでも隠していると、殺人犯の逃亡を助けた罪で告発するぞ」

緊迫した場面だった。友人が亡くなってからこの二日間、ダーク子爵は一睡もしていないのかもしれない。頬はこけ、目はぎらつき、上着にもズボンにも染みがついている。そばではカーショー伯爵とミスター・シーモアが難しい顔をしていた。レディ・ピネロピは興奮し、そのうしろにいるミス・グリーブズがちらりとこちらを見た。

それとは対照的に、ウィンターは落ち着いた態度で壁にもたれ、四人の様子を黙って見ていた。なにを考えているのか、表情からはなにも読みとれない。イザベルはそばに寄り添いたかった。

でも、それはできない。

「何度も申しあげたとおりです」ウィンターは恐ろしいほど静かな声で答えた。「たしかにセントジャイルズの亡霊を見かけたことはありますが、何者なのかは知りません」

「嘘をつかないで！」レディ・ピネロピが甲高い声をあげる。

ウィンターはゆっくりとそちらへ顔を向けた。「なぜぼくがそんな嘘をつかなくてはいけないんです？」

「さあ、なぜだろうな」ミスター・シーモアが穏やかに言った。「セントジャイルズの亡霊がじつは友人だからとか？　あるいはもっと近い存在なのかもしれないな。オペラハウスに亡霊が現れたときも、ロジャーのところの従僕が舞踏室に駆けこんできたときも、どういうわけかきみはその場にいあわせなかった」

イザベルは恐怖に駆られた。ウィンターがセントジャイルズの亡霊だとわかれば、たとえロジャー・フレイザー＝バーンズビーを殺害していなくても処刑されるのは間違いない。

思わず前に進みでた。「あら、その言い方はおかしいのではないかしら？　たしかに彼はオペラハウスには遅刻してきたけれど、舞踏会にはちゃんと時間どおりにお見えになったわよ。ダーク子爵がご挨拶されたのだから間違いないわ。それにセントジャイルズの亡霊を目撃した人なんてたくさんいるもの。その全員が怪しいとでも主張されるおつもり？」

カーショー伯爵がイザベルにお辞儀をした。「おっしゃるとおりだ。そういえば……きみはセントジャイルズの亡霊に会ったことがあるんだったね」

「だから、わたしも怪しいと？」イザベルはにっこりしてみせた。「今度はわたしが殺人事件の共犯者だとでもおっしゃるの？」

「まさか」カーショー伯爵は答えた。「それにしても、たまたまちょうどいいときに現れて、メークピースをかばうんだな」

イザベルはミス・グリーブズに目をやらないように気をつけながら片眉をあげた。

「たまたまではないわ。今日は孤児院のなかを見せていただくお約束をしていたのよ」

「そんなことはどうでもいい」ダーク子爵がいらだった。ずっとウィンターのことをにらみつけたままだ。「メークピース、せめてどこへ行けばセントジャイルズの亡霊を見つけられるかくらいは知っているはずだ」

ウィンターは首を振った。「いいえ、まったく。それに、こんなことはお聞きになりたくないかもしれませんが、そもそも亡霊が犯人かどうかもわからないとぼくは思っていますよ」

子爵は怒りで顔を真っ赤にした。ミスター・シーモアが口を挟んだ。「メークピース、きみは忘れているようだが、従僕が殺害を目撃しているんだぞ」

「ええ、そう聞いています」ウィンターはつぶやいた。「おかしいですね。それなら従僕も口封じのために殺されそうなものなのに」

「もういい。きみと話していても時間の無駄だ」ダーク子爵が吐き捨てた。「きみの協力など得られなくても、ぼくは必ずセントジャイルズの亡霊を見つけてみせる。事件のあった夜、トレビロン大尉のところの竜騎兵隊があと少しで亡霊を捕まえるところだった。どちらにせよ、もう時間の問題だ」

立ち去ろうとしたダーク子爵を、レディ・ピネロピが引きとめた。「贈り物の件をお忘れよ」

子爵は立ちどまり、ぞっとするような笑みを浮かべて振り返った。「忘れるわけがないだろう？　メークピース、この数日のきみの態度を見ていれば、きみとぼくのどちらが紳士的かは一目瞭然だ。この勝負はぼくの勝ちさ。あとはレディ・ヘロとケール卿のところの大奥様と若奥様がお帰りになるのを待って、判断を下してもらってもいいが……その前に結論を出してしまったほうが簡単ではないかと思ってね」

「孤児院を出ていくつもりはないと申しあげたはずです」ウィンターは淡々と答えた。

ダーク子爵がうなずく。「わかっている。だが……きみが納得できるような条件を出したらどうだ？」

ウィンターは表情をこわばらせた。「金でぼくを追い払えると思っているのなら――」

子爵がさえぎるように手をひらひらさせた。「そんな無粋な話ではない。ぼくは常にここの子供たちのことをいちばんに考えている。それはきみも同じだろう？」

警戒するようにウィンターは目を細めた。

「どういう意味です？」イザベルは鋭く尋ねた。その持ってまわったような言い方が気になった。ダーク子爵は自分の利益のためにしか動かない人間だ。それでも普段はそれなりに常識をわきまえている。でも、今は親友を殺された恨みで自制心を失っているように見えた。

「なにをおっしゃりたいの？」

子爵は両眉をあげた。「誰だかは知らないが、ここでいちばん年長の少年に海軍士官となる資格を授けようかと思っているんだ」

イザベルは息をのんだ。そういう資格はかなりの金額を支払って手に入れるものであり、上流階級の子弟に与えられるのが普通だ。孤児の少年がそんな恩恵にあずかったなどという話は聞いたことがない。ダーク子爵はなにを考えているのだろう？

ああ、そういうことね……。いちばん年長の少年とはジョセフ・ティンボックスだ。

ウィンターは厳しい顔をした。「寛大なご配慮をありがとうございます」

ダーク子爵は首を傾けた。「どういたしまして。ただし、もちろんなにもなしにというわけにはいかない。ぼくがここの経営者になったらの話だ。どうだ、メークピース？　今すぐにいさぎよく退け」

イザベルは首を振り、一歩前に出た。「急にそんなこと――」

だが、ウィンターが感情を押し殺した声で答えた。「ぼくがここを出ていけば、紳士としてお約束は守っていただけるのですね？」

ダーク子爵は驚いたような顔をした。「もちろんだ」

「わかりました。では、お言葉に従いましょう」

「待って、ウィンター」イザベルはささやいた。彼は覚悟を決めた表情で、すでにドアのほうへ向かっていた。

彼女はつかつかとダーク子爵の前に歩み寄り、爪先立ちになると、その悦に入った顔に向かって言い捨てた。「あなた、最低よ」

そしてウィンターのあとを追った。

五分後、最上階の粗末な部屋で見つけたときには、ウィンターは布製の鞄に荷物を詰めているところだった。

鞄に入れたばかりのシャツを、イザベルは引っぱりだした。「なにをしているの？」

ウィンターは手を止め、憔悴《しょうすい》しきったような顔で辛抱強く答えた。「荷造りをしている」

「そんなふうに自分だけが耐えているような顔をするのはよしてちょうだい」彼女は声を落として嚙みついた。「あなたはダーク子爵の罠にまんまとはまったのよ」

「わかっている。それでもかまわない」

「なにを言っているの！」

「いちばんいいと思ってしたことだから」

「あなたが孤児院を出るのがいいわけないでしょう。ジョセフ・ティンボックスだって、あなたと別れて船になど乗りたくないはずよ」

ウィンターはまた鞄に向かった。「だが、ぼくはそれがいいと考えている」

なにか彼の気を変えさせるものはないかと、イザベルは室内を見まわした。狭くてなにもない屋根裏部屋だ。本来は使用人に与えられるべき寝室であり、経営者が使うような部屋ではない。そう思うと、ますます腹が立った。

「どうしていつもそんなふうに自分ばかりを犠牲にするの？　質素な服を着て、隙あらば殺そうとしてくるセントジャイルズの人たちのためにつくし、それでこんなわびしい寝室で寝ているわけ？」

驚いたような顔で、ウィンターが眉をあげた。「この部屋のなにがいけないんだ？」

「わかっているくせに。ここは使用人向けの部屋よ」彼女はいらだった。「そうやって話を変えないでちょうだい」

ウィンターは膝をついて、ベッドの下に手を入れた。「そんなつもりはない」

イザベルは両手を腰にあてた。もう優雅に振る舞う気にもなれない。「ダーク子爵はあなたがセントジャイルズの亡霊となんらかの関係があるのではないかと疑っているのよ」

「そのとおりだから仕方がないさ」彼はベッドの下から亡霊の衣装を引っぱりだした。

「頭がどうかしているんじゃないの？」イザベルは慌てて寝室の鍵を閉めた。

「あなたは何度もぼくにそう言うね」ウィンターがつぶやく。

「だって、そうとしか思えないようなことばかりするんだもの」彼女はこぶしを握りしめた。

「ダーク子爵はあなたに復讐したいだけ。孤児院のことなんてなにも考えてないわ。ただの気まぐれで、ここに手を出そうとしているのよ。そんな人にちゃんとした運営ができると思う？」

「無理だろうな」ウィンターは亡霊の衣装を丸めて鞄に入れた。「だが、それはささいなことだ。飽きたらほかに経営者を雇うと言っているしね」

「あなた以上にふさわしい人などいないとは思わないの？」彼女は問いつめた。

皮肉な表情を浮かべた目で、ウィンターがちらりとこちらを見た。「うぬぼれているつもりはないが、多分そうだろうな」

イザベルは両腕を広げた。「ほら、自分でもそう思っているんじゃない。だったら、ここを出ていくことはないわ」

ウィンターは首を振った。「実際のところ、誰が経営者になってもそんなには変わらないよ。ネル・ジョーンズは昔からここにいて孤児院のことをよく知っている。今ではメイドの数も増えたし、料理人も雇って、支える会もついた。ぼくがいなくても孤児院はなんとかなるさ」

「孤児院はそうでも、あなたは？」彼女は静かに尋ねた。

ウィンターは手を止め、ゆっくりと振り返った。「どういう意味だ？」

「ここはあなたにとってすべてなんでしょう？　何度もそう言ったじゃない。ここの子供たちとセントジャイルズの人たちを助けるのが、あなたの生きがいだって」

彼はうなずいた。「またほかになにか見つけるさ」

その喪失感の深さを思うと、イザベルは胸が締めつけられた。「ここを出て、どこへ行くつもり？」

ウィンターは肩をすくめた。「あてはいくつかあるから大丈夫だ」

「またジョセフ・ティンボックスのような子を探すの？」

「いや」寂しそうな表情を浮かべ、ウィンターは本を入れて鞄を閉じた。「あの子は特別だから」

「あなたはジョセフを愛している。手放してはいけないわ」

しかし、ウィンターはまぶたを閉じ、初めて悲しみを顔に出した。

ウィンターはまぶたを開けたときには、目に固い決意を浮かべていた。

「あの子が愛おしいからこそ、こうすると決めたんだ」

15

道化師の恋人は愛する人を探してセントジャイルズの細い路地を歩きまわりました。二度ばかり危なそうな通行人を見つけて逃げ、一度は酔っ払いの一行に遭遇して戸口に身を隠しましたが、それでも彼女は道化師を探すのをやめませんでした。

『セントジャイルズをさまよう道化師の亡霊物語』

孤児院のなかに噂が広まるのは速い。子供は子供なりに見たり聞いたりした情報を頭のなかで組み立て、それをほかの子に話すからだ。

一〇分ほどして教室に入っていったとき、男児は授業中だった。ウィンターはジョセフ・ティンボックスの顔を見て、この子はもう知っているのだとわかった。

「ジョセフ・ティンボックス、ちょっと話がある」

ほかの子供たちが死刑囚を見るような目をジョセフ・ティンボックスに向けた。ジョセフはごくりと唾をのみこみ、席から立ちあがった。背が高くなったな、とウィンターは思った。もうぼくの目のあたりまで伸びている。ほんの一年ほど前は肩までしかなかったのに。もう大人と変わらない身長だ。

ジョセフはそばまで来ると、ほかの子供たちに聞こえないように低い声で尋ねた。

「それ、しなくちゃいけない話なんですか？」

語尾がかすかに震えていることに気づき、ウィンターは胸が引き裂かれそうになった。

「そうだ」

ジョセフはうなだれ、先に教室を出た。ウィンターはどうしていいかわからず、廊下を見まわして、ジョセフを空っぽの病室へ連れていった。ピーチは元気になり、今日は女児の授業に出ている。

ドアを閉めてジョセフを見た。「もう耳に入っているんだね」

少年は黙ってうなずいた。「どこかの貴族の人が、ぼくを船に乗せると……」

ウィンターはピーチが使っていたベッドに腰をおろした。「きみはただ船に乗るだけじゃない。海軍士官となる資格が与えられるんだ」

海軍士官と聞き、ジョセフは一瞬目を輝かせたが、すぐにまたかたくなな表情に戻った。

「行きたくありません」

ウィンターはうなずいた。「気持ちはわかるよ。船になんて乗ったことがないし、みんなと別れてここを出ていかなくてはいけないからね。だが、今は勇気を出すべきときだ。これほどの機会を逃すのはあまりに惜しい」

ジョセフはウィンターが座っているベッドにちらりと目をやった。「でも、ピーチにはぼくが必要なんです」

ウィンターは目を閉じて負けを認めてしまおうかと思った。孤児院に入所するような子供は親きょうだいを失い、友達から引き離され、ひとりぼっちでここへ来る。だからこそ、ここで友人を作ることには大きな意味がある。それは誰かと深い関わりができるということであり、お互いに孤独を癒すことにつながるからだ。今、ジョセフは純粋な心でピーチを守り、友人になろうとしている。そんな絆を断ち切るのは罪だ。

だが、それも仕方がない。

ウィンターは腰をかがめ、膝に肘をついた。「ここを出た男の子のほとんどは、どこかの見習いに入る。それは知っているね？」

ジョセフは用心しながらうなずいた。

「何年か働き、運がよければ靴屋や肉屋や職工になれるだろう。どれもまっとうな生き方だし、幸せな人生だ」

ウィンターはてのひらを広げた。「だが今、きみにはさらに上を目指す機会が与えられた。ただの水兵としてではなく、士官として海軍に入れるんだ。一生懸命に務め、知恵を働かせ、勇気を出せば、ここにいる誰よりも社会的地位はあがるし、将来は艦長にだってなれるかもしれない」

ジョセフは目を丸くしたあと唇を嚙んだ。「でも、船の暮らしが好きになれなかったら？」

ウィンターはほほえんだ。この子なら、それは大丈夫だ。「きっと気に入るさ。船の扱いを覚えて年長者の経験談を聞き、遠く離れたさまざまな国をまわるんだ。人生、こんな冒険はないぞ」

一瞬、少年は納得したかのようだった。長い目で見れば、これがいちばんの選択肢なのだ。しかしジョセフ・ティンボックスは、まだくぼみの残るピーチの枕に目をやった。しばらくぼんやりとそれを見つめたあと、心を決めたようにこちらへ顔を向けた。

「ごめんなさい、ミスター・メークピース。とてもいい話だとは思いますけど、やっぱりピーチをひとりぼっちにはしておけません」

ウィンターはため息をついた。ああ、疲れた。ずっと休みなく走ってきたのだ。もうすべてを投げだしてしまいたい。

だがそんなことを思うのは、こちらの勝手な感傷だ。

「こんな言い方をしてすまないが……」ウィンターはベッドから立ちあがった。「これはもう決まったことなんだ」

その夜、イザベルは自宅にある個人用の食堂で、ひとりディナーの席に着いていた。背後の暖炉では心地よく火がはぜ、小さな花瓶には新鮮な花が生けられて、料理人はとてもおいしいスープを作ってくれたが、それでも食欲がわかなかった。

今夜は晩餐会に呼ばれていたのだが、ロジャー・フレイザー＝バーンズビーが殺害されたことやウィンターが孤児院を出たことなど気の重い出来事が続き、とても外出する気にはなれなかった。招待してくれたレディ・リトルトンにとっても、きっと客人の少ない寂しい晩餐会となっているだろう。

「魚料理をお持ちいたしましょうか？」従僕のウィルが尋ねた。

「ええ、お願い」イザベルはため息をついた。

ウィンターに求婚されたこと、彼が孤児院をあきらめたことが重く心にのしかかっている。とりわけ後者に関しては、彼がどれほど正しいと思って決めたことだろうが、やはり納得がいかない。ひとりの子供の将来のために、ウィンターは孤児院を辞めた。ジョセフ・ティンボックスを愛おしく思っているのはわかるけれど、それは違うだろうという気がする。

それ以上に今、彼がどこでなにをしているかが心配でならなかった。今夜セントジャイルズに亡霊が現れ、トレビロン大尉の竜騎兵隊に追われたと、先ほどピンクニーが興奮してしゃべっていた。今ごろウィンターは大けがをして道端で苦しい息をしているのか、まさかもう命がつき果てて……。

そう思うと居ても立ってもいられなくなり、ワイングラスをわきに押しやった。

「奥様、お客様でございます」執事のバターマンがやってきて、いささか気に入らないという口調で告げた。「なんとしてもお会いしたいということですが、もし奥様がおいやなら、わたしのほうで――」

「その必要はないと思う」執事のうしろで男性の声がした。

ああ、無事だったのね！

ウィンターが食堂に入ってきた。「ご案内ありがとう、ミスター・バターマン」

執事は身をこわばらせた。「ただのバターマンでけっこうでございます」

彼は真面目くさった顔でうなずいた。「覚えておくよ」

「ミスター・メークピース」イザベルは言った。「ご一緒にディナーはいかが？」

ウィンターは意外なお誘いだというような顔で両眉をあげた。なにを白々しい。わたしがあなたを追いだすなどとは思っていなかったくせに。「それはどうもご親切に、レディ・ベッキンホール」

昨晩も図書室で激しく愛しあったことを思うと、なんとも他人行儀な会話だ。

「ミセス・バターマンにお席を用意させてちょうだい」イザベルは執事に命じた。

有能な執事らしく、バターマンは驚きをほとんど顔に出さずに食堂をあとにした。

ドアが閉まるなり、イザベルは光沢のあるマホガニー材のテーブルに身を乗りだし、声を押し殺して怒った。「いったいどこにいたの！　今夜セントジャイルズに亡霊が出たという話を聞いたわ。あなた、また危ないまねをしたの？　それとも、その話は単なる噂？」

「少しは本当かもしれないな」ウィンターは向かいの椅子を引き、腰をおろした。「さっき、トレビロンのところの竜騎兵たちと少しばかり鬼ごっこをしてきたからね」

この人、本当に頭がどうかしているわ！　今、亡霊の姿でセントジャイルズをうろつくのはどれほど危険かしれないのに、それでもやめようとしないなんて。スプーンでも投げつけてやろうかしら。それとも彼の無事を喜んでキスでもするべき？

幸いにも、そのとき家政婦のミセス・バターマンがメイドをひとり連れて食堂に入ってきた。そして、女主人と客が気まずそうに黙りこくっているのもかまわずに食器を並べた。

ミセス・バターマンはウィンターのグラスにワインをつぐと満足そうにうなずき、ほかに用事はないことを確かめてから食堂を出ていった。従僕のウィルも魚料理を取りに行ったまま戻ってこないため、食堂はまたイザベルとウィンターのふたりきりになった。

「子供たちが働かされているという作業場は見つけたの？」

ウィンターは苦々しい表情で首を振り、ワイングラスに手を伸ばした。「あやふやな噂話ばかりだ。いつも使っている情報屋に二倍の金を握らせたら、どこかの屋根裏部屋に子供たちが押しこめられているらしいという話をしてくれたが、その場所もあいまいだ。それらしき建物がふたつあって、ひとつは違うと確かめたが、もう一方はトレビロンに邪魔をされたよ。だから、また出直すつもりだ」

兵隊に追われるのがわかっていながら、それでもこの人は毎晩出かけるのかと思うと、イザベルはぞっとした。

「ねえ、せめて二、三日ぐらい身をひそめたらどう？」

ウィンターはいらだたしげな目でちらりとこちらを見た。「そのあいだ、つらい思いをするのは子供たちだ」

彼女はうつむいて頭を振った。なにか手伝えることがあればいいのに……。そのとき、ジョセフ・ティンボックスのことを思いだした。「そういえば海軍の件、ジョセフは納得したの？」

「いいや」ウィンターはワインを口に含み、目を閉じて香りを味わった。しばらくすると目を開けて言った。「これはもう決まったことなんだと伝えると、口を利いてくれなくなったよ」

「あなた……大丈夫？」イザベルは彼の手を握ろうと腕を伸ばした。そのとき従僕のウィルが入ってきた。

ウィルは居心地が悪そうに女主人と客の顔を見比べながら、魚料理の皿をふたりの前に並べた。

「ありがとう。もうさがっていいわ」イザベルは告げた。

「かしこまりました」ウィルはつぶやき、食堂を出ていった。きっと彼から報告を聞こうと、使用人たちが廊下に集まっているに違いない。

イザベルはため息をついてウィンターを見た。

彼はもうひと口、ワインを飲んだ。「おいしいワインだな。イタリア産かい？」

「ええ。先日買ったばかりよ」イザベルはいぶかしむように目を細めた。「お父様はビールの醸造業者だったんでしょう？　それなのに、どうしてあなたはワインに詳しいの？」

ウィンターの目にちらりとばつの悪そうな表情がよぎったように見えた。

「ワインは好きなんだ」

「あなたって、本当に自分のことはなにも話さないのね。ようやくあなたのことがわかってきたと思ったところなのに、まさかそんな一面があったなんて」

彼がグラスを置いた。「そこがあなたとぼくとでは考え方が違うところなんだ。ぼくはあなたのことを今すべて知りたいとは思わない。それよりこれから長い歳月をかけて、毎日あなたの秘密を少しずつ見つけられるほうが楽しみだ」

「ウィンター……」その茶色い目に浮かんだ優しい表情に、イザベルは胸が押しつぶされそうになった。でも、余計な気を持たせるようなことをしてはいけない。「わたしたちにそんな長い歳月はないのよ」

彼は黙って魚料理を口に運んだ。返事をしないことで思いの強さを訴えているように感じられた。

イザベルはため息をついた。「次の仕事はどうするの？」

「家庭教師をしたいと思っている」ウィンターは答えた。「小さな子供を教えたい」

彼女は眉をひそめた。「その子供って、まさか……」

そのとおりというようにウィンターがほほえんだ。イザベルは目を丸くした。

「でも、クリストファーはまだ五歳よ。家庭教師をつけるには早いわ」

「子供は、とくに男の子は、早く学問をさせるに越したことはないさ」彼は自信たっぷりに言った。「さっそく明日から教えよう」

「でも……」断る口実を考えたが、なにも思いつかなかった。たしかにクリストファーには男性の家庭教師が必要だろう。女性の乳母ひとりでは、ろくにしつけもできていないのが現状だ。

「話が決まってよかった」まるでイザベルが大賛成したかのような口ぶりだ。「では、荷物を部屋へ運ぶよ」

「ほら、あの子だって――」そう言いかけてから、ウィンターの言葉の意味に気づいてはっとした。「なんですって？」

彼はいたずらっぽい笑みを浮かべた。「家庭教師のいいところは家族と一緒に生活することだ。さてと、どこの部屋に荷物を入れればいいかな？」


三日後、ウィンターは子供部屋の低いテーブルの前に座っていた。屋敷の最上階にある快適な部屋だ。明かりをたっぷり取りこむ背の高い窓がいくつもあり、転落防止用の柵が設けられている。ブリキの兵士が本棚に並び、よく使いこまれたライオンのぬいぐるみが生徒の隣の椅子にだらりと座っていた。

ウィンターは小さなカップケーキがいくつかのった皿をテーブルの真ん中に押しだした。

「さあ、クリストファー、ぼくらのお茶の時間のために料理人がカップケーキを作ってくれたよ。全部でいくつある？」

クリストファーはテーブルに両肘をつき、アイシングされたカップケーキを見つめ、唇だけを動かして数えはじめた。イチゴがのったおいしそうなケーキだ。

「一二個！」

「そのとおり」ウィンターは言った。「じゃあ、クリストファーと先生でそのカップケーキを分けるとしたら、何個ずつになるかな？」

額にしわを寄せて、クリストファーは考えこんだ。ウィンターはクリストファーのカップにミルクティーをつぎ、砂糖を入れた。

「六個かな」クリストファーが自信なさげに答える。

「正解だ」ウィンターはよくできましたというようにほほえんだ。「でも、六個も食べたらクリストファーはお腹が痛くなってしまうだろうし、先生も痛風になるかもしれない」子供部屋へ入ってきたイザベルに、彼は会釈をした。「でもちょうどいいことに、奥様も一緒にお茶を飲まれることになった」

イザベルは笑みを浮かべた。「こんにちは、クリストファー、ミスター・メークピース」

「ぼく、算数をやってるんだよ！」クリストファーが椅子のなかで跳ねた。「それで料理人がカップケーキを作ってくれたんだ」

「よかったわね」彼女はウィンターにもちらりとほほえみかけ、席に着いた。ここ数日でクリストファーのそばにいるのが苦痛ではなくなっている。「今日はほかにどんなことを習ったの？」

ウィンターは紅茶を飲むふりをしてイザベルの視線を避けた。

秘密を打ち明けるかのように、クリストファーが身を乗りだした。

「ヘイスティングズの戦いで、ハロルド王は矢で目を撃たれて死んだんだって」

「まあ」イザベルは声を落とした。「ミスター・メークピース、小さい子には少し過激な内容ではありませんこと？」

ウィンターは咳払いをした。「派手な場面の話をしてやると、子供は歴史に興味を持つのです」

「そう」イザベルは自分のカップに紅茶をつぎ、砂糖とミルクを入れた。「小さい子供の教育がそんなに……オペラ的だとは知りませんでしたわ」

「教育とはおもしろい仕事ですよ」彼は真面目な顔で答えた。「今はちょうど割り算の勉強をしていたんです。クリストファー、じゃあ。このカップケーキを奥様と先生ときみの三人で分けたら、ひとり何個になる？」

鼻の頭にしわを寄せて、クリストファーは考えた。「五個？」

「正解かどうか見てみようか」

クリストファーが何度もうなずく。

「じゃあ、カップケーキを三人に分けてくれるかい？」

クリストファーがそれぞれの皿にカップケーキを一個ずつ置いていくのを、ウィンターは紅茶を飲みながら見守った。

「ありがとう。では――」

「もういただいていいのかしら？」イザベルが自分の皿のカップケーキを見ながら尋ねた。

「奥様、もうちょっと辛抱してください。勉強は急いではいけません」ウィンターはいさめた。あとで覚えておきなさい、という顔で彼女がこちらをにらんだ。「クリストファー、きみのお皿にはカップケーキがいくつある？」

クリストファーは数えた。「四個」

「ぼくらは三人だ。ということは、三かける四は？」

三人の皿を順番に見まわし、クリストファーは顔を輝かせた。「一二！　三かける四は一二だよ！」

「よくできたね」ウィンターは褒めた。「さて、奥様、どうぞお召しあがりください」

「やったあ！」クリストファーはカップケーキを丸ごと頬張った。

そのうちにテーブルマナーも教えなくては、とウィンターは思った。

イザベルは上品にカップケーキをひと口かじり、唇の端についたかけらを舌でなめた。そんな仕草を見るだけでウィンターは熱くなった。いっさい顔に出してはいないが、ひとつ屋根の下で暮らし、彼女の求めに応じて一緒に食事をとるのは拷問に近かった。同じ空気を吸っていると思うだけでせつなくなる。

ひそかにため息をつきながら、カップケーキをかじった。しばらくは結婚の話はしないでおこうと心に決めている。そもそもが時期尚早だったのだ。こうしてぼくがいつもそばにいることにイザベルが慣れるまで、ひたすら待つしかない。そのあいだは体の関係はないほうがいいだろうと判断した。だが、そう決めたことを今は悔やんでいる。

「お茶のお代わりはいかが？」イザベルはそう言いながら、身をかがめて自分のカップに紅茶をついだ。そのせいで胸元がよく見えた。「ミスター・メークピース？」

ウィンターは慌てて視線をあげた。彼女はなにも気づいていないような顔でまばたきをしている。「あの……ええ、ぜひ」

このまま我慢しつづけたら頭がどうかなりそうだ。

イザベルはほほえみ、彼のカップにも紅茶をついだ。「お部屋は気に入っていただけました？」

「ええ、もちろん」焦って紅茶を口に運んだせいで、舌を火傷した。

「景色はどう？」

自室の窓からはれんが壁しか見えない。「とてもいいですよ」

彼女はカップ越しに目をぱちぱちさせた。「ベッドは……柔らかくて、温かくて、しなやかかしら？」

ウィンターはカップケーキを喉に詰まらせそうになった。

「それとも、もっと硬いほうがお好み？」イザベルがにっこりとほほえむ。

「あなたがくださるものなら……」彼は目を細めた。「ぼくはなんでも満足です。あなたはどんなマットレスがお好みですか？　羽毛の柔らかいもの？　それとも少しばかり……硬いやつ？」

ウィンターは見逃さなかった。ほんの一瞬だが、イザベルがこちらの太もものあいだにちらりと視線を向けた。そこは先ほどより隆起していた。

「わたしは硬いほうが好きよ」思わせぶりな口調だ。「温かくて、ずっとのっていられるようなのがいいわ」

彼女も自分を待っているのだと知り、ウィンターは体がうずいた。もし今、ふたりだけなら……。ここにベッドがあれば……。

「マットレスにのるの？」クリストファーがカップケーキを頬張りながら、もごもごと尋ねた。「ぼくは寝るよ」

「それはつまり……」イザベルが口ごもる。

「奥様もちゃんと寝るから大丈夫だ」ウィンターはさらりと答えた。「ほら、口に食べ物を詰めこんでしゃべるのはいけないことだよ。お茶のお代わりはどうだい？」

クリストファーは嬉しそうにカップを差しだした。

ウィンターはイザベルを見ないようにしながら、そのカップに紅茶をついだ。こんなふうにたやすく自分の心も紛らわせられたらいいのに。

16

とうとう、誰かが殴りあう音と怒声が聞こえました。道化師の恋人は逃げるどころか、おそるおそる音のするほうへ近づき、通りの角から顔を出してのぞいてみました。そこには小さな広場があり、セントジャイルズの亡霊が五人の男を相手に戦っていました。男たちは叫んだり、唸ったりしていましたが、セントジャイルズの亡霊はひと言も発せずに、次から次へと手際よく相手を倒していきました。

『セントジャイルズをさまよう道化師の亡霊物語』

その夜、イザベルは寝室でシルクの上掛けを顎まで引きあげ、いったいわたしはなにをしているのだろうと思った。ウィンターに求婚され、それをにべもなく断った。これが世の男性なら、これ幸いとばかりに結婚という重荷から逃れ、体だけの関係を続けるかもしれない。あるいはあきらめて別れるかだ。

でも、ウィンターは違った。うまい理由を見つけて、この家で暮らしはじめた。

わたしは世間知らずのうぶな娘ではない。ウィンターが頑固で気位の高い人だということはわかっている。その彼がどうしてもわたしと結婚したいと思っている。もしかすると、本当にわたしを愛しているのかもしれない。

そう思うと心臓が縮むほど不安になり、暗闇のなかでぎゅっと目をつぶった。そのことについては考えないようにしてきた。怖かったからだ。わたしはウィンターのように誰かのことを深く思いやることができない。なにごとであれ、あまり感情移入しないようにしながら生きてきた。だから本当はわかっている。わたしは彼ほどの器の人に愛されるような人間ではない。いつか彼がそれに気づいたら……。

物音はしなかったが、かすかな空気の動きとぬくもりが伝わってきた。

イザベルは目を開けた。ウィンターがベッドのそばに立っていた。手に燭台を持ち、上着は着ていない。

「すまない」彼はささやき、燭台をテーブルに置いた。「我慢できなかった」

イザベルは背後に両肘をついて上体を起こし、ウィンターがベストのボタンを外すのを見て鼓動が速くなった。

「おかしなものだ」彼はひとり言のようにしゃべりはじめた。「ぼくは自制心が強いほうだと思ってきた。セントジャイルズの亡霊だということは家族にも友人にもずっと秘密にしてきたし、感情的になることはほとんどない。けがをして、たとえ自分で縫わなくてはいけないはめになっても、それをほかの人に悟られるようなまねはしなかった」

ベストを脱いだ。「客観的に見ても、普通の人よりは相当我慢強いはずだ。あなたに会うまでは、女性すら遠ざけて生きてきたのだから」

ウィンターはベストをたたみ、椅子に置いた。「だが、あなたに出会ってからというもの、自制心はどこかへ吹き飛んでしまった。みんなあなたのせいだ」

「わたしのせい？」急に責められ、イザベルは初めて口を開いた。

彼は裁判官のように厳かにうなずいた。「ひとつずつ理由を挙げよう。あなたは〝〈恵まれない赤子と捨て子のための家〉を支える女性たちの会〟に入り、ぼくにレッスンをつけると言いだし、ぼくを挑発した」

イザベルは完全に上体を起こしてベッドに座った。この話がどこへ行き着くのか興味があったし、シャツを脱ぎはじめた彼の裸体を見たいという気持ちもあった。そのたくましい胸を見逃すのはもったいない。

だがもちろん、そんなことを口にはしなかった。「挑発したですって？」

「そうだ」ウィンターはシャツも軽くたたんだ。腕の筋肉の動きに思わず目が行った。「ときおり皮肉を言い、いかにもだめな人ねという目でぼくを眺め、胸の膨らみをひけらかすようなドレスを着た」

思わず自分の胸を見おろした。「そんなことしていないわ！」少なくとも、しょっちゅうというわけではなかったはずよ。

ウィンターはにこりともしなかった。「いや、していた」彼がズボンの前を開いたのを見て、イザベルはなんの話をしていたのか忘れた。「だが、そんなのはまだましなほうだ。そのあとはお世辞の練習だと言って、ぼくにさんざんあなたを称賛させ、ダンスの練習と称して尻を触ってきた」

「とんでもない！　絶対に――」一度くらいはあったかもしれないけれど。「そんなことはしていません！　たまたま触れてしまったとしても、わざとではなかったわ」イザベルは目を見開き、そんなことを言われるなんて心外だという顔をしてみせた。これならスペインの異端審問を執り行った司祭でもだませる自信がある。

ウィンターは眉をひそめ、怖い顔でズボンと下着を脱いだ。彼の体はすっかり用意ができていた。

「あなたはその色香で、世間知らずの若い男たちをその気にさせる」責めるような口調でそう言いながら、こちらに近づいてきた。「男たちは自分が誘惑されていることにさえ気がつかない」

彼はいきなりベッドにのり、体温が伝わるほど近くに覆いかぶさってきた。イザベルはびっくりして小さな悲鳴をあげた。

ウィンターは片肘をつき、もう一方の手を彼女の喉元から乳房のあいだへ、さらに下腹へと滑らせ、自分のものだと主張するように茂みのあたりをてのひらで覆った。そしてしばらくその手を眺めていた。

こちらを見たときには、目から冗談の色が消え、底知れぬほど暗い表情が浮かんでいた。「ぼくはあなたに惹かれる気持ちを止めることができなかった。今夜もここに来ずにはいられなかったんだ」

イザベルはごくりと唾をのみこんだ。こんなウィンターを見るのは初めてだ。先ほどの冗談は、わたしへの恨みを隠すためのものだったのだろうか？「どうしてほしいの？」

彼はイザベルの唇に視線を落とした。「わかっているくせに」

そして唇をむさぼった。

唇をなめたり、噛んだりはしてきたが、ウィンターは決して舌を入れようとはしなかった。彼女はじれた。たくましい胸がすぐ上にあるというのに、それを引き寄せることもできない。せがむような声をもらすと、ウィンターがくすりと笑った。

彼の胸に爪を突き立てた。

「だめだ」ウィンターが子供を諭すように言う。「今夜はぼくがあなたの手綱を握る」

彼は力任せにイザベルをうつ伏せにした。

「きゃっ」体の下になった腕を引き抜こうとしたが、ウィンターにのしかかられた。「起こして」

「だめだ」彼は耳元でささやき、イザベルの髪をすいた。

薄い夜着のせいでウィンターの体がなめらかにこすれるのが、妙に心地いい。

「あなたの髪が好きだ」彼がささやく。「このつややかな髪がぼくの手足に絡みつく夢を見ては目が覚めて、何度毒づいたかわからない」

ウィンターは背後から下腹部を押しつけてきた。

「嘘よ。脚を縫われても平然としていたくせに」

「やたらと神の名を吐き捨てるのは罪だと思っているからね。だがあなたのことになると、ぼくは罪を犯す」

彼は首筋にキスをし、味を見るように舌を這わせた。そして歯を立てた。イザベルは声をもらした。

「痛かった？」唇をつけたまま尋ねる。

「いいえ」本当だ。ウィンターは自分のほうが体が大きくて、力が強いことをよくわかっている。だから絶対に無茶はしない。

「ぼくはあなたのことを思うだけで胸が痛む。そして傷つく」

「ごめんなさい」彼の頬を両手で包みこみたかった。そんなつもりはないのだと、ただそのときにいちばんよかれと思っていることをしているだけなのだと慰めたかった。けれども、ウィンターは彼女が体の向きを変えるのを許さなかった。

「今夜はぼくのやり方でいく」

夜着の裾をゆっくりと引きあげ、熱いてのひらを腰から下へと滑らせて、太もものあいだに指を入れた。

「濡れている」低い声だ。

秘めやかな部分を探られ、イザベルはもうなにも考えられなくなった。体のなかに指が分け入ってきた。背後からだと指でさえ刺激が強かった。これが下腹部だったら……。

イザベルは唇を噛み、目を閉じて指の動きを感じた。ウィンターが手を離した。

「あなたの香りが好きだ」耳元でささやく。

顔のそばに相手の手が来たせいで、イザベルのほうへもその香りが漂ってきた。わたしが彼を求めている香りだ。

早くわたしを仰向けにして、満たしてくれればいいのに……。

ウィンターは彼女のウエストの線に沿って手をおろし、太もものそばで止めた。

「腰をあげて」

言われたとおりにした。彼は腹部の下に手を滑りこませるとてのひらを広げ、今度は前のほうから茂みの奥に指を差し入れた。

「熱くなっている」

太ももを広げられ、潤ったところの入口に硬いものが触れたのを感じた。ベッドにお腹をつけたままウィンターを迎え入れられるのか不安だったが、彼は容赦なくこわばりを押し入れてきた。

いったん止まったあと、さらに奥へと進んでくる。

イザベルは枕をつかんだ。腰をあげて膝を立てたかったが、彼がそれをさせてくれなかった。

ウィンターはうめき声をもらし、彼女の首筋に歯を立てると、ふいに強く突いた。

一気に快感がこみあげ、イザベルは泣きそうな声をもらした。

彼は感じやすい部分を探りあて、そこに指をあてた。だが、その指はじっとしたままだった。イザベルは自分が腰を動かそうとしたが、背後から彼に貫かれたまま体重をかけられ、身じろぎすらできなかった。

しばらくそうしていたあと、ウィンターは腰を引き、また力強く突いた。そのせいで彼の指に感じやすい部分がこすれ、甘い衝撃が全身を駆け抜けた。

「愛している」

ウィンターがゆっくりとリズミカルに体を動かしはじめた。

狂おしいほどの恍惚感に酔いしれて、イザベルは時間と場所の感覚を失った。

苦悩にも近い喜悦にのみこまれ、ただこのひとときが永遠に続けばいいということしか考えられない。

その気持ちを察したかのように、ウィンターは息を荒らげながら、いつまでも敏感なところを刺激しつづけた。

彼のはちきれそうなものと指のあいだに挟まれた蕾が小さく痙攣しはじめた。やがて焼けるような歓喜が血管のなかを走り抜けた。心臓が激しく早鐘を打ち、足の裏まで熱くなっている。ウィンターはそれでも絶頂感を引きのばすように情熱をぶつけつづけた。

やがて彼も快楽の頂を越えたのがイザベルにはわかった。ウィンターは最後にもう一度、奥深くまで身をうずめると、彼女の秘所をてのひらで押さえたまま、じっと動かなくなった。

イザベルはとろけるような感覚のなかを漂っていた。耳元で荒い息遣いが聞こえ、全身に彼が重くのしかかっているが、それさえ心地よかった。ふと、今夜はこの部屋に泊まっていくよう誘おうかと思った。朝、メイドに見られてもかまうものですか。ここはわたしの家で、わたしは未亡人なのだから……。

ふいにウィンターの体が離れた。ぬくもりがなくなり、イザベルは肌寒さを感じた。彼は黙ってズボンをはくと、シャツとベストを抱えて燭台を手に取った。

そして寝室を出ていった。


ウィンターは亡霊の姿でセントジャイルズの町に出た。もう深夜をとうに過ぎていたが、イザベルの寝室から戻ったあと、どうしても眠ることができなかったのだ。どのみち、子供が閉じこめられているかもしれないというもう一軒の建物を調べに行こうと思っていた。これまで何度もあやふやな情報を追いかけ、そのたび徒労に終わってきたが、だからといってここであきらめるわけにはいかない。それに今夜は体を動かしたかった。このもやもやした気持ちを忘れるために……。

今夜は内なる獣が逃げだしてしまった。しばらく体の関係は持たないと決めていたのに、どうしても我慢できず、イザベルの寝室へ行ったのだ。そして欲求に任せて彼女を抱いた。それでもイザベルは充分に潤っていたから、あんな本能をむきだしにした愛し方でもいやではなかったのだろう。少なくとも怯えているようには見えなかったのが、せめてもの救いだ。だが、ぼくは自分の暗さが怖い。このごろは彼女が開けた檻の扉を閉めることができなくなっている。獣はいつでも自由に檻を抜けだし、彼女を愛しに行く。あの頭の回転の速さや、体の奥の感じやすい部分、子供を産めないという悲しみまでもが愛おしいのだ。それに愛撫されているときの悩ましい目……。あのブルーの瞳がたまらない。

ウィンターは唸りたいのをこらえ、隣の建物の屋根へ飛んだ。かなり距離があったが難なく隙間を飛び越え、無事に着地した。

満たされぬ愛のせいで神がかったのか？

なにを罰当たりなことを考えているのだ。ウィンターは立ちあがった。目の前には屋根に斜めに取りつけられたドアがあり、それが月明かりに照らしだされていた。頭を振って雑念を追い払い、短剣と長剣を鞘から抜くと、そのドアを蹴破った。

蝶番が壊れ、ドアが壁にぶつかった。室内は真っ暗だ。眠っていたらしい人影がいくつかもぞもぞと動いた。ウィンターの目はすでに暗闇に慣れていたし、高い位置にいるという利点もあった。

〝可能なかぎり高い位置から攻撃するべし〟

師の声が耳によみがえった。ウィンターは戸口から飛びおり、肩の筋肉が盛りあがった汗臭い男に襲いかかった。膝をついて立ちあがろうとしていた男は、そのまま顔から床に倒れた。その男が動かないため、今度は隣にいる男の頬を平手で打った。

バン！　銃声が響き、発砲炎で全員の目がくらんだ。

ウィンターは目をつぶって戦いつづけた。若いころに目隠しをした訓練を受けたおかげで、こんな状況でも問題なく動ける。よろよろと襲いかかってきた男の腹に肘を打ちつけた。男が倒れた鈍い音と逃げていく足音が聞こえた。

ウィンターは目を開けた。

肘鉄を食らわした男が足元でもがいていた。屋根裏部屋は天井が低く、大きすぎる椅子のような形をした奇妙な機械が六台ほど壁際に並んでいるだけだった。

「子供たちはどこにいる？」ウィンターは詰問した。もうほかにできることはなかったからだ。

すると驚いたことに、足元の男が部屋の奥を指さした。「あそこだ」

怪しいと思い、彼は目を細めた。ぼくを追いやるための嘘なのか、それともなんらかの罠なのか？　どちらにしても確かめないわけにはいかない。

ウィンターは男の襟首をつかみ、部屋の奥へ引きずっていった。壁に小さなドアが見えた。彼はこみあげる期待を押し殺した。秘密の隠し場所を見つけたことは何度かあるが、いつもなかは空っぽか、あるいは大人が入っていた。

がっしりした木製のかんぬきがかかっていた。ウィンターはそれを抜きとり、慎重にドアを開けた。内部はこちらの部屋よりもまだ暗く、光も希望もない地獄の穴のように見えた。絶望の匂いが漂っている。最初はそこも空っぽなのかと思った。ところが小さな人影がひとつ動き、その数が増えていった。

痩せ細った幼い女の子の顔が見えた。「お願い……」それだけを言うのが精いっぱいのようだ。

とうとう発見した。誘拐された子供たちを見つけたのだ。

「お客様でございます、お嬢様」

翌朝、レディ・マーガレットことメグスは膝の上の本からぼんやりと顔をあげた。読書をしているふりをしながら、ずっと図書室に引きこもっていた。どれほど時間が経ったのかはわからない。肘のそばに空っぽのティーカップがあるところを見ると、ずいぶん長くここにいたのだろう。

「今日は誰とも会いたくないわ」彼女は力なく答えた。

「わたしは例外よね？」レディ・ベッキンホールが姿を現し、もうさがっていいわというように執事にうなずいてみせた。

執事はほっとしたような顔で図書室をあとにした。

「あなたを外へ連れだそうと思って来たのよ」レディ・ベッキンホールはそう言って、書見台にのった大きな聖書に目をやった。

「頭が痛いの」メグスは言った。

「だったら、なおさら外へ出たほうがいいわ」レディ・ベッキンホールが明るく言う。「新鮮な空気を吸うと頭痛も治るわよ」

「でも、お医者様ならベッドで寝ていろと言うわ」

「お医者様はなんでも寝ていろとおっしゃるのよ」レディ・ベッキンホールはひとり言のように答え、聖書から目を離してこちらへ顔を向けた。「ミスター・メークピースが孤児院を出てから、そろそろ一週間が経つわ。今ごろはレディ・ピネロピが孤児院を引っかきまわしているのではないかと思うの。だから、せめて様子だけでも見ておきたいのよ。お願い、一緒に来てくださらない？」

「ミスター・メークピースは孤児院を出たの？」ふと関心がわいた。

「ええ、舞踏会の二日後にね」レディ・ベッキンホールは顔を曇らせた。

舞踏会……ロジャーが殺された日だ。

メグスはうつむいた。「ごめんなさい、やっぱり行けないわ」声が震えた。

レディ・ベッキンホールがこちらに近づいてきた。「どうして？」

「だめなのよ」メグスは言い張った。

冷たい手が額に伸びてきた。「本当に具合が悪いの？　お医者様には診ていただいた？」

「そうじゃないの！」メグスは顔をそむけた。

「だったらなぜ？」

考える前に言葉が口をついて出た。「わたし……妊娠しているの」

メグスは顔をあげた。レディ・ベッキンホールは愕然としたように目を見開き、真っ青な顔をしていた。

なにがあっても平然としている彼女がこれほど驚くなんて……。そうよね、それくらいいたいへんなことだもの。「ごめんなさい」メグスはぼんやりと言った。「こんなこと、話すつもりはなかったのに。どうぞ忘れてちょうだい」

「いいえ、話してくれてよかったわ」レディ・ベッキンホールの顔から先ほどの表情は消え、頬に赤味が戻った。「わたしに打ち明けてくれたのは正解よ」

17

セントジャイルズの亡霊が五人の男たちを倒したあと、道化師の恋人は愛する人のもとへ駆け寄りました。でも、亡霊はくるりと背を向け、牡鹿のような速さで逃げだしました。道化師の恋人は相手の姿を見失うことなく、いつまでも追いかけつづけました。やがて港に入ると、もう逃げ場はなくなりました。道化師の恋人は、すかさず自分の髪で結った〝愛の紐〟の輪っかを亡霊の上半身にかけ、強く引っぱりました。こうして道化師の恋人は、魔女に言われたとおり、愛する人を愛で縛ったのです。

『セントジャイルズをさまよう道化師の亡霊物語』

イザベルは個人用の食堂に入り、思わず足を止めた。結局、今日はレディ・マーガレットと一緒に孤児院へ行くことはなく、そのまま自宅に戻り、彼女の代理で手紙を書き、昼食にしようとここへ来た。ところがそこにウィンターがいた。紫檀《したん》材のテーブルには紅茶のカップがひとつのっている。どうしたのだろう、とイザベルは思った。普段、ウィンターは恐ろしく朝早くに朝食を終え、そのあとは子供部屋か、書斎代わりに使っている部屋へ行く。クリストファーの授業もせず、こんな時刻に食堂にいるなどということはありえない。

「どうしたの？」挨拶も抜きに尋ねた。

ウィンターは紅茶のカップに目を落としたまま答えた。「見つけたんだ」

イザベルはちらりと従僕を見た。従僕はなにも聞こえないような顔をしていた。

「料理人にふたり分の昼食を頼んできてちょうだい」従僕は食堂を出ていった。「なにを見つけたの？」

「子供たちだ」声が暗い。

彼女は眉をひそめた。「よかったじゃない。嬉しくないの？」

ウィンターが顔をあげた。その目は充血していた。ああ、この人は今朝遅くまで寝ていたのではなく、昨晩から一睡もしていないのだ。

イザベルは椅子を引き、腰をおろした。「話してちょうだい」

彼は手を広げ、まるで自分の過去と未来を見通そうとでもするように、てのひらを見つめた。「ある家の屋根裏部屋の奥にある、さらに狭い空間に閉じこめられていた。窓も通風口もなく、天井はいちばん高いところでもぼくの肩までくらいしかない場所に、女の子ばかり一五人が押しこめられていた。かんぬきを引き抜き、ドアを開けても、子供たちは嬉しそうに笑うでもなく、ほっとした表情さえ見せなかったよ。希望を持つことをあきらめてしまったのだろう」

イザベルは目を閉じて、監禁されていた子供たちの苦しみやウィンターの悲しみに思いを寄せた。「でも、もう助けだされたんだもの。きっとまた笑えるようになるわ」

「そうだろうか」彼女が目を開けると、ウィンターは首を振っていた。「ぼくにはそうは思えない」

「その子たち、今はどこにいるの？」

「孤児院へ連れていったから、もう安全だ。ドアをノックして、人が出てくるまでのあいだ、逃げようと思えばいくらでも逃げられたのに、子供たちはただじっとしていたよ」

従僕がふたりの同僚を引き連れ、冷肉料理、チーズ、パン、果物がのった皿を運んできた。

「自分たちで取り分けるから、テーブルに置いておいてくれればいいわ」

従僕たちが食堂を出ていくと、イザベルはすべての料理をひととおり皿にのせ、それをウィンターの前に置いた。「とにかく食べて」

彼はうつろな目で料理を眺めた。「屋根裏部屋には何人か男もいたが、ほとんどは逃げてしまった。ひとり捕まえてあれこれと詰問したんだが、これがまったく話の通じない男でね。子供たちを使って金を儲《もう》けている貴族が誰なのか、さっぱりわかっていないようだった。おそらくダークとは面識がないのだろう」

イザベルはウィンターのカップに紅茶をついでいた手を止めた。「ダークって、ダーク子爵のこと？」

「そうだ」彼はいらだたしげに髪をすいた。「話しただろう？　誘拐団にさらわれそうになった子供が、ダークの封蠟がついた紙切れを持っていたんだ」

イザベルは片眉をあげ、穏やかに答えた。「子供が持っていたことは聞いたけれど、その子が誘拐されそうになっていたなんて話は知らないわ」

「そうか？」ウィンターが疲れた顔で眉根を寄せた。「とにかく、それが事実だ。子供たちを作業場で働かせている組織は、セントジャイルズでは少女誘拐団と呼ばれている。女の子のほうが指が細くて、手先が器用だからだ」

彼女は眉をひそめた。「ダーク子爵がそんなことに関わっているとはとても思えないわ」

ウィンターがじろりとこちらを見た。「ダークのところの御者は誘拐団のひとりだ」

イザベルは言葉に詰まった。「当人と話をしたの？」

「ああ」彼は顔をゆがめた。「黒幕はダークではないと御者は言った」

「だったら――」

「御者はすぐに逃げてしまったから、それ以上の話は聞きだせなかった。まあ、主人をかばっていると考えるのが妥当だろう」

「でも、本当のことを話したのかもしれない」イザベルは反論した。「あなたがダーク子爵を嫌っているのは知っているわ。たしかに彼はときどきひどく面倒な人になるけれど、だからといって犯罪に手を染めるとは思えないの。ましてや、お金儲けのために幼い女の子を虐待するなんて考えられない」

ウィンターは首を振った。「あいつを買いかぶっているだけだ」

アーリントン公爵夫人の舞踏会でダーク子爵が戯れてきたとき、ウィンターがどんな顔をしたか思いだした。「あなたこそ、偏見の目で見ているんじゃないこと？」

黙ったまま、彼は不機嫌そうに肩をすくめた。

イザベルは自分の皿にチーズと果物をのせた。「ダーク子爵にその紙切れを見せて、これはなんだと尋ねてしまえばいいのに」

ウィンターは皮肉な目でこちらを見たが、言葉は発しなかった。

彼女は自分のカップに紅茶をつぎ、たっぷりのミルクとスプーン一杯の砂糖を入れた。

「だいたい、その作業場ではなにを作っているの？」

「長靴下だ」彼は吐き捨てるように言った。「いまいましい話さ。やつらは幼い子供たちを死ぬほど働かせ、浅はかな貴婦人たちのために、フランス風の刺繡が施されたレースの靴下を作らせていたんだ」

心臓が凍りつき、イザベルはカップを置いた。「あなた、その靴下を見たの？」

「ゆうべ初めてね。レースの靴下に縫いつける前の刺繡模様が箱に入っていた」

食堂にいるのはふたりだけだった。彼女は立ちあがり、テーブルをまわりこむと、いぶかしげな顔でこちらを見あげているウィンターの隣の椅子に片足をのせてスカートの裾をまくった。

「その刺繡はこれと同じ模様だった？」静かに尋ねる。

ウィンターはぴくりともせず、そのピンク色と金色と青色の糸を使った上品な模様を凝視した。その刺繡模様は、膝上まである白いレースの靴下のくるぶし近くに縫いつけられている。これだけ優雅で繊細な刺繍を施した上等な長靴下が格安で売られていたのだ。なにかおかしいと気づくべきだった。

彼は顔をあげた。「どこで手に入れた？」

イザベルはスカートの裾をさげ、足を椅子からおろした。「メイドが買ってきたの。どこの店かは知らないけれど、とても手ごろな値段だったとはしゃいでいたわ」

ウィンターが唇を引き結ぶ。「彼女をここへ呼んでくれないか？」

「もちろんよ」冷静な口調を保ち、ドアのところへ行くと、廊下にいる従僕にピンクニーを呼びに行かせた。

ウィンターが激怒しているのが伝わってきた。〝浅はかな貴婦人たちのために〟と彼は言った。わたしのこともそう思っているのだろうか？　最新の流行のものでさえあれば、誰が作ったかなど考えない愚かな女だと？　でも、本当にそうなのだから仕方がない。イザベルは自分の席に戻り、ピンクニーが来るのを待った。

彼は眉間にしわを寄せ、テーブルをにらんでいる。

ドアが開き、ピンクニーが入ってきた。「なにかご用事でございましょうか？」

「ええ」イザベルは膝の上で両手を組んだ。「先日あなたが買ってきたレースの靴下のことで質問があるの」

ピンクニーはかわいい顔をしかめた。「靴下……でございますか」

「どこで買った？」ウィンターが暗い声で尋ねた。

困惑した顔で、ピンクニーは怯えたようにブルーの目を丸くした。彼が怖い顔をしているからだ。「あの……それは……ベイカー通りの小さな店です。靴下は棚には並べられていなくて、こういうものが欲しいと言うと、店主が奥から持ってくるんです」

「そんな店があると、どうしてわかったの？」イザベルは訊いた。

ピンクニーが困ったように肩をすくめる。「噂で聞いたんです。どの店でおしゃれなキッド革の手袋を売っているだとか、どの靴屋が優雅な靴を作るだとか、どこへ行けばフランス風のレースの靴下が半額の値段で買えるだとか、そういう情報を仕入れるのがわたしの役目ですから」

ピンクニーは誇らしげにふたりを見た。たしかにそのとおりだし、そういう意味ではこのメイドはちゃんと仕事をしている。

「ありがとう。もうさがっていいわ」イザベルは穏やかに告げた。

ピンクニーは膝を曲げてお辞儀をし、食堂を出ていこうとした。

「ちょっと待って」イザベルはためらいもなくスカートの裾をまくりあげ、靴下を脱いで、それをメイドに手渡した。「これと同じ靴下はすべて燃やしてちょうだい」

女主人がウィンターの前で脚を出したことにピンクニーは驚いてぽかんと口を開け、また慌てて閉じた。「かしこまりました」

そしてあたふたと食堂を出ていった。

「なぜ彼女をさがらせた？」ウィンターが不機嫌な声で尋ねた。「質問すれば、まだなにか話を引きだせたかもしれないのに」

「無理よ」イザベルは首を振った。「ピンクニーはメイドとしてはとても優秀だわ。でも、さっき自分でも言っていたように、どの店が安いとか、どこの靴屋がいいとか、そういうことしか考えていない。おしゃれ以外のことにはまったく興味がないのよ。なにを尋ねても無駄だと思うわ」

ウィンターが立ちあがった。「ならば自分で調べるまでだ。そのベイカー通りの店主を締めあげれば、なにか情報を絞りだせるかもしれない」

「クリストファーのことは？　今日は授業をしないの？」

彼はドアのそばで振り返った。「あの子が帰ってくればするつもりだが……。だが今朝早くに母親が来て、息子を連れだしたと聞いている」

「なんですって？」彼女がそう言ったときには、すでにウィンターは食堂をあとにしていた。

本当だろうか？　ルイーズがクリストファーに会いに来るのはせいぜい月一回程度だし、それも午後になってからだ。彼女は午前中に起きることなどなく、たとえ目が覚めたとしても、昼までベッドでぐずぐずしているような女性だ。

ため息をついて食事に手をつけた。ピンクニーが買ってきたものがまっとうな店の商品かどうか、すべて調べたほうがいいのかしら？　それともわたしが上品なレースの靴下や優雅な靴、何カ月もかかるような刺繍を施したドレスをあきらめるべきなの？

でもおしゃれをするのをやめ、修道女のような格好をしたら、ほんの一週間で頭がどうかなってしまうだろう。派手なドレスやかわいい下着、刺繍模様のついた靴下など、とにかくウィンターが顔をしかめたくなるようなものが大好きなのだから。それをあきらめるのは、孔雀に自分の羽根をむしれと言うようなものだ。

やはり、わたしたちが結婚するのは無理があるのだろう。わたしがドレスや宝石に一喜一憂するのを見れば、たとえどれほど愛情があろうと、ウィンターはわたしのそういう一面を軽蔑するに決まっている。これでまたひとつ求婚を断る理由ができた。わたしたちは合わない。

イザベルは鼻にしわを寄せ、フォークの先でチーズをつぶした。彼に結婚をあきらめさせる理由が増えたのは喜ぶべきことなのに、どういうわけか気が重くなった。頭ではわかっているのに、心がついてこない。

そのとき食堂のドアが開き、クリストファーの母親が入ってきた。気を紛らわせる相手ができたことに、イザベルはほっとした。

ルイーズは目を輝かせ、頬を染めて、ピンクのリボンで作った薔薇の髪飾りをつけていた。それに記憶に間違いがなければ、ドレスも新しいもののようだ。「イザベル、聞いて！　とてもいい知らせがあるの。わたし、生活の面倒を見てくれる人ができたのよ！　家まで借りてくれたんだから。これで週末にはクリストファーを引きとれるわ」

イザベルは口を開きかけたが、言葉が出てこなかった。ルイーズがその男性や家についてしゃべりつづける声が、くぐもって聞こえている。

クリストファーを引きとったのは、ほかに誰も世話をする人間がいなかったからだ。でも、本当はつらかった。あの子を見ていると、夫が浮気をしていたことを思いださずにはいられないし、自分は子供を産めないという事実を突きつけられる。ルイーズがようやく息子を引きとれるようになったのは喜ぶべきことだ。子供には母親が必要であり、どれほど欠点があろうとルイーズがあの子の母親であることは間違いない。

けれど、わたしはクリストファーをかわいく思いはじめている。あの子がいなくなったら寂しくなるのはわかっていたことなのに……。

「明日も息子を連れだしていいかしら？」ルイーズが尋ねた。

イザベルはまばたきをした。「ええ、ええ、もちろんよ。ちっともかまわないわ」

ほかにどう答えようがあるだろう。


その夜遅く、ウィンターはイザベルの屋敷で自室として使っている部屋のドアを開けた。心も魂も疲れていたが、室内の様子を見てそれどころではなくなった。イザベルがベッドに入っていたからだ。しかも、どうやら夜着を着ていないらしい。

ウィンターはドアを閉めた。孤児院で使っていた屋根裏部屋よりはるかに快適な部屋だ。イザベルの寝室と同じ階にあり、本来、使用人ではなく客人に用意される部屋だろうと思われる。ベッドは大きくて寝心地がよく、家具は暖炉のそばに椅子がひとつと、洗面器と水差しがのった化粧台、ほかには衣装戸棚があるだけだ。華美ではないほうがくつろげるだろうという心遣いが感じられる。

「なぜここにいるんだ？」ウィンターは尋ねた。

イザベルはまぶたを半ば閉じ、口元に官能的な笑みを浮かべた。「あら、ミスター・メークピース、レッスンの回数はまだ少ないけれど、わたしがなにをしにここへ来たのかは、もうおわかりになってもいいころよ」

その口調にどこか情緒不安定なものを感じて、彼は心配になった。「なにがあった？」

彼女は膨れっ面をした。「わたしがここに来るのはそんなにおかしいことかしら？」

「今の状況ではそうだ」ウィンターはベッドに近づいた。「話してくれないか？」

イザベルは顔をそむけて黙りこんだ。その唇が震えていた。

そんな表情を見ているのはつらかった。ウィンターは服を着たままベッドにもぐりこみ、その温かくて小さな体を抱きしめ、頭をなでた。「どうした？」

彼女はひとつ大きく息を吸った。「初めてクリストファーに会ったときのことを覚えている？」

「ああ」イザベルの髪に唇をうずめ、この話はどこへ向かうのだろうと思った。

「あのとき、わたしはあの子に冷たかったわ」

「イザベル……」

彼女は自分の頬をぴしゃりと叩いた。「クリストファーはまだほんの子供で、なんの罪もないというのにね。あの子を見ていると、わたしには手に入らなかったものを……これからも決して得られないものを思いだしてつらかったの。早くルイーズが引きとりに来てくれればいいと思っていたわ」短い沈黙が流れた。「笑ってちょうだい。その願いがかなうのよ」

イザベルがかわいそうでたまらず、ウィンターは目をつぶった。よくやくクリストファーに心を開けるようになり、一緒にいる時間を楽しめるようになったというのに、ここで引き離すのは残酷だ。

「寂しくなるね。母親はどこで暮らすつもりなんだ？」

彼女はウィンターの上着の前を指をねじった。「囲ってくれる人ができたのよ。お金持ちの輸入業者らしいわ。だから今日は朝からクリストファーを連れだして、その人のお金で服を作ってきたそうよ。とても大事にしてくれる男性で、ルイーズのために家まで借りてくれたんですって」

彼は眉をひそめた。「子供を育てるのに、あまりいい環境とは言えないな」

イザベルが身をこわばらせた。「わたしもそう感じたわ。でも、あの子かわいさに目が曇っているのかもしれないと思うと、それを口にすることはできなかった。わたしはクリストファーに幸せになってほしいの。幼い子供は母親と一緒にいるのがいちばんの幸せではないの？」

肯定してほしいような、否定してほしいような、複雑な口調だ。

ウィンターはため息をついた。「さあ、どうだろう。ひとつはっきり言えるのは、クリストファーはこの家にいて幸せそうだよ。それに、あなたもあの子と一緒にいるのが楽しそうに見える」

「そのとおりよ。けれどこの際、わたしの気持なんてどうでもいいの。なにがクリストファーにとっていちばんいいことなのか考えなくては。ここは判断を間違えたくないのよ」

彼はイザベルの頭に顔を寄せ、抱きしめているだけで満足を覚えながら、髪の香りをかいだ。「自分を犠牲にすることが必ずしも正しい判断だとはかぎらないよ」

イザベルはウィンターの上着に頬を寄せて上掛けを耳まで引きあげ、彼の息遣いを聞いていた。

「ほかにもなにかあったんじゃないのか？」低い声が頬に響く。「その様子はクリストファーのことだけとは思えない」

彼女は相手のぬくもりに顔をうずめた。そのことは考えたくないし、向きあいたくもない。なにも聞かずに愛してくれれば忘れられるのに……。

ウィンターが優しく髪をなでた。誰かにそんなことをされたのは初めてだ。これで彼と別れることになったら、こうして髪をなでられたことを何度も思いだすだろう。

「話してごらん」ウィンターが促した。

イザベルは少女のようにぎゅっと目をつぶった。彼の顔は見えないほうが話しやすいかもしれない。「今日……友人に会ってきたの。仲のいい友達よ。妊娠したと打ち明けられたわ」

ウィンターの手が一瞬止まり、しばらくしてまた髪をなではじめた。「かわいそうに」低くて深い声だ。「さぞや苦しいだろう」

「本当はそんなふうに感じてはいけないのよ」上着の襟をつかんで引っぱった。「おめでたい話だもの。友人と一緒に喜ばなくては。それなのに自分のことばかり考えているなんて、器が小さいわ。わたしはもっといい人になりたいの」

彼が肩をすくめる。「誰もがそうなれたらいいね」

「あなたは今のままで完璧よ」

「完璧にはほど遠いよ。そんなこと、もうとっくにわかっているのかと思っていたが」ウィンターはつぶやいた。

そんなことはない。彼のことを知れば知るほど、その無私無欲なところといい、強靭な精神といい、優しくて思いやりがあることといい、とてもかなわないと思う部分が増えるばかりだ。それに比べると、わたしは料簡《りょうけん》が狭くて、意地悪で、彼の愛に値しない人間だ。

「でも、この話にはまだ続きがあるのよ」

「どんな続きだい?」

イザベルは深呼吸をして自分を落ち着かせた。「その友人は結婚していないの。それなのに子供ができてしまったのよ。もちろん本人はひどく取り乱して、どうすればいいかわからないと大泣きしたわ。けれどそれを聞きながら、わたしはずっと……」

口にするのも恥ずかしい下劣な感情だ。

だが、ウィンターはすでに気づいていた。「どうして自分の子供ではないんだろうと思っていたんだね」

「だって、そうでしょう？」イザベルは襟をつかんだまま顔をあげた。「彼女は子供ができたって人生が台なしになるだけなのに妊娠して……わたしはこんなに子供が欲しいのに妊娠できなくて……」それ以上、言葉を続けられなかった。何年ものあいだ押し殺してきた感情が一気にこみあげ、涙で喉が詰まったからだ。

ウィンターが抱きしめようとしたが、彼女は抵抗した。こんなふうに嫉妬して泣いている姿はあまりに醜い。彼はきっとうんざりしているだろう。かわいそうだとは思っているかもしれないけれど、同情されるのはいやだ。

どうしてよりによってこの人に、こんないやな自分を見せているのだろう？

しかし、いつまでも抵抗することはできなかった。イザベルは黙って抱きしめられた。ここ数日でよくわかった。わたしはウィンターにはあらがえない。彼は恋人よりも、友人よりも、もっと大切な存在だ。それをなんと呼べばいいのかはわからないが、一生そばにいてほしいという気持ちが強まっている。

どうか彼に気づかれませんように。イザベルは涙に濡れた顔をあげ、唇を閉じたまま、そっとキスをした。

ウィンターが顔を離した。「今はやめておいたほうがいい」

やはりわたしを哀れんでいるのね。そういう表情をしているわ。きっとこれ以上わたしの相手をするのが面倒になって、もうすぐ部屋を出ていくのよ。

彼女は上掛けをはねのけ、ウィンターを押し倒して、その上に覆いかぶさった。

「よすんだ」だが、その声には迷いが感じられた。きっともうすぐ彼を落とせる。

両手で顔を包みこみ、今度は激しく唇を求めた。いつにも増して、今こそウィンターが欲しかった。彼はうめき声をもらし、唇を重ねやすいように顔を傾けて舌を差し入れてきた。キスはワインと欲望の味がした。それだけではない。知らず知らずのうちに求めていたものが、すべてそこに表れているような口づけだ。

この人はこういうキスができる。

「イザベル」ウィンターの指が頬をなぞった。「今夜はやめよう」

「どうして？」相手の唇を噛み、顎に舌を這わせた。「あなたが欲しいの。お願い、いやなことを忘れさせて」

彼が寂しそうな目をした。「ぼくを求める気持ちは本心なのだろう。でも、ぼくは男娼ではない。そんなふうに相手を利用するような関係の結び方はよくないよ。そんなことはあなたもよくわかっているはずだ」

「どうしてそう思うの？」イザベルはきつい口調で言い返し、ウィンターを叩こうとした。「わたしはなにもわかっていないかもしれないわよ。あなたのことは男娼ぐらいにしか思っていないかもしれないじゃない！」

いつのまにか体を起こした彼に、暴れることもできないほど強く抱きしめられた。さぞや怒っているだろうと顔を見あげた。

だが、そこには一緒に悲しむ表情があった。

それを見たとたん、怒りや恐れや失望といった感情が堰《せき》を切ってあふれでてきた。涙で視界がぼやけ、声にならない声をあげてむせび泣いた。

ウィンターはイザベルを抱きしめたまま、頰を寄せ、赤ん坊をあやすように体を揺らした。その優しさが絶望の炎に油を注いだ。彼女は身をよじり、悲しみに身を震わせながら、こぶしでウィンターの肩を叩いた。それでも彼は抱きしめる力を緩めず、慰めの言葉をかけつづけた。理想とはかけ離れていた結婚生活、流産したこと、もう妊娠できない体になってしまったことを、イザベルは嘆きつづけた。あまりに長く抑えこんできたせいで、感情が一気に沸点まで達した。

やがて髪が汗に濡れ、目が腫れあがり、涙が涸れてきたころ、ようやくウィンターの言葉が耳に聞こえてきた。

「あなたは勇気のある人だ」髪をなでながら、彼はささやきつづけた。「とても美しくて強い人だよ」

「美しくなんてない」イザベルは言った。「お願い、今のわたしを見ないで」きっと鬼女のような顔をしているだろう。子供じみた泣き方をしてしまったことを恥ずかしく思い、彼の肩に顔をうずめた。

しかしウィンターは顎に手を添え、そっと自分のほうへ顔を向けさせた。「あなたのこんな姿を見られるのはぼくの特権だ」まっすぐにこちらを見ている。「舞踏会やパーティに参加したときや友達の家へ遊びに行ったときは、いくらでも社交的な女性という仮面をかぶればいい。でも、約束してくれないか？　ふたりだけのときは、どれほど醜いと思っても、どうか素顔を見せてほしい。身も心も許しあうというのはそういうことだと思うんだ。性的なことだけじゃない。お互いが素の自分をさらけだせることが大切なんだ」

イザベルは驚いて彼を見つめ、その頰に触れた。そこは一日分の無精ひげでざらざらしていた。「あなたという人は、どうしてそんなにものごとがよく見えるの？」

ウィンターは首を振った。「ぼくではないよ。それを教えてくれたのはあなただ」

それは違うと言いたかったが、もう反論する力も残っていなかった。

彼はベッドに横たわり、イザベルの体を自分のほうへ抱き寄せた。「少し眠るといい」

彼女は言われたとおりに目を閉じた。眠りに落ちかけたとき、ふと気づいた。

わたしは一生、この人を愛するだろう。

18

セントジャイルズの亡霊は愛で縛られましたが、その目はまだ真っ白で、まともに見えないままでした。道化師の恋人はガラスの小瓶の蓋を慎重に引き抜き、爪先立ちになると、涙を亡霊の目にかけました。最初の一滴が目についたとたん、亡霊は咆哮をあげ、頭を前後に揺すって暴れました。それでも道化師の恋人は辛抱強く、亡霊の両目を自分の涙で洗いました。やがて瓶が空っぽになり、道化師の恋人がうしろにさがると、亡霊の目は茶色に戻り、また見えるようになっていました。

『セントジャイルズをさまよう道化師の亡霊物語』

翌朝、ウィンターは夜明け前に目が覚めた。イザベルは女性らしい香りを漂わせて、まだぐっすりと眠っていた。ふと昨晩、自分がイザベルに言った〝自分を犠牲にすることが必ずしも正しい判断だとはかぎらない〟という言葉を思いだした。今こそ、ぼく自身がその言葉を実践に移すときだろう。イザベルと結婚するつもりなら、セントジャイルズの亡霊はやめるべきだ。それはずっと心のどこかで思ってきた。結婚と亡霊は両立できない。だからこそ、何年ものあいだ女性を遠ざけてきたのだ。亡霊でいれば自分を犠牲にすることも多いが、結婚したからには家庭を大事にするべきだし、イザベルのためならぼくはなんでもする。

だが亡霊をやめる前に、少女誘拐団の黒幕だけは突きとめておきたい。それにはまずダークがその貴族なのか、それともまったく無関係なのか見極める必要があるだろう。

それに亡霊としての仕事とは別に、もうひとつやっておきたいこともある。

そっとベッドを抜けだし、着替えをすませて、鞄にいくつか物を入れた。イザベルは幼い子供のように片手を顎の下に入れ、ぐっすり眠っている。キスをしたい衝動に駆られたが、それは我慢した。彼女を起こしたくない。

ウィンターは外へ出た。ロンドンの街はまだ目覚めたばかりだった。隣の屋敷でメイドが眠そうな顔で玄関ドアを拭いている。彼がそばを通っても顔をあげなかった。ミルクを運んでいるメイドが挨拶の声をかけてきた。彼は会釈でそれに応えた。

セントジャイルズに着くころにはすっかり朝になっていたが、空がどんよりした雲に覆われているため、夕刻のように感じられた。マントを着てきてよかった。このぶんだと昼前には雨になるだろう。

孤児院は当然ながら朝の活動を始めていた。厨房のひとつしかない窓が明るい。ウィンターは裏口のドアをノックした。

料理人のメディーナが出てきた。いつもはきっちりとかぶっているキャップが斜めになっている。彼女はウィンターを見ると両眉をあげた。「やっと戻ってくる気になったのかい？」

「いや、そうではないんだ」ウィンターは答えた。「孤児院は辞めると約束したのだから、今さら戻れはしないよ。ただ、ちょっとだけジョセフ・ティンボックスに会いたくてね。ここでかまわないから」

メディーナは口をすぼめた。「おまえさんがなかに入れないなんて、絶対におかしいよ。この孤児院は今こそ、おまえさんを必要としてるってのに」

ウィンターが答える前に、彼女はさっさと奥へ引っこんだ。

誰かが暴れているような鈍い音がしたあと、怒鳴り声が聞こえた。

ウィンターは眉をひそめた。なかで戦いでも起きているような騒ぎだ。

すぐにジョセフ・ティンボックスが出てきた。いつもは髪をうしろで結んでいるが、今朝はだらしなく垂らしたままだ。それにベストには、今朝の朝食よりもっと前についたらしい染みがある。

ジョセフは不機嫌な顔で地面をにらんだ。「なんですか?」

「お別れの挨拶に来たんだ」優しく声をかけた。「明日、出発だろう?」

ジョセフは黙りこくったままうなずいた。

かわいそうなことをしたのかもしれないと思うと胸が痛み、ウィンターは顔をそむけた。海軍などに入れられたばかりに船乗りという厳しい人生を送るはめになったと、一生恨まれることになるのだろうか?

だが、この子はただの水兵になるわけではない。士官という道が待っている。世間から一目置かれる職業に就き、大金持ちとはいかないまでもそれなりの収入を得て、いずれは田舎に屋敷のひとつも所有できるようになるかもしれない。海軍に入隊すれば社会の底辺層から抜けだすことができ、人生は大きく変わるはずだ。

ウィンターは少年に視線を戻した。「手紙を待っているよ。ぼく宛でなくてもいい。ピーチヤやネルや孤児院のみんなに書いてほしい」

ジョセフの唇が震えた。「わかりました」

「それで、ひとつ渡しておきたいものがあるんだ」鞄を地面に置き、木箱を取りだした。本来好奇心の強い性格であるジョセフは、すぐに身を乗りだしてきた。

「それはなんですか？」

ウィンターは木箱の留め具を外して蓋を開けた。なかには小さなインク瓶と便箋、先端を削ったばかりのペンが何本かと小さなペンナイフが入っている。「旅行用のライティング・ボックスだ。昔、ぼくの父が原料の買いつけに田舎へ行ったときに持っていったものでね。中身が隙間なくきっちり詰まっているから、箱が揺れても大丈夫だ」

木箱の蓋を閉めて留め具をかけ、差しだした。「きみに使ってほしい」

ジョセフは目を大きく見開き、口を開いたが、言葉は出てこなかった。その程度には感動してくれたということだろう。彼は木箱を受けとり、それをじっと見つめた。

木箱のくたびれた蓋を右手でそっとなで、顔をあげた。「ありがとうございます」

ウィンターはうなずいた。喉元に熱いものがこみあげている。「握手をしようか」声がかすれた。

ジョセフの下顎が震えた。「ミスター・メークピース」少年は手を差しだした。

その手を握りしめ、ウィンターはこれまで孤児院の子供には一度もしたことのない行動に出た。ぎこちなく上体をかがめ、ジョセフを木箱ごと抱きしめたのだ。ジョセフは空いているほうの手を伸ばし、しっかりとこちらの背中にまわしてきた。少年はジャムの甘い匂いがした。全身で相手の存在を感じとるというのは、こういうことなのだろう。

ウィンターは一歩さがり、目をしばたたいた。「体に気をつけるんだよ」

ジョセフの目には涙が光っていた。「はい」彼は小走りに建物のなかへ入ったが、すぐにまた顔を突きだした。「あなたにもちゃんと手紙を書きます」

ジョセフ・ティンボックスは建物のなかに姿を消した。ウィンターは喉に熱いかたまりがこみあげるのをこらえながら、次はいつ会えるのだろうと思った。そのとき、あの子はぼくに感謝しているだろうか？　それともぼくを恨んでいるだろうか？

空を見あげると、冷たい雨がぽつりと顔に落ちた。いずれにせよ、こうするしかなかったのだ。

「約束を破って戻ってきたのか、メークピース？」背後でダーク子爵の声がした。

「いいえ」ウィンターはゆっくりと振り返り、閉まっている裏口のドアを指さした。「ぼくがいるのは建物の外ですから」

カーショー伯爵とミスター・シーモアもいた。

ダーク子爵は疑わしそうに唸った。「まあ、いいさ。こちらはいつでも海軍の件を反故《ほご》にできるんだからな」

「そうですか？」ウィンターは愛想よく言った。「あなたは紳士として約束したのです。それを反故にしたら、明日の昼にはどの屋敷でも、その話題が食卓にのぼることになりますよ」

こちらの口調が強気だったからだろう、子爵は驚いたような顔をした。少しは思い知るといい。他人の人生をもてあそんではいけないということを、この男はきちんと学ぶべきだ。

ミスター・シーモアが咳払いをした。「孤児院を訪ねに来たのではないとしたら、いったいここでなにをしているんだ？」

「その質問をそのままお返ししたいですね」ウィンターは答えた。「あなた方こそ、孤児院にはなんの用事もないでしょうに、よくこのあたりをうろついているようですから」

その皮肉な口調にカーショー伯爵がむっとした顔をしたが、ミスター・シーモアは穏やかに決まり悪そうな笑みを浮かべた。「きみにこんなことを言うのは誠に恐縮だが、ぼくたち貴族というのは暇をもてあましているものでね。孤児院はなかなかおもしろいところだし、それにおとといはセントジャイルズの亡霊が大勢の子供を送りこんできたらしいから、ちょっと様子を見に来たんだ」

「ぼくの用事も似たようなものですよ」ウィンターは言った。「その子たちを監禁していた人間を突きとめようと思いましてね。亡霊が子供たちを発見した現場を調べに行くところなんです」

「なるほど」ミスター・シーモアが興味を示した。「場所はわかっているのか？」

ウィンターはうなずき、三人の様子を観察した。この件に関心がありそうなのはミスター・シーモアだけだ。カーショー伯爵はあくびをしているし、ダーク子爵はあらぬ方向を見て考えごとをしている。

「よかったら一緒に連れていってくれないか？　ぼくもぜひ、その現場を見てみたい」ミスター・シーモアが頼んだ。

ウィンターは顔をしかめた。「ひとりで行くつもりだったのですが……」

「ふたりで調べたほうが、気づくことが多いかもしれないぞ」

「たしかに」ほかのふたりに目をやった。「あなた方もご一緒されますか？」

ダーク子爵は退屈そうな顔でいらだたしげに首を振った。カーショー伯爵はこちらを見下すような態度で両眉をあげた。「けっこうだ」

ウィンターはうなずき、ミスター・シーモアへ顔を向けた。「では、まいりましょう」

「お断りするわ」

イザベルは威厳をこめて返事をした。まだ先ほどベッドから起きだしたばかりだ。他家を訪問するには早い時刻だというのに、もうクリストファーの母親が来ている。

ルイーズは美しい目を大きく見開いた。「でも、わたしはあの子の母親よ。一緒に暮らすのが当然だわ」

「ええ、わたしも最初はそう思ったの」イザベルはつぶやき、カップに紅茶をついだ。クリストファーのことで話をするために、ルイーズを居間に招き入れたのだ。「でもあれからいろいろ考えて、そうではないと気づいたのよ」

ルイーズが目をしばたたいた。「まさか、わたしは母親ではないとおっしゃるつもり？」

「ある意味、そうね」カップを差しだすと、ルイーズはうわの空でそれを受けとった。「考えてみて。クリストファーは赤ん坊のころからここで暮らしているわ。わたしはあの子に有能な乳母をつけ、ちゃんと食事をしているか、きちんとしたものを着ているか気を配り、最近では一緒にいるのが楽しいとさえ思うようになった。それに引き替え、あなたはせいぜい月に一回くらい訪ねてくる程度だし、あの子が幸せに暮らしているかどうか尋ねようとさえしなかった」

「それは……忙しかったから」ルイーズは口をとがらせた。

「ええ、よくわかっているわ」イザベルは慰めた。ルイーズには納得のうえで同意してほしい。「だからこそなの。あなたにはいろいろと大切なおつきあいがあるでしょう。でも子供がいたら、それがままならないのではないかと思うのよ」

ルイーズは眉根を寄せた。

「それに比べると……」屋敷の広さを示すように両腕を広げる。「ここなら部屋はいくらでもあって、使用人もいる。だから、クリストファーはここに置いておくほうがいいんじゃないかしら。わたしもあの子のことをかわいく思っているし」

ルイーズはほっとしたような顔をした。「あなたがそうおっしゃるのなら……」

「ええ、ぜひそうしてちょうだい。お茶のお代わりはいかが？」

「ありがとう」ルイーズはカップに視線を落とした。その姿はとても若く見えた。「ときどきはあの子に会いに来てもいいかしら？」

小躍りしたいほどの喜びを押し隠し、イザベルは静かにほほえんだ。「もちろんよ。あなたが来てくれたら、あの子も喜ぶわ」

一五分後、ルイーズが玄関から出ていくと執事がドアを閉めた。

イザベルは執事に尋ねた。「馬車の用意はできている？」

「はい、奥様」

「では、ピンクニーに出かける支度をするように言ってちょうだい」

彼女は落ち着かない気持ちで玄関ホールを行ったり来たりし、メイドが姿を見せると大急ぎで馬車に乗った。今日は道が空いていたせいで、早く孤児院に着かないかとなおさら気が急いた。

孤児院の前で馬車をおり、ふとウィンターの姿を探している自分に気づいた。お馬鹿さんね！　たしかに彼は黙って出かけたけれど、だからといって、わたしを捨てたことにはならないわ。鞄がなかったからって、それで動揺する必要はないのよ。だって服は残っていたもの。あれだけ物を大事にする人が、まだ着られる服をすべて置いていくことなどありえないわ。

そうよね？

心を落ち着かせようと深呼吸をして、玄関前の短い階段をのぼった。従僕のハロルドが少し離れて立っている。昨晩はウィンターと心のつながりを感じられたと思ったけれど、それはわたしのひとりよがりだったのかしら？　彼は否定したけれど、本当はわたしにうんざりしているのかもしれない。ああ、なにを愚かなことを考えているの！

とにかく、孤児院の様子を見に来たと説明すれば、ここに来た言い訳は立つはずよ。支える会の創設者である三人はまだロンドンを離れたままだし、レディ・フィービーはほんの子供で、ひとりで行動することはない。そうなると、あとはわたししかいないじゃない。だから、レディ・ピネロピが子供たちにおかしなことをさせていないか確かめに来たのよ。彼女はなにをするかわからない人だから。

イザベルは玄関ドアをノックした。

いつもはすぐに誰かが応対に出るのに、今日は長く待たされた。じれったさに爪先を踏み鳴らし、今にも雨が降りだしそうな空を見あげた。そのとき、建物のなかから大きな音が聞こえた。

彼女はびくっとして、玄関ドアをにらんだ。

やがて、ふいにドアが開いた。こんな時刻だというのにまだ寝間着を着たままの幼い女の子が指をくわえ、じっとこちらを見あげていた。

イザベルは咳払いをした。「みんなはどこにいるの?」

女の子は廊下の奥を指さした。

彼女はスカートの裾をつまみあげ、なかに入ろうとした。

「自分はここに残ったほうがよろしいですか?」ハロルドが心配そうに尋ねる。

イザベルは従僕に目をやり、どうしようかと迷いながら玄関へ視線を戻した。するとまた建物の奥から金切り声が聞こえた。「ハロルド、一緒に来てちょうだい。ピンクニー、あなたもよ」

玄関の前をうろついていたピンクニーが、しぶしぶといった顔で短い階段をのぼった。

廊下の壁には、ちょうど子供の腕の高さあたりに緑色の長い線がついていた。なんだろうと思い、イザベルは壁に目を凝らした。どうやら豆のスープのようだ。応接間には誰もおらず、割れた深皿が床に落ちていた。厨房では、料理人のメディーナが怒った口調でなにやらつぶやいている。上階から雷かと思うような音が聞こえ、イザベルは慌てて階段をのぼりはじめた。

猫のスートが階段を駆けおりてきて、犬のドドが首に巻かれたピンクの長いリボンを引きずりながら、そのあとに続いた。二匹は甲高い鳴き声をあげて一階に消えた。そこで取っ組みあいになったのだろう、大理石の床を盛大に引っかく音がしたかと思うと、今度は厨房から皿の割れる音と悲鳴が聞こえた。

まあ、たいへん。

イザベルは階段を駆けあがり、教室の前まで来たところでなにかが飛んでくるのに気づいて、さっと頭をさげた。

気の毒に、従僕は少し反応するのが遅れた。

「いてっ！」ハロルドが拾いあげたのはクルミだった。「こいつら、クルミを投げてやがる！」

ピンクニーが両手を口にあて、くすくすと笑った。

「大丈夫？」イザベルは一応声をかけたものの、従僕の心配をしているどころではなかった。教室内のあまりの惨状に目が釘づけになっていたからだ。あんなによくしつけられた子供たちが、まさかこんなふうになるなんて……。

教室の片側では男の子たちが戦争ごっこをしていた。武器は革製のパチンコや枕、朝食の残りとおぼしきオートミールの粥《ポリッジ》など、なんでもありのようだ。もう一方の片側は比較的静かだった。よちよち歩きの赤ん坊が、同じくオートミールのポリッジとジャムで壁に絵を描いている。教室の真ん中には机と椅子で作られた迷路があり、女の子たちがきゃっきゃと声をあげながら、その上を飛んだり跳ねたりしていた。

そんな子供たちの真ん中に、レディ・ピネロピがすっかり途方に暮れた顔で立っていた。

「あなたたち、お願い、やめて！」

ポリッジが飛んできて、彼女の美しい髪にべちゃっとあたり、しずくが耳に垂れた。

イザベルはつかつかと教室に入ると、男の子たちからパチンコを取りあげ、女の子たちを机の上から引きずりおろし、近くにあった布で赤ん坊たちの手を拭いた。そして子供たちを一喝しようとしたとき、はたと気づいた。まあ、わたしったら、なにをしているの？　ここでレディ・ピネロピに手を貸して騒ぎを静めてしまったら、ウィンターを孤児院に呼び戻す理由がなくなってしまうわ。

「ああ、レディ・ベッキンホール！」レディ・ピネロピが助けを求めるように、華奢な白い手を差しだした。「あなたなら、子供たちを上手に扱えるわよね？　さっきアーティミスを階下にやったの。ダーク子爵でも、ネルでも、料理人でも、メイドでもいいから、誰か呼んできてと言ったのに、まだ戻ってこないのよ。もしかして捕まってしまったのかしら。紐でぐるぐるに縛られて、ベッドの下に押しこめられているわけではないわよね？」

レディ・ピネロピは笑おうとしたが、声が引きつっていた。

イザベルはいかめしい顔をした。「わたしだって子供の扱い方なんてわからないわ。お力になれなくてごめんなさい。この子たちをなんとかできるのはミスター・メークピースだけよ。だって、ほら、なんといってもセントジャイルズの子供たちだもの」

「でも……そんな……」レディ・ピネロピは困り果てたように頭を押さえ、ぬるぬるしたポリッジが手についたとたんに悲鳴をあげた。その声で、一瞬子供たちが静かになった。

イザベルは教室を出た。「とにかくミス・グリーブズを探してくるわね」

さっさと階段をおりかけたところで、レディ・ピネロピの甲高い声が聞こえた。

「待って！」

メイドと従僕を従え、イザベルは落ち着いて階段をおりた。もう一度応接間をのぞいたが、やはり誰もいなかったため、次に厨房へ向かった。

厨房では、レディ・ピネロピのコンパニオンと料理人が涼しい顔で椅子に座っていた。テーブルの上には紅茶のカップが置かれている。ミス・グリーブズはイザベルを見ると慌てて立ちあがった。「申し訳ございません。ちょっとここで……」

「お茶を飲んでいたのね」イザベルは穏やかに言葉を続けた。「わたしも一杯いただこうかしら。ハロルド、ダーク子爵を探してきてちょうだい」

従僕はうなずき、よろよろと厨房を出ていった。

「さてと」イザベルは椅子に腰をおろし、カップに紅茶をつぐと、ミス・グリーブズとメディーナのほうへ顔を向けた。「いつからこんな調子なの？」

ミス・グリーブズがため息をついた。

メディーナはしぶい顔をした。「ミスター・メークピースが出ていってから、ずっとこうですよ。まあ、たいした腕白どもで。ダーク子爵の頭にこっそりクルミを投げつけるくらいのことは平気でしますからね」

嬉しそうにさえ聞こえる口調だ。

「レディ・ピネロピも努力されたんです」ミス・グリーブズがかばった。「二日目には温室栽培のサクランボを持ってきたぐらいですから」

「おかげでそこらじゅう種だらけだよ」メディーナがぼやく。「だいたい子供にサクランボなんか持たせたら、あちこちに赤い染みを作るだけだろうに。そんなことは馬鹿でも知ってるさ」

「それに懲りて、レディ・ピネロピはミスター・メークピースを呼び戻そうとされました」ミス・グリーブズが力なく言った。「でも、ダーク子爵が強く反対されたのです。だからといって、別の経営者を雇おうとされるわけでもなくて……」

「でも、どうして？」イザベルは尋ねた。

「それは……」ドアのほうからダーク子爵の声がした。「ぼくがここにいればメークピースがいらいらするからさ。それに今、セントジャイルズでは亡霊狩りが行われている。亡霊が現れたら、なんとしてもこの手で捕まえたいと思ってね」

ミス・グリーブズはダーク子爵の姿を見てはっとし、慌てて厨房を出ていった。メディーナはあてつけがましく、のろのろと椅子から立ちあがった。

幸いにも、子爵はそれに気づかなかったようだ。だらしなく戸口にもたれかかっている。どうやら酒が入っているらしい。「まだぼくのことが大嫌いかい？」

「ええ、そうよ」イザベルは真面目な顔で答えた。たとえどんな理由があるにせよ、彼のウィンターへの仕打ちはひどすぎる。わたしはなにがあろうとウィンターの味方だ。「あなたに尋ねたいことがあるの」

ダーク子爵は気だるそうに戸口から体を起こし、よろめかないよう気をつけながら近づいてきた。「おや、とうとうあいつに飽きたのか？　ぼくとつきあいたいというなら大歓迎だよ」

イザベルは鼻にしわを寄せた。「あなたがそんなに厚かましい人だとは知らなかったわ」

子爵はどさりと椅子に座りこんだ。「それはすまない」

彼女は相手の様子をうかがった。今の彼はひどくすさんでいる。こんな状態なら、悪事に手を染めてもおかしくはないのかもしれない。「あなたのところの御者について訊きたいの」

「御者？」まさかそんな話題が出るとは思わなかったというように、子爵は目をぱちくりさせた。「あいつがなにか面倒を起こしたわけではないだろうな？　つい先日、雇ったばかりの男なんだ」

今度はイザベルが面食らう番だった。「昔からいるのかと思っていたわ」

ダーク子爵は目をぐるりとまわしてみせた。「それは以前雇っていたほうの御者だ。オペラのあった日に姿を消してしまってね。帰りがどれだけたいへんだったか。仕方がないから従僕に手綱を握らせたんだが、なにせ馬など扱ったことのない男だからな」

イザベルは眉をひそめて考えた。もし以前の御者が口封じのために殺されたのだとしたら？　やはりこの人への疑惑はぬぐいきれない。彼女はダーク子爵の封蠟がついた紙切れをポケットから取りだした。「これはあなたのもの？」

子爵は身を乗りだしてそれを眺めたあと、眉根を寄せた。「ああ、紋章も字も間違いなくぼくのものだ」紙切れを裏返す。「誰かがメモ用紙代わりに使ったようだな」肩をすくめて体を起こした。「そんなもの、どこにあったんだ？」

「ここ、セントジャイルズよ」イザベルは答えた。「どうしてこれがセントジャイルズで見つかるのか説明してちょうだい」

「知るものか」

いらだちを覚え、彼女は唇をすぼめた。「でも、あなたの手紙なのよ」

「きみは自分が書いた手紙をすべて覚えているのか？」

「ええ、もちろん。わたしが手紙を送るのは友人ばかりだもの」

ダーク子爵はぼんやりとこちらへ目を向けた。「どれ、もう一度見せてくれ」

イザベルは紙切れを手渡した。

彼はしげしげとそれを眺めたあと、また裏返した。「一〇月と書かれている。ということは……」ふいにこちらを見た。「なぜそれほどこの手紙にこだわるんだ？」

彼女は硬い笑みを浮かべた。「あなたこそ、これが誰宛のものなのか、どうしてそこまで隠そうとするの？」

「そんなつもりはないさ」子爵は肩をすくめ、紙切れをテーブルに放った。「祖母がロンドンを離れているときは手紙のひとつも書き送るが……。だが、一〇月はこちらにいたからな。祖母宛でなければ、愛人か、あるいは……」難しい顔で考えこむ。

「あるいは、誰？」

「そういえば、仕事のことでシーモアに手紙を書いたな」

イザベルはどきっとした。「どんな仕事？」

彼は首を振った。「それは口外しない約束になっているんだ」

「アダム、お願い」

ふいにいつもの魅力的な笑顔になった。「きみにその名前を呼ばれるとぞくぞくするよ」

「やめて。ふざけている時間はないの」イザベルは厳しい顔をした。

子爵はため息をついた。「わかったよ。うまい儲け話があるから投資しないかと誘われたんだ。それを手紙で断ったのさ」

「どうして断ったの？」

「世の中にうまい儲け話などあるわけないだろう？」気だるそうな笑みを浮かべる。「こう見えても、ぼくはなかなか保守的な男でね」

「あら、そう」イザベルは考えた。そのミスター・シーモアの儲け話とやらがレースの靴下に関係しているのだろうか？「投資先はどこだったの？」

「知らない」

「えっ？」

ダーク子爵は優雅に肩をすくめた。「詳しい話はなにひとつ聞いていないんだ。そこに至る前に断ってしまったからね」

イザベルは顔をしかめた。「いいわ、これから彼の家を訪ねて自分で確かめるから」彼女が立ちあがると、子爵はまた首を振った。

「自宅にはいないよ。さっき、そこでメークピースに会ってね。シーモアはやつと一緒に、亡霊が子供たちを救出した現場を見に行った」

不安がこみあげてきて、イザベルは手が震えた。けれどもそれを押し隠し、努めて冷静な口調で尋ねた。「ふたりだけで？」

「ああ。なぜそんなことを訊くんだ？」ダーク子爵は興味をそそられたような顔をした。

「なんでもないわ」頭を整理しようと努めた。「以前の御者はどういう経緯で雇うことになったの？」

「今日のきみはおかしなことばかり尋ねるな」

子爵はつぶやいた。そしてイザベルが怖い顔をしているのに気づき、降参だというように両手をあげた。

「わかった、話すよ。シーモアに紹介されたんだ」

たいへん！　誘拐団の黒幕である貴族とはミスター・シーモアに違いない。そんな人が今、ウィンターとふたりきりでいる。彼がセントジャイルズの亡霊だということに気づいて、殺害しようとしているとしか考えられない。どうしたらこの事実をウィンターに伝えられるの？

思わずこぶしを握りしめた。「彼らがどこに行ったのかわからないわ。子供たちはどこで発見されたの？」

「それなら知っているぞ」ダーク子爵が間延びした口調で答えた。

イザベルは驚いた。「本当に？」

子爵は少年のような笑みを浮かべた。「ああ。そこへ向かう前にメークピースがしゃべったからね」

ウィンターは足を止め、その高い建物を見あげた。五階建てで、その上に屋根裏部屋がある。二日前に子供たちを発見した建物だ。

「たしかなのか？」ウィンターは連れの男のほうへ顔を向けた。「ここですよ」

ミスター・シーモアは疑わしげな顔をした。「このあたりの建物はどれもみな同じに見えるぞ」

「間違いありません。先に入りますか？」

「いや」

ミスター・シーモアは苦笑いを浮かべた。

「きみがお先にどうぞ」

ウィンターはうなずき、建物のなかに入った。各階にはそれぞれ三世帯分の貸し部屋がある。なかにはそのうちのひと部屋をまた貸ししたり、いくつもベッドを置いて寝る場所だけを提供し、稼いだりしている者もいる。セントジャイルズではよくあることだ。すぐに階段が見つかったのは幸いだった。この手の建物には階段がどこにあるのかよくわからないものも多い。

ウィンターは階段をのぼりはじめた。「まさかセントジャイルズであなたとカーショー伯爵をお見かけするとは思いませんでしたよ」

「そうか？」ミスター・シーモアの声がむきだしの壁に反響した。

二階に着き、向きを変えて次の階段をのぼる。「こんなところへなにをしにいらしたんです？」

「ダークはなんとしてもフレイザー＝バーンズビーを殺した犯人を捕まえようとしているからね。それに力を貸しているのさ」ふいに声が近くなった。「セントジャイルズの亡霊については、相変わらずなにも知らないのか？」

ウィンターは足を止め、背後を見た。ミスター・シーモアは真うしろに来ていた。

「足音を立てないんですね」

相手はもうほほえんではいなかった。「それはきみも同じだろう。それにこんなごちゃごちゃした界隈《かいわい》なのに、きみはなんの迷いもなくここまで来た」

ウィンターはかすかに笑みを浮かべた。「もう九年もセントジャイルズに住んでいますから。それと亡霊についてはなにも知りません」

「本当に？」

「ええ」

ふたたびウィンターは階段をのぼりはじめた。ミスター・シーモアはぴったりとうしろをついてくる。建物が古びているため、妙なところがきしむ音がした。この時間帯に住人はほとんどいない。みな外へ出かけ、今夜もこの小汚い場所で眠れるように、なにがしかの金を稼ぐか、あるいは盗むかしている。

ここで襲われても、物音を耳にする人間は誰もいないだろう。いたとしても助けに来るとは思えない。セントジャイルズの住人は自分が生きるのに精いっぱいで、他人に関わる余裕などないからだ。これではまるで、アフリカの砂漠を歩いているようなものだ。

「セントジャイルズの亡霊が孤児院へ子供たちを連れてきたことをよく知っていたな。それに驚いたよ」ふたりは最上階に近づいていた。

「そうですか？」いよいよ屋根裏部屋だ。

「ずいぶん耳が早いものだ。その話を知っているのは孤児院の内部の人間か、あとはセントジャイルズの亡霊ぐらいのものなのに」

「情報源があるんですよ」ウィンターはさらりと答えた。階段をのぼってきたせいで体が熱くなり、マントの裾を開いた。

「その情報屋は亡霊に負けず劣らず優秀かもしれない」

「そうですね」小さなドアの前で立ちどまった。「作業場はこのなかです。先に入りますか？」

「いや、ぼくはあとでいい」

ウィンターはちらりと相手に目をやったあと、そのドアを開けた。昼間の明かりのなかで見ると、屋根裏部屋はさらに狭く感じられた。ここに侵入するときに蹴破ったドアの壊れた板が、床に積もった埃の上に落ちている。奇妙な機械はもうなくなっていた。

背後でドアが閉まる音がした。

とっさにウィンターは身の危険を感じた。

だが一瞬、遅かった。

振り返ったときには、ミスター・シーモアはすでに剣を引き抜いていた。

「観念しろ、メークピース。それとも、セントジャイルズの亡霊と呼ばれるほうがいいか？」

19

セントジャイルズの亡霊は目が見えるようになりましたが、まだ話すことも、動くこともできませんでした。道化師の恋人はまた爪先立ちになり、愛する人の頬にキスをすると、こうささやきました。「わたしと愛しあったときのことを覚えている？　わたしたちは恋に落ち、将来を誓ったのよ。そのあかしがここにいるわ」道化師の恋人は愛する人の手を取り、自分の少し膨らんだお腹にあてました。そこには新しい命が宿っていました。こうして道化師の恋人は希望で彼に触れたのです。

　　　　　　　　『セントジャイルズをさまよう道化師の亡霊物語』

わたしは何度もあなたを拒絶してきた。でも、本当にあなたがいなくなってしまうと思ったことは一度もない。あなたはずっとわたしと一緒にいてくれるんでしょう？　この世で自分らしい人生を送り、できれば孤児院へ戻って、結婚して幸せになるのよ！

あなたが死ぬなんて考えられない。まだそんなに若く、生命力に満ちあふれているのに。あなたのような男性はほかにはいないわ。わたしを挑発し、わたしの欠点を知りつくして、それでも愛していると言ってくれたじゃない。何千回生まれ変わっても、あなたのような人にはめぐりあえない。それに、ほかの人ではだめなの。

ウィンター、あなたを愛しているのだから。

イザベルはめまいを覚え、セントジャイルズのじめじめした汚い路地でふらついた。

「大丈夫ですか！」従僕のハロルドが腕を支えた。

「ええ、平気よ」彼女は肩で息をした。「急ぎましょう」

ダーク子爵から聞いた住所までの道は、馬車で行くにはあまりに細かった。どちらにしてもセントジャイルズの通りは曲がりくねっているため、馬車や馬で行くより歩いたほうが早い。だから、こうして駆けてきたのだ。子爵は思った以上に酒に酔っていたため、孤児院に残してきた。ハロルドには先に行くよう命じたのだが、セントジャイルズに女性がひとりでいるのはあまりに危険だと言い張り、イザベルについてきている。

たしかに危険なことは認める。だが、こうしているあいだにもチャールズ・シーモアがウインターの背中に剣を突き立てているかもしれないのだ。

高い建物の前に来た。

「ここだわ」イザベルはあえいだ。「早く！」

ハロルドがドアを開け、ふたりは悪夢のようにどこまでも続く階段をのぼりはじめた。彼女はずっと、今にも銃声が響くのではないか、けがをした男性の叫び声が聞こえるのではないかと不安に怯えていた。

けれども、なにひとつ物音はしなかった。

ようやく最上階にたどり着いた。イザベルは小さなドアに向かって突進した。ハロルドが止めようと腕を伸ばしたが間に合わなかった。

彼女は勢いよくドアを押し開けた。部屋のなかへ飛びこんだとたん、男性の背中にぶつかった。

たくましい腕に抱きとられた。

頭の上で声がした。「おやおや、メークピース、おまえの大切な女性のご登場だ」

ウィンターは冷や汗が背筋を伝い落ちるのを感じた。シーモアが一緒に現場を見に行きたいと言いだしたときから、彼が少女誘拐団の黒幕ではないかとにらんでいた。あのとき、自分はあえてここの住所を口にした。セントジャイルズの亡霊だと告白したも同然の行為だ。だが、それに興味を示したのは三人のうちシーモアだけだった。屋根裏部屋に入り、そのシーモアが剣を抜いたとき、自分は勝てると思った。ところが、そこへイザベルが飛びこんできた。

今、シーモアは彼女の首に腕をまわし、しっかりと捕まえている。ウィンターはこれまでどれほど危険な場面に遭遇しようが、たとえけがをしようが、敵と戦うことには興奮を覚えてきた。

恐怖を感じたのはこれが初めてだ。

シーモアは背後にいるハロルドにちらりと目をやった。従僕はどうすればいいかわからないという顔でドアのそばにいた。「拳銃を床に投げろ。さもないとおまえの主人が死ぬはめになるぞ」

ハロルドは拳銃を床に落とした。

シーモアがウィンターに向かってほほえんだ。「さてと……セントジャイルズの亡霊は二本の剣を使うことで知られている。今は亡霊の格好をしているわけではないが、どうせ剣を隠し持っているんだろう。マントの前を開けてみろ」

ウィンターは言われたとおりにして、イザベルの大きなブルーの目を見た。そこには怯えた表情が浮かんでいた。それだけでもシーモアに有利だということだ。

「イザベル、またぼくを助けに来てくれて嬉しいよ。だが、ハロルド、なぜご主人様を止めなかった？」

ハロルドは身を縮めた。

イザベルが唇をなめた。「愛しているわ、ウィンター。あなたの身になにがあろうと、わたしは一生――」

「うるさい」シーモアは首にまわした腕を締めつけ、彼女を黙らせた。「マントの裏地から剣の柄がのぞいているぞ。二本ともゆっくり床に置いて、こちらへ蹴るんだ」

ウィンターは胸が熱くなった。イザベルが愛していると言ってくれた……。だが、今はその喜びにひたっている場合ではない。言われたとおりに剣を手放した。

「そこに膝をつけ」

ウィンターはゆっくりと首を振った。「いやだね。もし膝をつけば、おまえはぼくを殺し、そのあと彼女も手にかける。ぼくにとっていいことはなにもない」

一瞬、シーモアがひるんだ。その隙にウィンターは数歩前に出た。

「彼女を……彼女を殺すぞ」動揺が声に表れている。

ウィンターは首を振った。「そんなことをすれば、今度はこちらがおまえを殺す。剣などあってもなくても関係ない。彼女が死ねば躊躇《ちゅうちょ》する理由もなくなるからな。それが道理というものだ」

「それが道理だと言うなら……」皮肉に満ちた口調だ。「次はどうしたものかな」

ウィンターは首をかしげた。「男らしく一対一で戦ったらどうだ」

「だめよ！」イザベルがもがいた。「やめて、ウィンター。あなた、剣がないのよ！」

シーモアがにやりとした。

そしていきなり彼女を突き放し、ウィンターの心臓めがけて剣を突きだした。

イザベルは両手と両膝をついて倒れこみ、ウィンターがどうなったか確かめようと急いで体を起こした。彼は心臓へのひと突きで床に倒れ、どくどくと血を流しているのではないだろうか？

だが、ウィンターはマントを盾代わりにして攻撃をかわしながら、なんとか自分の剣に近づこうとしていた。シーモアは鋭い切っ先で何度もマントを突いた。

そのうちマントにどす黒い血の染みが広がりはじめた。イザベルは焦った。ウィンターが大けがをすれば望みが絶たれる。

彼女は必死にあたりを見まわした。シーモアの背後の壁際にハロルドの拳銃が転がっているのが視界に入った。イザベルはじわじわとそちらへ近づいた。

ウィンターが右腕を伸ばし、自分の剣のほうへ飛びこんだ。シーモアがその腕めがけて剣を繰りだす。

自分の剣を握りしめ、ウィンターは床を転がった。シーモアの剣は床に突き刺さった。ウィンターはひらりと身を起こすと、シーモアに向かって剣を突きだした。

イザベルは拳銃をつかんで両手で握ると、その重い武器の銃口をシーモアに向けた。けれどもふたりは彼女から見て一直線上にいるため、発砲することができなかった。今撃てば、ウィンターに弾があたってしまうかもしれない。ハロルドがちらりとこちらを見たあと、ふたりのほうへ突進しようとした。イザベルは手を振ってそれを止めた。ハロルドに流れ弾があたる危険性があるからだ。

銃口をまっすぐシーモアへ向け、彼女は撃つ機会を待った。

シーモアがウィンターへ剣を突きだした。「おまえは武器を持たずに戦うはずだったのに卑怯だぞ」

「貴族というのはどうしようもないやつらだな」ウィンターが攻撃を返す。「自分勝手な決まりごとを作り、誰もがそれに従うものだと思いこんでいる」

シーモアは鼻で笑い、ウィンターの剣を自分の剣ではねのけた。

「力のある者が弱い者を支配するのは自然の摂理さ。それが不満なら、さっさとあの世へ行って神にでも訴えろ」

シーモアが蛇のようにすばやく獰猛な一撃を繰りだした。ウィンターのベストが大きく裂け、すぐにどす黒く染まったかと思うと、血が床に滴り落ちた。イザベルは心臓が止まりそうになった。あんなに大量に出血したら、すぐに衰弱してしまう！　早くこの戦いを終わらせなくては……。しかしふたりの距離が近いため、どうしても引き金を引く機会を見つけられなかった。

「なかなかいい腕をしているな」ウィンターは剣を交えながら言った。「貴族にはそういうやつらが多い。剣の稽古《けいこ》ぐらいしかすることがないんだろう？」

「おまえもたいしたものだ」シーモアがあざ笑う。「だが、しょせんはオウムの鳴きまねだ。まねをするのはうまいが本質がわかっていない」

ふたりの剣がぶつかり、金属のこすれあう音が響いた。ウィンターは床を染めた自分の血で足を滑らせ、切っ先をかわそうとしてよろめいた。

シーモアがにやりとした。「庶民の血のなんと薄いことか。おまえを殺《や》ったら、その血で壁を塗装してやろう」

ウィンターはわざとらしく両眉をあげた。「幼い子供を虐待して金を儲けているようなやつに殺られると思うのか？」

「偉そうな口を叩くな」シーモアが唸るように言った。そのとき、ふたりのあいだに距離ができた。

今だわ！　イザベルは引き金を引いた。耳をつんざくような銃声がとどろき、彼女は反動で床に倒れた。慌てて体を起こし、恐怖に襲われてその場を凝視した。

ウィンターとシーモアが抱きあうような姿勢のまま静止していた。わたしはふたりとも撃ってしまったの？

やがてシーモアがぐらりと床に倒れた。ウィンターは顔をあげた。

「ああ、よかった！」イザベルはウィンターに駆け寄り、涙で頬を濡らしながらキスの雨を降らせた。もう少しでこの人を失うところだった。あそこで発砲していなければ……。

だが、シーモアを見おろして眉をひそめた。「弾はどこにあたったの？」

ハロルドが咳払いをした。「弾は外れました」そう言って、漆喰の壁に開いた大きな穴を指さす。

「外れた？」彼女が見あげると、ウィンターが黙れというようにハロルドに向けて顔をしかめていた。

ウィンターはちらりと笑みを見せた。「いや、惜しいところだった。ちょっと練習しておけば、きっと心臓に命中させられただろうな」

「あら」からかわれているのだとわかったが、この状況では反論する気にもなれない。「だったら、この人はなぜ倒れているの？」

ウィンターは自分の剣を持ちあげてみせた。それは血に濡れていた。かなり出血したせいか彼の顔色が悪い。

イザベルはその頰に手をあてた。彼の冷静すぎる態度が怖かった。また自分の殼に引きこもってしまいそうだ。

「これは……」戸口から声が聞こえた。「いったいなにがあったんだ？」

ダーク子爵がぞっとしたような顔で屋根裏部屋のなかを見まわしていた。イザベルは凍りついた。もし子爵がウィンターを告発すれば、彼女の力ではかばいきれないだろう。貴族を殺した庶民が無罪になることなどありえないからだ。

「ミスター・シーモアがレディ・ベッキンホールを襲ったのです」ウィンターが説明した。

ダーク子爵は青ざめた。「なんだって？　レディ・ベッキンホール、けがはなかったのか？」

「大丈夫よ」イザベルはそっと自分の喉を触り、痛みに顔をしかめながらも安堵した。これならあざになるだろうし、そうなればシーモアが暴力を振るったという立派な証拠になる。

「ミスター・メークピースと従僕のおかげで命拾いをしたわ。ふたりは身を挺してわたしを助けてくれたの」

ダーク子爵はシーモアの遺体を見おろした。「メークピースがシーモアに殺されると言ってきみが孤児院を飛びだしたときは、頭がどうかしたのかと思って心配したよ」

「それでもこうして来てくださったのね」彼女は優しく言った。

「ここで女の子たちが発見されてからのシーモアは様子がおかしかったからね」子爵はゆっくりと語った。「助けだされた子供たちにぼくが質問しようとすると、必ず邪魔をした。それにセントジャイルズの亡霊に扮しているのも、ロジャーを殺したのも、どちらもメークピースだと言い張った」

「どちらかというと、あなたがそうお考えなのだという印象を受けていました」

ダーク子爵はウィンターを見た。「一度もそう思わなかったと言ったら嘘になる。だが、普通の教師が仮面をかぶって人殺しをしてまわっているとは想像しにくいからな。そもそも、きみにはロジャーを殺す理由がないだろう？」

「ええ、ありません」ウィンターは真面目な顔で答えた。「ご友人を殺害した犯人をぼくが知っていたらよかったのですが」

子爵はうなずき、顔をそむけた。「あのシーモアが幼女を監禁して働かせていたとはな。これが例の儲け話だったというわけか？」

「そうよ」イザベルはうなずいた。「それがばれそうになったから、彼はわたしたちを殺そうとしたの」

「恐ろしい話だ」ダーク子爵は額に手をあてた。「こんな殺伐としたところに子供を閉じこめて、それで金を稼ごうとしていたなんて」狭苦しい室内を見まわす。「シーモアは死んで当然だと思う。同情のかけらも感じない。だが、夫人はいい人だ。こんな男のために世間からつまはじきにされるのかと思うと胸が痛むよ」

「黙っておけばいいことです」ウィンターが硬い表情で言った。「セントジャイルズの亡霊の犠牲になったと言えばすみますよ」

ダーク子爵はうなずいた。「わかった。その件はぼくに任せてくれ」

20

セントジャイルズの亡霊は新しい命が宿る腹に手をあてたまま、そばにいる女性を見つめました。道化師の恋人は息を詰めてなりゆきを見守りました。すでに手はつくしました。もし、これでも彼女が誰だかわからず、太陽の下に戻ることも、生き返ることもできなければ、もう魔法を解く方法はありません。道化師の恋人は愛する人を見つめながら、じっと待ちました。やがて夜明けの時刻が近づいてきました。

『セントジャイルズをさまよう道化師の亡霊物語』

一週間後……。

「ピーチ、手紙が来ているよ」ウィンターは丁寧な文字で住所の書かれた手紙を差しだした。犬のドドと一緒に自分のベッドで独楽まわしの練習をしていたピーチは、それを聞いて顔をあげた。両手でそっと手紙を受けとったあと裏側を眺め、こちらへ返してきた。

「なにが書いてあるんですか？」

ウィンターは驚かなかった。経営者として孤児院に戻ったあと、ほかの教師たちからピーチは読み書きができないと報告を受けていたからだ。

だが、それはこれから教えればいいことだ。ウィンターは少女のベッドに並んで座った。ピーチはじつは八歳だとわかり、今では年長の女児の部屋にあるベッドを使っている。私物を入れる小さなトランクも用意した。

「ほら、これがきみの名前だよ」ウィンターは宛先に書かれた名前を指さした。

「P、E、A、C、H」ピーチはゆっくりとアルファベットを読んだ。

「よくできました」彼は少女にほほえみかけ、手紙を開いた。そして彼女にも見えるように文字を指でたどりながら、手紙を読みはじめた。

〝親愛なるピーチへ

ロンドンの港を出航する前の船のなかで、この手紙を書いています。船の名前は〈テリア〉です。とてもすばらしい船です！　今度、船がロンドンに戻ったら、ピーチにも見せてあげます。ぼくはハンモックで寝ることになりました。先輩たちから、慣れるまでには少し時間がかかるだろうと言われました。

ピーチとドドが元気でいることを祈っています。ミス・ジョーンズやメディーナおばさんの言うことをよく聞いてください。それから、もしミスター・メークピースが孤児院に戻ってきたら、ミスター・メークピースの言うこともよく聞いてください。ミスター・メークピースは……〟

胸が熱くなり、ウィンターは咳払いをした。ピーチが問いかけるような顔でこちらを見あげる。「なんて書いてあるんですか？」彼は何度かまばたきをしたあと、その先を読みあげた。

〝ミスター・メークピースは世界じゅうでいちばんいい人ですから。

友人のジョセフ・ティンボックスより〟

ウィンターは少女に手紙を渡した。ピーチは手書きの文字をしばらく見つめたあと、ため息をついて便箋を折りたたんだ。

「雪が降るころまでには自分で読めるようになるよ」彼は慰めた。

「本当？」ピーチは一瞬明るい表情を見せたが、すぐに自信のなさそうな顔に戻った。「でも、冬が来るのはまだずっと先です」

「思ったより早く寒くなるものさ」ウィンターは立ちあがり、ふと思いついて少女の前にしゃがみこむと、小さな手を握りしめた。「あとでジョセフに返事を書こうと思っているんだ。きみも自分で手紙を書いてみるかい？」

「でも、わたしには無理だから……」

「教えてあげるよ」

ピーチは恥ずかしそうにこちらを見た。「じゃあ、やってみます」

「ここにいたのね」テンペランスが戸口に立っていた。

「姉さん」ウィンターは姉のそばに寄り、その体を抱きしめた。「おかえり」

「まあ」テンペランスが体を離し、不思議そうな顔で彼を見た。「どうしたの？」

「歓迎しているだけさ」ウィンターは肩をすくめた。

「だって……」部屋にいるほかの子供たちが、なんだろうという顔でこちらを見ていた。テンペランスは弟を廊下に引っぱりだした。「そんな歓迎の仕方は今まで一度もしたことがなかったじゃない。それにわたしの見間違いでなければ、さっきはあの子の手を握っていたでしょう」

「そうだよ」平然と答えた。

彼女は弟の額に手をあてた。「熱でもあるの？」

「まさか」ウィンターは姉の手を払いのけ、笑みを浮かべた。「あちらでのパーティはどうだった？」

「ひどいものだったわ」

「そうなのか？」

「嘘よ」テンペランスはため息をついた。「いい人たちもいたわ。近くに遺跡があって、それを見るのも楽しかった」

「では、それほどいやな思いはしなくてすんだんだね」

「ぼくの言ったとおりだったろう、とても自慢するつもり?」

「そんなことはしないさ」ウィンターは姉の顔を見つめた。

「なに?」テンペランスは不安そうに鼻の頭に触れた。「にきびでもできている?」

「いいや。だが、なにかいつもと違うような気がする」

「まあ」彼女は以前よりいくらかふっくらした頰を赤らめた。「まだ見た目ではわからないはずなのに」

「なにがわからないんだ?」

「わたし、今度の冬には母親になるの」姉は誇らしげに答えた。

「そうなのか?」ちくりと胸が痛んだ。イザベルはこの喜びを味わうことができないのだという思いがちらりと頭をかすめたが、すぐに笑みを浮かべた。「おめでとう!」

「ありがとう」照れくさそうに唇を嚙みながらも、嬉しさを隠しきれない様子だ。「ああ、わくわくするわ。なんと言っていいかわからないくらいよ」

「ケール卿はなんと?」

テンペランスは大きなため息をついた。「それがもうたいへんなの。自分が妊娠したわけではないのにね。そうそう、今日はそのことでお願いがあってここに来たのよ」

ウィンターは片眉をあげた。

姉は胸の前で両手を組みあわせた。「メアリー・ウィットサンを引きとらせてもらえないかしら？　ケールがね、具合が悪くなったときに手助けしてくれる人を探すべきだとうるさく言うのよ。赤ちゃんが生まれたら、世話をしてくれるメイドも欲しいし。メアリー・ウィットサンなら、うってつけだわ。それに、わたしもあの子に会えないのが寂しくて仕方がないの」

「もちろんかまわないよ」ウィンターは喜んだ。「メアリーも喜ぶだろう」

「ああ、よかった！」テンペランスはにっこりした。「じゃあ、話はついたことだし、わたしは戻るわね」

「戻るって、どこへ？」

「応接間よ。今日は〝〈恵まれない赤子と捨て子のための家〉を支える女性たちの会〟の会合があるの。知らなかった？」

「もうみんな集まっているのか？」

ふいに血が騒いだ。支える会の会合ならイザベルも来ているはずだ。シーモアの事件があって以来、もう一週間も彼女に会っていない。荒れ放題だった孤児院を元に戻す必要があったし、誘拐されていた子供たちの心の傷を癒すのに時間をかけていたということもあるが、それがいちばんの理由ではなかった。

あの日、ぼくは自分の暗い一面を抑えこむことができなかった。そして人を殺してしまった。そんなふうになったのは初めてだ。他人の命を奪うというのは重い行為だ。あの日のことを思い返しては何度も祈りを捧げ、イザベルの幸せのためにはもう会わないほうがいいのではないのかとさえ考えた。しかし今、気づいた。本当はずっとわかっていたのだろう。感情を押し殺すのをやめたことで、ぼくは姉を抱きしめることができたし、ピーチの手も握ってやれるようになった。たしかに父親のように威厳があり、自制心が強く、それでいて優しい人間が孤児院の経営者としてはふさわしいのかもしれない。だが、ぼくはそうはなれない。子供たちをうるさいほどにかまい、なにかあれば死ぬほど心配し、命が失われればひたすら嘆き悲しむことしかできないのだ。でも、その子たちが人生で成功したら？　命が助かったり、幸せになったりしたら？　そのときは大げさなほど一緒に喜んでやれる。

もう以前のような自分に戻るのは無理だ。ぼくはぼくなりのやり方で子供たちを見守るだけだ。今はそんな自分を素直に受け入れられる。

だが、それだけではまだ足りない。あの頑固で、優しくて、愛らしい女性がいないと、ぼくは生きていけない。その彼女が今、応接間に来ている。

この一週間は本当に長かった。

「では姉さん、またあとで」ウィンターはつぶやいた。

「どこへ行くの？」テンペランスが背後から尋ねた。

「運命を確かめに行ってくる」

「いったいなにを考えていたの？」アメリア・ケールがレディ・ピネロピに向かって威厳た

っぷりに眉をあげるのを、イザベルは内心で愉快に思いながら眺めていた。

アメリアは昨晩、急遽《きゅうきょ》ロンドンに戻ってきた。どうやら一週間ほど前にレディ・マーガレットが書き送った手紙が原因らしい。

「子供たちのためによかれと思ってしたことなの」レディ・ピネロピはスミレ色の美しい目を精いっぱい見開いて訴えた。「アーティミスも賛成してくれたし……」

紅茶を飲んでいたミス・アーティミス・グリーブズがむせた。

「ミスター・メークピースは三三個の革製のパチンコを没収したそうね」レディ・ヘロが思慮深い口調で言った。「そんなにたくさん、見たことがないわ」

「おかげで教室はすべて壁を塗り替えるはめになったし、ベッドは四台も新しいのを買ったのよ」アメリアがぼやいた。

「今朝もサクランボの種がひとつ見つかったんですって」レディ・フィービーが明るい声で言う。「厨房の小麦粉入れのなかで」

全員が自分の皿にのったスコーンに目をやった。レディ・ヘロはスコーンにかけらのようなものが入っているのに気づき、そっと皿をわきへどけた。

「でも、いい経験になったと思うの」レディ・ピネロピは頑固に言い張った。「だって、こんなことがなければ、子供たちに温室栽培のサクランボを持ってきてはいけないなんてわからなかったわ」

これで挽回したとでもいうように、レディ・ピネロピは全員の顔を見まわした。

アメリアがため息をついているのを見て、イザベルは気の毒になった。どんなにお馬鹿さんでも、レディ・ピネロピがいちばん重い財布を持っていることに変わりはない。わたしたちが彼女に慣れるしかないのだ。

「ぜひ規則を作りましょう。今後、この孤児院の経営者はミスター・メークピースただひとりとすること」アメリアが提案した。「賛成の人は挙手してちょうだい」

ほとんどが賛同した。レディ・ピネロピは肩までしか手を挙げていなかったが、これはひとりと数えていいだろう。レディ・マーガレットだけがうつむいていた。今日はずっとこんな様子だ。

「メグス」レディ・ヘロがそっと声をかけた。

「えっ？」レディ・マーガレットはあたりを見まわし、ようやく手を挙げた。これで満場一致だ。

彼女は自分がなにに賛成したのかもわかっていないのだろう、とイザベルは思った。

アメリアは満足そうにうなずき、みなに二杯目の紅茶をついでまわった。

イザベルはレディ・ヘロに顔を近づけてささやいた。「帰ってきてくださって嬉しいわ」

レディ・ヘロはほほえんだ。「どうせ、もうそのつもりだったのよ」

「では、ご主人も一緒なの？」

「ええ。こちらに急ぎの用事ができたものだから」レディ・ヘロはちらりとレディ・マーガレットを見た。

イザベルはほっとしてうなずいた。この夫妻が動いているのなら大丈夫だろう。

「うまくいくといいわね」

レディ・ヘロが寂しそうにほほえむ。「グリフィンはものごとをまとめるのが上手な人だから。たとえあまりよい話ではなくてもね」

それでよしとするしかないのだろう。

突然、応接間のドアが開いた。

イザベルは顔をあげ、息をのんだ。ウィンターが厳しい顔で立っていたからだ。この会合が終わったら、こちらから問いつめに行こうと思っていた。彼はもう一週間もわたしを避けている。

でも、どうやら方針を転換したらしい。

ウィンターはこちらを見たまま、ぶっきらぼうにお辞儀をした。「話がある」

彼女は言葉に詰まった。「それは……この会合が終わったら――」

「イザベル、今、話したいんだ」

ああ、どうしよう。イザベルは顔が熱くなり、それ以上ウィンターが余計なことを言う前に立ちあがった。ほかの女性たちは怪訝《けげん》そうな顔で黙りこんだ。

イザベルは廊下に出た。「いったいなんなの？」

ウィンターがじっと見つめてきた。その目には彼女が知りたいことのすべてが表れていた。

心臓が縮んだ。今、ここでなの？

イザベルは慌てた。「でも、わたしは子供を産めないのよ」小声で訴えた。休憩時間に入ったらしく、子供たちがぞろぞろと階段をおりてきたからだ。「あなたより年上だし、財産もあるし、社会的地位も上だし――」

ウィンターがキスで唇をふさいだ。ここは孤児院の廊下なのに。子供たちだって大勢いるわ。きっとすぐに全員が集まってくるでしょうね。まだここにいない子供がいたら、きっとほかの子が急いで呼びに行っているだろうから……。

でも、そんなことはかまわない。イザベルは彼の首に腕をまわし、幸せに包まれて思いきりキスを返した。ああ、欠点だらけのわたしだけれど、あなたを心から愛している。

ウィンターが顔を離してささやいた。「こんなぼくで我慢してくれて嬉しいよ、レディ・ベッキンホール。ぼくをもう少しましな男にしてくれないか？　どうか結婚してほしい」

その優しくて力強く、愛にあふれた目をのぞきこみ、彼女はどうしても最後にもう一度だけ確かめておきたいことを口にした。「自分の子供は持てないのよ」

するとウィンターは、いちばん彼らしくないことをした。なんと首をのけぞらせて大笑いしたのだ。

それからイザベルを見ると、さまざまな年齢の子供たちが群がっている階段のほうへ腕を伸ばした。「子供ならいるよ。あの子たち全員がぼくの子だ。ぼくが心から愛してやまない子供たちだ。ぼくは何十人もの子供の父親なんだよ。いずれは何百人にもしてみせる。だから、どうかぼくの妻になってくれ。一緒にあの子たちを育ててほしい」

「ええ」イザベルはささやいた。声が聞こえなかった子供たちがこちらに身を乗りだしているのを見て、もう一度答える。「ええ、あなたの妻になるわ！」

彼は満面に笑みを浮かべ、唇に短くて熱いキスをすると、子供たちのほうを向いた。

「みんな、聞いてくれ。レディ・ベッキンホールがぼくと結婚してくれるそうだ」

一瞬びっくりしたような沈黙が流れ、それから盛大な声がわき起こった。「やった！」

ウィンターはまた声をあげて笑い、イザベルのウエストを持ちあげてぐるぐると振りまわした。

「ばんざーい！」子供たちが歓声をあげる。

「ネル！」彼は子供たちのなかに立っているメイドに声をかけた。「お祝いだ！　みんなにスコーンを配ってくれ。お茶にしよう！」

子供たちは浮かれ騒ぎながら、いっせいにテーブルを目指して駆けだした。ネルも嬉しそうにそのあとに続く。メディーナまでもがエプロンで目頭をぬぐい、厨房へ戻っていった。

「あらあら、イザベル。こんなに完璧な孤児院の教師を堕落させたのではないでしょうね？」応接間の戸口に立っていたアメリアがそっけなく言い、すぐに顔をほころばせた。

「幸せになるのよ」

「ありがとうございます」イザベルは涙ぐみ、支える会の女性たちからお祝いのキスを受けた。レディ・ピネロピでさえ目を丸くして、頬に唇を寄せた。

「馬車まで送ろう」ウィンターが耳元でささやいた。

イザベルは短くうなずいた。ほんのしばらくでもいいから、彼とふたりきりになりたい。玄関を出ようとしたとき、うしろから駆け寄ってくる足音が聞こえた。

ふたりは振り向いた。メディーナがリボンのついた小さな鍵をウィンターに手渡した。

「先週のごたごたで返すのを忘れてたよ。おまえさんが自分で持っていたほうがいい。もう革製のパチンコはごめんだからね」

外へ出ると、空が暮れはじめていた。「なんの鍵なの？」

ウィンターはばつの悪そうな顔をした。「ダークに言われて孤児院を出るとき、メディーナおばさんに預けておいたんだ」

なんとなく想像がつき、イザベルはその鍵に目をやった。「もしかして……」

「子供たちから取りあげた革製のパチンコが入っている戸棚の鍵さ」彼はにっこりした。

「なにしろ九年間もかけた収集品だから、かなりの数になる」

メディーナが子供たちを革製のパチンコで武装させている場面を想像し、イザベルは思わず笑った。まあ、レディ・ピネロピにはお気の毒だこと。最初から、彼女に勝ち目はなかったのね。

「幸せかい？」

「ええ、とても」イザベルはほほえんだ。急に肩の荷がおりてすっきりしたような気分になった。「婚約期間は短くしてね。孤児院のなかを飾りつけて、早く移り住みたいの」

「飾りつけ？」ウィンターが愉快そうに両眉をあげた。

「ええ、そうよ」きっぱりと言う。「今のままでは、子供たちを育てるにはあまりに味気ないわ。バターマン夫妻と、従僕のハロルドとウィル、それにピンクニーも連れてこなくちゃ。もっともピンクニーは、孤児院で暮らすと聞いたらため息をつくでしょうね。そうそう、クリストファーと乳母もよ」

ウィンターが足を止めてこちらを見た。「クリストファーは母親と一緒に暮らすんじゃないのか？」

そういえば、あまりにいろいろなことがあったせいで、その件についてはまだ話していなかった。

「いいえ」ウィンターが人生にもたらしてくれたものに、イザベルは心から感謝した。「あなたの助言を聞いて、ルイーズと話しあい、クリストファーはわたしの手元に置くことにしたの。正直なところ、彼女もほっとした様子だったわ。ほら、大人の恋愛事情を子供に見せるのはあまりいいことではないから」

彼はにやりとした。「それはどんな恋愛かによると思うよ」

そう言うと、また唇を重ねてきた。優しくて、命に満ちあふれたキスだ。イザベルは自分がどこにいるのかも忘れ、夢中でキスを返した。

「愛しているわ」彼女はささやいた。「ずっとあなたと一緒に生きていきたい。あなたがシーモアに殺されるかもしれないと思ったとき、ようやくそれがわかったの」

「死にやしないさ」ウィンターはつぶやいた。「ぼくはきみのために生きる」

「でも……」そう言いかけたとき、イザベルは彼の背後にいる人影に気づいて言葉を失った。

ウィンターが振り返った。

すぐうしろに、道化師の衣装に身を包み、黒い膝上までのブーツを履き、鼻の長い仮面をつけた人物が立っていた。イザベルが声も出せずにいると、その人物はつばの広い黒色の帽子を軽く持ちあげて挨拶し、バルコニー伝いに屋根へと姿を消した。

彼女はウィンターの顔を見た。「そんな……今のはいったい……」

彼は笑みを浮かべ、イザベルの鼻の頭にキスをした。「セントジャイルズの亡霊はぼくひとりだと言ったことがあったかい？」

エピローグ

東の空が白みはじめたとき、セントジャイルズの亡霊は体が小刻みに震えだしました。朝いちばんの太陽の光が顔にあたると、その震えが激しくなりました。やがて空が青くなり、太陽が天空にのぼるころには、ようやく自分を取り戻した道化師は涙をこぼしていました。「恋人よ、許してくれ」道化師はがくりと膝をつきました。「ぼくがいけなかった。この世でもあの世でもない暗闇に入りこみ、自分が誰なのかも、きみのことをどれほど大切に思っているかも忘れてしまった」恋人は道化師の唇にキスをしました。「いいのよ。あなたこそが、わたしを照らす光だもの。愛しているわ」

道化師は恋人のお腹に手をあて、その顔を見つめました。「ぼくも愛している。結婚しよう。そして希望に満ちた子をこの世に迎えるんだ」その言葉どおりにふたりは夫婦となり、ずっと幸せに暮らしました。でも……こんな噂があるのです。彼は幸せになったあとも、月夜の晩には落ち着かなくなり、ぼろぼろになった道化師の衣装を身にまとい、二本の鋭い剣を振りかざし、セントジャイルズに現れるのだとか……。そんな夜には殺人鬼や、盗人や、正直な人々を食い物にする悪者や、悪事を働いてきた人間は、セントジャイルズの亡霊と聞いただけで震えあがるそうです。

『セントジャイルズをさまよう道化師の亡霊物語』

ゴドリック・セントジョンはロンドンの自邸の庭に音もなく飛びおり、身をかがめると、そのまましばらくじっとしていた。おそらく、もうこんなことをする必要はないのだろう。クララが亡くなるずっと前から、ぼくの出入りを気にする人間は誰もいない。

それでも注意するに越したことはない。

なにも動く気配がないのを確かめるとゆっくり立ちあがり、陰を伝いながら図書室に続く裏口へ向かった。今夜は成果が少なかった。泥棒を追いかけたが、入り組んだ路地裏で見失った。家路につくパイ売りを狙っていた強盗を追い払ったものの、当人はわが身が危険にさらされていることすら気づいていなかった。そしてメイデン通りのど真ん中で、ウィンター・メークピースがレディ・ベッキンホールにキスしているのを見かけた。不釣りあいなふたりだが、あれほど堂々としているところを見ると、結婚するつもりなのだろう。つまり、ウィンターはこの……趣味をやめるということだ。

ゴドリックは図書室のドアを開けた。これでセントジャイルズの亡霊がひとり減ることになる。

「やあ、ミスター・セントジョン」暖炉のそばにある肘掛け椅子から声が聞こえた。

ゴドリックはそちらの方向にひらりと移動し、両手に剣を構えて身をかがめる。

人影が言った。「暴力を振るうつもりはない。約束するよ」

「誰だ？」ゴドリックはささやいた。

男は上半身を前に傾けた。暖炉の燃えさしが放つかすかな明かりがその顔を照らした。

「グリフィン・リーディングだ」彼は肘をつき、指先になにかをぶらさげていた。

男に近づくと、その形がはっきりと見えた。鼻の長い黒色の仮面だ。今、自分がつけているものと同じだった。寝室に予備が置いてあるはずだが……。

男が手にしているのは、その予備の仮面だろう。ゴドリックは相手を見た。

グリフィン卿は愉快そうな笑みを浮かべていた。「ひとつ提案があるんだ」

訳者あとがき

お待たせしました。エリザベス・ホイトの〈メイデン通り〉シリーズ第三作をお送りします。今回のヒーローは一作目から登場している孤児院の経営者、ウィンター・メークピース。ヒロインは三作目で孤児院の支援者となったイザベル・ベッキンホールです。シリーズをお読みの読者はよくご存じのとおり、ウィンターはいわゆる庶民、イザベルはれっきとした貴族です。しかもウィンターは二六歳で独身、イザベルは三二歳で結婚歴があります。

今回の物語は、前作の最終章のまさに続きとして始まります。前作の終わりで〝セントジャイルズの亡霊〟は脚を負傷しました。

〝セントジャイルズの亡霊〟とは、ロンドンの貧民窟セントジャイルズに夜な夜な現れる謎の人物です。道化師の格好をして仮面をかぶり、若い娘を誘拐するなどというあらぬ噂も立てられていますが、本当は社会の底辺層で一生懸命に生きる人々を強盗などの悪人から守っているのです。

シリーズ前作の終わりで、〝セントジャイルズの亡霊〟は暴徒に襲われて太ももに大怪我を負い、道端で意識を失いました。そこへ一台の馬車が通りかかります。そこから今回の物語が始まります。馬車に乗っていたのはイザベルでした。彼女は好奇心と義侠心《ぎきょうしん》から〝セントジャイルズの亡霊〟を自宅に連れ帰り、傷の手当てをします。ただ、相手が最後まで顔の上半分を覆っていたスカーフを外さなかったため、結局その正体はわからずじまいのままでした。

一方、孤児院を支援することになった貴婦人たちの会は、庶民である経営者ウィンターを社交界に出せるように教育しようと決め、その指南役に未亡人であるイザベルを指名しました。こうしてウィンターとイザベルは頻繁に会い、会話やダンスのレッスンをするようになります。生まれも境遇もまったく違い、性格もウィンターは暗く、イザベルは明るいのですが、本当の自分を押し殺してしまうというところで似通った部分があることに気づき、ふたりは惹かれあいます。しかし、かたや貴族、かたや庶民。それに女性のほうが年上……。互いに人には言えない秘密を抱えたふたりの恋がひと筋縄でいくはずもありません。

著者のエリザベス・ホイトは〈ニューヨーク・タイムズ〉、〈USAトゥデイ〉、〈パブリッシャーズ・ウィークリー〉などのベストセラー・リストに名を連ねる人気作家です。この〈メイデン通り〉シリーズは本国では五作目まで出版され、今年の一〇月には六作目が発売される予定となっています。エリザベス・ホイトはほかにもヒストリカル作品やジュリア・ハーパー名義のコンテンポラリー作品などを刊行し、一五冊の著作がある売れっ子のロマンス作家です。若いころには交換留学生として来日したこともあるエリザベス。その彼女がつむぎだす、人間味あふれる物語の世界をどうぞご堪能ください。

二〇一四年三月

ライムブックス

愛《あい》の吐息《といき》は夜風《よかぜ》にとけて

著　者　エリザベス・ホイト
訳　者　川村《かわむら》ともみ

2014年4月20日　初版第一刷発行

発行人　成瀬雅人
発行所　株式会社原書房
〒160-0022東京都新宿区新宿1-25-13
電話・代表03-3354-0685　http://www.harashobo.co.jp
振替・00150-6-151594
カバーデザイン　松山はるみ
印刷所　中央精版印刷株式会社

ISBN978-4-562-04457-3　Printed in Japan